KB253203

우리 고전 다시 읽기

한중록

혜경궁 홍씨 지음
구인환(서울대 명예교수) 엮음

좋은 책 좋은 독자를 만드는 —

(주)신원문화사

머리말

　수천년 동안 한 민족이 국가의 체제를 갖추어 연면한 역사와
전통을 계속해 왔다는 것은 인류 역사를 살펴봐도 그렇게 흔한
일이 아니다. 그리고 그 민족이 고유한 문자를 가지고 후세에
길이 전할 문헌을 남겼다는 것은 더욱 흔한 일이 아닐 것이다.
　이러한 면에서 볼 때 우리 한민족은 세계 어느 나라와 비교해
도 손색없고, 자랑스러운 역사와 전통을 이어왔다. 우리 한민족
은 5천 여 년의 기나긴 역사를 통하여 수많은 외세의 침략을 받
아 백척간두의 국난을 겪으면서도 우리의 역사, 한민족 고유의
전통을 면면히 이어온 슬기로운 조상이 있었다. 이러한 까닭으
로 오늘날 빛나는 민족의 문화 유산을 이어받은 것이다.
　고전 문학(古典文學)이란 실용성을 잃고도 여전히 존재할 만
한 값어치가 있고, 시대와 사회는 변해도 항상 시대를 초월하여
혈연의 외침으로 우리의 공감대를 울려 주기에 충분한 문화적
유산이다. 그러므로 오늘을 사는 우리들은 조상의 얼이 담긴 옛

문헌을 잘 간직하여 먼 후손들에게까지 길이 이어주어야 할 사명감을 가져야 할 것이다.

고전 문학, 특히 국문학(國文學)을 규정하는 기준이 국어요, 나라 글자라면 우리 민족의 생활 감정을 표현한 국문 작품이야말로 진정한 국문학이 된다 할 것이다.

그러나 우리 고유 문자의 탄생은 오랜 민족 역사에 비해 훨씬 후대에 이루어졌다. 이 까닭으로 우리 민족은 일찍부터 외국의 문자, 즉 한자가 들어와서 사용했다. 이처럼 우리 선조들이 고유 문자가 없음을 한탄할 때에, 세종조에 와서 마침 인재를 얻어 훈민정음이 창제되었다. 하지만 여전히 한자가 독보적인 행세를 하여 이 땅에 화려한 꽃을 피웠다. 따라서 표현한 문자는 다를지언정 한자로 된 작품도 역시 우리 민족의 생활 감정을 나타낸 우리의 문학 작품이다. 이러한 귀결로 국·한문 작품을 '고전 문학'으로 묶어 함께 싣기로 했다.

　우리 글이 창제된 이후에도 우리 선조들의 손으로 쓰여진 서
책이 수만 권에 달한다. 그 가운데에서 국문학상 뛰어난 몇몇
작품을 선정하는 것은 물론 산재해 있는 문헌의 자료를 수집하
기 위해 숨어 간직되어 있는 작품을 찾아내는 것도 여간 어려운
일이 아니었다. 그럼에도 이만한 성과를 거두고 이만한 고전 문
학 작품을 추리는 것은 현재를 삼는 우리의 당연한 책임이자 의
무이다. 다만 한정된 지면과 미처 찾아내지 못한 더 많은 작품
이 실리지 못한 것이 아쉬울 따름이다.

엮은이 씀

차례

한중록

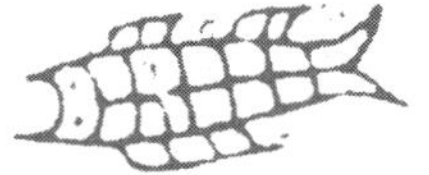

1

내 유시(幼時)에 궐내에 들어와 서찰 왕복이 조석(朝夕)에 있었으니 내 수적(手迹)이 많이 있을 것이로되, 입궐 후 선친(先親)[1]께옵서 타이르시되,

"외간 서찰이 궁중에 들어가 흘릴 것이 아니고, 문후(問候) 이외에 사연이 많으면 공경하는 도리가 아니하니 조석 봉서 회답에 소식만을 그 종이에 써 보내라."

하시고, 선비(先妣)[2]께옵서 아침 저녁 승후(承候)하시는 종이에 선친의 말씀대로 종이 머리에 간단히 소식만 써서 보냈다.

또 친정에서도 선친의 말씀에 따라 내 편지의 글씨는 모두 물로 씻어 버렸던 까닭에 내 필적이 거의 전해지지 않았다. 따라서 백질(伯姪)[3] 수영(守榮)은 늘,

---

1) 부친과 같은 말로, 흔히 세상을 떠난 자기의 아버지를 지칭할 때 많이 씀.
2) 모친, 선친과 같이 사용함.
3) 종가(宗家)의 조카.

"본집에 귀인의 글씨가 없은즉 무슨 글을 친히 써 두신다면 길이 집안의 보물이 될 것이옵니다."

라고 청해 왔다. 그래서 나도 써 주려고 생각하였으나 틈이 없어 하지 못하였더니 올해에 내 회갑을 맞으며 후회가 되고 또 세월이 지나면 내 정신이 더 쇠약해질 것 같아서 내가 느낀 바와 겪은 일들을 생각나는 대로 기록하였는데 백 가지 중에 한 가지밖에 쓰지 못하였다.

선왕조(先王朝)[1] 을묘(乙卯)년 6월 18일 오시(午時)에 선비께서 나를 반송방(盤松坊) 거평동 외가에서 낳으시니, 그 전날 밤에 선친께서 흑룡이 선비가 계신 방안 반자에 서려 있는 꿈을 꾸셨는데 내가 여자로 태어났으므로 그 태몽과 맞지 않는다고 의심하셨다고 한다. 조부 정헌공(貞獻公)께서 친히 와 보시고,

"비록 여자이지만 보통 아이와는 다르다."

라고 말하시며 기특히 여겨 사랑하셨다. 삼칠일(三七日) 후에 집으로 돌아왔을 때 증조모 이씨(李氏)께서 나를 보시고,

"이 아이가 다른 아이와 다르니 잘 기르라."

고, 장래를 기대하시고 유모까지 구해서 보내셨다. 내가 점점 자라매 조부께서 각별히 사랑하시고 무릎에서 내려놓지 않고 희롱하는 말이 이상하였다.

"이 아이가 작은 어른이니 성인(成人)을 일찍 하리라."

내가 어려서 듣던 그런 일을 궁중에 들어와서 회상하니 나로서는 무언지 모를 말이었으나 양대(兩代)께서 하시던 그런 말씀에 무슨 예감이 있었던 것 같다.

---

1) 선왕이 생존하여 나라를 다스리던 세상.

내가 어렸을 때에 형제가 있어 부모께서는 두 구슬처럼 아끼셨으니 형이 일찍 죽으매 내가 자애를 독차지한 것이 뜻밖의 천륜이었고, 부모의 교훈이 엄하셔서 큰오라범을 극히 준절하게 가르치셨다. 그러나 나는 여자였기 때문에 선친께서 각별히 사랑하셨으므로 나도 선친의 옆을 떠나지 않았다.

차차 철이 날 때부터 크고 작은 일에 부모에게 걱정시키는 일이 적었으므로 부모께서는 더욱 사랑해 주셨다. 내 비록 여자라 은혜를 갚을 길 없지만 마음속에 어찌 간절하지 않았으리요. 내 조부께서 이상할 정도로 편애해 주시던 일을 생각하면 불초한 몸이 궁중에 들어오기 때문에 그리 하셨던가 생각하니 항상 눈물이 흘러서 마음이 아팠다.

조부이신 정헌공께서는 영안위(永安尉)의 증손이시고, 정간공(貞簡公)의 손자이시고, 첨정공(僉正公)이 사랑하시는 둘째 아드님으로서 안국동에 새집을 짓고 분가하셨는데, 집과 정원의 규모는 비록 재상집 같았지만 재산을 나누어 받지 못하여 생활은 매우 빈궁하였다.

큰할아버지인 참판공(參判公)께서는 선친을 지극히 사랑하시고 항상 이마를 어루만지시며 웃음의 말씀으로,

"이 아이가 장차 윤오음(尹梧陰)의 팔자 같을 것이니 시방은 비록 어려워도 장래는 부유할 것이다. 자고로 후복(後福)[2]할 사람은 초년 고생을 겪는 법이니라."

하시고, 재산을 많이 나누어 주시지 아니하니, 이것 역시 당신의 아우님을 사랑하시는 뜻인지라 그런 뜻에서는 모두 흠탄하

---

2) 말년에 복을 받음.

였으나 우리 집의 살림은 궁핍할 때가 많았다. 정헌공께서는 몸이 귀하여 벼슬이 상서(尙書)[1]에 이르렀으나 마음이 청렴하여 산업(産業)을 소홀히 여겼으므로 집안이 가난하고 한낱 한사(寒士)[2] 같으셨다.

계조비(繼祖妣)[3]는 학문이 높은 선비의 따님으로, 원래 배움이 남과 다르신지라 성행이 현숙하고 인자하여 정헌공을 받드시기를 엄한 손님같이 하시고 집안 살림과 음식 절차도 정헌공의 청덕(淸德)을 본받아서 일미담박(一味澹泊)으로 검소하게 지내셨다. 이런고로 선비께서 비록 재상가(宰相家)[4]의 종부(宗婦)[5]였으나 일년내 한 벌의 비단옷을 입는 일이 없으시고 손상자에 단 몇 개의 패물조차 없었을 뿐만 아니라, 외출복도 단벌밖에 없었다.

그래서 때가 묻으면 밤에 손수 빠셨다. 그리고 길쌈과 바느질 일로 밤을 새웠기 때문에 아랫방에는 날이 밝을 때까지 불이 켜져 있었다. 그러나 조모님은 친히 그렇게 밤새워 일하는 것을 보고 늙고 젊은 종들이 마음 괴로워할까 염려하고 창에 검은 보를 쳐서 가리고, 남들이 칭찬하는 것을 피하려고 애쓰셨다 한다.

추운 밤에 수고를 하셔서 손이 모두 닳으셨건만 괴로워하시는 일이 없으시고 또 의복지절과 자녀를 입혀 오심이 지극히 검소하셨지만 제철 제때에는 맞게 하셨으며 항상 기뻐하심과 노

---

1) 판서에 해당하는 벼슬.
2) 가난하고 세도가 없는 선비.
3) 할아버지가 상처하고 다시 맞이한 할머니.
4) 재상 집안.
5) 큰집의 맏며느리.

하심을 가벼이 하지 않으시고 기상이 화기(和氣) 중에도 엄숙하
셨으므로 온 집안이 그 덕성을 우러러보고 어려워하였다.

　우리 집이 도위(都尉)[6)]의 후손으로 명문대족이요, 우리 외가
(外家) 이씨(李氏)가 청백 문호요, 우리 백고모(伯姑母)는 명관
의 아내요, 중고모(仲姑母)는 현 종실[7)] 청릉군(靑陵君)의 며느
리요, 계고모(季姑母)는 이부상서(吏部尙書)[8)]의 며느리요, 중모
(仲母)는 이부시랑(吏部侍郎)[9)]의 따님이었는데, 이처럼 일문 부
녀의 내외 명벌(名閥)이 일세(一世)의 칭송을 받았으나, 세속
부녀의 교만한 태도와 사치한 일이 조금도 없고 명절 같은 때의
모임에는 모친이 상승하접(上承下接)에 친절하고 정의가 두터
워서, 집안에 화기가 애애하였으며 내가 어릴 때부터 깊은 감화
를 입지 않을 수 없었다.

　중모께서 또 덕행이 남과 달라서 범사를 처리하는 데 있어 시
어머님의 버금가시고 기취가 고결하고 문식이 탁월하므로 실로
임하풍미(林下風味)요, 여중(女中) 선비이셨으매 중모께서는 나
를 사랑하시고 언문을 가르치시고 범백을 지도하심이 각별하셨
으므로 내가 또한 어머니처럼 받들었다. 어머니는 항상,

　"이 아이는 아우님을 심히 따른다."
고 말씀하셨다.

　정헌공께서 경신(庚申)년에 세상을 떠나시매, 부친께서 애통
하심을 차마 뵈올 수 없었고, 3년 동안 궤연을 모시는데, 주야

---

6) 부마도위의 준말.

7) 임금의 친족.

8) 이부의 정3품에 해당하는 으뜸 벼슬.

9) 이부의 정4품 벼슬자리로 두 명이 있었다고 함.

로 정성을 다하시고, 삼년상을 지낸 후에 다시 모시게 되매, 내가 비록 몽매하나 부친의 효심을 감히 본받지 않을 수 없었고 부친의 효성이 남과 달라서 날마다 새벽이면 사당에 배례하고, 아침이면 계모께 문안하시고, 온화한 말씀과 부드러운 안색으로 섬기시매 조모께서 부친을 사랑하시고 기대하심이 각별하셔서 보는 이와 듣는 이가 모두 감복하였다.

부친께서 위로 두 누님을 섬기심이 각별하시고 아래로 아우님 교훈하심이 극진하셨다. 신유(辛酉)년에 큰고모가 유행병에 걸려서 친족이 모두 피하였으나 부친께서는,

"동기의 병을 돌보지 않는다면 어찌 동기의 정이라 하겠느냐."

하시며 몸소 구완하셨으나 마침내 그 병으로 돌아가시자 손수 장례를 극진하게 지내시고 그 후에 생질들의 몸 의탁할 곳이 없어지자 인자롭게 구제하시고 생질녀 하나는 집에 데려다 길러서 혼례까지 치러 주셔서 친족간의 돈독한 후풍(厚風)이 놀라우셨다. 한편 이진사 댁과 이남평 댁의 두 고모를 집에 모셔옴이 잦았으니 효도의 일단을 이런 데서도 알 수 있었다. 조모께 양육을 받으신 은공을 잊지 못하고 제사날에는 꼭 참례하여 애통하심이 친기(親忌)[1]와 다름이 없으셨는데, 이 모든 일은 내가 친정에 있을 때 본 일들이다. 또 학업에도 힘을 써서 이름난 선비들과 항상 학문을 토론하시며, 교친사우(交親師友)[2]들이 서로 심방하지 않는 날이 없었다.

모친께서 경신년 후에 삼년상을 손수 예법대로 치르시고, 아

---

1) 친부모의 제사.
2) 교분을 나누는 친한 친구.

침에 일찍 소세하고 시어머님 문안에 때를 어기지 않으시되, 머리를 빗어 얹지 않고는 감히 뵈옵지 못하셨고, 활옷을 입지 않으실 때가 거의 없었으며, 부친을 받드시는 것이 범속 부녀와 다르셨으며, 부친께서도 모친에 대한 공경이 또한 각별하시던 일이 잊혀지지 않는다.

선비께서 정미(丁未)년에 해주 감영(海州監營)[3]에서 혼례를 이루시고 외조부 상사(喪事)를 곧 만나서 신행례(新行禮)를 갖추지 못하고, 이듬해에 이루셨으며 무오(戊午)년에 자친의 상사를 만나서 애통이 심하셨으나, 친정에 오래 머무르지 못하시고 시집으로 오실 때 항상 남매분이 같이 우셨다. 우리 외가는 청빈하기로 유명하고 우애가 두텁고 부녀들도 화목하여 외삼촌댁 홍부인이 시누이[4]가 가실 때는 대접이 극진하시고 외삼촌 지례공(知禮公)께서는 나를 각별히 사랑하셨고 외종형인 산중(山重) 씨도 또한 매우 친절하셨다.

선비의 형제가 세 분 있었는데, 김생원(金生員) 댁은 일찍부터 과부로 지내셨는데, 모친께서 극진히 섬기셨고, 상사 후에는 모친께서 이종들을 불쌍히 여기시어 자식처럼 애휼하며 의복과 양식을 대주어서 기한을 면하게 하시고 나중에는 성취까지 시켜 주셨다. 그래서 이종들은 항상 말하기를,

"사람마다 어머니가 한 분이지만 우리는 두 어머님이 계시다."

라며 감격하였다. 이종인 김이기(金履基) 씨는 신유(辛酉)년 늦봄에 외가에서 혼사를 지냈는데, 모친도 시집에 가 계셨다. 이

---

3) 감영은 감사가 직무를 보던 관아. 곧 황해도 해주에 있는 감영임.
4) 지은이의 모친.

모 송참판(宋參判) 댁 장녀는 우리 계모(季母)이신데, 어렸을 때 항상 외가에 와서 놀았다. 계모께서는 이종인 김이기 씨 혼인에 화려한 옷치레를 하고 참례하시고, 내 나이가 그때 복을 입을 나이가 되지 못하여 흰옷을 입었더니 모친께서 나에게,

"남은 저렇게 고운 옷을 입었는데 너는 곱지 못하니 너도 저렇게 입도록 하여라."

말씀하시기에 나는 모친께 대답하였다.

"저는 할아버님 복을 입어야 하니, 저렇게 색옷을 입을 수는 없습니다."

그렇게 말하고 문밖에 나가지 않고 몸가짐을 삼갔던 일을 생각하니 이런 일도 평상시 부모님의 교훈이 어린 나에게 미쳤던 듯하다.

계해(癸亥)년 3월에 부친이 태학장의(太學掌議)로 숭문당(崇文堂)에 입시하였는데, 그때 부친의 춘추가 31세였다. 자질이 금옥 같으시고 풍채가 봉황 같으셔서 뛰어나시고 사람 응대와 범절이 또 정하시므로 상감께서 사랑하셨다. 알성(謁聖)[1] 후에 과거를 다시 베풀어 주셨으므로 유생들도 부러워하며 '다시 보라'고 권하였다 한다.

당숙이 집에 오셔서 기쁜 소식을 기다렸으나 급제하시지 못하고 집에 돌아오셨을 때 나는 실망하여 울었다. 그해 가을에 의릉참봉(懿陵參奉)을 하셨는데, 이것이 우리 집에서 관록을 받게 된 처음이라 온 집안이 귀히 여기고 모친께서는 그 첫 봉록

---

1) 임금이 성균관 문묘의 공자 신위에게 참배함. 이 신위가 목판이 아니고 소상(塑像)이었으므로 생긴 말임.

을 일가친척에게 골고루 나누어 주셨고 집에는 한 되의 쌀도 남기지 않으셨다.

그해에 왕세자의 간택(揀擇)[2] 단자(單子)[3]를 올리라는 명이 내렸는데, 혹 말하되,

"선비의 자식이 간택에 참예하지 않아도 해로움이 없을지니 단자를 말라. 가난한 집에서 선보일 의상 차리는 폐를 덜도록 함이 마땅하다."

라며 내 단자 내는 것을 금하려고 하였으나 부친께서는,

"내 세록지신(世祿之臣)이요, 딸이 재상의 손녀인데 어찌 감히 임금을 기망하리요."

하시며, 단자를 하셨으나 그때 우리 집이 극빈하여 새로이 의상을 해입을 수 없었던 까닭에 치맛감은 형의 혼수에 쓸 것으로 하고 옷 안감은 낡은 천을 넣어서 입히셨다. 그리고 다른 혼수 차비는 모친께서 빚을 얻어서 차리시느라고 애쓰시던 일이 눈에 선하다.

9월 28일에 초간(初揀)[4]이 되니 영조대왕(英祖大王)[5]께서 용렬한 나의 재질을 칭찬하시며 각별히 어여삐 여기시고 또 정성왕후(貞聖王后)께서 나를 착실하게 보시었고, 선희궁(宣禧宮)께서는 내가 간선하는 장소에 나아가기 전에 미리 보시고 화기가 얼굴에 가득하게 웃으셨다. 좌우에 궁인들이 앉았으므로 내 마음과 몸가짐이 매우 괴로웠다.

---

2) 임금이나 왕자 혹은 왕녀의 배우자를 고르는 일.
3) 처녀의 집에서 보내는 신고서.
4) 첫 번째의 간택.
5) 조선 제21대 왕. 탕평책을 써서 당론의 제거에 노력했음.

사물(賜物)[1]을 내리시고 내가 행례하는 거동을 선희궁과 화평옹주(和平翁主)께서 보시고 예모를 가르쳐 주시기에 그대로 하고 나와서 모친 옆에서 그날 밤을 잤다. 이튿날 아침에 부친께서 안에 들어오시더니 모친께,

"이 아이가 수망(首望)[2]에 올랐으니 어찌된 일이오?"

하시며 오히려 근심하셨다.

"한미한 선비의 자식이니 단자를 드리지 말았더라면 좋았을 것을."

부모님들의 하시는 말씀을 잠결에 듣고 깬 나는 마음이 동하여 자리 속에서 많이 울었고, 궁중에서 여러분들이 귀여워하시던 일이 생각나서 다시 놀라 근심하였는데 부모님들은 오히려 나를 달래고 위로해 주셨다.

"아이가 무슨 일을 알겠느냐?"

그러나 나는 초간택(初揀擇)이 있은 후 몹시 슬펐으니, 그것은 장차 궁중에 들어와서 억만창상(億萬滄桑)[3]을 겪으려고 마음이 그러하였던가 보다. 한편으로는 이상하고 한편으로는 인사가 흐리지 않은 인연인 듯하였다.

간택 후에 갑자기 일가들도 찾아오는 사람이 많았고 전에는 절연(絕緣)되었던 하인들도 오는 이가 많아졌으니 인정과 세태를 가히 볼 만하더라. 10월 28일에 재간택(再揀擇)[4]에 임하니 내 마음이 자연 놀랍고 부모님도 근심하여 나를 궁중으로 들여

---

1) 임금이 하사하는 물건.
2) 조선시대 때 관원을 서임할 때 이조 · 병조가 울리는 삼망(三望) 중의 으뜸.
3) 수많은 우여곡절.
4) 두 번째 간택.

보내시면서 요행히 간택에서 떨어지기를 바라셨다. 내가 궁중에 들어가자 그때 이미 완정(完定)하여 계시던 모양이어서 거처와 대접하는 법도 달라, 당황하다가 어전에 올라가매, 영조대왕께서 다른 처자들과는 달리 발 안으로 들이시어 친히 어루만지시며,

"내 이제 아름다운 며느리를 얻었도다. 네 조부의 생각이 나는구나. 네 아비를 보고 좋은 신하를 얻었다고 기뻐하였더니 네가 바로 그의 딸이로구나."

하시며 기뻐하시고 또 정성왕후와 선희궁께서도 사랑하시고 기뻐하시는 것이 내 분에 넘쳤다. 여러 옹주가 나의 손을 잡고 귀여워하며 좀처럼 돌려보내지 않았다. 경춘전(景春殿)에 오래 머무르고 있는데, 점심을 보내시고 나인을 보내 웃옷을 벗겨서 치수를 재게 하였다.

내가 벗으려 하지 않자 그 나인이 달래며 억지로 벗겨서 치수를 재었는데, 이런 경우를 당한 내 심사가 경황하며 눈물이 나는 것을 억지로 참고 가마에 올라 울면서 나오니 궁중의 하인들이 부축하여 주어서 놀랍기 비할 데 없었고 길에서 전갈하는 내전의 여종들이 검은 옷을 입고 서 있는 것도 놀랍게만 보였다.

집에 돌아와 사랑 대문으로 들어가니, 부친께서는 가마 앞에 친 발을 들고 도포를 입으신 두 손으로 나를 잡고 내려 주시며, 삼가는 태도가 나로서는 어쩔 줄을 모르게 하였다. 그래서 부모님을 붙들고 눈물이 저절로 흐르는 것을 막을 수 없었다. 모친께서는 옷을 새로 갈아 입으시고 상 위에 붉은 보를 펴신 다음, 중궁전(中宮殿)의 글월을 사배(四拜)하신 다음 받으시고, 선희궁의 글월은 재배(再拜)하고 받으면서 여간 황송해하지 않으셨다.

그날부터 부모께서는 내게 말씀을 고치시어 존대를 하셨고, 일가 어르신네들도 내게 공경하며 대하시므로 내 마음은 불안하고 슬픔은 형용할 수가 없었다. 부친께서 근심과 걱정을 하시면서 훈계하시던 말씀이 많았는데, 내가 무슨 죄를 진 것만 같아서 몸 둘 곳을 몰라 하면서도 부모 옆을 떠날 일이 슬퍼서 어린 내 간장은 녹을 듯하였고 매사에 아무런 흥미도 없었다.

가깝고 먼 친척들이 모두 궁중에 들어가기 전에 만나 보겠다며 찾아왔으므로 원족(遠族)[1]은 밖에서 대접하여 돌려보내고 양주(楊州) 증대부(曾大夫) 이하로 뵈올 때, 대부 한 분이 경계하시기를,

"궁금(宮禁)이 지엄하니 한번 들어가선 후로는 영 이별인즉, 궁중에서는 공경하며 조심해서 지내소서. 이름이 거울 감(鑑) 자와 도울 보(輔) 자이니 들어가신 후에 생각하소서."
라는 말에 나는 어리둥절하였고, 그 일가 대부는 뵈온 일도 없던 분인데 이런 말을 들으니 더욱 슬펐다.

삼간택(三揀擇)[2]이 11월 13일이었는데, 앞으로 남은 날이 점점 줄어 가매 갑갑하고 슬퍼서 밤이면 모친 품안에서 잠자고 두 고모와 중모께서 어루만져 주시며 이별을 슬퍼해 주셨고, 부모께서는 여러 날 잠을 주무시지 못하셨으니 지금도 그 당시를 생각하면 가슴이 막히는 것 같다.

재간(再揀)한 이튿날 궁중의 보모(保姆)[3] 최상궁(崔尙宮)과 색장(色掌)[4] 김가 효덕(孝德)이라는 나인이 우리 집에 왔다. 최

---

1) 먼 친척.
2) 세 번째 간택.
3) 왕세자를 가르치고 보육하던 여자.
4) 궁녀의 감독관.

상궁의 풍채가 크고 엄연하여 보통 궁녀의 모양이 아니었고, 대대로 지냈으므로 예절도 잘 알았고, 간사스럽지가 않았다. 모친께서 반갑게 맞아서 대접하고 그들은 내 옷 치수를 재어 갔다. 그러더니 삼간택 때는 최상궁이 또 우리 집에 나오고, 색장으로는 문가 대복이라는 나인이 나왔는데, 정성왕후께서 만들어서 내리신 초록 도유단 당(唐) 저고리, 엷은 노란색 포도 문단(葡萄紋緞) 저고리, 보라색 도유단 저고리, 진홍색 오호포 문단 치마와 모시 적삼을 갖다 주었다.

이런 옷들은 내가 어려서 한 번도 입어 보지 못하였으나 남이 입은 것을 부러워해 본 적도 없었다. 내 가까운 친척에 나와 나이가 같은 여자가 있었는데, 그 집이 부유하여 귀한 딸로 자라면서 귀한 옷을 아니 가진 것이 없었으나 나는 부러워하지 않았다. 하루는 그 여자가 다홍 깨끼 치마를 입고 우리 집에 왔는데, 그 모양이 퍽 고와 보였다. 모친께서 그것을 보시고,

"너도 저런 옷이 입고 싶으냐?"

라고 물으실 때,

"그런 옷이 있다면 아니 입지야 않겠습니다만 새로 장만해서 입고 싶지는 않습니다."

라고 대답하였다. 그러자 모친께서는 탄식하시면서,

"너는 가난한 집 딸이니 어찌 하겠느냐. 네 성혼 때는 고운 치마를 지어 주고 오늘 네가 어른스럽게 한 말을 표창하마."

하고 말씀하시더니, 내 몸이 이렇게 되자, 선비는 어렸을 때의 내 일을 생각하시고 또다시 탄식하시며,

"고운 옷을 입히지 못하고, 이런 치마를 해주려고 생각만 하였는데, 궁중에 들어가면 종내 사사 의복을 입지 못할 것이니

지금 그 원을 풀겠습니다."

하시며, 재간택 후 삼간택을 하기까지 그 치마를 해 입히시고 슬퍼하셨으므로 나도 울면서 고맙게 받아 입었다.

　내가 종가(宗家)[1]의 사당과 외조부의 사당에 하직 인사를 하러 가고 싶어하자 금성위(錦城尉) 백수(伯嫂)가 중고모의 시누이므로 차차 전해서 선희궁께 아뢰니, 영조대왕께서 가도 좋다는 분부를 내리셨으므로, 그 후에 나는 모친과 한 가마를 타고 종가에 갔다. 당숙 내외는 딸이 없기 때문에 항상 나를 데려다가 머물러 있게 하시고 사랑하셨는데, 상감〔영조대왕〕께서 아시고,

　"대례(大禮)[2]를 함께 보살펴라."

라는 분부를 내리셨다. 그 후로 당숙은 국혼(國婚)[3]이 정해진 이래 우리 집에 와서 머무르시거나 당숙께서 찾아간 나를 보시고 반갑게 맞아 사당에 인도하여 배례(拜禮)하게 하셨다.

　종가 사당은 자손이 뜰에서 절하는 법이지만, 나는 정당에 올라가서 배례하고 나오니 내 마음이 스스로 놀라지 않을 수 없었다. 그날 다시 외가에 가니 외삼촌댁이 반갑게 맞고 나를 떠나보내는 것을 섭섭하게 여기었다. 또 외종(外從)[4]들은 그 전에는 내가 가면 업기도 하고 안기도 하며 매우 친하게 놀았는데, 그날은 나한테서 멀리 떨어져 앉아서 공손히 대하였으므로 내 마음은 더욱 슬펐다. 외사촌 신씨부(申氏婦)와는 각별히 지내던 사이라 이별이 더욱 서글펐다.

---

1) 맏파(派)의 집안. 큰집과 같은 말임.
2) 조정의 중대한 의식.
3) 왕 · 왕세자 · 왕자 · 공주 · 옹주 · 왕손 등 왕실의 혼인.
4) 외삼촌의 아들이나 딸. 즉 외사촌임.

두 분 이모를 뵙고 집에 돌아오니 어느덧 날 수가 지나서 삼간택 날이 되었으므로 고모께서,

"집이나 두루 살펴두소서."

하고 말하시며 12일 밤에 데리고 다니셨다. 이때 달빛이 휘영청하고 눈 위에 부는 바람이 찬 가운데를 고모가 내 손을 끌고 다니시며 눈물을 흘리셨다. 방에 들어가서 추위를 녹이고 잤는데 잠이 오지 않았다. 이튿날 일찍부터,

"입궐하라."

라고 재촉하였으므로 궁중에서 삼간택 때 입히려고 내려 주신 의복으로 갈아입었다. 원족의 부녀들이 그날 와서 작별하고, 사당에 말미를 아뢰는 차례(茶禮)⁵⁾를 올리고 축문을 읽으니 부친께서 눈물을 참으시고 차마 이별하기 어려워하던 정경을 어찌다 말로 하겠는가.

궐내에 들어와 경춘전(景春殿)에서 쉬었다가 통명전(通明殿)에 올라가서 삼전(三殿)을 뵈오니, 인원왕후께서 오시어 처음으로 나를 보시고,

"아름답고 극진하니 나라의 복이로다."

하며 칭찬하시는데, 대왕께서도 어루만져 과애(過愛)⁶⁾하시는 말씀을 하셨다.

"내가 슬기로운 며느리를 잘 가렸도다."

정성왕후께서 기뻐하심과 선희궁께서 사랑하심이 말할 수 없으므로 어린 마음이지만 감은(感恩)⁷⁾하며 고마운 마음으로 스

---

5) 낮에 지내는 제사, 주로 명절날이나 조상의 생일날에 지냄.
6) 사랑이 지나침. 몹시 사랑함.
7) 은혜를 감사함. 은혜에 감동함.

스로 일어났다. 소세를 다시 하고 원삼을 입은 다음 앉아서 상을 받고, 날이 저물었을 때에 삼전께 사배(四拜)하고 별궁(別宮)[1]으로 나오니 대왕께서 내가 가마를 타는 곳까지 친히 나오셔서 내 손을 잡으시고,

"잘 있다가 오너라. 《소학(小學)》[2]을 보낼 것이니 아비에게 배우고 잘 지내다가 오도록 하거라."

하시며, 못내 귀여워하심을 받잡고 궁중에서 물러나오니 날이 저물어서 이미 불은 켜져 있었다.

궁녀들이 따라와서 좌우에 있으므로, 나는 모친 옆을 떠나서 어떻게 잘까 하고 놀라서 밤중에 슬퍼하고 있었는데 모친의 마음 또한 얼마나 슬펐으랴. 보모인 최상궁의 성품은 엄하고 사정이 없었다.

"나라의 법이 그렇지 아니하니 내려가소서."

하며 모친을 가시게 하였으므로, 모시고 자지 못하니 이런 절박한 인정이 또 어디 있겠는가.

이튿날 대왕께서 《소학》을 내려 보내셨으므로 부친께 날마다 배우고, 당숙(堂叔)·중부(仲父)·선형(先兄)이 글 배우는 방에 들어오시고 어린 숙·계부께서도 들어오셨다.

선대왕께서 또 《훈서(訓書)》를 보내셔서 공부하는 여가에 보라고 하셨는데, 그 《훈서》는 효순왕후(孝純王后)가 들어오신 후에 지으신 어제(御製)였다. 별궁에 배치된 집물·병장(屛帳)[3]·

---

1) 왕이나 왕세자의 혼례 때 비를 맞아들이는 궁.
2) 유자징이 주희의 가르침을 받아 지은 책. 예법과 선행, 가언을 고금의 책에서 뽑아 편찬한 것임.
3) 병풍과 장막.
4) 여자의 화장에 쓰는 물건.

자장(資粧)⁴⁾ 중에 왜진주(倭眞珠)로 된 큰 가지 모양의 노리개가 하나 있었다. 이것은 선희궁이 주신 것이었다.

처음에는 정명공주(貞明公主)의 것으로서 손부(孫婦)⁵⁾ 조씨에게 주셨던 것이었으나 그 집에서 팔았는지 선희궁을 모신 궁녀의 집으로 인연하여 사오신 것이었는데, 내가 공주 자손으로 들어와서 내 집의 구물(舊物)을 가지게 되니 기이한 일이었다.

정헌공께서 서화(書畫)의 벽이 있어서 네 폭의 수병풍⁶⁾이 있었는데, 경신년 후에 종이 가져다가 팔았던 것이 공교롭게 선희궁 나인의 친척에게 사들여서 수병풍 네 첩을 침방에 치라고 보내 주셨다. 계고모가 이 수병풍을 알아보시고,

"조부께서 가지셨던 수병풍이 궁중에 들어와서, 오늘날 손녀분 침방에 치게 된 일이 이상하옵니다."
고 말씀하셨다. 또 팔 첩에 수놓은 용병풍이 선희궁 침방에 쳐 있었는데 부친께서 보시고,

"이 병풍의 용 빛이 완연히 을묘(乙卯)년 6월 17일에 꿈꾼 용의 빛과 같습니다. 그때 꿈을 꾼 후로 잊고 있었더니 지금 이 병풍을 보니 꼭 그 꿈속에서 본 용과 같습니다."
라고 말씀하시고 수화를 다시 갖게 되고 용병풍의 빛이 비슷한 것이 이상하다고 좌중이 모두 탄상(嘆賞)⁷⁾하였는데, 그 용 빛은 검은 인갑(鱗甲)⁸⁾을 금실로 수놓았으므로 흑색과 금색이 서로 섞여 있었다.

---

5) 손자 며느리. 즉 손자의 아내.
6) 수를 놓아서 만든 병풍.
7) 탄복하여 크게 칭찬함.
8) 비늘과 껍데기.

“흑룡 그대로는 아니지만 모양이 흡사하다.”
라며 신기하게 여기셨다. 내가 별궁에서 50여 일을 지내는 동안, 삼전(三殿)께서 상궁을 보내셔서 문안을 물으실 때면 상궁이 우리 친정을 청하여 삼전의 뜻으로 관대하였으므로 형용할 수 없이 감사하였다. 상궁이 오면 곧 주안상을 차려 가지고 예관이 접대하였는데, 이 상차림을 두고두고 갑자가례(甲子嘉禮) 때 칭송하였다.

별궁에 머무는 동안에 조모님의 병환이 계셨는데, 대혼(大婚)[1]은 박두하고 증세는 가볍지 않아, 부모님께서 황망하심이 이루 측량할 수 없었다. 그때 정경은 집안이 평안하여도 정리가 어려우실 터인데, 첩첩한 근심이 만단하시었으나, 별궁에 들어오시면 화기를 잃지 않으셨다. 조모께서 거처를 딴 곳으로 옮기실 때에는 부친이 친히 업어서 가마에 태워 보내셨는데, 이런 소식을 궁인(宮人)들이 듣고 칭송이 자자하였으며, 궐내에서 부친의 계모에 대한 효성이 지극하심을 높이어 말하였다.

천행으로 조모님의 병환이 회복되시니 집과 나라에 만행(萬幸)이라, 지금 생각하여도 그때만큼 초조한 일이 없었다.

정월 초아흐레에 책빈(冊嬪)하고 열하루날에 가례(嘉禮)하니 마침내 내가 부모님 앞을 떠날 날이 임박하여서 정리를 참지 못하고 종일 울음으로 보냈는데, 부모 역시 인정상 슬프셨겠으나 다 참으시고 부친께서 이르시기를,

“인신(人臣)의 집이 척리(戚里)되면 영총(榮寵)[2]이 따르고, 영총이 따르면 문벌이 왕성해지고, 문벌이 왕성해지면 재앙을 부

---

1) 임금의 혼인.
2) 임금의 은총.

르는 법입니다. 내 집이 도위(都尉)의 자손으로 국은(國恩)을 망극히 입었으니, 나라를 위하여 끓는 물, 타는 불 속을 어찌 사양하겠습니까. 그러나 백면서생이 일조(一朝)에 왕실에 척련(戚聯)[3]하므로, 이것은 복의 징조가 아니요, 화의 기틀이 될까 하옵니다. 그러니 오늘부터 두려워서 죽을 곳을 모르겠습니다.”

말씀하시고는 앉음새와 몸가짐의 모든 범절을 가르쳐 주셨다.

“궁중에 들어가면 삼전(三殿)을 섬기실 때 삼가고 조심하여 효성으로 힘쓰고, 동궁(東宮) 섬기실 때 반드시 옳은 일로 도우시고 말씀을 더욱 삼가서 집과 나라에 복을 닦으소서.”

하시던 말씀이 간절하셔서 내가 공경하여 듣다가 울음을 금치 못하였는데, 그때의 심사야 목석(木石)인들 어찌 감동치 않을 수 있겠는가.

초례(醮禮)하고 부모께 또 훈계를 받았는데, 부친은 다홍 공복(公服)을 입고 복두(幞頭)[4]를 쓰고, 모친은 원삼을 입고 큰머리를 얹었다. 일가 친척이 모두 이별하려고 모였고, 궁내 사람이 많이 나왔다. 우리 부모께서는 모든 행례가 조금도 절도에 어김이 없도록 장엄 단중하셨으므로 보는 사람이 모두,

“나라가 사돈을 잘 얻자오이다.”

하고 칭송을 하였다. 초례 후에 궁중에 들어와서 대례(大禮)를 지내고 12일에 조현(朝見)하니 대왕께서 말씀하시기를,

“네 폐백까지 받았으니 경계하노라. 세자에게 부드럽게 하고 말과 얼굴빛을 가볍게 말고, 눈이 넓어도 궁중일은 모르는 척하고 아는 체하지 말라.”

---

3) 관계가 되는 겨레붙이.
4) 과거에 급제한 사람이 쓰던 모자.

하시는 경계를 공손히 받자왔다.

그날 통명전에 양궁(兩宮)을 거느리시고 우리 부친을 인견하시어 말씀이 간절하셨고 친히 술잔을 내리시매 부친이 받아 마시고 남은 술을 소매에 부으시고 감자 씨를 품에 넣으셨다. 대왕께서 내게,

"네 아비가 예를 안다."

하시니, 부친이 감읍하고 물러가서 모친에게 전하되,

"성은이 이와 같으시니 이제부터 죽기로써 보답하겠다."

하고 맹세하셨다.

이튿날 인정전에서 진하(進賀)를 받으실 때에 나를 소개하시고 말씀하셨다.

"본댁들을 구경하게 하라."

진하가 끝난 뒤에 내가 대조전(大造殿)으로 문안드리러 올라가니, 정성왕후께서 우리 모친을 인견하시고 은전이 정중하셔서 대접하는 모양이 여염집 부모들 사이처럼 친밀히 하셨다.

"생녀를 아름답게 길러서 나라에 경사를 보게 하였으니 공이 크도다."

고 말씀하셨다. 인원성모께서는 상궁을 시켜서 잘 대접하시고, 친히 인견을 하지 않으시나 은혜가 극진하시므로 영광이 측량 없었다. 선희궁께서도 곧 서로 보시고, 인친간의 사귀심이 사사 사돈간과 같이 화기애애하셨다. 모친께서는 화기 있는 말씀이 간략하신 중에 인후하고 공손하셨으므로 궁중에서 칭찬이 자자하였다.

그런 관계로 을해년에 모친께서 돌아가시자 자전(慈殿)[1]과

---

1) 임금의 어머니 혹은 임금의 어머니가 거처하는 곳.

대전(大殿)의 늙은 나인들이 슬피 울지 않는 이가 없었다.

통명전에서 사흘 밤을 지내고, 저승전(儲承殿)으로 돌아와서 내가 머무는 집 관희합(觀熙閤)으로 들어가는 것을 보시고 모친이 궁중에서 물러 나가셨는데, 그때의 내 마음은 간장이 타는 듯하였다.

그러나 모친은 놀라운 빛을 나타내시지 않고 태연히 작별하면서 내게 훈계하시어,

"삼전이 사랑하시고 큰궁〔영조대왕〕께서 딸같이 귀중히 여겨 주시니 갈수록 효도에 힘쓰시면, 우리 집과 나라의 복이니, 부모를 생각하시거든 이 말씀을 명심하소서."

하시고, 가마에 오르셨다. 이때 눈물을 머금고 나인들에게 부탁하심이 간절하였으므로 궁녀들이 감탄하였다.

"본댁 하시는 거동을 보오니 어찌 그 부탁을 저버리겠습니까."

15일에 선원전(璿源殿)의 역대 신위께 배례하고, 17일에 종묘에 배례하였다.

이때 내가 어린 나이로 대례를 이루고 큰머리 단장을 하고 실수하지 않음을 대왕께서 칭찬하시고, 선희궁께서 기뻐하셨으므로 더욱 감격하였다.

부친이 초하루 보름으로 궁중에 들어오시나 분부가 계셔야 뵈옵는고로 항상 오래 머무시지 않고,

"궁금이 지엄한데 궁밖의 사람이 오래 있을 수 없다."

하고 곧 나가셨다. 그 후 들어오실 때마다, 갸륵히 여기고 훈계하시던 말씀은 이루 다 쓸 수 없다. 들어오시면 동궁께 뵈옵고 학문을 권하시며, 옛글과 역사를 아시도록 지성으로 가르쳐 드

렸으매, 경모궁(景慕宮)[1]께서 각별히 대접해 주셨다. 갑자년 10월에 과거에 급제하시자 동궁께서,

"장인이 과거하시다."

하고 매우 기뻐하시고 내가 딴 집에 있었는데, 그곳까지 찾아와서 즐거워하셨다. 그 당시로는 경은국구(慶恩國舅) 댁에도 과거한 사람이 없었고, 왕후님 친정 달성(達城) 댁에도 현달한 사람이 없었으므로, 동궁은 나이 어렸으나 과거에 급제한 경사를 신기하게 여기고 장인의 과거를 그토록 좋아하셨던 모양이다.

창방(唱榜)[2] 후에 들어와 뵈오니 동궁께서 부친의 사화(賜花)[3] 받은 꽃을 만지며 기뻐하셨다. 그리고 대왕께서는 작년 계해 과거에 급제시키지 못하신 것을 애달파 하시다가 이번에 급제된 것을 기뻐하셨다. 인원(仁元)·정성(貞聖) 두 성모(聖母)께서도,

"사돈이 과거하였으니 나라의 경사로다."

하고 나를 불러 치하하시고, 정성왕후께서는 당신 본댁이 이 풍상을 겪었으므로 편론(偏論)[4]하시는 것이 아니라 노론파를 친척같이 하시던 차라, 우리 집과 가례한 것을 기뻐하셨다. 이런 경우에 우리 부친이 큰 과거에 급제한 것을 눈물까지 흘리고 기

---

1) 사도세자.
2) 과거에 급제한 사람에게 증서를 주는 일. 문무과는 붉은 종이에 생원, 진사는 흰 종이에 이름을 써서 주었는데, 붉은 종이를 홍패, 흰 종이를 백패라 했음.
3) 옛날 문무과의 급제자(及第者)에게 임금이 하사하던 꽃. 길고 가는 대오리에 푸른 종이를 감고 서로 비틀어 꼬아서 그 사이에 종이로 보라·다홍·노랑의 세 가지 무궁화 송이 조화를 만들어 끼웠음. 한 끝을 복두의 뒤에 넘기게 하고 실을 입에 물었음. 모화(帽花)라고도 함.
4) 남이나 다른 당을 논란함.

뼈하셨으므로 하정의 감격이 더욱 이루 말할 수 없었다.

부친께서는 항상 세자의 학업을 도우셔서 날마다 유익한 일로 옛사람의 글도 써 드리시고 글을 지어 보내시면 평론하여 드리셨다.

그러므로 시강원(侍講院)[5] 학관에게 배우셨으나 우리 부친께 배우시는 것이 많았다. 부친께서는 사위 세자께서 천만의 태평성군(太平聖君)[6]이 되시기를 간절히 바라셨으니, 다른 어느 신하가 따를 수 있었겠는가.

내가 어려서 들어와 궁중 일을 뵈오니, 세자의 기풍이 영위(英偉)[7]하시고 효성이 지극하셔서, 대왕께 두려워하시는 중의 효성이 지극하시고, 정성왕후 받드시는 효성이 친히 낳으신 자모 이상이셨고, 사친 섬기는 일은 더욱 형언할 수 없이 극진하셨다.

선희궁께서는 천성이 인애하신 중, 또 엄숙하셔서 당신 소생의 자녀도 사랑하시는 중에도 교훈이 엄격하여 두려워하였고, 당신 낳으신 아드님이 왕세자로 오르시매, 감히 자모로 처하지 않고 지극히 존대하셨으나, 가르치심은 사랑과 함께 극진하셨다. 이에 대해 아드님의 조심 또한 매우 극진하셨다. 또 선희궁께서는 나를 세자와 다름없이 사랑하셨으매 천한 자부의 몸이 과분한 대접을 받을 때마다 마음이 매우 불안하였다.

내가 궁중에 들어오면서부터 문안하기를 감히 게을리하지 못하여 인원·정성 두 성모께는 닷새에 한 번 문안드리고 선희궁

---

5) 왕세자의 교육을 맡아 보던 관청.
6) 어질고 착한 임금.
7) 영명스럽고 위대함.

께는 사흘에 한 번씩 문안드리기로 되어 있으나, 거의 날마다 모실 적이 많으니, 그때는 궁중의 법도가 엄하여 예복을 갖추어 입지 않으면 감히 뵈옵지 못하고, 날이 늦은 뒤에도 하지 못하고, 새벽의 문안은 때를 어기지 않으려고 잠을 편하게 자지 못하였다.

내가 궁중에 들어올 때 보모와 시비 하나를 데리고 왔는데, 시비의 이름은 복례(福禮)였다. 부친이 소과(小科)[1]하신 후 증조모께서 특별히 선택하신 시비였으므로, 내가 어려서부터 이 시비와 친하게 놀고 떨어지지 않았는데, 천성이 민첩하고 충성됨이 천한 사람 같지 않았다.

보모의 성품 또한 순진하고 근면하였다. 나는 이 보모와 시비에게 엄하게 부탁하여 새벽에 깨우는 일을 게을리하지 못하게 하였다. 엄한의 겨울에도, 성서(盛暑)의 여름에도, 풍우와 대설 중에도, 문안 갈 날에 한 번도 시간에 늦지 않은 것은 이 두 사람의 공이었다.

그 후 보모는 내 여러 차례 해산 때에 시중을 들어서 그 공이 적지 않았으므로 그 자손이 후한 요포(料布)[2]를 대대로 받았고 여든이 넘도록 장수를 누렸다. 복례는 나를 지극히 섬겨서 마치 수족같이 내 심중의 비환고락(悲歡苦樂)[3]을 제가 잘 알아서 50년 동안이나 허다한 경력을 나와 함께하고, 경순년 대경(大慶)[4]에 국밥을 대령하라고, 상감께서 상궁을 시키셨다. 일흔이 넘어

---

1) 생원과 진사를 뽑는 과거.
2) 급료로 주던 무명이나 베.
3) 슬픔과 즐거움 그리고 괴로움과 안락.
4) 순조 탄생.

서도 근력이 좋아서 내게 마치 아이 종같이 굴었다. 이 보모와 복례는 나를 잘 섬긴 심덕으로 나중까지 일생을 잘 지내었다고 생각된다.

옛날 궁중의 법이 얼마나 엄하였던지, 문안 밖에도 어려운 일이 많았으나, 나는 괴롭게 여기지 않았는데, 이것 또한 옛 풍습에 익은 사람됨이라 능히 감당하였던 모양이다.

시누이는 여럿이 있어서 나를 사랑하였으나, 지위가 달라서 내가 대접할지언정 한결같이 행실을 배우지 못하고, 효순왕후(孝純王后)[5]를 따라서 몸을 가지매, 나이 차이가 있으나 서로 배우고 사랑함이 각별하였다. 여러 옹주(翁主)[6] 가운데, 화순(和純)은 온공하시고, 화평(和平)은 유순하셔서 나를 대접함이 극진하고 아래로 두 시누이는 나이가 서로 같고 귀한 아기네로 놀음하는 것이 모두 갖추어져 있으나 내가 따라서 놀지 않았고, 주위에 유희거리가 많아도 좋아하지 않았으므로, 선희궁께서 항상 간곡히 훈계하시는 말씀이,

"마음속으로는 유희하고 싶으련마는, 그것을 참고 하지 않으니 대견하다. 대궐에 들어온 도리를 차려서 어린 시누이들과 함께 유희하지 말라."
하고 하나하나 간곡한 지도를 해주셨다.

계해년에 내가 대궐에 들어올 때, 중제〔仲弟, 홍낙신〕는 다섯 살이요, 숙제〔叔弟, 홍낙임〕는 세 살이었는데, 형제가 숙성하고 쌍둥이 같아서, 모친께서 나의 가례 후 일 년에 한두 번 궁중에 들어오실 적이면 형제가 따라왔다. 그러면 선조(先朝) 영조대왕

---

5) 진종의 비.
6) 후궁 소생인 왕녀.

께서 사랑하시어 나 있는 곳에 오시면 형제를 앞세우고 다니셨는데, 부르시면 순령수(巡令守)[1] 소리로 크고 길게 대답을 잘하여 귀여워하셨다. 후에 중제는 자라서 병술년에 등과하였을 때,

"순령수 대답 잘하던 아이가 급제하였다."

하시며 기뻐하고,

"영상(領相)[2]이 아들을 잘 두었다."

하시며 유신(儒臣)[3]들과 글을 읽으면 손뼉을 치시며 잘 읽는다고 칭찬하셨다. 특히 경모궁께서 우리 친정 동생 형제를 사랑하시어, 궁중에 들어오면 잠시도 떠나지 못하게 하고 좌우에 세우고 다니셨다.

한번은 중제가 아홉 살 적에 경모궁께서 종묘에 배례하시고, 평천관이 옆에 놓여 있으므로, 웃음의 말씀으로,

"네 머리에 씌워 주랴?"

하시자, 중제는 두 손으로 머리를 싸고,

"신자는 쓰지 못하옵니다."

하고 어쩔 줄 모르며 사양하였다. 경모궁께서는 이를 보고 매우 기특히 여기셨으나 중제는 황송해서 몸에 땀이 흘렀다. 요사이 아이들에 비하면 얼마나 숙성한 행동이었는지 모른다.

궁중의 법이 사내아이가 열 살이 넘으면 궐내에서 잠을 자지 못하였다. 하루는 경모궁께서 숙제를 여러 번 부르셨는데, 내관들이 무슨 말을 함부로 재촉하였는지, 숙제가 분하게 여기고 차비문(差備門)[4]에 들어오지 않았다. 그러자 경모궁께서 차비문

---

1) 대장의 전령과 호위를 맡고, 또는 순시기·영기를 드는 군사.
2) 영의정 홍봉한.
3) 유학에 조예가 깊은 신하.

까지 나와서 불러들이시고,

"네가 이처럼 강직하니, 나를 어찌 돕겠느냐."
하고 부채에 글을 써 주시던 일이 어제 같은데, 그 성품이 온화
하고 공손해졌으므로 내가 퍽 사랑하였다.

부친이 등과하신 지 7년 만에 대장의 직임까지 하셔서 공명
이 혁혁하시매 남들은,

"왕실의 친척이 되어서 그렇다."
하겠으나, 선희궁께서 내게 조용한 때에 친히 이르신 말씀이 있다.

"어장(御丈)께서 성균관 장의(掌議)[5]로 숭문당(崇文堂) 입시
하던 때, 상감께서 처음 보시고 안에 들어와서 하시는 말씀이
'오늘 크게 쓸 신하를 얻었으니, 홍 아무개가 그 사람이다' 하
시더라."

이것으로 미루어 보더라도 대왕께서는 그때부터 사랑하셨던
것이며, 어찌 내 부친이라 해서 특별히 중용하셨겠는가. 그 후
에 전곡(錢穀)[6] · 갑병(甲兵)[7] · 군국(軍國)[8] · 중사(重事)를 다
부친께 맡기시고, 부친은 주야로 심신의 힘을 다하여 거의 침식
을 폐할 듯이 사사를 잊으신 채 나랏일에만 골똘하셨다. 나를
보시면 항상 말씀이,

"성은이 지중하시니 그 은혜를 어찌 갚을지 모르겠습니다."
하셨다. 내가 일찍이 임신하여 경오년에 의소(懿昭)를 낳았으나
임신(壬申)년 봄에 잃었으므로, 삼전(三殿)과 선희궁이 모두 애

---

4) 궁궐 편전의 앞문.
5) 조선 성균관 · 향교의 재임(齋任) 중 으뜸 자리.
6) 돈과 곡식.
7) 갑옷 입은 병사.
8) 군사와 국정.

통해하셨다. 내가 불효한 탓으로 끔찍한 일을 겪는가 싶어 죄스럽더니 그해 9월에 주상[정조대왕]이 나시니, 내 미약한 복으로 이해에 이런 경사가 있다니 뜻밖의 일이었다. 주상이 나시매 풍채가 영위하시고 골격이 기이하사 진실로 용봉(龍鳳)의 모습이시며 하늘의 해와 같은 위풍이었다. 대왕께서 보시고 크게 기뻐하시고 내게 말씀하시길,

"어린아이의 모습이 매우 범상하지 않으니 조종의 신령이 도우심이요, 종사(宗社)의 장래를 맡길 경사로다. 내가 노경에 오늘 이런 경사를 볼 줄 어찌 생각하였으랴. 네가 정명공주 자손으로 나라의 빈(嬪)이 되어 네 몸에서 이런 경사가 났으니 나라에 대한 공이 매우 크다. 아이를 부디 잘 기르되 의복을 검소히 하는 것이 복을 아끼는 도리다."

하고 훈계하셨으니, 내 어찌 그 말씀을 지키지 않으리요.

나는 지난번 생산에는 나이가 어려서 어미 도리를 하지 못하였으나, 금상(今上)[1] 낳은 후는 봄의 통석(痛惜) 뒤에 나라 경사가 다시 있으니 육궁(六宮)의 기뻐하심이 처음의 백 배나 더 하였다. 모친은 내가 해산하기 전에 궁중에 들어와 계셨고, 부친은 숙직(宿直)하신 지 7, 8일에 경사가 있었고, 양친의 경축이 무궁하였다.

아기께서 기이하심을 보시고 더 기뻐하시며 내게 하례하시니 내 이십 전의 나이로되 떳떳하고 당당한 일이겠지만 아들 낳은 것이 신세의 의탁인 듯싶었고, 마음이 영(靈)하던가 싶었다.

신미년 10월에 경모궁의 꿈에 용이 침실에 들어와서 여의주

---

1) 정조.

(如意珠)²⁾를 희롱하는 것을 보시고 기이한 징조라 하시며, 그 밤에 곧 흰 비단 한 폭에 꿈에 보던 용을 그려서 벽에 걸어 두셨다. 그때 춘추가 17세이시니 이상한 꿈이라고 우연히 생각해 넘기실 때였지만,

"아들 얻을 징조다."

하시기에 노성(老成)³⁾한 어른 같았고, 용 그린 화법(畵法)⁴⁾이 비상하더니 과연 주상을 얻을 기이한 꿈이런가 싶었다. 항상 말이 없이 엄중하신 경모궁께서 어린아이를 보시면 늘 웃으시고, 내게 하례하시어 이런 말씀을 하셨다.

"이런 아들을 두었으니 무슨 근심이 있으리요."

그해에 홍역이 크게 번져서 옹주가 먼저 앓으매 약원(藥院)⁵⁾의 청이,

"동궁과 원손(元孫)⁶⁾을 다른 곳으로 피병하소서."

하였으나, 그때 아직 산후 삼칠일 전이라 움직이기 어려웠으나, 상감 분부를 어기기 어려워서, 경모궁께서는 양정합(養正閤)에 거하시고, 원손은 낙선당(樂善堂)에 옮기시니, 삼칠일의 아기로되 몸이 커서 먼 곳에 옮기는데도 조금도 염려되지 않았다. 아직 보모를 정하지 못하였으므로 늙은 궁녀와 내 보모에게 맡겼다. 그러나 곧 경모궁께서 홍역을 하시고 나인들도 모두 홍역에 걸렸으므로 돌볼 사람이 없었다.

---

2) 용의 턱 아래에 있다고 하는 구슬. 이 구슬을 얻으면 변화를 마음대로 부릴 수 있다고 함. 여의륜관음은 이 구슬을 두 손에 가지고 있다고 함.
3) 노련하고 성숙함.
4) 그림을 그리는 방법.
5) 조선시대 내의원의 별칭.
6) 왕세자의 아들.

선희궁께서 친히 오셔서 보시고 밖으로는 부친이 숙직하며 보호하셔서 증세가 순조로웠으나 열이 심하였으므로 부친이 옆에서 구호하셨는데, 그 정성이 극진하셨다. 병이 나으신 뒤에 부친이 글을 읽어 드렸는데,

"글 읽는 소리가 시원하다."

하시고 주야로 부친의 가르쳐 주심을 들으셨다. 그때 부친이 읽으신 글을 다 기억하지 못하나 제갈량의 출사표(出師表)를 읽으시며,

"옛날부터 군신의 만남이 한소열(漢昭烈)[1]과 제갈량 같은 이가 없으니, 신이 항상 이 글을 흠탄(欽歎)[2]하오이다."

하시고, 또 고석(古昔)[3]의 현군(賢君)과 명신(名臣)의 말씀을 이야기로 아뢰오면 비록 병환 중이시나 응대함이 각별하셨다. 왕세자의 홍역이 거의 다 나으신 후에 내가 이어서 홍역을 하였는데, 산후에 이런 병을 얻어 증세가 무거웠고 갓난아기가 또 발병하셨다. 아직 석 달된 아기지만 증세가 큰아기같이 순조로웠다.

하지만 내가 큰병 가운데 어떨까 염려하시고 선희궁과 부친이 아기의 증세를 자세히 알려 주시지 않아서 모르고 지냈다. 부친이 내가 있는 곳에 다니시고, 원손께 주야로 왕래하셨는데, 하루는 엎드러져서 걷지도 못하셨다 한다. 그런 사정도 내 병이 거의 나았을 때 비로소 알고 부친의 수고와 염려로 불안하였다. 그러나 주상〔정조대왕〕께서 홍역을 순하게 하신 일은 진실로 신

---

1) 유비.
2) 아름다운 점을 탄상함.
3) 옛날 옛적.

기하였다.

주상이 홍역 후 잘 자라시고, 돌 때에 글자를 능히 아셔서 보통 아이와 아주 다르시고, 계유년 초가을에 대제학(大提學)[4] 조관빈(趙觀彬)을 대왕께서 친히 문초하실 때, 궁중이 모두 두려워하자 당신도 손을 저어서 소리 지르지 말라 하셨으니 두 살에 어찌 이런 지각이 있었으리요. 세 살에 보양관(輔養官)[5]을 정하고 네 살에 《효경(孝經)》[6]을 배우시되, 조금도 어린아이 같지 않고 글을 좋아하셨기 때문에 조금도 어려움이 없었다.

어른같이 일찍 소세하고 책을 놓고 읽으시었다. 여섯 살에 유생이 전강(殿講)[7]할 제 대왕께서 불러서 용상(龍床)[8] 머리에서 글을 읽히시며 글 읽는 소리가 맑고 잘 읽었으므로 보양관 남유용(南有容)이,

"선동(仙童)이 내려와서 글 읽는 소리 같습니다."
하고 아뢰니, 대왕께서 기뻐하셨다. 이처럼 숙성하니 이는 전고(前古)에 없었을 듯하고, 어리면서도 경모궁께 불언 중의 효도로운 일이 많았다. 범백(凡百)[9]이 하늘 사람이시지 예사 사람으로야 어찌 이러하셨으랴.

내가 일찍이 이런 거룩하신 아기를 모신 가운데, 갑술년에 청연[淸衍, 장녀]을 낳고, 병자년에 청선[淸璿, 차녀]을 얻었는데,

---

4) 조선시대 때 홍문관·예문관의 으뜸 벼슬. 정2품임.
5) 조선시대 때 보양청의 한 벼슬. 원자보양관은 종2품 이상이고 원손보양관은 정3품 이상임.
6) 공자가 제자인 증자에게 효도에 대해 한 말을 기록한 책.
7) 성균관의 유생 중에서 학식이 뛰어난 이들을 대궐 안에 모으고 임금이 친히 행하던 시험.
8) 임금이 앉는 평상.
9) 상궤(常軌)에서 벗어나지 않는 언행.

청연은 기질이 유화관후(柔和寬厚)[1]하고 청선의 기도(氣道)는 온아개제(溫雅愷悌)[2]하여 손 안의 두 구슬 같으니 내 팔자를 누가 부러워하지 않으리요. 친정의 부모가 착하셔서 공명과 영화가 빛나시고 형제 또한 많아서 근심이 없었다.

모친이 궁중에 들어오시면 계매(季妹)와 계제(季弟)를 앞세우고 들어오셨다. 계제는 부모의 만생(晩生)으로 사랑이 지극하셨는데, 위인이 충후관홍(忠厚寬弘)[3]하여 어린아이라도 큰 그릇 될 기상이 있었으므로 주상께서 데리고 노시며 심히 사랑하시니, 내 장래를 기대하는 마음이 적지 않았다. 계매는 내가 궁중에 들어온 후 부모께서 나를 잊지 못하다가 낳으셨는데, 사람마다 아들 낳기를 좋아하였으나 우리 집의 정리는 그렇지 아니하며 딸 낳은 것을 요행히 여겨서 온 집안의 기쁨으로 삼으셨다. 그래서 내 마음에 내가 부모 슬하에 자취를 남긴 것같이 기뻐하였으며 기품이 아름다운 옥 같고, 성행이 효성스러우며, 우애가 있었다. 또한 마음이 온순하고 부모가 사랑하시며 동기의 사랑이 몸에 지나쳤으나 결코 교만하지 않았다.

궐내에 들어오면 두 성모와 선희궁께서 모두 어여삐 여기시고 통명전(通明殿) 대례 육궁의 나인들이 모두 안아 보고 밝은 달과 연꽃 송이 구경하듯 하였으니 그 자질의 아름다움을 가히 짐작할 수 있다. 나를 따라서 옆을 떠나는 일이 없고, 경오년 다섯 살 때에 능히 모친을 모시고 궁중에 들어왔는데 내가 해산한다는 말을 듣고,

---

1) 성질이 부드럽고 온화하고 너그러움.
2) 용모와 기상이 화락하고 온순하며 단아함을 가리킴.
3) 충직하고 후순하며 너그러움.

"임금께서 기뻐하시고 아버님 어머님이 다 좋아하시겠다."
하며, 어른같이 말하므로 듣는 이가 모두 이상히 여기었다. 효
순왕후께서 노리개를 한 줄 채워 주셨는데, 그 후 노리개를 차
지 않았으므로,
"너 왜 노리개를 차지 않았느냐?"
물었더니,
"주시던 이가 계시지 않으셔서 보시지 않으시기에 차지 못하
였어요."
하고 대답하였다.
　임신년 3월에 나라에 슬픔이 있었는데, 가을에 궁중에 들어
와서 나를 보고 눈물을 흘리고 그 아이 기르던 보모의 손을 잡
고 울었는데, 그때 나이가 일곱 살이었다. 어떻게 그리 성숙한
지 몰랐다. 임진년 9월 대경(大慶) 때 부친이 들어오실 때 저도
따라 모시고 왔다. 그때는 주상 탄생 후라 제가 보고서,
"이 아기씨는 단단하고 숙성하시니 형님마마 걱정시키지 않
으시겠다."
하고 말하여 좌우가 웃었다. 부친도,
"아이 말 같지 않다."
하고 도리어 꾸중하시기에 내가,
"그 아이 말이 옳으니 꾸짖지 마옵소서."
하였다. 이때 궁중의 복록이 면면하고 우리 친정 집이 또한 번
성하여서 남매가 모두 남만 못지않았으므로 궁녀들이 모두 나
를 우러러 치하하였다.
　경모궁께서도 장모〔나의 모친〕 대접하심이 보통 장모 대접과
달리 지극하시매, 모친이 우러러 사랑하시고 귀중히 여기시되

사위로 대하지 못하니 그 정성이 어떠하시리요. 모친이 궁중에 들어오셨을 때는 혹 경모궁께서 노한 일이 계시다가도,

"일이 그렇지 않으오이다."

하고 아뢰면, 곧 안색을 고치셨다.

갑술년에 청연을 낳을 때에도 모친께서 50여 일을 궁중에 머무르시면서 모실 때, 지극히 무간(無間)[1]하게 경대하시니 모친께서 항상 감축함을 이기지 못하셨다.

슬프다. 세자님의 기질이 뛰어나시고 학문이 점점 진취하시니 그 기상과 기품이 모두 진취하였으나, 불행히 임계년에 병환 증세가 계시매 내 무려한 근심과 우리 부모의 심중이 얼마나 초조하였으리요. 모친께서 밤낮으로 초조해하시며 친히 기도하시고, 명산대천에 두루 치성하시며 밤이면 잠을 주무시지 못하고 합장축천(合掌祝天)[2]만 하셨는데, 이것이 모두 불초의 나를 두신 때문이라. 나라 위한 지극한 정성이 아니면 어떻게 이처럼 염려하시리요.

우리 오라버니〔홍낙인〕는 부모께서 일찍 얻으신고로 교훈하심이 엄하며, 문장이 빨리 이루어졌다. 지기(志氣)가 고매하고 행실이 준결(俊潔)[3]하여 15세가 지나매 엄연히 큰 선비 같았다. 집안이 모두 존대하고 시복들이 모두 엄한 상전으로 알고 감히 업신여기지 못할 엄중한 장부의 법도가 있었으므로 정헌공이 항상 집안의 큰 기둥으로 여기셨다. 오라버니는 계해년에 혼사를 지내려 하시다가 내 대혼 때문에 물려서 을축년에 성혼하셨는데, 배우는

---

1) 아주 친해 서로 막힘이 없이 사이가 가까움.
2) 손을 모아 하늘에 축원함.
3) 재주와 슬기가 뭇사람보다 뛰어난 사람.

여양(驪陽)의 증손녀요, 봉조하(奉朝賀)의 손녀로서 일세에 으뜸가는 대갓집 규수였다. 이 규수도 나이 어릴 때 궁중에 들어와서 삼전의 사랑을 받자와 계시던 까닭에 우리 친정의 며느리 된 줄 아시고 기뻐하시며, 신행 때 상궁을 내보내시고, 두 성모께서 그날 광경을 친히 물으셨으니 인친(姻親)간에 후하심을 알 일이다. 형님이 처음 들어오시니 자질이 청려(淸麗)[4]하고 기품이 높아서 위엄과 예절이 참으로 착하며 진실로 아름다워 여러 척신(戚臣) 집 어린 부녀 사이에서 닭 무리 속에 섞인 학 같고, 돌 가운데 빛나는 옥 같아서 궁중의 모든 눈이 놀라서 보며 칭찬하였다.

두 분의 배우가 실로 짧고 길음이 없는 천생배필이었다. 우리 집 종손이 일문의 으뜸이라 부모의 애지중지하심이 세상에 드물 정도였다.

오랫동안 아들을 낳지 못한 채 딸만 낳고 부모가 매우 답답해하시던 중 을해년 4월에 너〔이 글은 그에게 주는 편지 형식의 글이다〕 수영(守榮)을 낳았는데, 비록 강보에 싸인 때에도 골격이 탁월하고 얼굴이 관옥 같으니 부모의 사랑이 만금 보배보다 더하고 기대가 천 리를 달릴 말과 같았다.

내게 편지로 하례하셨으니, 그 부모의 소생이 응당 잘났을 것이며 우리 집을 위하여 기쁨이 측량 없었다. 그 뒤에 선대왕(先大王)께서 보시고 지나치게 귀여워하시고 이름을 수영(守榮)이라고 친히 지어 주시니 어린아이로서 이런 영광이 어디 있으랴. 주상이 더욱 사랑하시니 너같이 어렸을 때에 은영(恩榮)을 받은 이가 어디 있으리요.

---

4) 맑고 고움.

너 낳은 후 우리 집이 더욱 험한 일이 없더니 슬프도다. 을해년 8월에 모친의 상사를 당하니, 누구인들 자모(慈母)를 잃은 슬픔이 없으리요마는 내 정경은 천지간에 홀로 남은 것 같아 그 애통하던 정사(情事)가 망연하니 어찌 살고자 하리요마는, 부친이 현필(賢匹)을 잃으시고 애통해하시고 나로 하여금 더욱 슬퍼하시니, 내 몸을 버리지 못하여 선친을 위하오나 한없는 슬픔이야 어찌 잠신들 참겠는가. 발상하던 날, 선희궁께서 친히 오셔서 위로하심이 자모 같으시오니, 이런 자애는 여염집의 시어머니와 며느리 사이에도 없을 정도이매 내 감동을 감히 금할 수 없었다. 상사를 지내고 문안에 올라가니 두 성모께서 내 손을 잡고 눈물을 흘리시며 슬퍼해 주셨다. 망극한 중이나 이런 영광이 어디 있겠는가.

내가 지통함을 억지로 참고 세상에 살아 머물러 있었으나 진실로 살아갈 마음이 없었다. 그러나 선대왕께서 너무 슬퍼하지 말라 하시고 정성왕후와 선희궁께서도,

"집상(執喪)이 지나쳐서 예절이 나라의 예절과 다르다."
하고 꾸중하시므로 내가 마음을 다하지 못함을 더욱 애통히 여겼다.

중제〔홍낙신〕의 아내와 숙제〔홍낙임〕의 아내는 재종형제(再從兄弟)로 동서가 되어 들어오니, 귀한 일이다. 중제의 아내는 현숙 유순하고, 숙제의 아내는 온순 효우(孝友)하매 부모가 기뻐하시더니 오래지 않아서 모친이 별세하였는데, 이때 두 아우의 나이가 17세와 15세였다. 성인한 보람이 어디 있으리요. 더욱 불쌍함은 계제〔홍낙윤〕의 나이가 여섯 살이니 부친께서 어머니를 잃으시던 나이와 같아서 슬픔을 아는 둥 모르는 둥 하고, 계

매〔이복일의 아내〕는 슬퍼하여 상인(喪人) 구실을 하면서 막내동생을 불쌍히 여기고 위로하기를 어른같이 하여, 막내동생은 할머니의 위로를 받고 계매는 형님〔홍낙인의 아내〕의 거두심을 입으니 의복과 음식의 염려는 없으나 남매가 외롭고 의지할 데 없는 형용을 생각하면 잠시도 잊을 수 없었다. 계매의 편지에 모친 생각하는 슬픈 말이 종이 위에 솟아나매 내가 볼 적마다 제 글씨 한 자에 내 눈물이 한 줄 내리더라.

병자(丙子)년 2월에 부친이 광주 유수(留守)를 하시니 떠나시는 것을 심히 슬퍼하는 중 할머니를 모시고 가시니 내가 할머니를 어머니같이 여기다가 얼마나 슬펐으리요. 그해 윤9월에 청선을 낳으니 해산 적마다 부친께서 들어오시던 일이 생각나서 고통이 더욱 심하였다. 만삭의 몸을 돌보지 않고 소식도 오래하였으므로 기운이 파해서 위태로울 지경이었다.

선대왕께서 내 몸을 염려하시어 부친에게 분부하여 보약을 많이 써서 무사히 해산하였으나 슬픔이 뼈에 사무쳐서 그런지 산후의 허약이 심하여 부친께서 지나친 근심을 하셨다. 그 달에 부친이 평안 감사를 하시니 떠나시는 심사가 오죽하리요. 사사로운 정이 딱하나 왕명이 지중하여 차비를 서둘러서 부임해 가셨다.

그해 동짓달에 경모궁께서 마마를 앓으시니 부친이 천 리 관외(關外)에서 이 소식을 들으시고 주야로 추운 방에 거처하시며 서울 문안을 기다려 들으셨는데 너무 근심하신 나머지 수염이 허옇게 시어 계셨다 한다.

다행히 경모궁께서 병환이 나으시자 종사(宗社)의 큰 경사로 여기셨다. 그러나 그 후 백 일이 되지 못하여 정성왕후께서 승하하시니, 그때 슬퍼하시는 효심이 거룩하셔서 모두 경복하였고 인산(因山)[1] 때 백성들이 그 애통하시는 거동을 뵈옵고 감읍하였다. 그때 국사가 점점 길하지 못하여 경모궁의 병환도 쉬 쾌차하지 못하였다.

부친께서 5월에 내직으로 들어오시매 부녀가 떠났다가 다시 만나는 기쁨은 컸으나, 쌓이고 쌓인 근심은 서로 대하면 눈물 뿐이었다. 동짓달에 대왕[영조]께서 격분하신 사건이 있어서 부친께서 충애의 마음을 이기지 못하여 당신 처지로서 하기 어려운 말씀을 아뢰시니 대왕께서 더욱 노하셔서 삭직(削職)[2]을 당하여 문 밖으로 나가시었다. 갑자년 후에 나를 사랑하심이 한결 같아서 난처한 때라도 내게는 자애를 감하신 일이 없으시더니 이때 처음으로 엄한 분부를 듣잡고 몸 둘 곳이 없어서 하실(下室)로 내려갔지만, 머지않아 부친을 다시 복직시키시고, 또 나를 부르셔서 전과 같이 사랑하셨다. 천만 가지 모든 일이 황공할 때였으나 지극하신 성은이야 뼈가 부서진들 어찌 다 갚사오며 내가 겪은 은혜가 이토록 무궁하나 붓으로 쓸 말이 아니기 때문에 다 기록하지 못한다.

국운이 불행하여 정성왕후 승하하신 이듬해에 인원성모 또한 승하하시니 두 분을 모시고 받잡던 자애가 무궁하던 나는 일조에 비통이 첩첩하고 의지할 곳이 없었다. 내 몸이 정성왕후 빈전 가깝게 있어서 미성을 다하려고 오시제전(午時祭奠)과 조석곡읍(朝夕哭泣)[3]을 다섯 달 동안 한 번도 폐한 일이 없었으나 인원왕후가 나를 사랑하시던 은혜를 갚을 길이 없었다. 병환이

---

1) 태상황 및 그 비, 임금과 그 비, 황태자 부부, 황태손 부부의 장례식.
2) 벼슬과 품계를 빼앗음.
3) 아침저녁으로 곡을 함.

날로 위중하시오니 정성왕후는 이미 계시지 않고 나 홀로 초조하던 심정이 또한 어떠하였으리요. 선대왕께서 주야로 시탕(侍湯)[4]하시며 옷을 벗고 쉬실 때가 없으시니 더욱 민망하였고 승하하신 후에는 선대왕을 우러러보며 망극하고 허전하여 애통함이 무궁하였다.

양전(兩殿)의 삼년상을 겨우 마치고 기묘(己卯)년에 가례(嘉禮)[5]를 행하시오니 그때 말하지 못할 근심이 많았다. 선희궁께서 내게 하시는 말씀이,

"정성왕후 계시지 않은 후는 이 가례를 행하여 곤위(坤位)[6]를 정하는 것이 나라에 응당한 일이다."

하시고, 선대왕께 하례하시고 가례 차리기를 손수 정성껏 하시며, 궁중이 제 모양이 됨을 진심으로 기뻐하시니 임금 위하신 덕행이 거룩하셨다. 가례 후 경모궁께서 조현(朝見)하실 때 행례에 지극히 조심하시고 공경하심이 천성의 효성이심을 이런 때 알 수 있었다. 양전이 평안하시면 스스로 기뻐하시던 사실은 다 아는 바이매 지극한 슬픔을 하늘을 우러러 묻고자 하되 할 도리가 없구나.

세자의 기질이 효우(孝友)와 자애가 지극하셔서서 금상(今上)을 귀중히 여기심이 이를 데 없어서 군주(君主)[7]들이 감히 바라보지 못하게 하시고 천출(賤出)이 우러러보지 못하게 명분을 엄하게 하셨다. 화순·화평은 맏누님으로 공경하시고 화협(和協)은

---

4) 약시중을 드는 것.
5) 정순왕후 김씨를 맞음.
6) 왕비 또는 부인.
7) 세자의 딸. 여기서는 정조의 누이들.

선조의 소홀하셨음을 가엾게 여기셔서 더욱 잘 대접하시더니, 화협옹주가 세상을 떠나매 경모궁은 대단히 슬퍼하셨다.

정처(鄭妻)[1]에게는 예사 인정으로 생각하면 선조께서 편애하셨으므로, 당신은 응당 냉대할 듯하나, 조금도 차별이 없으셨으니, 범인으로 이런 터에 처변(處變)[2]하면 어찌 이러할 리 있으리요.

신사(辛巳)년 3월에 주상〔정조〕이 입학하시고, 그 달에 관례를 경희궁에서 하시되 세자께서 가보지 못하시기에 내가 또한 혼자 가보지 못하니 자모지정(慈母之情)이 서운하고 근심이 무궁하였다.

부친이 이때 간험(艱險)한 처지를 당하셔서, 선대왕의 은혜도 갚고, 소조(小朝)[3]도 보호하려고 하셨는데 근심이 지나쳐 가슴이 답답증이 심하고, 관격증이 항상 나셨다. 나를 보시면 하늘을 우러러,

"국사 태평하소서."

하시고, 합장하시며 빌어 주시던 그분의 붉은 정성은 하늘이 보시고 신명이 옆에 계시오니 털끝만큼이라도 부친을 위한 사정(私情)으로 이런 말을 하는 것이 아니다.

신사(辛巳)년 3월에 대배(大拜)하오시고 그때 큰 신하가 없고 상후(上候)[4]가 계셨으므로 부친이 부지런히 출사(出仕)하시지 않을 수 없으셨으니 본심은 아니었다. 부친이 스스로 물러나려

---

1) 영조의 아홉 번째 딸인 화완옹주. 정치달의 처를 가리킴.
2) 일의 기틀을 따라 잘 처리함.
3) 국정을 대리하는 왕세자를 가리키는 말.
4) 영조의 병환.

고 하셨지마는 성은이 지중하여 마음대로 하지 못하시고 첩첩 근심이 점점 더하시니, 오직 몸을 바쳐서 국은(國恩)에 보답하시려고 하매, 잠시인들 근심 걱정이 떠나시겠으며, 어느 한 때인들 두렵지 않으시리요. 종묘에 기우헌관(祈雨獻官)으로 가서서 제사 올릴 때 열성(列聖)의 신위를 우러러 '조종(祖宗)이 묵우(默佑)하사 나라가 평안하옵소서' 하고 암축(暗祝)하던 말씀을 편지로 써 보내시기에 그 사연을 보고 흐느꼈다.

오라버니〔홍낙인〕가 경오(庚午)년에 소과(小科)하시고 궁중에 들어오시니 경모궁께서 보시고,

"지기상합(志氣相合)[5]하다."

하시더니, 신사년에 등과하여 강서원(講書院)[6] 관원(官員)으로 세손을 자주 모시고 글을 가르쳐서 주상〔정조〕께 공이 많았고 강서원 숙직 때, 우리 남매가 자주 만나서 나라 근심을 말하고 문득 서로 모른 체하자고 하였다.

신사년 겨울에 세손의 빈을 간택하시니, 청풍 김판서 성응(聖應)의 어머니 수연(壽宴)에 부친이 가셨다가 중궁전(中宮殿)을 어렸을 때 보시고 비상한 자질이라고 하신 말씀을 들은 일이 있었다. 그 집 김공(金公) 시묵(時默)의 딸 단자(單子)를 경모궁이 보시고 그리 간택하시려는 뜻이 많이 기우시고, 온궁〔전궁〕의 의견이 일치하여 순조롭게 완성되니, 이는 실로 하늘이 맺어준 인연이며 그 며느리를 귀중 편애하심이 지극하셨다.

중전이 들어오셔서 특별한 자애를 받자왔는데 어린나이였지

---

5) 두 사람이 지기(志氣)가 서로 맞음.
6) 조선시대 때 왕세손의 시강(侍講)을 맡아보던 관아.

만 대상 후 애통이 심하고 세월이 갈수록 추모하심이 더하며 말씀이 미치오면 곧 눈물을 아니 넬 적이 없었다. 자애를 받자온 연고이지만 효성이 없다면 어찌 이러하겠는가.

내전(內殿)이 재간을 지내고 마마에 걸리시고 곧 이어서 주상이 또 마마에 걸리시니 증정(症情)[1]이 약하기는 하시나, 삼간(三諫)이 임박하였던 때에 연하여 큰 병환으로 지내시니 내 마음 쓰기가 또한 어떠하였으리요.

주상의 성두(成痘)는 신사(辛巳)년 동짓달 그믐께부터 하셔서 섣달 열흘께 나으시니 보통 집에서도 기쁜 일이겠거늘 하물며 나라의 경사임에랴. 선조〔영조〕께서 근심하시다가 기뻐하시고 경모궁께서 기뻐하시던 일이 어제 같으며, 내 몸에 없는 정리로 중한 병환에 합수암축(合手暗祝)[2]하여 태평히 쾌차하기를 천지신명께 빌던 일과 부친이 숙직하시어 애닳아하시던 정성이야 더욱 무엇이라 말하리요. 조상이 도우셔서 양궁(兩宮)이 차례로 평순하시고 섣달에 삼간을 지내고 임오(壬午)년 2월 2일에 가례를 순성하시니 나라의 경사가 이밖에 어찌 더하리요.

슬프고 슬프도다. 모년 모월 모일의 일을 내 어찌 차마 말하리요. 천지가 맞부딪치고 일월(日月)이 캄캄해지는 변(變)을 만나 내 어찌 일시나마 세상에 머무를 마음이 있으리요. 칼을 들어 목숨을 끊으려 하였더니 옆의 사람들이 칼을 빼앗으므로 뜻을 이루지 못하고, 돌이켜 생각하니 11세 세손에게 첩첩한 큰 고통을 끼치지 못하겠고 내가 없으면 세손의 성취를 어찌하리요. 참고 참아서 모진 목숨을 보전하고 하늘만 부르짖었도다.

---

1) 증세. 병의 형편.
2) 손을 모아 축원함.

그때 부친이 나라의 엄한 분부로 동교(東郊)에 물러나서 근신하고 계시다가 일단락된 후에 다시 들어오시니 그 무궁한 고통이야 누가 감당하리요. 그날 실신하여 쓰러지시니 당신이 어찌 세상에 살 마음이 계시리요마는, 내 뜻과 같아서 오직 세손을 보호하실 정성만 계셔서 죽지 못하시니 이 붉은 정성이야 귀신만이 알 일이지 누가 알리요. 그날 밤에 내가 세손을 데리고 사저로 나오니 그 망극하고 창황한 정경이야 천지도 응당 빛을 변할지니 어찌 말로 형용하리요.

선왕〔영조〕께서 부친께,

"네가 보존하여 세손을 보호하라."

하고 분부하셨다. 이 성교(聖敎)는 망극 지중하나 세손을 위하여 감읍함이 측량 없고 세손을 어루만지면서,

"성은(聖恩)을 갚으라."

하고 경계하는 내 슬픈 마음이 또 어떠하리요. 그 후 성교로 인하여 새벽에 들어갈 때에 부친이 내 손을 잡으시고 중마당에서 실성 통곡하시며,

"세손을 모셔 만년을 누리사 노경(老境)의 복록이 양양하소서."

하고 우셨으니, 그때의 내 슬픔이야 만고에 또 있으리요. 인산 전에 선희궁께서 나를 보시니 가엾고 원통하신 설움이 또 어떠하시리요.

노친께서 애통하심이 지나치시니 내가 도리어 큰 고통을 참고 우러러 위로하되,

"세손을 위하여 몸을 버리지 마소서."

하옵더니 장례 후에 윗대궐로 돌아가시니 내 외로운 자취가 더욱 의지할 곳 없더라.

8월에야 선대왕〔영조〕을 뵈오니 내 슬픈 회포가 어떠하리요마는 감히 말씀드리지 못하고 다만,

"모자가 보전함이 모두 성은이로소이다."

하고 슬프게 울면서 아뢰었으며, 선대왕께서 내 손을 잡고 우시며,

"네가 그러리라 생각하지 못하였으므로 너 보기가 어렵더니 네가 내 마음을 편하게 하는구나. 아름답도다."

하는 말씀을 듣자오니, 내 심장이 더욱 막히고, 모질게 살아남아야 한다는 생각이 더욱 강하여졌다. 또 아뢰기를,

"세손을 경희궁으로 데려다가 가르치시기를 바라옵나이다."

"세손을 네가 떠나 보내고 견딜 수 있겠느냐?"

하시기에 내가 눈물을 흘리며,

"떠나서 섭섭한 것은 작은 일이요, 위를 모시고 배우는 것은 큰일이로소이다."

하고 세손을 경희궁으로 올려 보내려 하니 모자가 떠나는 정리 오죽하리요. 세손이 차마 나와 떨어지지 못하여 울고 가시니 내 마음이 칼로 베는 듯하나 참고 지냈다.

선대왕께서 성은이 지중하셔서 세손을 사랑하심이 지극하시고, 선희궁께서 아드님 정을 세손에 옮기셔서 슬프신 마음을 쏟아 좌와기거(坐臥起居)[1)]와 음식 범절(凡節)에 마음을 놓지 못하시고, 한 방에 머무르시며 새벽에 깨워서 밝기 이전에,

"글 읽으라."

하셨다.

---

1) 좌와와 기거. 곧 사람이 일어나서 활동하는 것을 가리킴.

일흔 노인이 한가지로 일찍 일어나셔서 조반을 잘 보살펴 드리니, 세손이 이른 음식을 잡수지 못하시되 조모님 지성으로 억지로 자신다 하니 선희궁의 그때 심정을 또 어찌 헤아릴 수 있단 말인가.

주상〔정조〕이 4, 5세 때부터 글을 좋아하시니 다른 궁궐에 각각 떠나 지내나, 글공부 하지 않으실까 하는 염려는 하지 않았지만 역시 날로 그리움이 커져만 갔다. 세손이 자모 그리는 정성이 간절하여 선대왕 모시고 자고 새벽에 깨어서 내게 편지를 보내고 서연(書筵)[2]에 나가기 전에 회답을 보고서야 마음을 놓으시니 이미 잊지 못하는 인정은 자연 그러하려니와, 3년을 서로 떠나서 지내면서 한결같이 그리하시니 얼마나 숙성하셨던가. 내가 경력한 병이 자주 나서 3년 동안 병이 떠나지 않으니 세손이 미리 알고서 의관(醫官)과 상의하고 약을 지어 보내시기를 어른처럼 하셨다. 이것이 모두 천성이 지효하신 까닭이거니와 10여 세 어린 나이에 어찌 그리 매사에 숙성하셨단 말인가.

그해 9월에 천추절(千秋節)[3]을 만나니 내 움직일 기운이 없었지만 상고로 인하여 부득이 올라갔다. 내가 있는 집이 경춘전(景春殿) 남쪽의 낮은 집이라 선대왕께서 그 집 이름을 가효당(嘉孝堂)이라 하시고 현판을 친히 쓰시며,

"네 효심을 오늘에 갚아서 이것을 써 준다."
고 말씀하셨다. 내가 눈물을 드리워 받잡고 감히 당하지 못하고 또 불안해하였더니 부친이 들으시고 감축하시고, 집안 편지에 매양 그 당호(堂號)로 써서 왕래하게 하시더라.

---

2) 왕세자가 강론을 듣는 곳.
3) 임금의 탄신일.

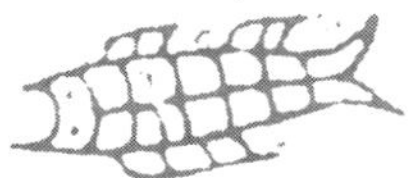

2

임오화변(壬午禍變)[1]이 천고에 없는 변이라, 선왕[정조]이 병신(丙申)년 초에 영묘[英廟, 영조]께 상소하시어,

"《정원일기(政院日記)》[2]를 없애 버리소서."

하고, 그 문적(文蹟)[3]을 없이하였으니 선왕의 효심으로, 그때의 일을 모르는 사람이 없어서 무례하게 함부로 보는 것을 슬퍼하셨기 때문이다. 연대가 오래고 사적을 알 이가 없어 가니 그 사이에 이익을 탐하고 화를 좋아하는 무리들이 사실을 어지럽게 하고 소문을 현혹케 하여 혹은,

"경모궁께서 병환이 아닌 것을 영조께서 참소하는 말을 들으시고 그런 처분을 하셨다."

하고 또는,

---

1) 사도세자가 화를 당했던 사건.
2) 승정원에서 기록해 놓은 일기.
3) 문서와 장부.

"영묘께서 생각하지 못하신 일을 신하가 권해 드려서 그런 망극지경이 되었다."
고 말하였다.

선왕이 영명하시고, 그때 비록 어린 나이였으나 직접 보신 일인지라, 어찌 속으시리요마는

"부모님 위한 일에 소홀하다."
할까 두려워서 경모궁께 속하고 모년사(某年事)라면 일례로 그렇다 하고, 일찍 시비진가(是非眞假)[4]를 분별하지 않으시니, 이것은 당신의 지통(至痛)으로 부득이하게 하신 일이다. 선왕은 다 알고 지정(至情)에 끌려서 그러하시나, 후왕〔순조〕은 선왕과는 처지가 매우 다르고, 어떤 큰일을 자손(子孫)이 되어서 모르는 것은 인정과 천리에 어긋나는 일이다.

주상〔순조〕이 어려서 이 일을 알고자 하시나, 선왕이 차마 자세하게 이르지를 못하시니 다른 사람이 누가 감히 이 말을 하며, 누가 능히 이 사실을 자세히 알겠는가. 내가 곧 없어지면 궁중에서는 알 사람이 없어 모르겠으니 자손이 되어서 조상의 큰일을 모르면 망극한 즉 내가 전후사를 기록하여 주상께 뵈온 후에 없애고자 하나, 내가 붓을 잡아 차마 쓰지 못하고 날마다 미루어 왔다.

내가 첩첩이 쌓인 공사의 참화 후, 목숨이 실 같아서 거의 끊어지었으므로 이 일을 주상이 모르게 하고 죽기가 실로 인정이 아니므로 죽기를 참고 피눈물을 흘리어 이렇게 기록하는데 차마 쓰지 못할 대목을 뺀 것이 많고 지루한 곳은 다 거두지 못한

---

4) 옳고 그름과 참됨과 거짓.

다. 내가 영묘의 며느리로 평상시의 자애의 덕과 임오화변 때의 재생지은(再生之恩)을 입고, 경모궁의 부인으로 소천〔所天, 남편〕 위한 정성이 하늘을 깨칠 것이니, 부자(父子), 두 분 사이에 조금이라도 말이 과하면 처벌을 면하지 못할 것이리라.

외인들이 임오화변에 대해 이러니저러니 하는 것은 모두 허무맹랑하고, 이 기록을 보면 사건의 시종을 소연히 알 것이다. 영묘께서 처음에는 비록 자애를 더하지 못하시나 나중에는 할 일이 없으시고, 경모궁께서도 본성이 인후 관대하심은 비록 거룩하시나 병환이 만만 망극하여 종사위망(宗社危亡)[1]이 절박한 때를 당하시고, 선왕과 나도 경모궁의 처자로 망극지변을 지내고서도 죽지 못하고 목숨을 보전한 것이 나 자신의 애통이요, 의리는 나 자신의 의리로서 오늘날까지 온 일이니 이를 주상이 자세하게 알게 하고자 함이라.

대저 이 일로 영묘를 원망하며, 경모궁이 병환이 아니시라 하며 신하를 죄 있다 하여서는, 비단 본사(本事)의 진상을 잃을 뿐 아니라, 삼조(三朝)에 다 망극한 일이니, 이것만 잡으면 이 의리를 분간하기 무엇이 어려우리요. 내가 임술〔壬戌, 순조 2〕년 봄에 임오화변의 일을 초잡아 두고 미처 뵈지 못하였는데 근일에 가순궁〔嘉順宮, 순조의 생모〕도 자손이 알게 하는 것이 옳으니, 써 내라 청하기에 비로소 마지못해 써서 주상께 뵈오니, 내 심혈(心血)이 모두 이 기록에 있다. 또다시 심혼이 놀랍고 간폐(肝肺)가 찢어지는 듯하여 한 자 한 자 눈물로 글을 이루지 못하니 세상에 나 같은 사람이 어디 또 있으리요. 원통하고 억울

---

1) 종사가 위태로워 망하려 함.

하도다. 을축(乙丑)년 4월.

무신〔戊申, 영조 4〕년 후로 왕세자(王世子) 자리가 오래 비어 있으매 영조께서 주야로 초조하게 근심하시다가 을묘〔乙卯, 영조 11〕년 정월에 선희궁께서 경모궁을 탄생하시니 영조께서와 인원·정성 두 성모께서 종사의 큰 경사를 기뻐하심이 비할 데 없고, 나라의 신민(臣民)[2]이 또한 기뻐서 춤추었다.

경모궁께서 나오시니 천성과 용모가 비범하게 특이하셨다. 궁중에 기록하여 전하는 바를 보면, 나신 지 100일 안에 기이한 일이 많으시고, 넉 달 만에 걸으시고 여섯 달 만에 영조께서 부르시는 데에 대답하시고, 일곱 달 만에 동서남북을 알아서 가리키시고, 두 살에 글자를 배워서 60여 자(字)를 쓰시고 세 살에 다식(茶食)[3]을 드리매 수(壽) 자·복(福) 자 박은 것을 골라 잡수시고, 팔괘(八卦)[4] 박은 것은 따로 골라 놓고 잡숫지 않으므로 어떤 신하가,

"잡사옵소서."

하고 권하니,

"팔괘니 먹지 않겠다. 싫다."

라며 잡숫지 않았다.

그 후 태호복희씨(太昊伏羲氏)[5]가 그린 책을 높이 들라 하고

---

2) 신하와 백성.

3) 유밀과의 한 가지. 녹말·송화·검은 깨·승검초·황밤 등의 가루를 꿀에 반죽하여 다식판에 박아 낸 것임.

4) 중국 상고 시대의 복희씨가 지었다는 여덟 가지의 괘로,《주역》에서 자연계 및 인사계의 모든 현상을 음양으로 겹쳐 여덟 가지의 상으로 나타낸 것임.

5) 중국 고대의 제왕. 삼황오제(三皇五帝)의 수위(首位)를 차지하며 팔괘를 처음으로 만들고 그물을 발명하여 어렵의 방법을 가르쳤다고 함.

절하시며, 천자를 배우시다가 사치할 치(侈) 자와 부할 부(富) 자에 이르러서 치 자를 짚으시고 입으신 옷을 가리키시어 이것이 사치라 하셨고 영조께서 어리실 때 쓰시던 감투에 칠보(七寶) 얽힌 것이 있어서 쓰시게 하였으나, 이것도 사치라 하고 쓰지 않으시더라. 돌 때에 새 옷을 입으시게 하매,

"사치하여 남부끄러워 싫다."

하고 입지 않으셨다.

세 살 때의 기이한 일 중 하나로, 어떤 신하가 시험하려고 명주와 무명을 놓고,

"어느 것이 사치이고, 어느 것이 사치가 아니오니까?"

하고 물으매,

"명주는 사치이고, 무명은 사치가 아니다."

하고 대답하시고, 다음에 다시,

"어느 것으로 옷을 만들어 입사오면 좋사오리까?"

하고 하시는 양을 보려고 물으니 무명을 가리키시면서,

"이것이 좋으니라."

하시었다.

이것으로 그 어른께서 매우 영특하시던 것을 잘 알 수 있을 것이며, 체구가 커서 웅장하시고, 천성이 효우하시고 총명하셨으매, 만일 부모님 옆을 떠나지 말게 하고 모든 일을 교도하여 자애와 교육을 병행하여 드렸더라면 덕기(德器)[1]의 성취가 놀라웠을 것이다. 그러나 그렇지 못하여, 일찍이 각각 멀리 떠나 계신 일로 인연하여, 사태가 역전하여 작은 일이 크게 되어 필

---

1) 덕행과 기량.

경은 말하기 어려운 지경까지 이르렀으니, 이것이 천수(天數)[2]
의 불행과 국운의 망극함이니 인력으로는 어찌하지 못한 일이
려니와 내 지극히 원통함이야 어찌 측량하리요.

영조께서 동궁(東宮)[3]이 오래 빈 것을 염려하시다가, 원량〔元
良〕[4]을 얻으시고, 기뻐하신 마음으로 멀리 떠나는 사정을 돌아
보지 않으시고 빨리 동궁의 주인 계신 것만 좋아서 법만 차리려
하시고, 나신 지 100일 만에 집복헌(集福軒)을 떠나서 보모에게
만 맡기어 오래 비었던 저승전(儲承殿)이라는 큰 전각으로 옮기
시게 하였다.

저승전은 원래 동궁이 드시는 전각이요, 그 옆에 강연하실 낙
선당(樂善堂)과 소대(召待)하실 덕성각(德成閣)과, 동궁이 축하
받으시고 회강하시는 시민당(時敏堂)이 있다. 그리고 그 문 밖
에 춘방(春房)과 계방(桂房)이 있는데, 장성하시면 모두 동궁에
달린 집이라, 어른 같으시게 저승전 주인이 되게 하신 성의(聖
意)이시었다.

영조께서 거처하시는 곳과 선희궁 처소가 서로 멀리 떨어져
있으므로 두 분께서 극한(極寒)과 극서(極暑)를 피하지 않으시
고 날마다 오셔서 머무르시는 때도 많았다 하나, 어찌 한 집
에서 조석으로 양육하시며 끊임없이 교훈하심과 같으리요.

어찌하신 생각에서인지 귀중하신 종사를 의탁하실 아드님을
겨우 얻으셨으니 법은 지차요, 부모 측에서 양육하며 성취하시
게 하지 않고, 처소가 멀리 떨어져서 인사 아실 즈음부터 자연

---

2) 천명 · 천운.

3) 왕세자 있는 곳.

4) 왕세자.

떠나심이 많고 모이심이 적으니, 조석으로 대하시는 사람은 환신(宦臣)[1] · 궁첩(宮妾)[2]이요, 들으시는 것이 항간의 잡담(雜談)뿐이니 이것이 벌써 잘 되지 못한 장본이며 어찌 슬프고 원통하지 않으리요.

어렸을 때에 이미 덕기가 이상하시고 행동에 법도가 있으시매 상도에 어긋남이 없으시고, 기상이 엄중하시며 말이 없어 침착하시어서 뵈옵는 사람이 어른 임금을 모시는 것이나 다름이 없게 여겼다. 이러하신 천품과 자질로 부모 옆을 떠나지 않으시고 부왕께서 만기(萬機)[3]의 여가면 글 읽고 일 배우심을 옆에서 몸으로 가르쳐 주시고, 모빈(母嬪)께서도 이 아드님 성취하는 것이 당신의 으뜸가는 소원이시니 손 밖에 내보내지 않으시고 매사를 가르치셔서, 흡연(翕然)[4]히 사이가 없었더라면, 어이 이 지경에 이르렀으리요. 처음 당하는 참변이라 슬프고 애달픈 것이, 하나는 어리신 아기를 저승전(儲承殿)에 멀리 두심이요, 둘은 괴이한 나인들을 들여오신 연고이매 여편네의 잔소리가 아니라 사실의 시초를 대략 기록한 것이다.

저승전인즉 어대비(魚大妃)[5]가 계시던 집인데, 계시지 않은 지 오래되었고, 저승전 저편의 취선당(就善堂)이라는 집은 희빈(禧嬪)[6]이 갑술(甲戌)년 후에 들어서 인현성모 저주하던 집이다. 포대기에 싸인 아기네를 이런 황량한 전각에 혼자 두시고,

---

1) 환관 · 내시.
2) 궁녀.
3) 임금이 보살피는 정무.
4) 인심이 합해 한 곳으로 향하는 모양.
5) 경종의 계비인 선의왕후 어씨.
6) 숙종의 계비인 장씨.

장희빈 처소는 소주방으로 만들어서 잡숫는 음식 처소를 삼으시니, 어찌 이상한 일이 아니리요. 어대비 국상 3년 후에 어대비가 부리시던 나인들이 모두 나갔더니, 동궁을 차리실 때에 각처 나인을 불러 모으시는 것이 당연하시거니와, 어찌 생각하신 성의이신지 경묘(景廟)와 어대비를 모시다 나간 나인을 최상궁(崔尙宮) 이하로 전부 불러들여서 원자궁(元子宮)의 나인으로 삼으시니 오처소(五處所) 나인들 모양이 경묘께서 계신 듯싶을 것이요, 그 나인들의 억척스럽고 냉정하기가 이를 데 없어서 지극히 작은 일로 그런 큰 탈이 나시니 어찌 한이 되지 않으리요.

영조께서 아드님을 얻으시고 지극하신 자애가 비할 데 없으셔서 4, 5세까지라도 저승전에 오셔서 함께 주무시기를 자주 하시어서 자애하심에 틈이 없으시니, 경모궁께서도 본질이 효우(孝友)하실 뿐 아니라, 천리와 인정으로 어릴 때부터 어찌 부모를 사랑하지 아니하시리요. 비록 각각 처소는 사이가 멀지만 이렇듯 사랑하시고 교훈하셔서 여염집 부자 같으면 어찌 털끝만한 틈이 있으리요. 그러나 국운(國運)이 그릇되려고 형용 없고 지적할 곳 없는 미사한 일에 성심(聖心)이 불언중 격노하시고 하루 이틀 어찌 된 줄 모르게 동궁에 머무르시던 일이 차차 줄어들었고, 그 아드님이 막 자라시는 아기인지라, 한때만 가르치지 않고 잘못됨을 금하지 않으면 달라지기 쉬울 시절에 자연 보지 않으실 때가 많으니 어찌 탈이 나지 아니하리요.

영조께서 화평옹주(和平翁主)[7]를 천륜 밖으로 각별히 기애(奇愛)하시다가 무오[戊午, 영조 14]년 금성위(錦城尉)를 택하여 미

---

7) 영조의 셋째 딸. 사도세자의 동복(同腹) 누이.

처 행례하기 전에 동궁 처소에서 놀게 하시니, 그 부마(駙馬)를 사랑하심이 옹주와 함께 특별하셨음을 짐작할 수 있더라.

원자궁(元子宮)의 나인들이 모두 경묘의 나인인데 보모 최상궁은 잡념이 없고 뜻이 굳세어 충성이 있으되 성품이 과격 시험(猜險)[1]하여 온순하지 못한 사람이요, 지차의 한상궁은 수단이 좋고 간사스러우며 거짓이 많은 인물이다. 비록 동궁의 나인이 되었으나 본디는 대전의 나인이니 영조께 어찌 극진한 정성이 있으리요.

이러할 제, 천한 나인이 대의를 모르고 선희궁께서 동궁을 탄생하여 계시니 지극히 존귀하신 줄 모르고 선희궁의 그 전의 한미할 적 일만 생각하고 감히 업신여기기도 하고, 언사도 공손하지 못하여 혹 헐뜯는 일도 있었으므로, 선희궁께서 심중에 언짢게 여기시니, 그런 사정을 영조께서 어찌 모르고 계셨으리요.

그때 세초에 경을 읽히는 날, 금성위도 들어오고, 마침 날이 늦어 독경하는 준비가 늦었는데, 공손하지 못한 나인들이 짜증을 내고 헐뜯어서 서로 앉아 무엇이라 하였던지, 선희궁께서도 노하시고, 영조께서는 그 눈치를 미리 아시고 괘씸히 여기셨으나 사랑하시는 금성위가 들어와 있는 자리에서 죄를 주시면 옹주와 부마에게 원망이 미칠 듯하여 처분을 않으시나 매우 분하셔서 동궁에게 가시고 싶으시나, 그 나인들의 꼴이 보기 싫어서, 동궁에 가시는 길이 자연 감하여 계시니, 그 나인들을 모두 내쫓지 못하시고, 도리어 동궁을 그 나인들 수중에 넣어 두시고, 그 나인들을 미워해 동궁을 드물게 다니시니 어찌 답답한

---

1) 시기하는 마음이 많고 음험함.

일이 아니리요.

그러하오실 제, 동궁은 점점 자라오시니 놀고 싶은 마음이 생겼는데, 그것은 아기네의 상정이다. 마악 가르칠 시기에 임금〔영조〕께서 드물게 오시는 틈을 타서 한상궁이라 하는 것이 최상궁에게,

"사람마다 듣기 싫은 말을 하고 거스르면 아기네 마음이 울적하여 펴지 못하실 것이니 최상궁은 엄하게 도와서 옳은 도리로 인도하고, 나가 노실 때도 부드럽게 대해서 마음을 풀어 드리도록 하겠소."

하였다. 한상궁은 손재주가 있어서 나무와 종이로 큰 칼도 만들고 활과 화살을 만들어서, 최상궁이 내려가고 제가 교체할 때면 어린 나인 아이들을 시켜서 장난감 군기를 가지고 문 뒤에 모이게 한 후 무예 소리를 하며 달려들어서 함께 노시도록 하였다.

성인의 자질을 가진 맹자도 세 번이나 교육 환경을 옮기셨는데, 어린 동궁께서 어찌 혹하지 않으시며, 어찌 유희하고 싶지 않으시리요. 그렇게 놀기에 팔려서 부왕이 오셔 보시면 꾸중이나 아니 하실까 염려하시매, 아기네 마음에 항상 부모 뵈옵던 마음이 달라지고 모친께서도 아실까 겁을 내시매, 나인이 와도 꺼리는 마음이 생기는 것이 당연하지 않으리요.

마악 배우실 시절에 불길한 군기로 노시게 인도하매 본디 타고나시기를 영웅의 기상인데, 그런 유희를 좋아하시다가 그 유희로 말미암아 나중에 말하지 못할 지경에까지 이르셨으니, 그 한(韓)가 나인이 작용한 것이 어찌 흉악하고 황망스럽지 아니하랴.

그렇듯 3, 4년을 지내고 일곱 살 되시는 신유〔辛酉, 영조 17〕년

에 영조께서 한가의 심술을 아시고 궁중에서 내쫓으심과 함께 다른 나인들도 벌 받은 자가 많으니 지극히 옳은 처분이셨다. 그때 동궁의 나인들을 다 내치시고 정계를 엄하게 하시며, 두 분이 떠나지 마시고 옆에 두시고 가르치셨으면 그 효심이 어찌 따르지 않으리요마는 그들 나인만 보내시고 다른 나인은 다 두어서 거룩히 받들어 넓은 집에 어른의 감찰하심 없이 임의로 자라시게 하니 보시는 것이 궁녀와 내시뿐이라, 그 무엇을 배우시리요.

이러하실 적에, 영조와 경모궁 사이에 형용없이 모모사(某某事)를 지적할 것은 없으나, 아드님은 아버님을 두려워하는 마음이 생기시고, 아버님은 아드님이 어떻게 자라는고, 혹 내 마음에 생각할 바와 다르지나 않을까 하시었다. 부자가 성품이 다르셨는데, 영조께서는 영명인효(英明仁孝)[1]하시고, 상찰민숙(詳察民熟)[2]하신 성품이시고 경모궁께서는 말이 없이 침중하셔서 행동이 날래지 못하시고 민첩하지 못하시니 덕기는 거룩하시나 범사에 부왕의 성품과는 다르셨다.

보통 때 물으시는 말씀이라도 곧 응대하지 못하셔서 머뭇거려 대답하시고 무엇을 물으실 때에도 당신 소견이 없는 것이 아니로되, 이러면 어떨까, 저러면 어떨까 하시며 곧 대답하지 못하여 영조께서 매양 갑갑히 여기셨는데, 이런 일도 또한 큰 화변의 원인이었다.

대저 아이 가르치는 것이, 비록 지존한 터에 나셨더라도 당신

---

1) 뛰어나게 어질고 총명하며 효성스러움.
2) 행동이 민첩하고 자상함.

부모를 모시고 가르침을 받자와, 부모 스스로와 허물이 없어야 할 때에, 그렇지 못하고 갓난아이 시절부터 부모를 떠나 나인들이 아기네 스스로 할 일까지 전부 시중들어서, 심지어 옷고름 대님 매는 것까지 다 하여 드리니 매사를 남에게 맡긴 채 너무 편하시기만 하였다.

강연에 학관(學官)을 인접하실 때, 엄숙한 글 외는 소리도 매우 맑고 크시며 글 뜻도 그릇됨이 없으시니 뵈옵는 이마다 거룩하다 하여 영명을 많이 나타내시되 아아 갑갑하고 애닲도다. 어찌 부왕을 모시고는 어려워하시며 응대를 하지 못하시고, 영조께서 한 번 갑갑하시고 두 번 갑갑하시다가 결국 격분도 하시고 조심도 하시나, 이럴수록 가깝게 두어서 친히 가르치셔야 지정(至情)이 무간하게 될 도리는 생각하지 않으시고 항상 멀리 떼어 두고서 스스로 잘 되어서 성의에 맞으시기를 기다리시니 어찌 탈이 생기지 않으리요. 그리하여 점점 서먹서먹하게 지내시다가 서로 보실 때에는, 부왕께서는 책망이 자애보다 앞서시고, 아드님께서는 한 번 뵈옵는 것도 조심스럽고 두려우심이 무슨 큰일이나 지내는 것 같아서, 무언중 부자간 사이가 막히니 어찌 애통할 일이 아니겠는가.

경모궁이 병진〔丙辰, 영조 12〕년 3월에 동궁에 책봉(冊封)되시고 일곱 살 때 글을 배우시며 여덟 살 때 종묘에 배례하시고 3월에 입학하시니, 거룩하신 성품을 흠탄하지 않는 이가 없었다. 계해〔癸亥, 영조 19〕년 3월에 관례(冠禮)[3] 하시고 갑자〔甲子, 영조

---

3) 아이가 어른이 되는 예식. 남자는 갓을 쓰고 여자는 쪽을 찜. 유교에서는 원래 20세에 관례를 하고 그 후에 혼례를 했으나 조혼의 풍습이 성행하여 관례와 혼례의 예식을 겸하여 했음.

20)년 정월에 가례(嘉禮)하셨다.

내가 들어와서 궐내의 모양을 보니 그때 삼전이 계신데 법이 엄하고 예가 중하여 털끝만한 사정(私情)이 없으매, 두렵고 조심스러워서 마음을 일시도 놓지 못하였다. 경모궁께서도 부왕께 대하여 친애는 뒤지고 엄위가 앞서서 열 살 된 아기네시되 감히 부왕 앞에 마주앉지 못하고 신하들처럼 몸을 엎드려서 뵈었으니 그 어찌 그토록 과하신고 싶었다.

소세를 일찍 하시는 일이 없고 매양 글 읽을 시간이 되어서야 보채듯이 하시므로 문안 갈 때면 나는 일찍 소세하고 무거운 머리와 옷을 입고 가려고 하니 동궁이 앞서지 않고는 빈궁이 감히 가지 못하는 법이라 초조히 기다릴 적에 아이 마음에 왜 소세가 저리 더디신고 하고 이상히 생각하며 병환이신가 여겼다.

그러더니 과연 을축(乙丑)[1]년 즈음에 아기네께서 야단스럽게 날치며 노시는 것과 달리 어쩐지 예사롭지 않고 병환이 드시는 듯하였다. 나인들이 모여서 수근거리며 근심하고 염려하는 듯하더니 그해 9월 중에 병환이 대단히 들어서 진퇴무상하셨다. 이처럼 증세가 가볍지 않을 때에 어찌 문복(問卜)[2]을 하지 않았으리요.

과연 무복(巫卜)[3]의 말이 여출일구(如出一口)[4]하여 저승전에 계신 화라고 하며 재물을 기울여서 신사(神祀)에 기도하고, 독경(讀經)을 많이 하여도 낫지 않으시니, 저승전을 떠나서 대조

---

1) 영조 21년. 사도세자가 11세 때.
2) 점을 치게 해서 길흉을 묻는 것.
3) 무당과 점장이.
4) 이구동성. 입을 모아 똑같은 말을 함.

전(大造殿) 옆 채인 융경헌(隆慶軒)으로 옮기시고 나는 집복헌(集福軒)으로 가서 지냈다. 그러다가 병인〔丙寅, 영조 22〕년 정월에 경춘전(景春殿)으로 나까지 또 옮겨 가니, 그때 12세시고, 경춘전은 연경당(延慶堂)과 집복헌이 가까워서 선희궁께서도 자주 오셨다. 화평옹주는 성품이 인후공검(仁厚恭儉)[5]하여 그 오라범을 귀중히 하여,

"연경당으로 드옵소서."

하고 권하여 친절히 지내셨다. 영조께서 그 옹주께 사랑이 지극하셔서 특별히 너그럽게 즐거워하셨으므로 그 덕으로 부왕을 두려워하시는 마음이 점점 나으셨다. 그러므로 화평옹주가 장수하셨더면 전궁(殿宮) 사이를 돌아서 유익함이 얼마나 컸으리요.

정묘〔丁卯, 영조 23〕년에는 글공부도 착실히 하시고 근심없이 지내시더니 10월에 창덕궁 행각의 화재로 경희궁으로 이어(移御)[6]하셨으므로 경모궁 처소는 집희당(緝熙堂)이요, 선희궁은 양덕당(養德堂)이요, 화평옹주는 일녕헌(逸寧軒)이니 각각 사이가 멀어서 서로 상종하기가 드물었다. 그때부터 경모궁의 놀음이 다시 시작되었다.

무진〔戊辰, 영조 24〕년 6월에 화평옹주 상사가 나매 영조께서 각별히 귀여워하시던 따님을 잃고 애통하심이 거의 성체(聖體)를 버리실 듯하고, 선희궁 슬퍼하심이 또한 같아서 두 분이 이 참척(慘慽)으로 만사가 꿈같으셔서 아드님도 돌보지 못하셨다.

아드님은 그 사이에 거리낄 것 없이 유희도 하고 세상만사에

---

5) 어질고 후덕하며 공손하고 검소함.

6) 임금이 거처하는 곳을 옮김.

해보지 않으신 일이 없을 정도니 활쏘기, 칼쓰기, 기예(技藝)[1] 붙이를 모두 잘하셔서 놀이가 모두 그런 것이었다. 그림 그리기로 날을 보내시고 경문(經文), 잡서(雜書)를 좋아하셔서 당주복자(堂主卜者) 김명기(金明基)에게 경을 써 오라고 하셔서 공부하고 외시는 등 이런 잡일에 뜻을 두시니 어찌 강학(講學)이 온전하시리요.

이것으로 보면 가깝게 두실 때는, 책문도 힘쓰시고 부자분 사이도 무간하시고 유희도 하지 않으시더니 멀리 계신 후에는 유희도 도로 하시고 강학도 전일(專一)[2]하지 못하시니 부자간이 서먹서먹해졌다. 만일 부모님 손 밖에 내시지만 않았더면 어찌 이 지경에 이르렀겠는가. 이 한 가지 일만 생각하여도 서러운 마음 금할 길 없건만 어찌하신 성의이신지, 그 아드님을 조용한 곳에 친근히 앉히시고 진정 교훈하시는 일이 없으셨다. 모두 남에게만 맡겨 버리고는 아는 체하지 않으시다가 항상 남 모인 때면 흉보듯이 말씀하시니 얼마나 답답하리요.

한번은 대왕께서 병환으로 인원왕후도 내려오시고 여러 옹주와 월성(月城)[3] · 금성(錦城)의 두 부마도 들어오고, 많은 사람이 모인 때에 나인에게 명하여,

"세자 가지고 노는 것을 가져오라."

하시고 여러 사람이 보게 하셔서 무안하게만 하시고, 강학에 대해서도 여러 신하가 모인 때에 굳이 부르셔서 글 뜻을 물으시되 아기네께서 자세하게 대답하지 못할 부분이라도 각박히 물으시

---

1) 기술상의 재주와 솜씨.
2) 한 가지 일에만 오로지 전념하여 다른 일을 돌아보지 아니함.
3) 화순옹주의 남편인 월성위 김한신.

고 하셨다. 본디 부왕 앞에서는 분명히 알고 계시는 것도 머뭇머뭇하시는데, 중회중(衆會中)에 어려운 것을 일부러 하시듯이 물으시니, 경모궁께서는 더욱 두렵고 겁이 나서 못하면, 모두들 보는 좌중에서 꾸중하시고 흉도 보셨다. 경모궁께서는 그런 일이 한두 번만이면 감히 원망하실 것이 아니로되, 당신은 진정으로 교훈을 하시지 않는 것을 노엽게 여겨서 필경 천성을 잃기에 이르도록 하시니, 이런 원통한 일이 어디 있으리요.

화평옹주가 살아 계셨을 때에는 오라버님 편을 들어서 일마다 상감께 간하고 풀어 여쭈어서 유익한 일이 많더니 그 옹주 상사 후로는 누구 하나 상감께서 지나친 일을 하시거나 자애가 부족하셔도,

"그리 마옵소서."

하며 여쭐 사람이 없었다. 그러므로 자애가 점점 부족하시고 아래서는 두려워하는 생각만 날이 갈수록 심해져서 자도(子道)[4]를 차리지 못하였다. 화평옹주가 계셨더면 대왕과 동궁 사이에 자애와 효도하심이 크셨으련만, 착하신 옹주가 일찍 상사한 것이 어찌 국운에 관계하지 아니하리요. 지금 생각하여도 통석하도다.

경모궁께서는 타고난 기질이 넓고 크시며 도량이 활달하시고 사람에게 신의가 두터우셔서 손아랫사람에게도 믿음직하게 말씀하시고 부왕을 무서워하시나 잘못한 일이라도 거짓없이 사실대로 아뢰옵고 일호도 기망하시는 일이 없으므로 영조께서는 속이지 않는 것은 알고 계셨다.

---

4) 자손된 도리.

효성이 거룩하시다는 말씀은 위에서 다 하였거니와 우애도 특별하셔서 화평옹주는 부왕의 자애를 각별히 받아서 귀하게 여기시는 것이 상정이지만, 본심은 세(勢)를 떠나 진심으로 사랑하셨다. 그리고 화순옹주께서 어머님 없이 지내는 일을 불쌍히 여기시고 한편으로 맏누이로 공경하셨다. 화협옹주는 계축생(癸丑生)이니 나실 때 영조께서 또 딸이라 애닯아서 그러셨는지 그 옹주가 용모도 뛰어나고 효성도 있어서 아름다우나 부왕의 자애를 입지 못하셨다. 그때 아들 되지 못하는 줄 알고 애닯아서 화평옹주와 형제들이 서로 한 집에 있지 못하게 하셨으므로 화평옹주가 홀로 자애를 받는 것을 마음속으로 은근히 괴로워하셨으므로 아무리,

"그리 마옵소서."

하고 여쭈어도 할 수 없었다. 그래서 화협옹주로 인연하여 그 부마 영성위(永城尉)도 사랑을 받지 못하오니 경모궁께서 그 누이와 나이가 비슷하고 부왕의 사랑을 받지 못하는 처지가 서로 같음을 매양 불쌍히 여겨서 동정하심이 자연 각별하셨다.

기사〔己巳, 영조 25〕년에 경모궁이 15세 되시니 관례를 1월 22일에 하고 27일에 합례(合禮)[1]를 정하니 늦게 얻으셔서 15세가 되어 합례까지 하니, 기뻐하시고 조용히 재미를 보시면 좋으실 텐데, 어찌하신 성의이신지 홀연히 대리(代理)하실 영을 내리셨다. 그날이 내 관례 날이라 억만사가 대리 후에 탈(頉)[2]이니 어찌 서럽지 않으리요.

---

1) 신랑 신부의 첫날밤 예식.

2) 사고.

3) 하느님을 공경하고 백성을 사랑함.

영조께서 효친선봉(孝親先奉)하심과 경천애민(敬天愛民)[3]하시는 성덕, 지성이 천고 제왕 중에서 뛰어나시니 내 이목으로 뵈옵고 기록한 바로 생각하여도 역대에 비할 임금이 아니시나 경력이 많으셨다. 신임(辛壬)[4]을 지내시고 무신역변(戊申逆變)[5]을 겪으신 심려가 어찌 크신지 거의 병환이 되신 듯싶었다. 심지어 말씀을 가리어 쓰시는 데도 죽을 사(死) 자, 돌아갈 귀(歸) 자를 다 꺼려하시며, 조의(朝議)[6] 때나 밖에 나오셔서 입으시던 옷도 갈아입으신 후에야 안에 들어오시고, 불길한 말을 하거나 들으시면, 들어오시기 전에 양치질을 하시고 귀를 씻으셨다. 그리고 먼저 사람을 불러서 한마디라도 처음 말씀을 한 후에 안으로 들어오시는 것이었다. 그리고 좋은 일과 그렇지 않은 일을 하실 때 출입하시는 문이 달랐다. 또한 사랑하는 사람의 집에 사랑하지 않는 사람이 있지 못하게 하시고 사랑하는 사람이 다니는 길에 사랑하지 않는 사람이 다니지 못하도록 하시니, 이처럼 극히 황공하되 애증의 역력하심이 이루 측량할 수 없었다.

대리 전이라도 계복(啓復)[7]이나 형조공사(刑曹公事)나 친국(親鞫)[8]이나 대궐에서 말하는 불길한 일에는 자주 세자를 불러 시좌(侍坐)[9]하라 하시고, 화평옹주와 무오생(戊午生) 옹주(翁主)[10]가 방에 들어오실 제는 만나 보시는 옷을 갈아입으셨다.

---

4) 경종 원년인 신축년과 임인년에 걸쳐 일어난 왕위 계승 문제로 생긴 화옥 사건.

5) 신임사화 이래의 불평으로 영조 4년 무신년에 이인좌 등이 일으킨 반란.

6) 조정의 회의.

7) 상주(上奏)한 사형수를 심문하는 일.

8) 임금이 중벌자를 친히 다스리는 일.

9) 웃어른을 뫼시고 앉는 일.

10) 화완옹주를 가리킴.

그러나 세자께는 그러지 않으셔서 밖에서 정사하실 때의 옷을 그대로 입으시고 동궁을 부르시고,

"식사하였느냐?"

하고 물으셔서 대답하시면, 그 대답을 들으신 후에 그 자리에서 귀를 씻으시고, 씻으신 물을 대궐 담 너머로 화협옹주 있는 집 광장으로 버리셨다. 이처럼 어떤 따님에게는 밖에서 입으셨던 옷을 벗어야 하고, 이 중한 아드님에게는 그 말씀을 들으신 후에 귀를 씻으셔야 하니, 경모궁께서 화협옹주를 대하시면,

"우리 남매는 씻기 위한 차비(差備)[1]로다."

하시며 서로 웃으셨다.

그러나 화협옹주는 당신을 지성으로 몸을 평안히 하여 드리는 줄 아시고 감격해하시며 일호도 의심하거나 시기하거나 하시는 일이 없고 한결같으신 사랑으로 대하시던 일은 온 궁중이 다 아는 바로서 감탄하였다. 선희궁께서는 임금의 자애가 고르지 않으심을 슬퍼하셨으나 어찌 할 수 없으셨다.

항상 공사(公事) 중 금부(禁府)[2] · 형조(刑曹)[3] · 살육(殺戮)[4] 등의 일은 친히 보시지 않고 안의 옹주들 처소에 계실 때는 내시에게 맡겨 시키시매, 대리하실 때의 전교(傳敎)는 무진[戊辰, 영조 24]년 화평옹주 상사 후 슬픔도 심하시고 병환도 잦아서 정양하시려고 대리하신 것이나 사실은 꺼려서 안에 들이지 못

---

1) 일을 갖추는 과정.

2) 의금부. 조선시대 때 임금의 명령을 받들어 죄인을 추국하는 일을 맡아보던 관아. 고종 31년에 의금사로 고쳤음.

3) 조선시대 때 육조의 하나. 법률 · 소송 · 형옥 · 노예 등에 관한 일을 맡았음.

4) 사람을 마구 죽임.

하는 공사 등으로서 내관에게 맡기시기 답답하시므로 동궁께 맡기시려는 뜻이었다. 그래서 대리를 맡으신 후의 일은 내관들과 함께 하시고 한 달에 여섯 번 있는 차대(次對)[5]의 경우, 보름 전 세 번은 대조(大朝)께서 하시며 동궁이 시좌(侍坐)하시고, 보름 후 세 번은 소조(小朝)[6]께서 혼자 하시는데, 그럴 때마다 탈이 많고 순편하지 못하였다.

대저 신하의 상소라도 언사(言事)가 있거나 편론이나 하는 상소는 소조께서 자단(自斷)[7]하지 못하여 대조께 묻자오면 그 상소가 아랫사람의 일이지 소조께서는 아실 바 아님에도 격노하셨는데, 소조께서 신하를 잘 조화시키지 못한 까닭에 그러한 상소가 나왔다고 꾸중하셨다. 그리고 그런 상소에 대한 비답(批答)[8]도,

"그만한 일을 결단하지 못하고 나를 번거롭게 하니 대리시킨 보람이 없다."

하시며 책하시는 것이었다. 그러나 아뢰지 않으면 또,

"그런 일을 알리지 않고 어찌 자단할 수 있느냐."

하고 꾸중하셨다. 이와 같이 저렇게 할 일은 이렇게 하지 않았다고 꾸중, 이렇게 할 일은 저렇게 하지 않았다고 꾸중이셔서, 이 일 저 일 모두 격노하여 마땅하지 않게 여기셨다. 심지어는 백성이 한재가 나서 굶주리며, 추운데 입지 못하거나 가뭄이 들거나 천재지변이 있어도,

---

5) 신하들이 임금에게 나랏일을 보고함.
6) 세자.
7) 스스로 결단을 내림.
8) 상소에 대한 임금의 하답.

"소조에게 덕이 없어서 그렇다."

하고 꾸중하셨다. 그러므로 경모궁께서는 날이 흐리거나 겨울 천둥이 치기만 해도, 또 무슨 꾸중이 나시지 않나 근심 걱정을 하여 일마다 두려우므로 마침내 사사망념(邪思妄念)[1]으로 병환 드시는 징조가 점점 나타났다.

그러나 대왕께서는 이 만금소탁(萬金所託)의 동궁께 이런 병환이 생기는 줄 좀처럼 깨닫지 못하시니 어찌 애통하지 않으리요. 한 번 꾸중에 놀라시고 두 번 격노에 겁내시면 아무리 웅위하시고 영장(英壯)하신 기품이라 한들 한 가지 일이라도 자유롭게 하실 수 있으리요. 무슨 정시(庭試)[2]나 알성문과(謁聖文科)[3]나, 시사(試射)[4]·관무재(觀武才)[5] 같은 호화로운 행사를 구경하실 때는, 일생 부르지 않으시고 동지 섣달의 계복이나 시좌를 시키시니 어찌 심중이 편안하시며 슬퍼하지 않으시리요. 설사 아버님께서 혹 과하셔도 아드님이 효도를 힘쓰시거나 아드님을 혹 못 믿으셔도 아버님이 갈수록 은혜를 드리워 계시오면 한때 공연히 그리 된 일이라 여기고 그것이 천의(天意)[6]이고 국운이니 인력으로 용납하지 못할 바 아니로되, 내가 본 것을 쓰려 하니 고통이 가슴에 박혀서 어찌 써내랴. 영조와 경모궁 두 분 사이에 하시던 일이 상하에 부족하신 덕이 드러날까 두렵고, 그렇

---

1) 좋지 못한 여러 가지 망녕된 생각.
2) 증광(增廣)·별시(別試) 때에 대궐 안마당에서 보는 과거.
3) 조선시대 때 왕이 성균관에 알성한 뒤에 보이던 문과.
4) 활을 잘 쏘는 사람을 시취(試取)하는 일.
5) 무과의 하나. 임금이 친히 열병한 뒤에 당상관으로부터 그 아래의 군관 및 한량에게 보이는 무재의 시험.
6) 하느님의 뜻. 임금의 뜻.

다고 실상을 기록하지 않을 수 없으니 종이를 임하여 가슴이 막힐 뿐이다.

15세가 되실 때까지 능행을 한 번도 수가(隨駕)[7]하지 못하시고 점점 성장하셨는데, 항상 교외 구경을 하고 싶으셔도 매양 서울 거둥이고 능행 거둥에 예조에서 동궁 수가(東宮隨駕)의 품이 있으면 혹 허락될까 하고 초조하게 기다리시다가 번번이 가시지 못하면, 처음에는 서운하고 섭섭하셨던 것이 점점 성화가 되어서 우실 적도 있었다.

당신이 부모님께 대한 정성은 거룩하시건만 민첩하지 못하신 행동이 정성의 백 분의 일도 나타내지 못하시니, 부왕은 그 사정도 모르시고, 미안하신 마음은 매양 계셔도 한 번도 부왕의 관용을 입지 못하시니 점점 두려운 것이 마침내 병환이 되고 말았다. 화가 나시면 푸실 데가 없어 내관과 나인에게 푸시고 심지어는 나에게까지 화를 푸시는 일이 몇 번이나 되는지 알 수 없었다.

경오〔庚午, 영조 26〕년 8월에 내가 의소(懿昭)[8]를 낳으니 영조께서의 성심이온들 어찌 기쁘지 않으시리요마는, 마침내 내가 순산 생남하니 기쁘신 중에도 화평옹주는 남같이 순산 생육하지 못하는 것이 새로이 애닯으셔서 옹주 생각하시는 슬픔이 손자 보신 기쁨을 이기지 못하셨다. 그 아드님께,

"네가 어느 사이 자식을 두었구나."

이런 한 마디 말씀도 하지 않으시고 나만 어여삐 여기심에 분수에 넘치니, 내가 감격 천은하옵는 중에도 나만 홀로 사랑과

---

7) 거둥 때 임금을 모시고 따라감.
8) 사도세자의 장남.

칭찬을 입는 일이 불안하여 매양 조심하였더니 해산 후에는,

"네가 순산 생남하니 기특하다."

하는 말씀도 하시지 않으시니 어린 나이에 생남한 기쁨을 모르고 도리어 황송하였다. 성심의 비원하심이 새로우시니 몹시 노하시고 기뻐하시지 않았다.

선희궁께서는 그 따님 생각에 어찌 범연하시리요마는 내 생남한 일을 지정(至情)[1]으로 귀하게 생각하시고 종사의 큰 기쁨이라시며 내 해산 후 7일까지 산실 근처에 머물러 돌봐 주시니 영조께서,

"선희궁이 옹주 생각을 잊고 좋아만 하니 인정이 박하다."

하고 미안스러워하시니, 선희궁이 웃으시고 성심이 편벽하심을 탄식하셨다.

경모궁께서 숙성하심이 어른과 같으시니, 당신께 아들이 생겨서 국본(國本)[2]이 굳어짐을 기뻐하시고 부왕이 덜 기뻐하시는 것을 감히 어떻다 하지 못하셔도 심중에 슬퍼하시고,

"나 하나도 어려운데 아이가 나서 어떨꼬."

하시므로 나는 그 말씀 듣기가 매우 슬펐다. 이 기록은 쓸 것이 아니로되 마지못하여 쓴다.

내가 의소를 임신하였을 때 화평옹주가 꿈에 자주 보이며 내 침방에 들어와서 옆에 앉고 웃기도 하니 내가 이상히 생각하지 않을 수 없었다. 옹주가 해산하다가 그 지경이 되니 악착한 산귀(産鬼)가 꿈에 자주 보여서 내 몸을 염려했다. 의소를 낳고 씻길 적에 보니 어깨에 푸른 점이 있고, 배에 붉은 점이 있었

---

1) 더할 수 없이 가까운 정분.
2) 나라의 근본.

다. 그해 9월 12일에 온양(溫陽)에 거둥하시는데, 11일에 영조
와 선희궁께서 안색이 일변 슬프시고 한편으로는 기쁘신 모양
으로 두 분이 오셔서 홀연히 자는 아기를 깃을 풀고 벗겨 보셨
다. 과연 몸에 푸른 표, 붉은 표가 있으매 분명히 옹주의 환생
으로 믿으셨다. 그러자 그날부터 아이를 갑자기 귀중히 여기시
고 화평옹주에게 하시듯이 사랑하셨다.

아이를 처음 낳을 때에는 정사 보실 때 입으신 의대 그대로
들어와 보시더니, 그날부터 사위[3]를 극진히 하셨는데, 영조께
서 꿈을 꾸시니 그 일이 허탄하고 괴이하여 알 길이 없었다.
100일 후 당신이 인견(引見)하시던 환경전(歡慶殿)을 수리하여
경모궁을 옮기게 하시고, 천만 귀중히 여기시니 다행히 아들로
인연하여 아버님께서 혹 나으실까 축수하나, 사실인즉 아이는
화평옹주가 재생한 줄 알고 사랑하실 뿐이지 소생 부모는 이 아
이로 인하여 더 귀할 것이 없어서 전과 다름없으시니 알 수 없
는 노릇이었다.

그 아이가 겨우 열 달 된 신미[辛味, 영조 27]년 5월에 세손 책
봉하시니, 애중하시는 성심으로 그러하신 줄 아나 너무 과하신
처사였다. 임신[壬申, 영조 28]년 봄에 아이를 잃으니 영조께서
애통하심이 말할 수 없었다.

하늘이 묵묵히 도우시고 조종(祖宗)[4]이 도우셔서 신미년 섣
달에 내 몸이 임신하여 임신년 9월에 사내아이를 얻으니 곧 선
왕[정조]이시다. 내가 심히 작은 복력으로 이 해에 이런 경사가
있다는 것은 상상 외의 일이었다. 선왕이 나시매 풍채가 영위하

---

3) 미신으로 재앙을 꺼리는 일.
4) 군주와 조상.

고 골격이 기이하니 진실로 하늘이 내신 진인(眞人)이다. 신미년 동짓달에 경모궁께서 주무시다가 일어나셔서,

"용꿈을 꾸었으니 귀자를 얻을 징조다."

하시고 흰 비단 한 폭을 내라 하시더니 그 밤에 손수 꿈에 본 용을 그려서 침실 벽에 붙이셨는데, 성인이 탄생할 때 기이한 징조가 어찌 없으리요. 영조께서는 의소를 잃으시고 슬퍼하시다가 또 국본을 얻으시고 기뻐하시며 나에게 말씀하셨다.

"원손이 이상하게 초범(超凡)[1]하니 조종의 신령이 내려주신 것이다. 네가 정명공주 자손으로 나라의 빈이 되어 네 몸에 이런 경사가 있으니 네 나라에 공이 있다. 어린아이를 잘 기르되 검박하는 것이 복이 있는 사람의 도리이다."

내 이 성교를 받자와 천은을 뼈에 새기니 어찌 그대로 받들어 지키지 않으리요.

경모궁께서 기뻐하심은 이루 말할 수 없고 온 나라 백성의 즐거움이 경오(庚午)[2]에 비겨 백 배나 더 하였고 친정 부모가 기뻐서 경축하심이 더욱 어떠하시리요. 뵈올 적마다 성자 낳음을 내게 하례하시니 내가 스물 전의 나이에 또 나라 경사를 내 몸에 얻은즉 즐겁고 기쁨 이외에, 과연 신세를 의탁한들 어떠하리요. 멀리 빌어서 장차 효양받기를 기약하였다.

그해 10월에 홍역이 크게 유행하여 옹주가 먼저 하니 경모궁께서는 양정합(養正閤)으로 피해 계시고 원손은 낙선당(樂善堂)으로 옮기시니 탄생한 지 삼칠일 안에 움직이나 몸이 건장하여 먼 곳도 염려되지 않고 미처 보모도 정하지 못하여 늙은 궁인과

---

1) 범상한 것보다 뛰어남.
2) 영조 26년에 의소를 낳은 일.

내 유모에게 맡겨 보냈다. 날이 지나지 못하여 경모궁께서 홍역을 하시고 나으실 경지에 내가 또 하고 원손도 홍역에 걸리시니, 내가 해산 후 큰병을 염려하다가 병 증세가 가볍지 않고 원손이 또 홍역을 하였다. 증세가 매우 순조로우시되 내가 병중에 염려할까 하셔서 부친과 선희궁께서는 내게 알리지 않으셨으므로 나도 모르고 지냈다. 경모궁께서는 홍역이 끝나신 후에도 열이 심하셨기 때문에 내 부친이 경모궁께 뵈오랴, 나도 구호하랴, 원손도 보호하랴, 세 곳으로 밤낮을 가리지 않고 다니시니 그때의 수고와 근심으로 수염이 다 세게 되셨다.

화협옹주가 그 홍역으로 상사 나시니 경모궁께서 그 누님의 처지가 당신과 같으심을 불쌍히 여기고 우애가 각별하시더니, 옹주 병환 때 액정서(掖庭署)[3]의 하인에게 물어서 상사 나심을 알고 애통하신 마음을 이기지 못하셨다. 이런 일로 보아서도 본연의 천성이 착하심을 알 수 있다. 그해 섣달에 대간(臺諫)[4] 홍준해(洪準海)의 국사에 관한 상소로 영조께서 대노하셔서 성화문에 엎드리게 하시고 경모궁께 엄교가 많이 내리셨다. 경모궁께서 그때 큰 병환 끝에 설한이 혹독한데 눈 속에서 대죄하시니 엎드리신 몸에 눈이 쌓여 분간하지 못하되 몸을 움직이지 않으셨다. 그러자 인원왕후께서,

"일어나라."

하셔도 듣지 않으셨다. 영조께서 지나친 노여움을 진정하신 다음에야 일어나시니 본성이 침중하심을 알 수 있다.

---

3) 조선시대에 왕명의 전달, 임금이 쓰는 붓과 벼루의 공급, 대궐 열쇠의 보관, 대궐 뜰의 설비 등에 관한 일을 맡아보던 관아.
4) 사헌부 · 사간원 벼슬의 총칭.

그 후 성노(聖怒)[1]가 그치지 않으셔서 그달 15일 창의궁에 거둥하시고 인원왕후께,

"전위(傳位)[2]하려 하옵니다."

하는 말씀을 하셨다. 그러나 인원왕후는 귀가 먹으셔서 잘못 들으시고,

"그리 하라."

하고 대답하시매 영조께서,

"자교[3]의 허락을 얻었다."

하시고,

"전위하련다."

하셨다. 그때 동궁께서 창황 망조(罔措)[4]하심이 어떠하리요. 춘방관(春坊官)들에게 상소를 불러 쓰이실 제 조금도 거침이 없어, 춘방관이 감탄하였다고 한다. 창의궁에서 오래 머무르시고 환궁하지 않으시니 인원왕후께서,

"내가 가는 귀가 먹어서 대답 한마디 잘못한 것이 종사에 죄가 되었다."

하시고 소실에 내려와 계시고 영조께 편지를 보내서 환궁을 청하셨다. 동궁은 시민당(時敏堂) 손지각(遜志閣) 뜰의 얼음 위에 짚자리를 깔고 엎드려서 대죄하시다가 창의궁에 걸어가셔서 또 짚자리를 깔고 엎드려서 대죄하시고 머리를 돌에 부딪쳐서 망건이 다 찢어지고 이마가 상하여 피를 흘렸으니, 이런 일이 천

---

1) 임금의 노여움.
2) 왕위를 전해 줌.
3) 임금 어머니의 영.
4) 어찌할 바를 모름. 허둥지둥함.

성의 효성과 본질이 충후(忠厚)하신 것이요, 억지로 꾸민 일이
아님을 잘 알 수 있다. 이때에 또한 꾸중이 어떠하리요마는 공
손히 도리를 다 하시니 변을 당하여 잘 처리하시기로 영명을 많
이 얻으셨다. 그때,

"2품(二品) 이상을 다 귀양 보내라."

하셨는데, 내 부친이 그중에 드시나 전지(傳旨)[5]가 내리지 않았
기로 문 밖에서 기다리셨다. 동궁이 일을 수습하실 때 초심망
조(焦心罔措)[6]하여 의논하셨던 봉서가 몇 장인 줄 알리요. 그
편지를 모아 두었더니 원손이 보시고 지극하신 충성에 감탄을
금하지 못하셨다.

수일 후 대조(大朝)께서 환궁하시고, 여러 신하를 다시 임용
하시고 친히 정사를 들으시니, 부친이 들어오셔서 경모궁의 상
하신 머리를 뵈옵고 어루만지시며 흐느껴 우셨다. 그 사이 지난
말씀을 하시던 일이 지금도 눈앞의 일 같다. 경모궁께서 그 병
환이 나타나지 않으셨을 때는 인효통달(仁孝通達)하셔서 거룩
하심이 미진한 곳이 없으시다가 병환이 나시면 곧 딴사람 같으
시니 어찌 이상하지 않으며 어찌 슬픈 일이 아니리요. 매양 경
문·잡설 등을 심히 보시더니,

"《옥추경(玉樞經)[7]》을 읽고 공부하면 귀신을 부린다 하니 읽
어 보자."

하시고 밤마다 읽고 공부하셨다. 그러더니 과연 깊은 밤에 정신
이 아득하셔서,

---

5) 상벌에 관한 왕지(王旨)를 그 맡은 관리에게 전달하는 일.
6) 마음이 초조하여 어찌할 바를 모르는 것.
7) 도교 경전.

“뇌성보화천존(雷聲普化天尊)이 보인다.”

하시고 무서워하시며, 병환이 깊이 드시니 원통하고 슬프도다. 10여 세부터 병환이 생기셔서 음식 잡숫기와 채용 운용(運用)까지 다 범상하지 아니하시더니 《옥추경》 이후로 자주 기질이 변화하듯이 되어 무서워하시고 옥추 두 글자를 거두지 못하셨다. 단오 때는 옥추단(玉樞丹)[1]도 무서워서 차지 못하고 그 후에는 하늘을 심히 무서워하시고 우레 뢰(雷), 벼락 벽(霹), 그런 글자를 보지 못하시고 그 전에는 천둥을 싫어하시나 그리 심하지 않으시더니, 《옥추경》 이후로는 천둥 때면 귀를 막고 엎드려서 다 그친 후에야 일어나시니 이런 일을 부왕과 모빈께서 아실까 질겁하여 두려워하는 것은 형용하지 못할 일이었다.

임신〔壬申, 영조 28〕년 겨울에 그 증세가 나타나서 계유〔癸酉, 영조 29〕년은 경계증(驚悸症)[2]같이 지내고, 갑술〔甲戌, 영조 30〕년에도 그 증세가 때때로 나서 점점 고질이 되시니, 그저 《옥추경》이 원수였다. 그런데 어찌하여 계유년부터 양빈(良嬪)[3]이란 것을 가까이하셔서 자식을 배니 부왕의 꾸중을 듣자올까 두려워서 아무쪼록 낙태를 시키고자 하였으나 해괴한 것이 생겨서 화근이 되려고 갑술년 2월에 인〔은언군〕이 태어나니, 그렇지 않아도 꾸중이 많으시던 차에 여러 번 엄교가 거듭하시니 벌벌 떨고 지내셨다.

부친이 경모궁께서 엄책받는 것이 민망하여 위에 아뢰어 성노(聖怒)를 푸시게 하시고, 궁내에서는 투기를 하는 일이 없었

---

1) 약재로 만든, 재앙을 물리친다는 패물.
2) 경계의 증세.
3) 종2품의 여관(女官), 경모궁 사도세자의 후빈인 숙빈 임씨.

으며 내 본성이 사납지 못하므로 애초에 선희궁께서,

　“그런 일을 거리끼지 말라.”

하셨다. 뿐만 아니라 인의 어미를 총애하시는 일이 없으매 투기할 리 없고 만삭이 되나 처치하지 않고 내버려두니 경모궁께서는 한 번 실수로 자식이 생기니 꾸중 들으실까 겁을 내시고 돌아보시지 않고 선희궁께서도 아는 체 아니 하시니 하는 수 없이 내가 처리하지 않으면 안 되었다. 내 무슨 식견이 있으리요마는 힘이 닿는 대로 정성껏 보살펴 주었다. 그러나 영조께서는,

　“남편의 뜻을 따라서 남이 다 하는 투기를 하지 않는다.”

하고 나를 꾸중하셨다.

　갑자〔甲子, 영조 20〕년 후 처음으로 엄한 꾸중을 듣잡고 황송히 지냈다. 참으로 우스운 일이다. 예로부터 투기가 칠거(七去)[4]에 든 죄요, 부녀가 투기하지 아니함을 첫째가는 덕으로 하는데 나는 투기하지 않는다고 도리어 꾸중을 들으니, 이것도 다 내 운수런가 싶었다. 대저 부자분 사이가 예사로운 터로서 그것이라도 손자라고 영조께서나 선희궁께서 조금만이라도 용서하시거나 경모궁께서 이것에게 혹하여 계시면 내가 비록 도량이 있다 하더라도 내 마음이 어찌 편하리요마는, 이는 그렇지 않아서 영조와 선희궁께서 아는 척도 아니 하시고 경모궁께서는 겁만 내고 어찌할 줄 모르시는데 내가 또 곁들여서 심히 투기하면 그렇지 않아도 황겁하신 중에 근심으로 병환이 더욱 악화되실까 걱정하지 않을 수 없었다.

　그해 7월 14일 청연(淸衍)[5]이 나니 영조께서,

---

4) 칠거지악. 아내를 내쫓는 이유가 되는 일곱 가지 사항.

5) 지은이인 혜경궁 소생의 첫째 딸.

"백여 년 만에 군주가 나니 귀하다."

하시고 기뻐하셨다. 그러다가 을해〔영조 31〕년 정월에 인의 동생 진(禛)이 나니 그 후는 영조의 꾸중이 작으신 듯하였다.

경모궁의 병환 증세가 종이에 물들 듯하셔서 문안드리는 것도 점점 드물고 강연(講筵)[1]도 전일(專一)하지 못하시고 심중의 병환이시라 늘 신음이 잦아서 병폐하신 모양이니, 대조께서 춘방관을 부르셔서 강학 말씀을 물으시면 황공하기만 하였다.

을해[2] 2월에 역변(逆變)이 나서 5월까지 친히 심판하시니, 그때 역적을 정법(正法)하여 백관서립(百官序立)[3]하는 때면 동궁을 내보내서 보게 하시고, 날마다 친히 전좌(殿座)[4]하셔서 심판하시다가 들어오시면 인정(人定)[5] 후나 이경(二更)이 되고 삼, 사경이 될 적도 있으니 하루도 폐하지 않으시고,

"동궁 불러라."

하시어 가시면,

"밥 먹었느냐?"

하고 물으신 후에 대답하시면, 즉시 그날 친국(親鞫)하신 일 씻으시고 가셨다. 좋고 길한 일에는 참례치 못하게 하시고 좋지 못한 일에는 참석하게 하시니, 잠깐 수작이나 하시면 그러려니, 하련마는 날마다 다른 말씀은 한마디 없이, 마치 대답시켜서 듣고 귀를 씻고 가시기 위해서, 하루도 폐하지 않고 밤중에 그러시니 아무리 지극하신 효심이요 병 없는 사람이라도 어찌 싫지 아

---

1) 임금 앞에서 경서(經書)를 진강(進講)하는 일.
2) 윤지 등의 역모가 있었음.
3) 백관들이 서열에 따라 늘어서는 것.
4) 친정(親政)이나 조하(朝賀) 때 왕이 자리에 나옴.
5) 초경.

니하리요. 그 병환의 증세를 생각하면 짜증이 나셔서,

"왜 부르십니까?"

하실 듯하되 그 병환을 참으시고 날마다 밤중이라도 부르시는 때를 어기지 않으시고 준비하고 계시다가 그 대답을 꼭 하여 드리니 본연의 효성을 능히 짐작하지 못하리요.

그 병환이 이상스러운 것은 처자나 애쓰고 내관 나인이나 주야에 두려워 지내고 자모(慈母)도 자세히 모르시니, 부왕께서 어찌 자세히 알 수 있으시리요. 대왕을 뵈오실 때와, 신하를 대하실 적은 보통 때와 다름없이 예사로우시니, 그것이 더욱 갑갑하고 서러운 것이 병환이 어이없이 절박한 때는 위에서부터 춘방관까지라도 병 증세를 남이 다 알게 나타나게 하시면 싶었다.

역옥(逆獄) 때에도 부자분 사이에 근심이 많아서 답답하던 일을 다 어찌 기록하리요. 동짓달 즈음에 선희궁 병환이 계시오니, 경모궁께서 뵈오려 집복헌(集福軒)에 가 계셨더니 영조께서 옹주 있는 곳과 가까운 것을 혐의하셔서 많이 노하시고,

"바삐 가라."

하시니 창황히 높은 창을 넘어 나오셨다. 그날 꾸중이 지극히 엄하셔서 낙선당(樂善堂)에 있고 청휘문(淸輝門) 안에 들어오지 않고 《서전(書傳)》6) 태갑편(太甲編)을 읽고자 하시니, 모친 병환 뵈오러 가 계시다가 아무런 잘못하신 일 없이 그러하시니 슬프고 원통하여,

"자처하려 하노라."

하셨다가 겨우 진정하셨다. 그러나 부자간은 점점 망극하니 무

---

6) 《서경》에 주해를 달아서 편찬한 책. 송나라 때 주희가 제자 채침을 시켜 만들었다고 함.

어라 말해야 옳으리요.

병자〔丙子, 영조 32〕년 설날에 자상(自上)으로 존호(尊號)를 받자오시되, 경모궁은 참례시키시는 일이 없으시고 병환은 점점 깊어서 강연도 더듬으시고, 취선당(就善堂) 바깥 소주방(燒廚房)[1] 한 집이 깊고 고요하다 하오시고 많이 머무르시니 어느 한때인들 근심 없이 지내며 어느 한때가 초조하지 않겠는가.

5월에 영조께서 숭문당(崇文堂)에서 인견하시고 홀연 낙선당으로 보러 나오시니 소세도 잘못하시고 의대 모양이 모두 단정하지 않으셨다. 그때 금주(禁酒)가 엄한 때라 술을 잡수셨나 의심하고 대노하셔서,

"술 들은 이를 찾아내라."

하시고 경모궁께 누가 술을 드렸느냐고 엄히 다그쳐 물으셨으나, 실인즉 잡수신 술이 없으니 얼마나 억울한 일이랴. 영조께서는 아무 일이든지 억측으로 무슨 말씀이든지 물으시며, 그 후에 그 일을 생각하시니 모두 하늘이 시키신 듯하였다.

그날 경모궁을 뜰에 세우시고 술 먹은 일을 엄문하시니 실지로 잡수신 일이 없건마는 너무 두려워서 감히 변명을 하지 못하는 성품이시라, 하도 강박히 물으시기 때문에 하는 수 없이,

"먹었나이다."

하시니,

"누가 주더냐?"

댈 데가 없어서,

"밖의 소주방 나인 희정이가 주옵더이다."

---

1) 대궐 안의 음식을 만드는 곳.

하시니, 영조께서 두드리시며,

"네 금주하는 때 술을 먹어 광포하게 구느냐?"
하고 매우 꾸짖으셨다. 이때 보모 최상궁이,

"술 잡수셨다는 말씀은 억울하니 술내가 나는가 맡아 보소
서."
하고 아뢰었다. 그 뜻은 술이 들어온 일이 없고, 잡수신 바 없
으니 원통하여 차마 참을 수 없어서 아뢰었던 것이다. 그렇지만
경모궁께서, 상전(上前)에서 최상궁을 꾸중하셨다.

"내가 먹었다고 아뢰었으니, 자네가 감히 말할 것이 있는가.
물러 가라."

보통 때는 상전에서 주저하여 말씀을 하지 못하시더니, 그날
은 원통히 꾸중을 들었기 때문에 그렇게 말씀을 잘하셨던가. 그
때 두려워서 벌벌 떠시던 중에도 그렇게 말씀하시는 일이 다행
스럽더니 영조께서 또 격노하시었다.

"내 앞에서 상궁을 꾸짖다니, 어른 앞에서는 견마(犬馬)도 꾸
짖지 않는 법이거늘 그리 하는가?"

"감히 와서 변명을 하기에 그리 하였습니다."
하고 얼굴을 낮추어서 아랫사람의 도리를 하셨다. 그러나 금주
령 아래서 동궁에게 술을 드렸다고 희정이를 멀리 귀양 보내시
고, 대신들을 인견(引見)하라 하시고, 우선 춘방관이 먼저 들어
가 면계(面誡)하라 하오시니, 그날 억울하고 슬퍼서 충전하는
장기(壯氣)[2]가 다 나오셔서 병환이 계시오나 겉모양으로는 알
수 없었다. 그러나 춘방관이 들어오자, 처음으로 호령하셨다.

---

2) 왕성한 원기.

"너희놈들이 부자간에 화(和)하게는 하지 못하고, 내가 이렇게 억울한 말을 들어도 말 하나 아뢰지 않고 감히 들어올까 보냐. 모두 나가라."

춘방관 하나는 누구였는지 모르나 하나는 원인손(元仁孫)이었다. 그는 무어라 아뢰고 썩 나가지 않으니 경모궁께서 화증을 내시며,

"어서 나가거라."

하고 쫓아내실 때에, 좌중의 촛대가 거꾸러져서 낙성당 온돌 남창에 닿아서 불이 붙었다.

그러나 불 잡을 사람은 없고 화세(火勢)는 급한지라 경모궁은 춘방을 쫓아 낙선당으로 해서 덕성합으로 내려가는 문으로 가셨다. 한편 춘방은 쫓겨 나가고 매양 숭문당에서 인견하시던 대전(大殿)에 입시(入侍)하는 손이 집현문(集賢門)이 닫혀서 창덕궁 동문으로 돌아 시민당 앞에서 덕성합 서원소시(書院召侍)하시는 집을 지나, 보화문(普化門)으로 입시하여 있었다. 춘방이 나가면서 입시하는 손이 덕성합 앞을 마악 지날 제 경모궁께서 소리를 높여,

"부자간을 좋게 하지 못하고 녹만 먹고 간(諫)치는 않고 입시하러 들어가니, 저런 놈들을 무엇에 쓰랴!"

하시고 모두 쫓으시니, 그 과하신 행동이 어떡하리요. 그러는 동안에 화세는 급하매 원손(元孫)[1]을 관희합에 두었더니, 낙선당과 관희합이 한 일(一) 자로 있어서 두어 간 사이인데 불의에 화재가 나니, 내가 경황 없이 원손을 데려 내오려고 달려갔다.

---

1) 왕세자의 맏아들.

그때 청선(淸璿)을 가진 지 5, 6삭임에도 반 칸이나 되는 섬돌을 바삐 뛰어 내려가서 잠자는 아기를 깨워서 보모에 안겨 경춘전(景春殿)으로 가게 했으며, 관희합은 구하지 못할 줄 알았다. 그러나 기이하게도 지척에 있는 관희합은 불이 미치지 않고 휘돌아서 기와도 연하지 않은 양정합(養正閤)에 달하였으니 임금 되실 이가 계신 관희합이 화재를 면한 것이 이상하였다.

화재가 났기 때문에 영조께서는 아드님이 성결에 불을 지르신 것으로 아시고 노여움이 열 배나 더하시어 함인정(涵仁亭)에 모든 신하를 모으시고 경모궁을 부르시어,

"네가 불한당이냐, 불은 왜 지르느냐?"

하며 호령하셨다. 그때의 설움이 가슴에 복받쳐서, 또 거기서도 그 불이 촛대가 굴러서 난 불이라는 원인을 여쭙지 않으시고, 변명도 하지 않고 스스로 방화를 한 듯이 하시니 절절이 슬프고 답답하였다. 그날 그 일을 지내시고 가슴이 막히셔서 청심환(淸心丸)을 잡수셔서 울화를 내리시고,

"아무래도 못살겠다."

라고 말씀하시며 저승전 앞뜰의 우물로 가서 떨어지려 하시니, 그 놀라운 경상(景狀)[2]과 끔찍스러운 형용을 어찌 말할 수 있으리요. 가까스로 구하여 덕성합으로 나오시게 하였다.

부친이 그해 2월에 광주 유수를 하여 내려가시게 되었는데, 외임(外任)[3]하시면 경모궁께서 더 의지할 곳이 없는 것을 아시더니 영조께서,

"대내(對內)하라."

---

2) 좋지 못한 몰골.
3) 외직.

하시는 분부를 내려 올라오셨다. 대조(大朝)께서는 부친에게 지난 말씀과 걱정을 무수히 하셨다. 그리고 경모궁께서는 술 문제 불 문제의 두 가지 원통한 일을 말씀하시고,

"아마도 서러워 살기 어려워라."

하시니 그 말씀 듣는 부친의 마음이 어떠리요. 부친은 대조께는,

"자애를 잃지 마소서."

하고 소조(小朝)께는,

"갈수록 효성을 닦으소서."

하고 울면서 부자분께 아뢰었다. 경모궁께서는 지나친 행동을 하시다가도 장인이 아뢰고 직접 훈계하시면 수그러지셨다. 그럭저럭하여 겨우 진정하신 듯하였다.

내가 가을에 자모(慈母)를 잃고 서러운 정리 이를 데 없는데, 경모궁의 병환이 점점 심하시니 근심이 중중첩첩한데, 그때 광경을 당하여 하도 경황없이 지내다가, 부친을 뵈오니 서로 붙들고 울던 일이 지금도 눈앞에 선하다.

5월 변 후에 놀라서 병환도 더 하시고, 외조(外朝)[1] 보는 데 지나친 행동도 하시니, 강연도 더 드물고 차대(次對) 때나 억지로 기운을 차리고 나가시니 무슨 경황이 있으리요. 더구나 울적한 기분을 견디지 못하여 대조께서 거둥이나 나시면 후원에 가서 활도 쏘시고 말도 타시고 기치병기(旗幟兵器)[2] 붙이를 가지고 나인들을 데리고 노시니, 내관들이 풍악(風樂)까지 하였다.

그해 7월에 인원왕후가 칠순이므로 기로과(耆老科)[3]를 치르

---

1) 정사.

2) 군중(軍中)에서 쓰는 기와 무기의 총칭.

3) 조선시대 때 예순이 넘은 노선비만 보던 과거.

시기로 하시고 후원에서 진하(進賀)[4]하시는데, 어찌하여 경모궁을 참여하게 하시니 그 진하를 무사히 지내고 오셔서 하도 좋아하시던 것으로 보아도 분명히 대조께서 화색으로 가엾이 여기고 좀 견딜 만큼 하셨으면 이 지경에 이르렀으리요. 부자 두 분이 스스로 뜻대로 하지 못하시듯이 그리들 하시니, 모두 하늘의 뜻이며 그저 원통할 뿐이로다.

능행수가(陵行隨駕)[5]를 22세가 되도록 하지 못하시어 춘추로 가실 수 있을까 기다리시다가 한 번도 가시지 못하시니,.그 일도 슬프고 울화가 되시더니, 병자[丙子, 영조 31]년 8월 초에 처음으로 명릉(明陵)[6]에 수가하시니, 시원하고 기뻐서 목욕하시고 정성을 다하여 요행히 탈없이 다녀오시고, 가신 사이에 인원왕후, 정성왕후께와 선희궁께 글월을 하시고, 자녀에게까지 편지하신 그 수적(手迹)이 지금 내게 있으니, 그런 일은 조금도 병환이 계신 이 같지 않고 순조롭게 환궁하신 것을 큰 경사처럼 아셨다.

능행 후 한동안은 대단한 꾸중을 들으신 일이 없으니, 그것은 정처(鄭妻)[7]가 8월 초에 생녀(生女)하므로 성심이 기쁘셔서 그러신 것이었다. 상정으로 생각하면 그 누이는 그리 총애하시고 당신은 뜻을 얻지 못하시니 응당 어떤 마음이 계실 듯하되, 그때까지 시종 불효하신 기색이 없으시고 순산한 일을 기특히 여기셨다. 처음으로 능행에 따라가시게 한 것은 선희궁께서,

---

4) 나라에 경사가 생겼을 때 백관이 왕에게 나아가 조하하는 것.

5) 임금이 능에 거둥할 때 따라가는 것을 가리킴.

6) 숙종대왕 능.

7) 하완옹주.

"아직까지 능행수가를 하지 못하는 것을 민심도 괴이하게 여길 것이외다."
라고 정처에게 여쭙게 한 모양이었다.

그해 윤9월에 청선(淸璿)을 낳으니 전 같으면 오죽 좋아하시리요마는 들어와 보신 일이 없으니 병환이 심하신 것을 알 수 있었다. 오래지 않아서 부친이 평안 감사를 하셔서 당일로 떠나시는 것을 민망히 여기더니 그해 동짓달 열흘께 경모궁께서 덕성합에서 마마병에 걸리셨다. 증세는 극히 순조로우나 마마꽃이 심하게 돋아서 더욱 두려워하였으나 다행히 성두(成頭)로 지내시니, 22세 춘추에 격화(激火)는 이를 것이 없으신데, 고이 나으셨으니 그런 경사가 어디 있으리요. 선희궁께서는 가까이 오셔서 머무르시며 주야로 초려(焦慮)[1]하시고 원손은 공묵합(恭默閤)으로 피해 계시매, 나는 좁은 방에서 구완하느라고 한 곳에서 지냈다.

그때 춥기는 심하고 삼면에 성에로 얼음벽이 된 데서, 그 중환을 순조롭게 지내시니, 그런 종사(宗事)의 큰 경사가 없었으나, 대조께서는 그 병환에 한 번도 친임(親臨)하신 일이 없으시고, 부친은 관서에 멀리 계시고, 나만 혼자 아득히 애쓰던 말을 어찌 다 쓰리요. 마마가 완쾌하신 후에 경춘전으로 와서 조리하시었다.

정축[丁丑, 영조 33]년 2월 13일에 정성왕후께서 숙환이 갑자기 중하셔서 손톱이 모두 푸르고 토하신 피가 한 요강이나 되는데, 빛깔이 붉은 피도 아니요, 검고 괴이한 것이 적년(積年)[2] 모

---

1) 애를 태우며 하는 생각.
2) 해를 더하여.

인 것이 나온 것이매 놀랍기 어찌 측량하리요. 나는 먼저 가고 경모궁께서 바로 뒤쫓아 가시니, 토혈하시고 매우 위태로운지라, 토하신 그릇을 붙들고 눈물을 흘리시니 보는 사람이 누가 감동하지 않으리요.

대조께 미처 아뢰지 못하고 그릇을 들고 중궁전(中宮殿) 장방(長房)에 친히 나가셔서 의관(醫官)에게 직접 보이시려 하셨다고 한다. 비록 지극한 자애를 받고 계시나 친생(親生)과 달라서 간극이 계실 듯하되, 천성이 효하고 착하시기 때문에 스스로 그러하시니 누가 그 경모궁에게 병환이 계신 줄 알리요.

밤에 정성왕후께서 병환 끝에 어찌 계시랴 하시고,

"그만 돌아가라."

하시고 돌려보내시니, 삼경(三更)이나 되어 경춘전에 잠깐 내려가 계시다가 새벽에 나인이 와서,

"깊은 잠이 드셔서 아무리 여쭈어도 대답이 없으십니다."

하고 여쭈었다. 경모궁께서 놀라서 달려가셨는데 깊이 잠드신 듯이 아무리 여쭈어도 응하심이 없으므로, 부르짖어 천만 번이나 여쭙고,

"소신 왔소, 왔소."

하셔도 모르시매, 망극하여 울고 하시던 일은 다 쓸 수가 없다. 날이 밝은 후에는 14일이니 위에서 아시고 오셨다. 양전(兩殿) 사이가 극진하지 못하시나, 병환이 위중하셨기 때문에 오신 것이매, 경모궁께서는 아버님을 뵈옵고 또 황축(惶縮)[3]하여 울고 하시던 일도 하지 못하시고 전신을 움츠리고 고개를 들지 못하

---

3) 황송하여 몸을 움츠림.

시니, 그 병환 중인 몸으로 그토록 속으로 울고 하시는 모양에 옆의 사람들이 감동하여 눈물을 흘리며 흐느껴 울었다. 아무리 부왕이 무서워도 무릅쓰고 울면서 삼차(蔘茶)를 연하여 흘려 넣으시며 보살피시고, 병환 증세나 말씀하시면 대조께서 보시기에 좀 나으실 것을 창황 중 좁은 방에서 한 구석에 황송히 엎드려 계시니, 아까 울고 서러워하시던 일을 어찌 아시리요. 영조께서 옷 입은 것, 행전 치신 모양까지 걱정하시고,

"내전 병환이 이러한데 몸을 어찌 그리 갖느냐."
하고 또 꾸중하시니, 천지간에 터질 듯 답답한 것이 아까 그 지극하시던 모양은 다 감추어지시었다.

"아까는 저러하지 않으셨나이다."
할 수도 없고, 위에서는 불효하게 버릇없다고 하시니, 선희궁께서 애쓰시는 것과 내 속이 타는 듯함을 어디다 비하리요.

이때 공교롭게 일성위(日城尉)[1]의 병이 위중하셨으므로 옹주를 내보내시고, 영조께서 마음이 산란하신 중, 문안은 점점 위급하셔서 15일 신시(申時)에 승하하시니 망극하기 이를 데 있으리요.

동궁은 관리합(觀理閤) 아랫방으로 내려오셔서 발상하려 하시고, 나도 발상차로 초혼(招魂)[2]을 마악 하려고 할 즈음에 위에서 허다한 나인들과 양전(兩殿)이 서로 만나시던 말씀과, 이때 이리 여의신 말씀을 길게 하시니, 날이 저물어서 동궁께서는

---

1) 화완옹주의 남편 정치달.
2) 혼을 부르는 것. 사람이 죽었을 때 그 사람이 생시에 입던 저고리를 왼손에 들고 오른손은 허리에 대어 지붕에 올라가거나 마당에서 북쪽을 향해 '아무 동네 아무개 복(復)'이라고 세 번 부르는 일.

가슴을 치며 망극 애통해하시고, 때는 어기되 발상을 하지 못하고 당황하더니, 일성위 부음(訃音)이 전달되었다. 위에서는 그때에야 애통하여 통곡하시고 즉시 거둥을 나시니, 신시에 운명하셨는데 저물어서야 발상을 하니, 그런 망극 황황한 일이 어디 있으리요.

16일에야 습(襲)을 하고, 영조께서 환궁(還宮)하심을 기다려서 염(殮)[3]을 하였다. 동궁께서 하늘에 부르짖고 몸부림치심이 과하시고, 때때로 봉심(奉審)[4]하시고 우시는 눈물이 줄줄 흐르시니 친모자간이신들 이보다 더하리요. 경모궁의 애통해하시는 모습을 부왕께서 보시면 혹 감동하실까 하였으나, 환궁 후 뵈올 제 또 황송한 모양으로 엎드려 계셔서 종시 체읍(涕泣)[5]하시는 모양을 보시지 못하시니, 갑갑하고 이상하지 않으리요.

정성왕후께서 상시에 대조전 큰방에 거처하시되, 주무심과 감기만 계셔도 건넌방에 와서 계시더니 환후가 위중하시매,

"대조전이 어찌 지중하건대, 내 이 집에서 몸을 마치리요."
하시고, 서쪽의 옆 채 관리합이라는 집으로 바삐 내려오셔서 계시다가 승하하셨다. 염한 후에 재궁(梓宮)에 모시고 경훈각(景薰閣)을 빈전(殯殿)[6]으로 하였다. 옥화당(玉華堂)이라는 집에 동궁의 거려청(居廬廳)[7]을 만들고 오삭거려(五朔居廬)[8]를 거기

---

3) 죽은 사람의 몸을 씻긴 다음 옷을 입히고 염포로 묶는 일.
4) 왕명을 받들어 능이나 묘를 보살피는 일.
5) 눈물을 흘리면서 슬프게 우는 것.
6) 발인 때까지 왕이나 왕비의 관을 모시는 전각.
7) 상제된 사람이 여막을 짓고 그곳에 거처하는 것을 거려라 함. 거려청은 국상 때 그와 같은 일을 맡아보던 관아임.
8) 다섯 달 동안 무덤 가까이에 지은 초막에서 상제가 거처하는 것을 이름.

서 하시고, 조석전(朝夕奠)과 조석상식(朝夕上食) 후 주다례(晝茶禮)에 연하여 참사(參祀)하시매, 어떤 날은 여섯 때의 곡읍(哭泣)을 거의 모두 하시고, 나는 관리합 맞은편 방 융경헌(隆慶軒)에 있었다.

인원왕후께서 칠순이 넘으시니, 심히 쇠약하여 정성왕후 국상 후 슬퍼하시는데, 연무(烟霧) 중에 계신 듯 슬픈 줄을 잘 모르시는 듯하더니, 그 달 그믐에 병세가 다시 심해져 대왕대비전(大王大妃殿) 장방(長房)에 피우(避寓)하여 계시다가, 3월 26일에 승하하시니 망극하올 뿐 아니라 영조께서 망칠(望七)[1] 노경에 큰일을 만나셔서 애통이 지나치심이 더욱 망극하더라.

인원왕후의 성덕이 탁월하셔서서 궐내 법도(法度)도 인원왕후가 계신고로 지엄하고 동궁에 대한 사랑이 지극하시고, 나를 각별히 사랑하시던 은혜를 어찌 다 기록하리요. 동궁을 사랑하심에 정을 다하여 별찬(別饌)을 자주 만들어 보내셨으매, 궐내 음식 중, 인원왕후전 음식이 별미진찬(別味珍饌)[2]이었다.

점점 대소조(大小朝)의 난처한 소문을 들으시고 깊이 근심하여, 나를 보시면 가만히 걱정하시고,

"얼마나 민망하냐?"

라며 위로해 주시었다. 동궁의 상복 모습을 차마 보시지 못하고,

"저리 하고 있으니, 가뜩이나 울게 하더라."

하고 자주 걱정하시었다. 그리고 법을 엄히 하셔서 옹주(翁主)네가 감히 빈궁(嬪宮)과 어깨를 나란히 하여 좁은 방에서라도

---

1) 일흔 살을 바라본다는 뜻. 예순한 살을 일컫는 말.
2) 특별히 맛있게 만든 음식.

함께 있지 못하게 하시더니, 그 문안에 화순옹주가 계시나 병폐하고 화유옹주만 있어서 나를 따라다니니, 좁은 방에 앉을 때 내가 어깨를 나란히 하였더니,

"빈궁이 어찌 중하신데, 제가 감히 그러하리?"

하고 분하여 하신 일이 있었다. 그리고 병환이 위중하신 중에도 체모의 엄하신 것을 감탄하였다.

정성왕후께서는 그 아드님 위하시는 마음으로 대조께서 동궁께 민망하게 구시는 일이 한이 되셔서 답답히 여기시고, 지나친 행동에 대한 소문이나 들으시면, 나랏일을 근심하셔서 선희궁에 매양 왕복하시고 지성으로 초려하셨다.

달을 이어서 두 성모(聖母)가 승하하시니 궁중이 텅 비고 지엄하시던 법이 어느 사이에 무너져서 한심스럽기 짝이 없었다.

경모궁께서 그 할머님[인원왕후]의 자애를 많이 입고 계셨으므로 애통하심이 각별하셨으니, 부자분 사이만 예사로우셨더라면 얼마나 좋았으랴. 영모당(永慕堂)에서 염습하고 경복전으로 오르시고, 빈전은 통명전에 정하시고 그믐날에 입재궁하시니, 그날 소판(素板) 위의 흰 비단을 덮어서 자전께서 후원 출입하시던 요서문(耀西門)으로 본 처소 나인들이 상여를 메고, 위의(威儀)는 대례받으실 때 같이 하여 모시었다. 대조거려청(大朝居廬廳)은 체원합(體元閤)으로 하였다. 영조께서 환후 때부터 초황(焦惶) 망조하여 주야로 머물러서 지성으로 시탕(侍湯)하시고, 인산(因山) 전 오삭(五朔)을 조전(朝奠)부터 육시곡읍(六時哭泣)을 한 때도 거르신 일이 없으시니, 춘추 예순넷이신데도 그러하신 효성과 그러하신 정력이 다시 어디 있으리요.

당신은 이러하시지만 아드님께서 하시는 일은 본심을 모르시

고 나쁘고 잘못하는 줄만 아시니, 두 성모(聖母) 계시지 않으시고, 궐내 모양이 말이 안 되어 더욱 망연하였다. 대저 부자분 사이가 좋지 못하신 곡절이 또 있으니, 이것은 다름아니라 신미[辛未, 영조 29]년 동짓달에 현빈궁(賢嬪宮) 상사가 나시니 영조께서 효부를 잃으시고 애통하셔서서 장례에 친히 임하여 간곡하게 돌보셨다. 그렇듯 하시는 중, 그곳 나인인 소위 문녀(文女)[1]를 상사 후 가까이하셔서서 수태하고, 그 오라비는 문성국(文性國)이란 놈인데 그것을 별감(別監)으로 사랑하시고 누이도 총애하여 계유[癸酉, 영조 29]년 3월에 옹주를 낳으시니, 그 당시 인심이 소요하여 들리는 말이,

"그것 남매가 아들을 낳지 못해도 다른 자식이라도 갖다가 아들을 낳았다고 속이려 한다."

"그 어미는 중에서 환속한 것인데, 딸의 해산에 들어왔다." 하는 괴이한 말이 낭자하였다.

문성국이 제 무슨 심장으로 동궁께 그리 흉한 뜻을 먹었던지 요악(妖惡) 간흉(奸兇)한 놈이 아니리요. 별감으로서 사약[2]으로 승진하고 누이는 신미년 겨울부터 승은(承恩)[3]하여 남매의 총애가 극에 달하였다. 그리고 영조께서 어려서부터 계시던 집이 건극당(建極堂)인데 효장세자(孝章世子)에게 주어서 현빈(賢嬪)이 거기 머물렀으므로 신미년 상사도 거기서 지내었다.

그 아래 고서헌(古書軒)이라는 집에 문녀를 두어서 거기서 해산하고 갑술[甲戌, 영조 30]년에 또 딸을 낳았다. 후원 중정문 밖

---

1) 영조의 후궁, 숙의 문씨.
2) 조선시대 때 액정서의 정6품 잡직.
3) 여자가 밤에 임금을 가까이에서 모시는 총애.

에 문녀의 차지내관(次知內官) 전성해를 두시고 문성국이도 그 내관 처소로 와 뵈오니 양궁(兩宮) 사이가 좋지 못하신 것을 그 놈이 알고, 그 틈을 타서 성의만 맞추어서 동궁 하시는 일을 전부 염탐해다가 고자질해 올렸으므로 동궁 하시는 일을 누가 사이에서 말할 이 있으리요마는 성국은 세력을 믿고 무서운 마음이 없어서 동궁 액속(掖屬)들이 모두 제 동류이므로 동궁의 사소한 일까지 듣는 족족 대조(大朝)께 여쭙고, 문녀는 안으로 모든 소문인즉 다 여쭈니 모르실 때도 의심하시던 터에 날로 동궁의 험만 들으시니, 성심이 갈수록 갑갑하실 수밖에 없었다. 국운이 불행하여 요녀(妖女)와 간적(奸賊)[4]이 일어나는 일이 슬프다.

그 남매가 여쭙는 일은 의심하지 않고 사실로 알거니와, 무슨 곡절로 그러는지 모르셨다. 병자[丙子, 영조 32]년에 부릴 나인이 없어서 세자궁과 빈궁 사약, 별감의 딸을 나인으로 뽑으려 하였다. 이것은 동궁께서 생각하신 일이 아니고 내가 나인이 없어서 뽑자고 말하여 그것들의 딸을 들여다가 사약 김수완의 딸을 잡고, 별감의 자식도 잡았더니, 아침에 그런 일을 낮에는 벌써 아시고 동궁을 부르시어,

"네, 어이 내게 아뢰지 않고 나인을 뽑았는고!"
하고 꾸중이 대단하시었다. 그때 놀랍기가 이를 데 없었다. 김수완인즉 성국이와 친하매, 제 자식을 들여놓지 않으려고 청하여 그리 급히 아신 일을 보니, 성국이가 아뢴 일이 분명하였다.

병자년 마마병으로 오래지 않아서 대고(大故)[5]를 당하시니 슬프기도 하고, 마음을 많이 쓰시니 병환은 점점 더하시고, 과

---

4) 간악한 도적.
5) 부모의 상사(喪事).

거(過擧)[1]는 잦으시니 성국이는 듣는 말마다 아뢰어, 두 분 사이가 더욱 망극하였다. 5삭 동안 대조께서는 빈전에서 경훈각으로 곡하러 가시면, 옥화당에 가셔서 무슨 일이라도 잡히면 꾸중을 하시고, 동궁이 통명전에 가시면 또 꾸중을 하시니 화는 불같이 일어나셨다.

사람 모인 곳이나 나인들이 많은 데서도 허물을 드러내셨다. 통명전에 인원왕후전의 나인들이 가득히 있는 7월의 극열 가운데, 여러 가지로 동궁을 꾸짖으시매, 그대로 격화(激火)와 병환이 점점 더하시었다. 그래서 내관들에게 매질하시는 일이 그때부터 더하시었다. 초상에 거룩히 슬퍼하시는 일로 비하면 상중에 하시는 매질이 잘못하시는 일이요, 정축〔丁丑, 영조 33〕년부터 의대(衣帶)[2]의 탈이니 그 말이야 어찌 다 하리요.

5삭 중 지극히 어려움을 지내시고, 6월에 정성왕후 인산이 되어 슬퍼하심이 초상과 다르지 않으셔서 성밖까지 나오셔서 상여를 곡송(哭送)하여 애통해하시니 백관군민(百官軍民)이 누가 아니 감읍(感泣)하였으리오. 본 마음이 나오시면 이러하시건마는, 그런 진정을 부왕께서는 모르시고 곡송하고 들어오실 때와 반우(返虞)[3]의 영곡(迎哭)하러 나가실 즈음에, 무슨 탈이나 조건을 다 생각하지 못하되, 그때 한재(旱災)는 있고 노염이 장하셔서 엄교(嚴敎)가 많으시니, 그 밤에 덕성합 뜰에서 휘녕전(徽寧殿)[4]을 바라보시고, 슬피 울면서 죽고자 하시던 일을 어찌 다

---

1) 지나친 행동.
2) 옷과 띠.
3) 장사를 지낸 뒤에 신주를 집으로 모셔오는 일.
4) 정성왕후의 혼전(魂殿).

적으리요.

그 6월부터 화증이 더하셔서 사람 죽이기를 시작하시니, 그 때 당번내관 김환채라는 사람을 먼저 죽여서 그 머리를 들고 들어오셔서 나인들에게 보이시니, 내가 그때 사람의 머리 벤 것을 처음 보았는데, 그 흉함과 놀라움을 어찌 이를 수 있으리요. 사람을 죽이고야 마음이 조금 풀리시는지, 그때 나인 여럿이 상하니, 답답하기 측량 없었다.

마지못해 선희궁께,

"병환이 점점 더하여 이러하시니 어찌하면 좋겠나이까?"

하고 여쭈니, 놀라서 음식을 끊고 자리에 누워서 근심하시며 그 말씀을 알은 체하셨다. 그러자 경모궁께서

"누가 이 말을 한고."

하셨다. 찾아내시면 날 보실 분이 아니니, 내 몸에 급화가 이를 듯하기에 선희궁께 울며,

"하도 안타까우니, 아는 일을 아뢰지 아니하지 못하여 여쭈었더니 저러시니 어쩝니까?"

하여 겨우 진정하였다. 그때 점점 이렇다 할 바 없이 애쓰던 말을 어찌 다 형상하며, 그저 죽어 모르고 싶었다.

7월에 인원왕후 인산이 되시니, 그때 큰비는 흐르는데, 영조께서는 능소(陵所)에 가 계시고, 동궁은 효성이 부족한 것은 아니나, 병환은 점점 더하시고, 사람 죽이시는 길이 나니, 인심이 두려워하고 언제 죽을지를 몰라 하니, 그런 모양이 어디 있으리요.

부친이 관서(關西)에서 5월에야 환조(還朝)하시니 영조께서 반겨 애통해하셨다. 동궁도 뵈옵고, 그 사이에 큰 병환을 지내

시고 대고(大故)를 만나시며 병환으로 근심이 많아서 부녀가 서로 붙들고 슬퍼하였다. 그해 9월에 경모궁께서 인원왕후전 침방(針房)[1] 나인인 빙애[사도세자의 후궁]를 데려오셨다.

그 나인은 현주[청근현주]의 어머니이니 그 나인을 마음에 두고 계시다가 화증은 점점 나시고 마음 붙일 데가 없으시고, 인원왕후가 계시지 않으시니 당신의 말을 누가 여쭈랴 하고, 데려다가 방을 꾸미고 온갖 살림살이를 잘 갖추었다.

그 사이에 나인을 가까이 하시나 순종하지 않으면 쳐서 피가 흐르고 살이 터진 후에라도 가까이 하시니 누가 좋아하리요.

가까이 하신 것들이 많되 한때 그리 하시고, 대수롭게 여기시는 일이 없으셨다. 자식 낳은 양제(良娣)[2]라도 조금도 용서하심이 없었다.

그러시던 분이 이것에게는 그리 대수롭게 구시니, 그것의 인물이 또 요악(妖惡)한지라 동궁에 무슨 재물이 있으리요.

그때부터 내수사(內需司)[3] 쓰기를 비로소 하시니 얼마나 민망하리요. 내수사 관원이 그런 사실을 아뢰지는 않으나 어찌 위에서 모르시며, 성국이가 어찌 아뢰지 않으리요. 9월에 나인 빙애를 데려다 놓은 것을 대조께서 아셨다. 그날이 바로 동짓날인데 대노하시고 동궁을 부르셔서,

"네 감히 그러하랴!"

하고 크게 꾸짖으셨다. 드러난 허물이 없어도 엄책이 그치지 않으셨는데, 하물며 이런 경우이니 오죽하리요.

---

1) 궁중에서 침모들이 바느질하는 곳.
2) 조선시대 때 세자궁에 속한 궁녀직으로 종2품 내명부의 벼슬.
3) 조선시대 때 대궐에서 쓰는 쌀·베·잡물과 노비 등에 관한 사무를 맡아보던 관원.

“그 나인을 잡아내라.”

하시니, 그때 경상이 동궁께서 그것에게 혹하여 한사코 나가지 못하게 하셨다.

“어서 잡아 오라!”

부왕께서 노하여 재촉하시고, 동궁께서는 내어보내지 않고 사생(死生)으로 위협하고 내보내지 않으시니 일이 매우 급하였다.

그러자 동궁께서는 빙애의 얼굴을 위에서 모르시므로 침방 나인의 같은 나이 또래를,

“빙애로소이다.”

하고 내어보내셨다.

대조께서는 갑자(甲子)년 후로 나를 애휼하심이 각별하셨다. 아드님이 미우니 제 처자도 한 가지로 미우신 것이 상리로되, 날 사랑하시고 내 자녀를 귀중히 여기셨다. 그 아드님의 처자 같지 않게 여기시므로 매양 감축 천운하였다.

그러나 그 일로 인하여 또 불안한 폐단이 무수하니 어찌 다 형상하리요. 시봉(侍奉)[4] 14년에 처음으로 꾸중이 지엄하시니 꾸중하시는 조건인즉,

“세자가 빙애를 데려올 제, 네가 알았으련만 내게 고하지 않았으니, 너조차 나를 속이는 법이 어디 있으랴. 네 남편의 정에 끌려서 양제 적에도 네 조금도 투기하는 일이 없었고, 그 자식을 거두니, 내가 인정 밖으로 알고 너에게 미안했었다. 그런데 이번에 웃전〔인원왕후〕의 나인을 감히 데려다가 저렇게까지 하되 나에게 알리지 않고, 내가 오늘 알고 물어도 즉시 대답하지

---

4) 부모 또는 상전을 모시어 받듦.

않으니 네 행사가 이럴 줄 몰랐다."
하고 땅을 두드리시며 꾸짖으셨다. 그 꾸지람을 받잡고 황공하
여 아뢰기를,

"어찌 남편이 한 일을 위에 이러하다고 하겠습니까. 소인의
도리가 그렇지 못하옵니다."
하였더니 더욱 꾸중하셨다.

자애만 받잡다가 처음으로 엄한 꾸중을 듣잡고 송구함을 어
찌 이르리요.

그리할 즈음에 그 나인을 몰래 정처의 집으로 내보내고,

"감추어 두라."
하였더니, 그 밤에 부왕께서 거려청 공묵합으로 동궁을 불러서
또 꾸중을 많이 하시니, 서러워서 그 길로 양정합 우물에 빠졌
으니, 그런 망극한 광경이 어디 있으리요. 방직(房直)[1] 박세근
이라 하는 자가 업어내니, 우물가에 얼음이 가득하고 마침 물이
많지 않아서 무사히 모셨으나 소조의 가슴이 막히시고 상하기
도 하였으니 무슨 말이 있으리요.

부왕께서 가뜩이나 멀리하시는데 우물에 빠지시는 해괴한 행
동까지 보시고 어찌 노하지 않으시며, 마침 그때 대신 이하 모
두 입시하며 그 광경을 목도하였다. 그때 영의정이 김상로(金尚
魯)였는데, 음흉하여 동궁 뵈올 적은 뜻을 맞추는 체하고, 대조
께는 망극한 언사를 하여 보이니 흉측스러웠다.

부친이 동궁께서 그 꾸지람 들으심과 우물에 빠지시는 일을
보시고 충애우민(忠愛憂悶)의 마음을 이기지 못하여 당신 처지

---

1) 관아의 심부름꾼 중 하나. 방지기와 같은 뜻.

를 돌아보지 않고 아뢰시되,

"옛날에 임금을 얻지 못하면 몸이 단다 하였사오니 군신도 그러하거던 하물며 부자 천성이오시리까. 자애를 잃으시고 전전하여 저러하옵시니, 그 곡절을 생각하시도록 천만 바라옵니다."

하고 아뢰었다. 그러자 군신제우(君臣際遇)[2]가 천고에 드물어서 추고(推考)[3] 한 번 당하시는 일이 없더니, 그날 아뢰는 말씀에는 격노하시고, 내게도 노여워하시던 끝이라 내 죄를 겸하셔서 삭직(削職)[4]하시고 엄교(嚴敎)가 대단하셨다. 부친은 황황히 나와서 성밖 월과계라 하는 곳에 계셨다.

상감·동궁 두 분 사이의 행동이 지나치시고, 백성들도 부친만 믿다가 인심이 요란하여 어찌 될지 측량하지 못하고 나도 엄교를 처음으로 듣잡고 황공하여 하실(下室)로 내렸더니, 오랜만에 부친을 다시 등용하시고, 나를 부르셔서 자애가 여전하시니, 천만 황공한 때였으나 지극하신 성은이야 미신분골(靡身粉骨)[5]한들 어찌 모두 갚사오리요.

— 신축년 정월 초닷새에 호동대방(壺洞大房)에서 씀

---

2) 임금과 신하 사이에 뜻이 잘 맞음.
3) 벼슬아치의 허물을 추문하여 고찰함.
4) 죄인의 벼슬과 품계를 빼앗고 사판(仕版), 즉 벼슬아치의 명부에서 깎아 버림. 삭탈관직의 준말.
5) 몸을 찢고 뼈를 가는 것.

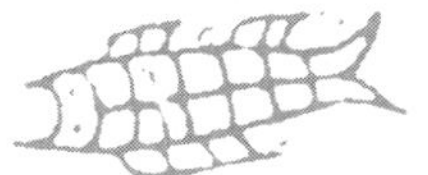

3

무인〔戊寅, 영조 34〕년 연초에 대조께서 편찮아 계시나, 소조께서 쭉 병환으로 문안을 하지 못하시니 점점 어쩔 줄 모르게 지내며, 만나 뵈올 적마다 신혼(神魂)이 비산(飛散)하니 그 형상을 어찌 말하리요. 정월에 월성위(月城尉)의 상사가 나매 화순옹주(和順翁主)께서 혈속이 없고, 일단 우직한 마음에 대의(大義)를 잡아, 17일을 절곡(絶穀)[1]하시니 마침내 상사가 났다. 왕가에 이런 거룩한 일이 없으나, 대조께서는 노부(老父)를 두고 당신 말씀을 듣지 않고 돌아가신 것을 불효라고 노하셔서, 정문(旌門)[2] 청함을 허락하지 않으셨다. 동궁께서 그 누님의 절열(節烈)[3]을 탄복하여 많이 칭찬하시니, 그 병환 중에도 어떻게

---

1) 곡기를 끊는 것, 즉 단식.
2) 충신 · 효자 · 열녀 등을 표창하고자 그의 문 앞에 세우던 붉은 문. 작설(綽楔) · 홍문(紅門)이라고도 함.
3) 절의를 지킴이 더없이 강렬함.

그렇게까지 하시나 싶었다.

정축〔丁丑, 영조 33〕년 동짓달의 변 후에 관희합(觀熙閤)에 머무르시니, 무인년 2월 대조께서 또 무슨 일로 불평하시고 동궁 계신 데로 찾아오신 것이 어찌 눈에 거스르지 않으시리요. 숭문당으로 오셔서 동궁을 부르시니 동짓달 후 처음 만나셨다. 여러 일을 많이 꾸중하시고 사람 죽인 것을 위에서 응당 아시고 바로 아뢰는가 보려 하셨던지, 하신 일을 바로 아뢰라고 추궁하셨다. 경모궁께서는 아무리 어른들이 아시면 큰일이 날 줄 알면서도 어전(御前)에서는 당신 하신 일을 아뢰시는 성품이니, 이는 천성이 숨김이 없어서 그러신지 이상하였다. 그날 그 말씀에 대답하시기를,

"심화가 나면 견디지 못하여 사람을 죽이거나 닭짐승을 죽이거나 하여야 마음이 풀립니다."

"어찌하여 그러하냐?"

"마음이 상하여 그러합니다."

"어찌하여 마음이 상하느냐?"

"사랑하지 않으시므로 슬프고, 꾸중하시기로 무서워서 화가 되어 그러하오이다."

하고 사람 죽인 수(數)를 하나도 감추지 않고 세세히 다 고하였다. 영조께서도 그때 일시 천륜의 정이 통하셨든지 측은해하시며 말하시길,

"내 이제 그리 않으마."

하시고 노여움이 조금 감하고 경춘전으로 오셔서 나더러 말씀하시기를,

"세자가 이리저리 하니 그러함이 옳으냐?"

하시니 부자간에 그런 말씀이 처음이었다. 하도 뜻밖의 말씀이라 내가 창졸에 듣잡고 경희(驚喜)[1]하고 감읍(感泣)[2]하고 눈물을 드리워 아뢰었다.

"그러하옵다 뿐이오리까. 어려서부터 자애를 입삽지 못하와 한 번 놀라고, 두 번 놀라서 심병(心病)이 되어 그러하옵니다."

"마음이 상하였다 하는구나."

"상하기 이르오리까. 은애(恩愛)를 드리시면 그렇지 않으오리다."

이렇게 여쭈며 서러워서 우니, 안색과 말씀이 좋아지셨다.

"그러면 내가 그리 한다 하고, 잠은 어찌 자고, 밥은 어찌 먹느냐? 내가 묻는다고 하여라."

하셨는데 그날이 무인〔戊寅, 영조 34〕년 2월 27일이었다.

내가 대조(大朝)께서 관희합으로 가시는 양을 보고 또 무슨 변이 날까 혼비백산하여 애를 쓰다가 의외의 하교(下教)를 받잡고 하도 감격하여 울며 웃으며,

"이러하와 그 마음을 잡게 하시면 오죽이나 좋겠습니까."

하고 절을 하고 손을 비비면서 축수하매, 내 거동이 가엾으시었던지 온화하게,

"그리 하여라."

하고 가셨다. 이것이 어찌 되신 성교(聖教)이신지 희한한 꿈 같았다. 마침 경모궁께서 나를 오라 하셔서 가 뵙고,

"왜 묻지 않으신, 사람 죽인 말씀을 하셨습니까, 스스로 그런 말씀을 하시고 나중에는 남의 탈을 삼으시니 어찌 답답지 않습

---

1) 뜻밖의 좋은 일에 몹시 놀라고 기뻐함.
2) 감동하여 욺.

니까?"

"다 알고 물으시니 말씀드릴 수밖에 없더군."

"무엇이라 하시옵더이까?"

"그리 말라 하시더군."

"이렇게 듣자왔으니, 이후는 부자간이 다행히 좋아지겠습니다."

하였더니 경모궁께서 화를 벌컥 발하시며,

"자네는 사랑하는 며느리라 그 말씀을 모두 곧이들었는가. 일부러 그러하시는 말씀이니 믿을 수 없고, 필경은 내가 죽고 마느니."

하셨다. 그러할 제는 병환 계신 분 같지 않았다. 아까 부왕께서 유연(悠然)[3]한 천륜(天倫)으로 말씀하셨으니 믿잡지 못하오나 한때 그 말씀이라도 감축하여 울었고, 경모궁께서 병환 중 능히 하시는 밝은 소견을 들으니 또 울게 되었다. 대저 하늘이 부자 두 분을 그토록 하시게 하여, 아버님께서는 말고자 하시다가도 누가 시키는 듯이 도로 마음이 생기시고 아드님은 뵈옵는 때마다 속이는 일이 없이 당신 과실을 고하시니 이는 타고난 기질이 착하심이라, 어찌 범인(凡人)들이 이렇게 하리요. 하늘 뜻이 어찌하여 조선국(朝鮮國)에 만고에 없는 슬픔을 끼치셨는지 애통할 뿐이다.

이때 의대병[4]이 극심하시니, 그 무슨 일인고. 의대병환은 형용할 수 없는 이상한 괴질이시니, 대저 옷을 한 가지 입으려 하시면 열 벌이나 이삼십 벌이나 하여 놓으며, 귀신인지 무엇인지

---

3) 성질이 침착하고 여유가 있는 모양.
4) 사도세자가 옷을 입지 못하던 괴상한 병.

위하여 놓고, 혹은 불사르기도 하고, 한 벌을 순하게 갈아입으시면 천만다행이요, 시종드는 아이가 조금만 잘못하면 옷을 입지 못하여 당신이 애쓰시고 사람이 다 상하니 이 아니 망극한 병이냐. 어떤 때는 하도 많이 하니 무명인들 동궁 세간에 무엇이 많으리요. 미처 만들지도 못하고, 옷감도 얻지 못하면 사람도 죽기가 순식간의 일이니, 아무쪼록 옷을 해대려도 여간 신경이 쓰이는 바가 아니라, 부친이 이 말을 들으시고 근심하는 탄식이 무궁하시고 내가 애쓰는 일과 사람 상할 일을 민망히 여기셔서 그 옷감을 대어 주셨다.

그 병환이 6~7년에 걸쳐서 극히 성한 때도 있고 좀 진정한 때도 있었다. 그 옷을 입지 못하여 애를 쓰시다가 어쩌다가 증세가 나아서 천행으로 한 벌 입으시면 당신도 다행한 것으로 아시고 더럽도록 입으시니 그 무슨 병이런고. 오만 가지 병 중 옷 입기 어려운 병은 자고로 없는데, 어찌 지존(至尊)[1]하신 소조께서 이런 병에 걸리셨는지 하늘을 불러 알 길이 없었다.

정성왕후와 인원왕후 두 분의 소상을 차례로 무사히 지내고, 두어 달은 극심한 탈은 없이 지나갔다. 국상(國喪)[2] 후에 소조께서 홍릉(弘陵)에 참배하지 못하였으므로 마지못하여 수가(隨駕)를 시키셨다. 그해 장마가 지지하다가 거둥날 큰비가 쏟아지매, 부왕께서 날씨가 이런 것을 아드님 데려온 탓이라 하시며 능에 미처 가지도 못하여,

"도로 들어가라."

---

1) 임금을 공경하여 일컫는 말.
2) 국민 전체가 복(服)하는 왕실의 초상. 즉 태상왕 · 태상왕비 · 상왕 · 상왕비 · 왕 · 왕비 · 왕세자 · 왕세자빈 · 왕세손 · 왕세손빈 등의 초상을 가리킴.

하고, 소조를 쫓아 돌려보내고 대가(大駕)[3]만 가셨다. 소조께서는 능에 전알(展謁)[4]하려 하시다가 뜻을 이루지 못하셨으니 백관군민(百官軍民)의 소견엔들 오직 의괴(疑怪)하리요. 거둥이 잘 가셨다가 잘 돌아오시기를 기도하던 중 이 소식을 듣고, 선희궁을 모시고 앉았던 나는 망연자실하지 않을 수 없었다. 밖에서 들어오시면 얼마나 화를 내실까 하고 쩔쩔매고 있었더니 동궁께서 큰비를 맞고 도로 들어오시니 그 마음의 아프심이 어떠하시리요. 격기(激氣)가 올라서 바로 오실 수 없었기 때문에 경영고(京營庫)[5]에 들러 기운이 막 질리는 것을 진정하고 들어오셨으니 그 모양 얼마나 고통스럽고 걱정스러우셨을까. 그런 동궁을 생각하니 그 일은 병들지 않고 대순(大舜)[6]의 효도가 아니고는 무척 서러우실 것이다. 선희궁과 나는 서로 마주 잡고 울 뿐이었다.

"점점 살 길이 없다."

라고 당신도 말씀하시며, 그 이후 옷을 잘못 입고 가서 그런 일이 났는가 걱정으로 의대증세가 더 하시니 안타까웠다.

그해 섣달에 상후(上候)가 대단히 편찮으셔서 기묘[己卯, 영조 35]년 정월 초하루에 혼전(魂殿) 제사에 친임(親臨)하지 못하셨다. 문안 일도 갑갑해하니, 혹 문후를 하여도 대조께서 순히 보시지 않고, 소조께서도 병환이 심하시고 무서우시니 어찌 문안하려 하리요. 그래서 나는 문안 중 슬프고 한심하였다.

---

3) 임금이 타는 수레.
4) 궁궐 · 종묘 · 문묘 · 능침에 참배함.
5) 서울 군영.
6) 순 임금의 경칭.

그때 영의정이 김상로(金尙魯)였는데 소조께서 잘 하여 달라고 하시면 말을 음흉히 하니 정축(丁丑)년[1] 동짓달의 변(變)의 은인이라고 하셨다. 대조의 병환이 중하시니 국사를 어찌할까 근심하는 말씀을 대신에게 자주 하셨고 그때 신하들의 처변(處變)[2]이 실로 어려웠다. 대소조 사이에 말씀하시기가 극히 어렵거니와, 김상로는 소조께는 흘러가는 듯이 좋게 하고, 대조께는 성의봉승(聖意奉承)하고 울고 서러워하는 기색을 뵈니 말씀을 아뢰려 한들 침전에 선희궁이 계셔서 주야로 시령(侍令)하여 계시고, 근시(近侍)[3]하는 나인들이 있으므로 말을 하지 못하였다.

공묵합에 거려(居廬)하시는 데가 방이 두 간이니 안방문 밑에 누우시고 바깥 방 한 간에 삼제조(三提調)와 의관이 입시하니, 김상로는 머리 두신 데 바로 엎드려 있으므로 비밀 말도 할 수 있으련마는 안에 모신 이를 꺼려서 매양 방바닥에 손가락으로써 보이면, 대조께서는 문지방을 두드려 탄식하시고, 김상로는 엎드려 슬퍼하였다. 그때 정황이 체극대신(體極大臣)[4]이야 어찌 통곡하지 않으리요마는 상로는 음흉하게 전궁(殿宮)[5] 사이에 말을 하였으니 그럴 데가 어디 있으리요. 선희궁께서 항상 거기 계시다가 글자 써 보옵는 것을 보시고 통분하여 흉한 일이라고 하셨다.

그 문안 중에 청연(淸衍)의 역질(疫疾)이 처음에는 매우 중하

---

1) 영조 33년 영조가 노하여 양위 분부가 내리자 사도세자가 졸도하여 낙상한 사건.
2) 일의 기틀을 따라 잘 처리하는 것.
3) 임금을 가까이에서 모시는 신하.
4) 으뜸가는 대신.
5) 대전과 동궁.

더니 나중에는 매우 순하고, 상후(上候)도 설을 지낸 뒤에 곧 평복하여 청연을 보시려고 친히 오셨으므로 그때 경사롭게 지냈다.

기묘[己卯, 영조 35]년 3월에 세손책봉(世孫冊封)[6]을 정하시고 효소전(孝昭殿)[7]과 휘녕전(徽寧殿)[8]에 전알하니, 동궁께서 그 병환 중에 세손책례하신 일을 기특히 여겨 기뻐하시고 병환이 심하실 때는 처자를 알아보지 못하시나 세손(世孫) 귀여워하시기는 이를 데가 없어 군주(郡主)[9]들이 감히 바라보지 못하고 천출(賤出)[10]들이 우러러보지 못하게 명분을 엄하게 하시니, 이런 때는 어찌 병환 계신 이 같으리요.

두 성모님의 삼년상을 마치고 5월 6일 인원왕후 부태묘(祔太廟)[11]까지 하니 허전한 심사를 어찌 다 형용하리요. 부태묘 전에 예조(禮曹)께서 간선(揀選)[12]을 청하니, 효소전에 고하시고 간택하기로 정하여 6월에 가례(嘉禮)를 행하였다. 그때 동궁께서 병증이 점점 깊으시니 불언 중 근심이 많았다. 선희궁께서 나에게 말씀하시기를,

"정성왕후께서 계시지 않으신 후에는 이 가례를 행하여 곤위(坤位)[13]를 정하는 것이 응당한 일이라."

---

6) 세손을 봉작(封爵)하는 것.
7) 인원왕후의 전호(殿號).
8) 정성왕후의 전호.
9) 왕세자의 적실이 낳은 딸.
10) 첩이 출산한 자손.
11) 신주를 태묘에 모시는 일.
12) 선을 보는 것. 여기서는 영조 계비의 간선을 말함.
13) 왕비.

하고 영조께 하례하시고, 가례 차리심을 손수 하여 정성을 다하시니 임금 위하신 덕행이 거룩하시기 때문이다.

가례 이튿날 양궁(兩宮)[1]이 중궁전(中宮殿)[2]에 조현(朝見)할 제 양전(兩殿)[3]이 함께 받자오니 동궁께서 행례를 지극히 공손히 하였는데, 본성이 성효(誠孝)에 뛰어나신 것을 이런 일에 더욱 잘 알 수 있었다.

윤6월에 세손책례를 명정전에서 행하니 세손의 나이 여덟 살인데 엄연히 훌륭하심을 어찌 다 이르리요. 외면으로 보면 당신 몸이 청정(聽政)하시는 저군(儲君)[4]이시고 여덟 살밖에 안 된 아들이 세손책례를 지내니, 국세(國勢)가 태산반석같고 무슨 근심이 있으리요마는 조석을 보전하지 못하는 궁정 사정은 갈수록 우러러 물어 볼 바가 막연하였다.

가을에서 겨울 사이에 가례하신 후 자연 한가하지 못하셔서 드러난 일이 적으며, 겨우 그해를 보내고 경진〔庚辰, 영조 36〕년을 맞이하니 그해는 병환이 더욱 위독하시고, 부왕께서도 책망이 날로 심하시매 울화는 점점 성하셔서 의대병환이 극심하였다. 갑자기 모르는 사람이 뵌다 하시며 다닐 때는 미리 사람을 보내어 금하시고, 나가실 때 혹 미처 피하지 못하여 얼핏이라도 보이면 그 옷을 입지 못하고 벗으시고, 비단 군복 한 벌을 입으시려 하면 군복 몇몇 벌을 이어서 불사르고 겨우 한 벌을 입으셨다. 이리하여 기묘(己卯)·경진(庚辰)년 사이에 군복을 지어

---

1) 사도세자와 홍빈.
2) 정순왕후전.
3) 영조대왕과 정순왕후.
4) 왕세자.

서 없앤 것이 비단 몇 궤인지 알리요. 범연한 비단으로는 하지 못하니 그때 내 간장이 얼마나 상하였으리요.

정월 21일이 탄일(誕日)이시니 그날은 예사로 보내시면 좋으련만, 이상하게도 그날 차대(次對)를 하시거나 춘방관(春坊官)을 부르시거나, 혹은 동궁을 부르시거나 하여 동궁 말씀을 하시므로 그 일로 큰 근심이 되시니 갈수록 슬프고 애닯아서 어느 해인들 탄일을 예사로이 잡수신 적이 있으리요. 그날 굶으시고 궁중이 황황히 지내시니 어찌 팔자가 그토록 기구하시던고. 그저 슬프기만 하다.

경진년 탄일에 또 무슨 일로 울화가 대단히 올라서 그날부터 부모 공경하시는 말씀을 하지 못하시고 상말로 천지를 분별하지 못하듯이 노엽고 슬퍼서,

"이런 몸 살아 무엇하랴."

하시며 선희궁께 공손하지 못한 말을 많이 하시고 세손 남매가 문안하자 큰소리로 호령하셨다.

"부모 모르는 것이 자식을 알랴. 물러가라."

그러시자 9세 · 7세 · 5세의 어린아이들이 아버님 탄일이시라 용포(龍袍)도 입고 장복(章服)[5]들을 하고 절하여 뵈오려다가 그 무서운 호령을 듣고 깜짝 놀라서 어쩔 줄 모르던 그 모습이 오죽하였으리요.

병환이 심하셔도 내게나 괴롭게 구시지 어머님께는 그리 하지 못하시더니, 그날에야 비로소 병환을 감추지 못하셨다. 전일(前日)에는 선희궁께서 비록 아드님의 병환을 들으셨어도, 혹

---

5) 관대.

지나친 말이겠지 하시며 믿지 않으시다가, 처음으로 보시고 기가 막혀서 말씀을 하지 못하셨다.

병환이 점점 깊어서 칠순 자모도 알아보지 못하시며 자녀를 자애하시던 정을 잊으시고 그리 호령하시니 선희궁 심사와 자녀들 놀란 기색이 잿빛과 같아 그 광경이 차마 말로 할 수 없었다. 내가 그때 깎는 듯이 슬퍼서 곧 죽고 싶었으나 죽지 못하니 내 형용이 어찌 사람의 모양이리요.

그해 봄에는 병환이 날로 심하시니 주야로 초조해하는 가운데 여름 한재(旱災)로 말미암아 영조께서는 또 근심하시고,

"소조가 덕을 닦지 않은 까닭이다."

하시며 차마 들을 수 없는 책망이 많으시니 여지없는 병환에 이렇게까지 하시매 차마 견디지 못하는 내 근심은 무궁하고 한시라도 살길이 없어서 주야로 죽기만 원하였다.

나중에 정처(鄭妻)가 세손께 괴상하게 굴었지만, 경모궁 일에는 스스로 몸을 다했다. 그러나 동궁에 대한 성심이 풀리시게 간(諫)하지 못한 것이 죄라 하려니와, 그 오라버님이 두려워서 아무 일이라도,

"나는 그런 일 못하겠소이다."

라고 말하지 못했다. 경진(庚辰)년에 병환이 더하신 후로부터 비로소 재물도 가져오시고 잘해 내라고 하셨다. 그전에는 조용히 잘하여 달라는 말씀이나 하시더니 격기(激氣)는 성해지고 슬픔이 사무치신지라,

"저는 자애를 지극히 입고 나는 어찌 이러한고."

마치 그 누이 탓인 듯 참으시던 분이 다 터져서,

"다 잘하라."

하셨다. 그 사람은 무섭기도 하고 민망도 하였으며, 어느 때는 위태롭다가도 무사하였다.

소조는 정처가 대왕께 바로 여쭈면 어떤 일이 일어날지 모르므로 백방으로 도모하여 무사하게 하여 놓기 때문에 아무런 탈이 없고, 인견하시면 소조 말씀이 나오기 때문에 인견하지 못하게 하라 하고 정처가 혹 나가면 그 사이에 또 무슨 일이 있을까 염려하셔서,

"두 번 다시 보지 않겠다."
하고 호령하시며 한동안 그 집을 나가지 못하게 하셨다.

그래서 양자 후겸(厚謙)의 관례(冠禮)를 6월 10일께나 가서 지내려다가 가지 못하였다. 소조는 병환과 일이 점점 어려워지자 대조와 한 대궐 안에서 지내실 수가 없었다. 홀연 대조께서 거처를 옮기시면 당신이 혼자 군기(軍器)나 가지고 소창하시려던 생각이 나자 불시에 정하시고 7월 초순에 정처에게,

"아무래도 한 대궐 안에 살 수가 없으니, 윗대궐을 보자고 하거나 무슨 수단으로 모시고 가라."
하고 부탁하셨다. 그 일을 하려 하실 제 날더러 정처에게 꼭 그렇게 하라고 조르심이 오죽하리요. 그 당시 내가 겪은 고통은 사생(死生)의 순간에 있었다. 그런데 정처가 어떻게 도모하였는지 영조께서 거처를 옮기시기로 하고 초8일로 택일하자, 초6일에 그 옹주를 불러다가 칼을 뽑으려고 칼자루에 손을 잡고,

"이후에 내게 무슨 일이 있으면 이 칼로 너를 베리라."
하고 위협하셨다. 선희궁께서도 그 옹주를 어찌할까 염려하고 따라왔다가 그 광경을 당하셨으니 심사가 어찌하시리요. 옹주는 울고,

"이후는 잘할 것이니 목숨만 살려 주시오."
하고 애걸하자 동궁은 또 옹주를 졸랐다.

"이 대궐에만 있어 갑갑하여 싫으니 네가 나를 온양으로 가게 해주려느냐? 내가 습진으로 다리가 허는 것을 너도 알 것이니 가게 해라."

"네, 알겠습니다."
하고 가더니, 대조께서 이어(移御)[1]하시고, 동궁에게 온양 거궁이 내렸다. 그 옹주가 대조께 간곡히 보채는 곡절을 하였기에 이런 일이 순조롭게 되었지, 그렇지 않으면 어찌 이어를 하실 것이며 경모궁이 온양에 가시도록 할 리가 없었다. 이렇게 벌써부터 하여서 부자 두 분 사이를 떨어뜨려 놓았으면 좋았을 것을. 모두 하늘이 시키시는 일이니 홀로 하신 일을 어찌하리요.

나는 이어하게끔 하지 않았다고 소조가 서 있는 나에게 바둑판을 던져서 왼편 눈이 상하여 자칫하면 눈망울이 빠질 뻔하였으나 요행이 그런 지경을 면하였다. 그러나 상처는 매우 붓고 대단해서, 대조께서 이어하시는데도 하직을 하지 못하고 선희궁을 뵈옵지 못하니 놀라운 이회를 어찌할 바를 몰랐다. 살아갈 수 없어 죽고자 하되 차마 세손을 버리지 못하여 단행하지 못하나, 각색의 어렵고 위태로운 일이 무수하니 어찌 다 쓰리요.

대조가 이어하시자 소조는 온양 거둥 결속(結束)[2]을 차려서 7월 13일에 떠나셨다. 선희궁이 자모지정에 잘 돌아오실까 하는 근심과 잊지 못하시는 정리에 찬합을 계속 만들어 보내셨다. 그리고 질자(姪子) 이인강(李仁剛)이 공주 영장(營將)으로 가 있으

---

1) 임금이 거처를 옮기는 것.
2) 여행이나 출진(出陳)하기 위한 몸단속.

니 평안한가 소문이나 알아들이라고 궁금히 여기시니 어찌 그렇지 않으시리요. 그런데, 온양으로 내려갈 때 어찌된 성의이신지 대조께서 하직하지 말고 바로 가라고 허락하셨다.

　그러나 거둥하시는 모습은 쓸쓸하기 이루 말할 수 없었다. 경모궁 생각에는 전배(前陪)[3]나 많이 세우고 순령수(巡令手)[4] 소리나 시원히 시키시고, 풍악이나 장하게 잡히며 가려고 하셨으나, 부왕께서는 마지못하여 보내시는 일이니 어찌 그렇게 차려 주셨겠는가. 그때 신하들인들 두 분 사이에 누가 감히 입을 열어 간하리요. 소천[5]이 아무리 중하나 하도 망극하고 두려워서 내 목숨이 부지불각 중 어느 날 끝날지 모르니, 마음이 뵈옵지 말기만 원하여 온천 가신 그 동안만이라도 다행한 것 같았다.

　부친의 초조하신 근심과 두 분 사이에 어렵게 지내셨던 일이야 붓으로 어찌 다 기록하리요. 자고 날이 샐 때마다 부녀의 간장만 태우고 지냈으니 이런 정경은 뭇 사람이 상상하여도 짐작할 것이다. 온양에 가신 뒤에 세손이,

　"외숙〔홍낙윤〕과 수영(守榮)[6]을 불러 달라."

하고, 내 목숨이 조석에 있으므로 친정 친척이 하직이나 하고자, 내 아우와 동생의 댁들이 궁중으로 들어왔었다.

　경모궁께서는 온행(溫行)하려 하실 때는 사람이 다 죽게 되어 보이더니, 출발하여 성문을 나가시니 울화가 내리셨는지 영을 내려서 일로(一路)의 작폐(作弊)[7]를 하지 못하게 하시고, 지나

---

3) 벼슬아치의 행차 때나 상관에게 배견(拜見) 때 앞을 인도하는 하인.
4) 대장의 전령과 호위를 맡고, 또는 순시기·영기를 드는 군사.
5) 유교적 관념에서, 아내가 남편을 이르는 말.
6) 혜경궁 홍씨의 맏조카.
7) 폐를 끼침.

시는 길에 은위(恩威)가 병행하시니, 백성들이 고무(鼓舞)[1]하여 성명지주(聖明之主)라 칭했으며, 행궁(行宮)에 드신 후로 한결같이 덕을 베푸시니 온양 일읍이 고요 안정하여 왕세자의 덕을 기리며 축수찬양(祝壽讚揚)하였다 한다.

그때 시원하신 듯이 병마가 물러가고 본연의 천성이 동하신 듯하였다. 일껏 가셨으나 온양 일읍에 무슨 경치가 있으며 장려(壯麗)한 물색이 있으리요. 10여 일 머무르시자 또 답답하여 8월 6일에 환궁하신 후,

"온양은 답답하니 평산(平山)이나 가자."

하셨으나, 또 평산 가겠다고 말씀할 길이 없어서, 평산은 좁고 갑갑하기 온양만도 못하다 하여 그 길은 가지 않으시게 하였다.

그러나 그저 답답하여 하시고, 춘방관이며 신하들은,

"대조께 진현(進見)하옵소서."

하는 상서를 하였다. 그러나 가실 모양은 되지 못하시고 그 일로 큰 근심을 하고 계셨다.

대조께서 세손을 자주 데려다 두시고 점점 근심이 중하시니, 연중(筵中)[2]에서도 항상 탄식하시고 자연 종사(宗社)를 위하여 나라를 세손께 의탁하겠다고 말씀하셨다.

세손이 숙성하고 영명하여 응대와 행동이 부왕의 마음에 드시니 자애하시는 말씀이 자주 있으셨다. 동궁께서는 연설(筵說)[3]을 매양 사관(史官)[4]에게 쓰게 하여 보셨는데 그중에 세손

---

1) 북을 치며 춤을 춤.
2) 군신의 공석(公席).
3) 연중에서 임금의 자문에 답하여 올리는 말.
4) 사초(史草)를 쓰는 관원. 즉 예문관의 검열 또는 승정원의 주서(注書)를 일컫는 말.

을 칭찬하고 사랑하시며,

'나라의 중책을 세손에게 맡기노라.'

하시는 대목에 미쳐서는, 동궁께서도 세손을 사랑하시나 제왕가의 부자지간이 자고로 어려운 법인데, 하물며 병환 중이시며 당신은 어려서부터 자애를 받지 못하는 것이 지한(至恨)이 되어 계시므로, 그 아들만 칭찬하시니 그 울화 가운데 어찌하시리요. 세손 한몸에 종사존망(宗社存亡)이 있으니 그 세손이 무사하셔야 나라가 보존될 것인데, 그 도리는 소조께서 연설을 보시지 못하게 하는 데 있었다. 그래서 나는 내관에게 일러서 연사(筵辭)를 사관이 써 오거든 고쳐서 보시게 하였다. 또 위급할 때면 내가 직접 내관에게 말하여 문제가 될 구절은 빼어 버리게 하고 이 사연을 부친에게 기별하도록 하였다.

부친께서는,

"아무쪼록 세손이 평안하도록 그 길을 모색하소서."

하시며 지극하신 위국지충(爲國之忠)[5]으로 두루 주선하셔서 위험한 말은 밖에서 빼고 써 오게 하셨다. 부친이 험난한 때를 당하여, 대조께 은혜도 깊사오며 소조도 보호하려 하시는 한편 세손의 평안도 염려하시니 타는 듯한 걱정이 과하신 때는 격기가 성하여 매양 관격증이 나셨다.

나를 보시면 하늘을 우러러 축수하시길 국가의 태평만을 구하시고, 세손을 보호하여 종사를 잇게 할 기틀이 그 연설을 보지 못하시게 하는 데 있으니 우리 부녀의 초심인들, 상리(常理) 인정이겠지마는 그 고심지성은 신명께서 아실 것이다. 만일에

---

5) 나라를 위한 충성된 마음.

세손 칭찬하시던 상교(上敎)를 동궁께서 바로 보았더라면 세손께서 놀라실 일이 어느 지경에 이르렀으리요.

이렇듯 신사〔辛巳, 영조 37〕년이 되니 동궁의 병환이 더 심해지셨다. 대조께서 이어하신 후에는 후원에 나가서 말타기와 군기붙이로 소일할까 하시다가 7월 후에는 후원에도 늘 가시니 그것도 심심해서 뜻밖의 미행(微行)을 시작하셨다. 처음의 일이라 어이없으니 어찌 다 그 근심을 형용하리요.

병환이 나시면 사람을 상하고 마셨다. 그 옷 시중을 현주의 어미가 들었는데 병환이 점점 심해지시자 현주의 어미 총애하시던 것마저 잊으셨다. 그래서 드디어 신사년 정월에 미행하려고 옷을 갈아입으시다가 의대증이 일어나셔서 그를 쳐 죽이고 나오셨다. 순식간에 이런 일이 대궐 안에서 일어났으니 제 인생이 가련할 뿐만 아니라 제 자식들이 있으니 어린것들의 정경이 참혹하였다.

대조께서 언제 들어오실지 몰라서 시체를 잠시도 둘 수 없었기 때문에 겨우 하룻밤을 새우고 내어보낸 후 용동궁(龍洞宮)에서 초상을 치르고 상수(喪需)[1]를 극진히 하여 주었다. 후에 경모궁께서 들어오셔서 들으시고 아무런 말씀도 하지 않으신 것이 정신이 없어서 그러신 것이매 일마다 안타깝기만 하였다.

정월·2월·3월을 미행으로 보내서 대궐 밖 출입이 잦으시니 그때 내 마음이 얼마나 무섭고 조심스러웠으리요.

3월에 세손이 입학하시고 관례를 경희궁에서 하셨는데, 내 심정으로 어찌 보고 싶지 않으리요마는 동궁께서 가실 형편이

---

1) 초상에 쓰는 비용.

되지 않으시기에 혼자 갈 수 없었다. 병이 있어 가 보지 못하겠노라 하긴 하였어도 슬픈 마음은 어찌 말하리요. 그해 2, 3월에 계속해서 이천보(李天輔)·이후(李㻋)·민백상(閔百祥)의 세 정승이 돌아가고, 상후께서 편찮으신데, 대신이 없었기 때문에 3월에 부친이 대배(大拜)하셨다.

부친의 처지나 나라 상황으로 보아 본심이 어찌 출사(出仕)[2]코자 하시리요마는, 휴척지의(休戚之義)[3]와 사생지심(捨生之心)[4]으로 그때에 당신 몸이 물러나시면 세도인심(世道人心)이 더욱 하나도 믿을 것이 없을 줄 헤아리시고 종국(宗國) 위하는 단호한 일편혈심(一片血心)으로 오로지 몸을 바쳐 나라와 함께 존망(存亡)하려 하셨다. 그러니 어느 때인들 두렵지 않으시며 잠시인들 초조하지 않으시리요.

3월 그믐께 소조께서 관서미행(關西微行)을 하시니 이것은 서백(西伯)[5]이 옹주의 시삼촌 정휘량(鄭翬良)인고로, 그리 가셔도 부왕께 아뢰지 않으리라 짐작하시고 가신 것이다. 동궁이라 아니하신들 감사가 어찌 영(營) 내에 편히 있으리요. 떠나서 영 외에 대령하니 음식과 도중에 쓰실 것을 다 진상하고 간장을 태우다 장림(長林)에 나올 때 피를 토하였다 한다. 그 사람이 조심 많고 조카 일성위(日城尉)는 없거니와 옹주 편애하시기로 황황송구하기가 어떠하였으리요.

이 서행(西行) 후에 내 근심은 말할 것도 없고 부친이 초조

---

2) 벼슬을 하여 처음으로 사진(仕進)함.
3) 안락과 근심 걱정되는 일.
4) 죽고 싶은 마음. 삶을 버리고 싶은 마음.
5) 평안 감사.

황망하여 넌지시 감사에게 알아와서 소식을 들으시고 궁내에 계시다가 혹 집에 돌아오셔도 마루에 앉아서 밤을 새시니 부친의 심사 무엇이라 형용하리요. 소조께서 하신 일을 대조께 차마 아뢰지 못할 것이니 간할 데가 어찌 있으리요. 설사 간하여도 들으실 리 없고 연좌(連坐)되면 내 몸 보전하지 못할 것이요, 자녀들까지 어찌 될지 모르니 간코자 않으신 것이 아니로되 소조의 병환 때문이시니, 일심으로 세손이나 보전하려 하시는 고심이셨다. 그러나 모르는 이는 보도(輔導)[1]를 잘못한다고 책망하니 누가 이런 고충을 알아주며 이해해 주리요. 그저 세상을 만나신 바가 기구하고 험악하시니 슬프고 슬플 따름이었다.

4월 20일 후에 경모궁께서 서행하신 지 20여 일 만에 돌아오셨다. 나는 초조해하다가 오히려 아무렇다 말도 못했다. 소조는 서행하신 사이는 병환 계시다 하고 말하기로 내관에게 약속하며, 장번내관[2] 유인식(柳仁植)은 속방에 누워 소조 말씀같이 하고 박문흥(朴文興)은 각색 일을 다수 아뢰니, 무섭고 망극함을 어찌 다 기록하리요.

그때 윤재겸(尹在謙)의 상서가 있었는데 간하는 것이 신분(臣分)에 당연하나 소조께서 아실 지경이 되지 못하시고, 대조께서 아시면 무슨 변이 날지 알리요. 간할 터가 없이 되었다. 서행 후 좀 마음을 잡으시는 듯하여 차대도 하시고 강연도 하시니 아쉽게 진정하실까 바라던 마음도 가련하였다. 그 후 차대에서 홍계희(洪啓禧)가 무어라 아뢰니, 하령(下令)을 엄히 하시고 강충

---

1) 도와서 잘 인도함.
2) 장기간 궁중에 번(番)드는 관원.
3) 한무제의 신하로서 태자를 이간하여 해친 자.

(江充)[3]의 말씀까지 하시는 양이 병환이 아니신 듯하니 부친이 기뻐하시어 들어와서 나에게 전하셨다.

5월 10일 후에 처음으로 경희궁에 가셔서 문안하시니 천행으로 탈 없이 갔다 오셨다. 나도 세손과 함께 경희궁에 올라가서 대조를 뵙고 선희궁을 뵈오니 가슴이 막혀서 무슨 말씀이 있으리요.

6월에 학질을 얻으셔서 몇 개월을 다망히 지내시니, 그 해는 봄부터 미행하시기로 옥체를 잘못 가지셔서 병환이 나신 것 같았다. 나의 이 말이 인사(人事)에 괴이하겠으나 만고에 없는 일을 겪으시고 그 병환에 돌아가셨더라면 여읜 지통(至痛)뿐이요, 당신의 슬픔과 처자의 지원이 이토록 하며, 세변의 망극함과 사람의 상함과 내 집의 원통함이 이 지경에 이르렀으리요. 8월에 학질은 나으시고 9월에 대조께서 《정원일기》를 보시다가 서행 말이 있으니 처음 아시고 일장풍파(一場風波)를 내시되 큰 변이 나지 않은 것은 정휘량의 힘을 많이 입은 것이다.

창덕궁 거둥도 하려 하시고 그때 내관도 다스리시니 어찌 그리 아니 하시리요. 어려서부터 대조께서 하시는 일을 경력하니, 작은 일에 까다로워서 어렵지, 일이 커서 대단하면 작은 일에 격노하시는 것보다 덜하시니, 소조께서 살생하신다는 말씀을 들으시고 '마음이 상해서 그렇다' 하고 도리어 위로하셨던 일 같아서 서행하신 일로 진노와 처분이 매우 엄하실 줄 알았으나 나중에 그토록 꾸짖지 아니하시니 일이 너무 커서 그러신 게 아닌가 싶었다.

그때 거둥령이 나니 당신 버리신 군기(軍器) 제구(諸具)를 다 치우고 당신도 무사하지 못할 듯하여 환취정(環翠亭)에 계셨다.

여러 해 정답게 하시는 말씀을 듣잡지 못하였거늘 그날 나에게 하시는 말씀이,

"아마도 무사하지 못할 듯하니 어떻게 하나?"

하시기에 내가 대답하였다.

"설마 어찌하오리까?"

"왜 그럴까. 세손은 귀여워하시니, 세손이 있는 이상 날 없이 한들 크게 상관할까?"

"세손은 우리 아들인데 부자가 화복(禍福)이 같지 어떠하오리까?"

"자네는 생각하지 못하네. 내가 점점 더 미워지셔서, 나는 폐하고 세손은 효장세자(孝章世子)[1]의 양자로 삼으면 어찌하겠나?"

이렇게 말씀하실 때는 병환 기운도 없으시며 처량하게 그러시니 내 마음의 쓰라림을 무어라 말하리요.

"그럴 리가 있겠습니까."

"두고 보게. 자네는 귀여워하니 내게 딸린 사람이로되 자네와 자식들은 예사롭고, 나만 그리 하여 이리 되고…… 병이 이러하니 어디 살게 하겠는가?"

나는 슬퍼서 울고 울며 들었다. 그 후 갑신〔甲申, 영조 40〕년에 지극히 원통한 일을 당하여 하시던 말씀을 생각하니 미래의 일을 미리 짐작하시어 말씀하시던 일이 이상하고 밝으시던 것이 지극히 원통하였다.

거둥을 하지 않으시매 화색(禍色)이 좀 진정하신 듯하나 한번

---

1) 영조의 장남으로 일찍 죽음.

그런 일을 겪으시면 병증은 더 심해지셨다.

10월 즈음에 세손빈 간택을 정하셨다. 그 청풍(淸風)집이 대가덕문(大家德門)이요, 김판서 성응(聖應) 대부인의 수연(壽宴)에 부친이 가셨다가 대비전(大妃殿)[2]을 유시에 보시고 비상한 자질이라 하시던 말씀을 들었더니, 처녀 단자에 김판서 시묵(時默)의 딸이라고 쓰인 것을 동궁께서 보시고 많이 하고자 하셔서 옹주에게 기별하고 '그곳에 하지 못하면 네 알리라'고 하셨다. 그런데 대조의 뜻은 윤득양(尹得養)의 딸을 마음에 두시고 궁중의 소견들도 그러하되, 동궁께서 가지 못하시니 내 어찌 혼자 가리요.

세손께 향하는 자모지성에 그 간택을 보지 못하는 일도 궁금하며, 인정 밖의 일이라 한심하게 지냈다. 동궁께서 되지 못할까 걱정하시다가 완정되시니 매우 기뻐하셨다. 재간을 지내자마자 빈궁(嬪宮)[3]이 마마를 앓으시고, 이어 세손이 마마를 하여 열흘께 나으셨다. 대조께서 걱정하시다가 좋아하시고 조심을 하시며 동궁께서도 좋아하시며 역시 조심을 하셨다. 이런 때는 병환이 없는 듯싶으며, 내가 남에 없는 정리로 중한 병환에 손을 모아서 마마 나가기를 천지신명께 빌던 일과 부친이 숙직하여 주야초심(晝夜焦心)[4]하시던 정성이야 더욱 말할 것이 있으리요. 조종의 신령이 도와서 양궁(兩宮)이 차례로 평순하시고 12월 삼간이 되었으니 그 경사 어찌 형언하리요.

삼간에는 부모를 꼭 뵈어야 하기에 동궁과 나를 오라 하셨다.

---

2) 정조의 비인 효의왕후.
3) 세손빈.
4) 밤낮으로 초조해하는 마음.

세손과 빈궁 볼 일이 기쁘나 또 동궁께서 어찌 다녀오실까 갑갑히 여겨지며 두려움에 죄더니 내 염려를 어긴 일이 어이 있으리요. 동궁께서 의대증으로 일습을 모두 여러 번 갈아입으시니 망건도 역시 여러 번 바꾸셨다. 그래서 망건의 옥관자가 마땅한 것이 없어 안타까워하시던 중 그날 공교롭게도 통정옥관자(通政玉貫子)[1]를 붙이고 가셨다.

사현합(思賢閤)에서 부왕과 동궁이 만나셨는데 그 통정옥관자가 호반(虎班)의 관자같이 크고 괴이하여 왕세자답지 않으셨다. 그러나 그것이 무슨 그토록 큰일이라고, 미처 처녀가 들기 전에 그 관자 때문에 대조께서 노하시고, 보지 말고 돌아가라고 꾸중하셨다. 그 일은 정말 슬프고 그렇게까지 하지 않으셔도 될 일이라고 생각하였다.

동궁께서는 며느리를 보시지도 못하고 돌아가셨으니 그 심정이 어떠하시리요. 그런데도 어찌 그 화증을 내지 않으시고 공손히 내려가셨던가. 나는 나중에 죽을 변을 당할 결심으로 올라갔다. 세손빈을 보고 가려서 겨우 삼간을 지내고 생각하니 동궁이 삼간까지 보시지 못하는 것이 너무 매정하고 일도 어지러워질 듯하여 그때 중궁전께와 선희궁·옹주께,

"별궁 길이 창덕궁을 지나니 위에 여쭙지 않고 소초께 데려가기 황송하나 아마 뵈올 것입니다."
하였더니, 의논이 그렇게 하기로 되었다. 협시내관(夾侍內官)[2]에게 일러서,

---

1) 정3품 관원이 붙이는 옥관자.
2) 임금을 가까이에서 모시는 내시.
3) 임금이 타는 가마의 하나.

“아랫대궐 지날 때 내 연(輦)[3]과 같이 들게 하라.”
하고 세자빈을 데리고 왔다. 마음이 상하신 채 동궁은 어이없고
슬프셔서 덕성합에 죽은 듯이 누워 계셨다.
“세손빈을 데리고 오십니다.”
하니 반갑게 일어나서 그 며느리를 맞으셨다. 어루만지시며 기
특히 여겨 좋아하시고, 밤에야 별궁으로 내보내시었다. 사세가
하는 수 없어 데려다 보였으나 대조를 속인 듯하여 죄송스러웠
다. 동궁은 날로 슬퍼하고, 날로 병환이 더하셨으며 부왕께 불공
(不恭)한 말씀이 점점 심해지시니 어찌 안타깝지 않으리요.

마음은 놀랍고 밤낮으로 두려워 내 목숨이 어떨지 몰라서 어
서 대례(大禮)나 지내려고 초조해하였다. 드디어 해가 바뀌어
임오[壬午, 영조 38]년이 되니 가례는 2월 2일로 택일하였다. 어
서 날짜가 지나서 순조롭게 가례를 지내기만을 기다렸는데 정
월 열흘 후에 갑자기 목병이 대단하여 대사(大事)는 임박한데
어떨꼬, 안타까웠다. 다행히 침을 맞고 곧 회복하셔서 얼마나
기뻤는지 모른다.

가례 기약이 이미 차서 막중한 인륜의 일을 폐하지 못하게 하
였다. 초이튿날 영묘께서,
“세손을 데려오라.”
하시니 세손은 먼저 가시고 동궁께서 일찍 올라가셔서 승현문
밖에서 좀 쉬시고 경현당(景賢堂)에 초례하시니 일당(一堂)에
조자손(祖子孫) 삼대가 모여서 그 손자의 가례를 치르고 전안
(奠雁)[4]하러 보내셨다. 그 즐거운 성거(盛擧)와 막대한 경사가

---

4) 전통 혼례식에서, 신랑이 신부 집에 기러기를 가지고 가서 상 위에 놓고 절하는 예. 흔
히, 산 기러기 대신 목기러기를 씀.

다시 어디 있으리요. 초례(醮禮)[1]를 지내고 대례는 광명전(光明殿)에서 지내었다. 동궁은 집희당(緝熙堂)에 머무르시고 세손 양궁은 광명전에서 밤을 지내시고 이튿날 양전·양궁이 한 궁전에서 세손빈 조현(朝見)을 받으실 제, 양전은 광명전 북쪽 벽의 교의에 앉으시고 동궁 좌석은 동편으로 하고 내 좌석은 서쪽으로 되었다.

세손 빈궁이 어리고 걸음이 쉽지 못하여 그 사이 두 분이 서로 오래 대하였다. 그러나 보시기 싫다 하시고 말씀을 하지 않으시니 기색이 어찌 좋으시리요. 내가 우러러 말씀하지 않으시기를 속으로 빌면서 나가 세손빈을 재촉하여 들여 세우고 조율반(棗栗飯)[2]과 하수반(遐壽飯)을 재촉하여 양전·양궁께 태평히 드리니 그런 천만다행이 어디 있으리요.

동궁께서는 그저 어려워하시며 3일 지내는 것을 보고 가시려 하셨는데, 그런 때는 병증세도 없어서 당신을 잘 대접만 하면 그래도 나은데, 성의(聖意)도 막중한 대례를 보이지 않을 수 없어 하시나, 조현까지 지냈으니 동궁의 행차령을 내리셨다. 그리고 나만은 3일을 보고 가게 하셨으나 차마 나 혼자 보고 갈 수 없는 일이라서 겨우 핑계를 하고 뒤미처 내려왔다. 세손과 빈궁은 3일 후에 창덕궁으로 내려오니 동궁께서 기다리시다가 좋아하셔서 빈궁은 데리고 휘녕전(徽寧殿)에 전알(展謁)하게 하시고 슬퍼하였다. 이리하실 적은 본심이 돌아오셔서 그 며느리를 과연 사랑하셨다. 대비전의 특별한 사랑을 받으셨기에 어렸을 때 대비전이 돌아가신 후에 슬픔이 심하셨고, 세월이 갈수록 추모

---

1) 혼례식, 특히 전통 혼례식을 이르는 말.
2) 폐백의 대추와 밤.

함이 더하여 말씀이 미치면 눈물 흘리지 않으실 적이 없으시니, 사랑을 받으신 연고라, 효성이 없으시면 어찌 이리하시리요.

근년에는 나의 부친을 사사로이 만나신 일이 없으시더니, 그때 부친이 북도릉(北道陵)[3]으로 봉심(奉審)을 가시어, 대조께서 나를 보시고 세손빈을 보고 가라 하여서 아랫대궐로 가시니, 동궁께서 그날은 병환도 좀 덜 하시고 며느리 자랑도 하시려고 장인을 만나 보셨다. 원래 동궁께서 자라실 적에 보양관·춘방관들 이외에 사적(私覿)하실 척리(戚里)가 없어서 외부의 사람을 친히 가깝게 보신 이가 없었다. 그러던 중 가례 후에 부친을 보시고 대접하고 친후하시니 부친이 삭망[4]으로 문후(問候)하시나, 상교(上敎)로 들어오신 때도 늘 오래 머무르시지 않고,

"궁금이 지엄한데 외부 사람이 오래 머물지 못합니다."

하고 곧 나가셨다. 동궁을 만나시면 늘 학문을 권면(勸勉)하시고, 사실을 간절히 아뢰고, 유명하였던 옛사람의 문자를 자주 써 드리고 글을 지어 보내시면 자세히 고쳐 써 드렸으므로, 부친께 배우심이 많았다.

부친이 간절히 축원하심은 경모궁이 천만년의 태평성군(太平聖君)이 되시는 것이니 그 지성을 어느 신하가 만 분의 일인들 쫓으리요. 애대(愛戴)하시기는 비록 간격이 없으시나 반드시 옳은 일만 도우셔서, 척리들이 노리개감을 드리는 일이 있으나 부친은 전혀 그런 일이 계시지 않으셨고, 뵈올 적마다 여쭙는 말씀이,

"효도에 힘쓰시고, 부지런히 공부하소서."

라고 여기시니 그 밖에 달리 하시는 말씀이 없었다. 동궁께서

---

3) 함경도에 있는 능.
4) 초하루 보름.

귀중히 하시는 중 매우 기대하고 조심하시던 고로 병환이 점점 드셨으나 부친의 낯을 뵙고 이렇다 말씀하신 일이 없으시고, 난처하신 때는, 내가 편지로 '점점 어려우니 잘하라, 믿노라' 하는 사연을 썼고 당신이 써 보내신 일은 없었다. 의대병환으로 사생관두(死生關頭)[1]한 일이 되어 부친에게 내가,

"얻어 주소서."

하고 청하였지 동궁이 부탁하신 일은 없었다. 금성위(錦城尉)에게와 정처에게는 가져오시되, 내 집 것은 한 가지도 가져온 일이 없으셨다. 미행을 시작하시니 응당 내 집 먼저 가실 듯하되 금성위 집으로 가셔서 차려 가시되 내 집에는 한 번도 가신 일이 없고, 체모없이 대접하지 못하여 어렵게 여기셨다. 그 사이 변괴가 많아서 미행하신 일이 당신 스스로 겸연쩍어서 장인을 면대하여 말씀을 하지 못하셨다.

밖으로 차대 때나, 병환 때나 대리하셔서 입대(入對)[2]하여 계시지, 사사로운 말씀을 여러 해 하지 못하고 계시더니, 그날 만나셔서 우러러 반가우심과, 묘년에 자부를 얻으시고 양궁이 자기를 보는 것이 귀엽고 기뻐서 부친이 하례하시니 동궁께서도 전과 같이 반가이 맞으시며 조금도 병 증세가 나타나지 않으시던 것이 이상하게 슬플 정도였다.

3월이 되어 또 병환이 더욱 중하셔서 여지없으시니 내 차마 붓으로 어찌 쓸 수가 있겠는가. 화증이 나오시면 내관 나인들에게 감히 하지 못할 말을 시키시니 그것들이 죽을까 봐 큰소리로 해괴망측한 말을 하니, 오로지 하늘이 무섭고 천만 망극하여 차

---

1) 생사의 고비.

2) 대궐 안에 들어가 임금에게 진알(進謁)하고 임금의 자문(諮問)에 응하는 일.

라리 죽어서 모르고 싶었다.

병자〔丙子, 영조 32〕년의 술 일로 원통해하시던 동궁은 대조께서 하시던 말씀처럼 금주가 엄격하신 때, 술을 난만히 들여놓고서도 원래 주량이 적으시므로 변변히 잡숫지도 못하셨다. 그래서 궁중에 술만 낭자하니 이 일 또한 근심거리가 아니리요.

경진〔庚辰, 영조 36〕년 이후, 동궁께서 상하게 하신 내관 나인이 많아 모두 기억하지 못하나, 뚜렷이 나타난 사람이 내사차지(內司次知) 서경달(徐京達)이니, 내사의 일을 더디 거행한 일로 죽이시고, 출입번(出入番) 내관도 여럿이 상하고, 선희궁 나인 하나도 죽어서 점점 어려운 지경에 이르렀다.

신사〔辛巳, 영조 37〕년 미행 때 여승(女僧) 하나, 관서미행 때 기생 하나 데려다가 궁중에 두시고 잔치한다 할 제는 사랑하시는 고자가 궁중의 천한 계집들과 기생들을 데리고 들어와서 잡되게 섞여서 낭자하였으니 만고에 그런 광경이 어디 있으리요.

2월 그믐께 옹주를 오라 하셔서 좋도록 데리고 계시다가 당신 병환이 서러워서 이리 하셨노라 하시니 옹주도 겁을 내어 공손하지 못한 말을 하매, 나는 차마 듣지 못하고 죽어도 두렵지 않았다. 그러나 경모궁은 옹주를 데리시고 동명전에서 잔치를 여시니, 잔치 장소는 후원이 아니면 동명전이요, 머무르시는 곳인 환취전이기도 하셨다.

3월은 경황없이 지내고 또 4월이 되었다. 거처 범백이 어찌 산 사람이 있는 곳 같으리요. 죽은 사람의 빈소 모양 같기도 하여 다홍으로 명정(銘旌)[3] 모양 같은 것을 만들어 세우고 영침

---

3) 죽은 사람의 관직 · 성씨 등을 기록하여 상여 앞에 들고 가는 긴 기.

(靈寢)[1]하는 형상처럼 하여 놓고 그 속에서 주무시고, 잔치를 하다가 밤이 깊으면 상하가 다 지쳐서 자고, 상 위에 음식이 가득하였다. 그 정경은 귀신이 시킨 일이며, 하늘이 시킨 일이라 생각할 수 없었다.

장님들도 불러다가 점을 치시다가, 그것들이 말을 잘못하면 죽는 일도 있고 의관이며, 역관이며, 액속(掖屬) 죽는 일도 있어서, 하루에도 시체를 대궐 밖으로 여럿을 쳐내니, 내외 인심은 황황하며 언제 죽을지 몰라서 벌벌 떨었다. 그 거룩하신 천질(天質)을 잃으시고 이토록 그릇되시니 이를 어찌 차마 말하리요.

5월이 되자 경모궁은 갑자기 땅을 파고 집 세 칸을 짓고 사이에 장지문을 만들어 닫아서 마치 광중(壙中)[2]같이 만들고, 드나드는 문은 위로 내고 널판자 뚜껑을 하여, 사람 하나가 겨우 다닐 만하고 그 판자 위에 띠를 덮었다. 그리하여 땅 속에 집 지은 흔적도 없자 아주 좋아하시며 그 속에 옥등(玉燈)을 켜 달고 앉아 계셨다. 그것은 부왕께서 오셔서 당신 하시는 것을 찾으셔도 찾지 못하시도록 군기 붙이와 말까지 다 감추고자 하시는 것이지 다른 뜻은 없었다. 그러나 땅 속의 집 일로 해서 더욱 망극한 말이 있었으니 모두 흉한 징조를 귀신이 시키는 것 같아서 인력으로는 어찌할 수 없었다.

세손 가례 후, 처음으로 그 달에 선희궁이 세손빈도 보실 겸 아랫대궐에 내려오셨다. 동궁께서 너무 반가우셔서 그 대하심

---

1) 대렴(大殮)한 뒤에 시체를 두는 곳.
2) 시체를 묻는 구덩이 속.

이 지나치실 정도였는데, 아마 마음이 영검하여 마지막 영결로
그리 하셨는지 모른다. 잡숫는 것과 잔칫상이 거룩하여 과실을
높게 고이고 인삼과까지 하여 놓고 수연시(壽宴詩)[3]를 지으시
고 잔을 올리시고 남은 것 없이 받으셨다. 그리고 후원에 모셔
갈 제 가마를 대연(大輦) 모양으로 하여 권하자 선희궁께서 마
다하시되 억지로 태우시고, 앞에 큰 기를 세우고 풍악을 하며
모셨다. 그 모양이 당신으로는 극진히 효행하시는 일이라 선희
궁께서는 동궁의 그러시는 것이 병환인 것을 망극히 놀라하시
고 걱정하셨다.

선희궁께서는 나를 대하시면 눈물을 흘리시고 두려워하시며,
"어찌할꼬."
하는 탄식만 하셨다. 수일을 머무르시고 올라가셨는데 어머님
도 우시고 아드님도 매우 슬퍼하시니, 종천영결(終天永訣)[4]로
그러하신 듯싶으며 나는 날로 위란(危亂)한 가운데 생면(生面)
으로 다시 뵈올 것 같지 않아서 마음이 더욱 칼로 베는 듯이
아팠다.

그때 영의정 신만(申晩)이 탈상(脫喪)[5]을 하고 다시 정승을
하였다. 영조께서 그 동안 3년을 보지 못하시다가 새 사람을 만
나는 것 같아서 되풀이하여 하시는 말씀이 모두 동궁에 대한 말
씀이었다. 동궁께서는 신만 때문에 당신의 흉이 나매,
"그 정승 복 없고 밉다."
하시며 갈수록 정승 신만을 미워하며 두려워하셨다. 그가 부왕

---

3) 장수를 축하하는 시.
4) 죽어서 영원히 이별함.
5) 해상(解喪).

께 무슨 참소나 하나 싶어서 이를 갈으시매, 더욱 병환이 성하시니 이 망극함을 어찌하리요. 그러던 중 천만 뜻밖에 나경언(羅景彦)의 일[1]이 일어났다. 그때 형조참의(刑曹參議)는 내 외삼촌 이해중(李海重)이었다. 그놈의 나상언(羅尙彦)[2]이 무슨 흉심으로 그 짓을 하여 사기(事機)에 망극함이 이를 데 없어서 경언을 친국하시고 동궁을 부르셨다. 동궁이 창황히 보행으로 윗대궐에 가시매 그 광경이 어떠하리요. 가뜩한데 흉한 놈이 나타나서 병환은 더 말할 수 없고, 부자간 또한 이루 말할 수 없이 험악하였다.

경언을 사형에 처하고 동궁께서 경언의 아우 상언을 잡아다가 시민당(時敏堂) 손지각(孫志閣) 뜰에서 형벌하여 교사한 자를 물으셨으나 자백하지 않았다. 이 사건으로 동궁은 신만을 더욱 미워하시고, 아비 죄로 영성위(永城尉)[3]를 잡아 죽인다고 벼르셨다. 그때 그 화난 형편이 이루 말할 수 없으니, 영성위를 오늘 잡아 온다, 내일 잡아 온다 하셨다. 그러나 영성위가 아직 죽을 때가 되지 않았는지 썩 잡아 올리지는 않았다. 선희궁께서는 동궁 하시는 일이 점점 망극하시니 할 수 없다 하셨다. 또 동궁께서 옹주에게 잘해 주지 않는다고 편지 써 보낸 것이 망극하여 차마 쓰지 못한다.

"수구(水口)를 통하여 윗대궐을 가려고 한다."

하시며 영성위를 점점 벼르셨다. 비록 영성위를 잡아오진 못하였으나, 영성위의 관복·조복·융복·일용제구(日用諸具)와 패

옥(佩玉)[4]과 띠까지 모두 가져다가 불사르고 깨쳐 버리고 하니 영성위의 목숨이 경각에 달려 있었다. 선희궁께서 영성위를 아끼신 것은 아니나 소조께서 점점 이러하시니 안타깝게 마음만 쓰시는 가운데, 소조께서 하시는 일이 극도에 달하여 여지없이 망극하셨던 것이다.

경모궁은 수구를 통하여 윗대궐로 가신다고 벼르시더니 가시지 못하고 도로 오셨는데, 그때가 윤5월 열하루 이틀 사이였다. 그러할 즈음에 황황한 소문이 과장되어 퍼지지 않을 수 있었으랴. 소문이 극도로 낭자해지니, 그 모든 일이 본심은 아니건만 인사정신을 모르실 때에는 화에 들떠서 하시는 말씀이

"칼을 들고 가서 죽이고 싶다."

하시니 어찌 본심으로 하신 일이겠는가. 당신의 팔자가 기구하여 천명을 다하지 못하시고 만고에 없는 참혹한 일을 당하려는 팔자니 하늘이 일부러 흉악한 병을 지어 몸을 그토록 하려 하신 것이다. 하늘아, 하늘아, 차마 어찌 이리 만드는가.

선희궁께서도 병으로 그러신 아드님을 아무리 책망하여도 믿을 것이 없으매, 어머니의 마음에 다른 아들도 없이 이 아드님께만 몸을 의탁하고 계시니 차마 어찌 이 일을 하고자 하시리요. 소조께서는 자애를 받잡지 못하여 이와 같이 되신 것이다. 대조의 무감하심이 당신의 종신지통(終身之痛)이 되어 계시나, 이미 동궁의 병세가 이토록 극심하고 부모를 알지 못할 지경이니, 사심으로 차마 하지 못하여 미적미적하다가, 마침내 병 증세가 위급하여 물불을 모르고 차마 생각하지 못할 일을 저지르

---

4) 금관조복(金冠朝服)의 좌우에 늘이어 차는 옥. 흰옥을 서로 연하여 무릎 밑까지 내려가도록 하는 것인데, 엷은 사(紗)로 긴 주머니를 지어 그 속에 넣어서 참.

려 하시면, 400년 종사를 어찌하리요. 당신의 도리가 옥체를 보호하옵는 것이나 이미 병으로 어찌 할 수 없으니 차라리 몸이 없는 것이 옳고 삼종(三宗)[1] 혈맥이 세손께 있으니, 천만 번 사랑하여도 나라를 보전하기가 이밖에 없다고 하시고, 13일에 소조께서 내게 편지하시되,

'어젯밤 소문이 더욱 무서우니 큰일이다. 일이 이리 된 후는 내가 죽어 모르거나, 살면 종사를 붙들어야 옳고, 세손을 구하는 것이 옳으니 내가 살아서 빈궁을 다시 볼 것 같지 않다.'
라고 말하셨다. 내가 그 편지를 잡고 울었으나 그날에 대변(大變)이 날 줄이야 어찌 알았으리요.

그날 아침에 대조께서 무슨 전좌(殿坐)[2]를 하시고, 경현당(景賢堂) 관광청(觀光廳)에 계셨다. 선희궁께서 가서 울면서 아뢰되,

"큰병이 점점 깊어서 바랄 것이 없사오니 소인이 차마 이 말씀을 자모지정에 아뢰올 말씀이 아니오나, 옥체를 보호하옵고 세손을 건져서 종사를 평안히 하옵는 일이 옳사오니 대처분을 하옵소서."
하고, 이어서 하시는 말씀이,

"부자지정(父子之情)으로 이리하시나, 병으로 이리된 일, 병을 어찌 책망하오리까. 처분은 하오나 은혜는 끼치셔서 세손 모자(母子)를 평안케 하옵소서."
하시니, 내 차마 아내 된 도리로 이것을 옳게 하신다고 하지 못하나, 일인즉 할 수 없는 지경이었다. 내가 따라 죽어서 모르는

---

1) 효종 · 현종 · 숙종.
2) 친정(親政)으로 왕이 옥좌에 나와 정좌함.

것이 옳되, 세손으로 차마 결단하지 못하였다. 만난 세월의 기궁(奇窮)[3] 흉독함을 서러워할 뿐이었다.

대조께서 들으시고 조금도 지체하지 않고 창덕궁으로 거둥령을 급히 내리셨다. 선희궁께서 사정(私情)을 끊고 대의로 말씀을 아뢰시고 가슴을 치고 죽을 듯이 괴로워하셨다. 당신 계신 양덕당(養德堂)으로 가서 음식을 끊고 누워 계시니 만고에 이런 정리가 어디 있으리요.

대조께서 선원전으로 거둥하시는 길이 두 길 있으니, 만안문(萬安門) 거둥은 탈이 없으나, 경화문(景華門) 거둥은 탈이 났다. 그날 거둥령이 경화문으로 나오시니, 동궁께서 11일 밤은 수구(水口)로 다녀오셔서 몸이 물에 빠지시고, 12일은 통명전에 계셨는데, 그 날 들보에서 부러지는 듯이 꽝장한 소리가 났다. 동궁께서 들으시고,

"내가 죽으려나 보다, 이게 무슨 일인고."
하고 놀라셨다.

그때 부친이 재상으로서 첫 5월에 엄중한 교지(敎旨)[4]를 받아 파직되고 동교(東郊)에 달포 동안이나 나가 계셨다. 동궁께서 스스로 위기를 느끼셨는지 조재호(趙載浩)[5]가 원임대신(原任大臣)[6]으로 춘천(春川)에 있었는데, 계방(桂坊) 조유진(趙維進)으로 하여금 말을 전하여 상경하라고 하셨다. 이런 일을 보면 그 누가 당신보고 병이 계시다 하겠는가 참으로 이상한 하늘의 조

---

3) 몹시 궁함.
4) 임금의 전지(傳旨).
5) 우의정 조문명의 아들.
6) 전임대신.

144

화였다.

　동궁은 부왕의 거둥령을 듣고 두려워서 아무 소리 없이 기계와 말을 다 감추어 두라 하시고, 교자를 타고 경춘전(景春殿) 뒤로 가시며 나를 오라 하셨다. 근래에 동궁의 눈에 사람이 보이면 곧 일이 일어나기 때문에 가마 뚜껑을 하고 사면에 휘장을 치고 다니셨는데, 그날 나를 덕성합으로 오라 하셨다. 그때가 정오쯤 되었는데 갑자기 무수한 까치떼가 경춘전을 에워싸고 울었으니, 이 또한 무슨 징조인지 괴이하였다. 세손이 환경전에 계셨으므로 내 마음이 황망중 세손의 몸이 염려되어 환경전에 내려가서,

　"무슨 일이 있어도 놀라지 말고 마음을 단단히 먹으라."

하며, 천만 당부하고 어찌할 바를 몰랐다. 그런데 거동이 무슨 일인지 늦으셔서 미시(未時) 후에나 휘녕전으로 오신다는 말이 있었다. 덕성합으로 오라시는 동궁의 말씀에 내가 가 보니 그 장하신 기운도 없고 언짢은 말씀도 하지 않으시고 고개를 숙여 깊이 생각하시는 양 벽에 기대어 앉으셨는데, 안색이 놀라서 핏기가 없이 나를 보셨다. 나를 보고 응당 화증을 내고 내 목숨이 그날 마칠 것도 각오하여 세손에게 부탁 경계하였건만 말씀이 뜻밖에도,

　"아무래도 이상하니, 자네는 잘 살게 하겠네. 그 뜻들이 무서워."

하시기에 내가 눈물을 드리워 말없이 있다가 허황해서 손을 비비고 앉았다. 이때, 대조께서 휘녕전으로 오셔서 동궁을 부르신다는 전갈이 왔다. 그런데 이상하게도 '피하자'는 말도 '도망가자'는 말씀도 하지 않으시고 좌우를 치우지도 않으시며 조금도

화증이 나시는 기색 없이 용포를 달라 하셔서 썩 입으시는 것이 아닌가.

"내가 학질을 앓는다 하려 하니 세손의 휘항(揮項)[1]을 가져오라."

하고 동궁이 말씀하시기에,

"그 휘항은 작으니 이 휘항을 쓰소서."

하며 내가 당신 휘항을 권하였더니 뜻밖에 하시는 말씀이,

"자네는 참 무섭고 흉한 사람일세. 자네는 세손 데리고 오래 살려 하기에 오늘 내가 가서 죽겠기로 그것을 꺼려서 세손 휘항을 내게 씌우지 않으려 하니 내가 그 심술을 알겠네."

하시지 않는가. 내 마음은 당신이 그날 그 지경에 이르실 줄은 모르고 이 일이 어찌 될까, 사람이 설마 죽을 일이요, 또 우리 모자가 어떠하랴 하였는데 천만 뜻밖의 말씀을 하시니 내가 더욱 서러워서 세자의 휘항을 갖다 드리니,

"그 말씀이 마음에 없는 말이시니 이 휘항을 쓰소서."

"싫다! 꺼려하는 것을 써 무엇할꼬."

하시니, 이런 말씀이 어찌 병드신 이 같으시며 어이 공순히 나가려 하시던가. 모두 하늘의 뜻이니 원통하고 원통하다.

그러할 제 날이 늦고 재촉이 심하여 나가시니, 대조께서 휘녕전에 앉으시고 칼을 안으시고 두드리시며, 그 처분을 하시니, 차마 망극하여 이 광경을 내가 어찌 기록하리요. 슬프고 슬프도다. 동궁이 나가시자 대조의 엄노하신 음성이 들려왔다. 휘녕전과 덕성합 사이가 멀지 않아 담 밑으로 사람을 보내니 벌써 용

---

1) 남바위와 같은 방한모.

포를 벗고 엎드려 계시더라 하였다. 이 말을 듣고 대처분인 줄 알아 천지가 망극하여 창자가 끊어지는 듯하였다. 거기 있는 것이 부질없게 생각되어 세손 계신 데로 와서 서로 붙잡고 어찌할 줄 몰랐더니 신시(申時)¹⁾쯤 내관이 들어와서 소주방(燒廚房)²⁾에 있는 쌀 담는 궤를 내라 한다. 이것이 어찌된 말인지 황황하여 내지 못하고 있는 사이 세손궁이 망극한 일이 있는 줄 알고 문정(門庭) 앞에 들어가서,

"아비를 살려 주옵소서." 하니 대조께서,

"나가라!"

하고 엄하게 호령하셨다. 할 수 없이 밖으로 나온 세손이 왕자 재실에 앉아 있었는데, 그때 정경이야 고금 천지간에 없으니 세손을 내어보내고 천지가 개벽하고 일원이 어두웠으니 내 어찌 일시나 세상에 머무를 마음이 있으리요. 칼을 들어 목숨을 끊으려 하였으나 옆의 사람이 빼앗아서 뜻을 이루지 못하고 다시 죽으려 하되 촌철(寸鐵)³⁾이 없어서 하지 못하였다.

숭문당(崇文堂)에서 휘녕전 나가는 건복문(建福門) 밑으로 가니, 아무것도 보이지 않고 다만 대조께서 칼 두드리는 소리와 동궁께서,

"아버님, 아버님 잘못하였습니다. 이제는 하라시는 대로 하고 글도 읽고 말씀도 다 들을 것이니 이리 마소서."

하시는 소리가 들렸다. 이 소리를 들으니 내 간장이 마디마디 끊어지고 앞이 보이지 않으니 가슴을 아무리 두드린들 어찌하

---

1) 오후 3~5시.
2) 대궐 안의 음식을 만드는 곳.
3) 작고 날카로운 쇠붙이나 무기.

리요. 당신의 용력(勇力)과 장기(壯氣)로 궤에 들어가라 하신들 아무쪼록 들어가지 마실 일이지, 어찌하여 들어가셨는가. 처음엔 뛰어나오려 하시다가 이기지 못하여 그 지경에 이르시니 하늘이 어찌 이토록 하였는가. 만고에 없는 설움이며 내가 문 밑에서 통곡하여도 소용이 없었다.

동궁이 이미 폐위(廢位)[4]되어 계시니 처자가 그냥 대궐에 있지 못할 것이니 세손을 밖에 그저 두어서는 어떠할까 차마 두렵고 조심스러워서, 그 문에 앉아서 대조께 상서(上書)하여,

'처분이 이러하오니 죄인의 처자가 그대로 대궐에 있기 황송하옵고 세손을 오래 밖에 두옵기 죄가 더한 몸이 되어 두렵사오니, 이제 친정으로 나가겠나이다. 천은으로 세손을 보존하여 주옵소서.'

가까스로 내관을 찾아 들이라 하였다. 얼마 있지 않아 오라버니〔홍낙인〕가 들어오셔서,

"이제 서인이 되어 대궐에 있지 못할 것이므로 본집으로 돌아가라 하시니 나가시오이다. 가마를 들여놓았고 세손이 타실 남여(籃輿)[5]도 준비하였나이다."

하고 남매가 붙들고 망극 통곡하고, 업혀서 청휘문(清輝門)에서 저승전 차비문 앞에 놓인 가마로 갔다. 윤상궁이란 나인이 함께 타고, 별감이 가마를 메고 허다한 상하 나인이 모두 뒤를 따라 쫓으며 통곡하니, 천지간에 이런 정상이 어디 있으리요. 나는 가마에 들어갈 때 기절하여 인사를 모르니 윤상궁이 주물러서 겨우 명이 붙었으니 오죽하리요.

---

4) 왕위나 왕세자위 등을 폐하는 일.
5) 뚜껑을 덮지 않은 작은 가마.

친정에 도착한 나는 건넌방에 눕혀지고, 세손은 내 중부(仲父)와 오라버니가 모셔 나오고, 세손빈궁은 그 집에서 가마를 가져다가 청연(淸衍)과 함께 들려 나오니 그 정상이 어떡하리요. 나는 자결하려다가 하지 못하고 돌이켜 생각하니 11세 세손에게 첩첩한 고통을 남길 수 없고 또 내가 없으면 세손이 어찌 성취하시리요. 할 수 없이 참아서 모진 목숨을 보전하고 하늘만 부르짖으니 만고에 나 같은 모진 목숨이 어디 있으리요. 집에 와서 세손을 만나니 내 망극함을 더욱 이길 수 없었다. 그러나 어린 나이에 이토록 대변(大變)을 당하시니 놀라서 병이라도 날까 염려되어,

"망극 망극하나 다 하늘이 하시는 노릇이니 네가 몸을 평안히 하고 착하여야 나라가 태평하고 성은을 갚사올 것이니 설움이 크겠지만 네 마음을 상하지 말라."

하고 위로하였다. 부친께서는 궐내를 떠나지 못하시고 오라버니도 벼슬에 매여 왕래하시니, 세손 모시고 있을 이가 중부와 두 외삼촌이니, 주야로 모셔 보호하였다. 내 끝 아우는 아이 때부터 들어와서 세손을 모시고 놀던지라, 그 아이가 작은사랑에 모시고 있어 8, 9일을 지내니 김판서 시묵과 그 자제 김기대(金基大)도 와서 뵈옵는다 하며, 내 집이 좁은데 세손궁 상하 나인이 전부 나와 있기 때문에 남쪽 담 밖의 교리(校理)[1] 이경옥의 집을 빌어서 김판서 댁이 그 며느리를 데리고 와서 빈궁을 모시고 있게 하니 담을 트고 왕래하였다.

그때 부친이 파직되어서 동교에 계시다가, 대조께서 대처분

---

1) 조선시대 때 홍문관, 교서관, 승문원의 정5품 벼슬.

하셔서 아주 할 수 없게 된 후 다시 부친을 등용하셔서 영의정이 되셨다. 부친이 천만뜻밖에 그 처분 소식을 들으시고 망극경통(驚痛) 중 급히 들어오시다가 궐 밑에 이르러 기절하셨다.

그때, 왕자 재실에 계시던 세손이 이 일을 들으시고 당신이 자시던 청심환을 내어 주셔서 겨우 깨어나셨다. 부친 또한 세상에 무슨 뜻으로 살리요마는 망극 중 극진히 세손을 보호하려는 정성 때문에 죽지 못하시니 세손을 보호하여 종사를 보전하실 혈심단충(血心丹忠)만은 천지신명이 잘 아실 것이다. 내 운이 모질어 독한 목숨이 붙었으나 소조께서는 당하신 일을 어찌 견디시는고. 마음이 타는 듯하니 차마 어찌 견딜 정경이리요.

오유선·박성원(朴性源)이 집 대문 밖에 와서 세손이 근신하라 하니 근신함이 당연하나 차마 어린아이를 어찌하리요. 세손은 낮은 집에 계셨다. 대궐을 나온 후 부친도 뵈옵지 못하고 망극하더니 그 이튿날 선친이 성교를 받자와 나오셨다. 모자가 부친을 붙잡고 일장 통곡하였다. 부친께서 대조의 뜻을 전하시니 내가 보전하여 세손을 구호하라 하셨다. 이때, 성교는 망극 중이나 세손을 위하여 감읍함이 측량 없었다. 세손을 어루만져 축수하고,

"나는 네 아버님 아내로 이 지경이 되고 너는 아들로 이 지경을 만났으니 다만 명을 서러워할 뿐이지 누구를 원망하며 탓하리요. 우리 모자가 이때에 보전함도 성은이요, 우러러 의지하여 명을 삶도 또한 성상이시니 너에게 바라는 것은 성의를 받자와 힘쓰고 가다듬어 착한 사람이 되면, 그것으로 성은을 갚고 네 아버님께 효자가 되니 이밖에 더 큰일이 없다."

하고 타일렀다. 그리고 부친께 천은을 감축하며,

"남은 날은 주시는 날이니, 하교대로 받자오려 하는 연을 위에 아뢰소서."

하고 통읍(慟泣)하였는데, 내 이 말에 일호도 틀림이 없었다. 처음부터 그리 되신 것이 서러웠지, 점점 그 지경에 이르신 바를 어찌하리요. 나는 조금도 마음에 담아둔 것이 없고 감히 원망도 하지 못한다. 부친이 나와 세손을 붙잡고 통곡하고 위로하시되,

"이 뜻이 옳으시니 세손이 현(賢)하시고, 성(聖)하시면 슬픔을 갚으시고, 낳으신 아버님께 효자 되신 것입니다."

하고 들어가셨다.

시간이 흐를수록 차마 망극한 경지를 생각하되 어찌할 바를 몰라서, 마음이 혼동하여 누웠더니, 15일은 굳게 굳게 하고 깊이 깊이 하여 놓으시고, '윗대궐에 오르신다' 하니 알 수 없었다. 대궐 안의 비단필도 내어올 길이 없으니 염습 제구를 다 부친이 차비하여 유감없이 하여 주셨다. 그 전 여러 해 동안 큰 병환에 의복을 무수히 대어 주시고 이 수의를 다 차비하여 동궁 위한 마지막 정성으로 힘을 다하셨다.

20일 신시(申時)쯤 폭우가 내리고 뇌성도 치니 뇌성을 두려워하시던 일이나 어찌 되신고 하는 생각 차마 형용할 수 없었다. 음식을 끊고 굶어 죽고 싶고, 깊은 물에라도 빠지고 싶고, 수건을 어루만지며 칼도 자주 들었으나 마음이 약하여 강한 결단을 하지 못하였다. 그러나 먹을 수 없어서 냉수도, 미음도 먹은 일이 없으나 목숨 지탱한 것이 괴이하였다. 그 20일 밤에 비 오던 때가 동궁께서 숨지신 때던가 싶으니 차마 어찌 견디어 이 지경이 되셨던가. 그저 온몸이 원통하니 내 몸 살아난 것이 모질고 흉악하다.

선희궁이 마지못하여 그렇게 아뢰어서 대처분은 하시려니와, 병환 때문에 마지못해서 하신 일이라 애통하여 은혜를 더하시고 복제(服制)[1]나 행하시길 바랐다. 대조께서는 그 처분을 내리시되 성노(聖怒)는 줄지 아니하시고, 동궁께서 가깝게 하시던 기생과 내관 박필수 등과 별감이며 장색이며 무녀들까지 모두 사형에 처하시니 당연한 일이시오매 감히 무슨 말을 하리요.

지극히 원통한 바는 오직 이것뿐이니, 동궁께서 의대병환으로 무수히 여러 가지를 갈아입으시다가, 어찌하여 생무명 한 벌만 입으셨는데, 그날도 생무명 옷을 입고 계시었다. 대조께서 항상 보실 때 도포나 용포를 입고 계시다가 그날 처음으로 무명옷을 입은 것을 보시고, 그 병환은 모르시고,

"네가 나를 업신여기고자 한들 어찌 생무명 거상옷을 입었느냐." 하시며 남은 것이 전부 없어진 것으로 아시고,

"지금까지 쓰던 세간을 모두 가져오라."

하고 명하셨다. 그중에는 군기(軍旗)인들, 무엇인들 없으리요. 아무리 국장(國葬)인들 상장(喪杖)[2]이 하나밖에 없으리요마는, 의대병환으로 상장을 여러 개 만드시되, 일생 사랑하여 좌우에서 떠나지 않은 것이 환도(還刀)[3]와 보검(寶劍)들인데, 뜻밖에도 그것을 상장같이 만드셨다. 그 속에 칼을 넣어서 뚜껑을 맞추어 상장같이 하여 가지고 다니셨다. 그러니, 내가 보기에도 끔찍해서 놀랐는데, 그것을 없애지 않았다가 노하신 상감 앞에

---

1) 오복(五服)의 제도.
2) 상제가 짚는 지팡이. 부상(父喪)에는 대 막대기를, 모상(母喪)에는 오동나무 막대기를·씀.
3) 옛 군복에 갖추어 차는 군도.

그것이 있으므로 더욱 놀라고 분하셔서 복제를 어찌 거론하시리요. 동궁의 병환은 모르시고 모두 불효한 데로만 돌리시니 원통할 뿐이다.

처음에는 조신의 복제는 규칙대로 할 양으로 하더니 그것을 다하지 못하매, 이 지경을 당하여 세손이나 건지는 것이 천은이려니와 소조를 병환으로 처분하신 것이다. 소조께서 14년 대리 저군(代理儲君)[1]이오시니, 복제나 상하에서 행하였더면 상덕(上德)[2]이오신데 그것을 차리지 못하였으니 그저 서러우며 20일은 할 수 없는 지경이었다.

복위하셔야 초종제구(初終諸具)[3]를 장만하리오되, 성의가 아니 하려 하신 것이 아니지만 복위를 아끼시고, 범절의 예대로 하시기를 주저하시다가 부득이 21일 밤에 복위하셨다. 대신들이 입시하여 초종절차(初終節次)[4]를 정하고 처음에는 빈소(殯所)[5]를 용동궁에 하자 하였다.

이 지경을 당하여 부친은, 추호라도 성심(聖心)에 어기면 성노가 불 같으실 테니 내 집의 멸망보다도 세손을 보전하지 못하실 것이 두려워 아무쪼록 성심을 잃지 않으려 하시던 중 돌아가신 이를 저버리지 않으시고 세손에게 유한을 끼치지 않으시려고 갈충진성(竭忠盡誠)[6]하셨다.

좌우로 주선하여 복위 후 시호(諡號)[7]를 내리시고 빈궁(殯

---

1) 섭정의 왕세자.
2) 웃어른에게 받는 은덕.
3) 초상 치르는 데에 필요한 여러 가지 도구.
4) 초상 치르는 데에 필요한 여러 가지 절차.
5) 발인 때까지 관을 놓아두는 곳.
6) 충성을 다한다는 뜻.

宮)[8]은 시강원(侍講院)으로 하고, 삼도감(三都監)[9]은 법대로 하시게 정하고, 부친 스스로 도제조(都提調)가 되어 몸소 보살펴서 묘소 범절까지 조금도 부족함이 없게 하셨다. 이처럼 부친이 돕지 않으시면 어느 신하가 감히 말을 하며 성심이 어찌 돌아서리요. 그날 시강원으로 모시게 하고 새벽에 집으로 나오셔서 우리 모자를 들여보내실 제, 부친이 내 손을 잡으시고 뜰에서 실성 통곡하시며,

"세손 모시고 만년을 누려 노경(老境)에는 복록(福祿)을 크게 누리소서."

하고 우셨다. 그때 나의 슬픔이야 만고에 또 어디 있으리요.

시민당에서 발상(發喪)[10]하고 세손은 건독합에서 거애를 하며, 빈궁은 내 옆에서 청연(淸衍)과 함께 하니 천지간에 이런 정경이 어디 있으리요. 초종의대(初終衣帶)를 차려서 즉시 습(襲)을 했다. 세손께서 그 극열(極熱)이로되 조금도 몸이 어떻지 아니하시더라 하니, 그 설움은 차마 생각하지 못할 일이며, 습한 후에 염하옵기 전에 나가니 내 정경이 천고에 드물고 남에 없는 일이었다. 슬픔 가운데 하시던 말씀을 생각하니 호천극지(呼天極地)하여 목숨 산 것이 부끄럽고 유명을 달리하니 그 충천하신 장기(壯氣)를 뵈올 길이 없으니 산 사람이 죽지 못한 유한이 어떠하리요. 초종범사에 슬프기 이를 데 없고, 신하가 복제를 하지 못하니, 대전관(大殿官)과 내관류(內官類)가 모두 천담복(淺淡

---

7) 경상(卿相)·유현(儒賢)들이 죽은 뒤에 그들의 행적을 칭송하여 임금이 추증하는 이름.

8) 발인할 때까지 왕세자 또는 빈궁의 관을 모시는 곳.

9) 빈전도감·국장도감·산릉도감.

10) 상제가 머리를 풀고 울어서 초상난 것을 발표하는 일.

服)[1]이요, 재궁(梓宮)[2] 밖에 제전이 있고, 안에서 조비(造備)함이 두려워서 기회를 보다가 다시 제를 감(鑑)하라 하시는 영이 계시지 않으셨으므로 조석상식(朝夕上食)[3]과 삭망전(朔望奠)[4]을 모두 예사로 지냈다.

세손 양궁과 군주(郡主)는 입재실(入梓室) 전에는 차마 뵈지 못하여 성복(成服)날 나와서 곡하게 하였다. 세손 애통해하시는 곡성은 차마 듣지 못할 정도이니 뉘 아니 감동하리요. 7월이 인산(因山)이니, 선희궁이 나를 보시고, 재실(梓室)[5]을 대하여 머리를 두드리시고 가슴을 치며 통곡하시니, 그 정리에 끝이 없음을 또 어찌하리요.

인산 후에 대조께서 묘소에 친히 나오셔서 제자(題字)까지 친히 써 주시니 부자분이 유명지간(幽明之間)[6] 사이에 서로 어떠하실지 차마 생각할 수 없었다. 7월에 춘방(春坊)[7]을 부설하시고 세손은 완전히 국본이 되셨다. 이는 비록 성은이시나 부친의 갈충(竭忠) 보호하신 공이 어찌 더욱 나타나지 않으리요.

8월에 대조께서 선원전 다례(璿源殿茶禮)에 오시니, 황송하나 가 뵙지 않을 수가 없어서, 진전(眞殿) 가까운 습취헌(拾翠軒)이라는 집으로 가 뵈오니, 나의 천만 슬픈 회포가 어떠하리요마는 만 분의 일도 감히 풀지 못하고,

---

1) 엷은 옥색의 제복(祭服).
2) 제사를 하기 위해 지은 집.
3) 상가(喪家)에서 아침저녁으로 영좌에 드리는 음식.
4) 상중(喪中)에 있는 집에서 매달 초하룻날과 보름달에 지내던 제사.
5) 왕세자의 관.
6) 이승과 저승 사이.
7) 세자시강원.

"모자가 보전하옴이 모두 성은이로소이다."
하고 아뢰었다. 영조께서 내 손을 잡으시고,
　"네가 그러리라 생각하지 못하였으므로 너 보기가 어렵더니,
네가 내 마음을 편하게 하는구나. 아름답다."
하시니, 이 말씀을 듣고 내 심정이 더욱 막혔다.
　"세손을 경희궁으로 데려다가 가르치시기를 바라옵니다."
　"세손을 떠나 보내고 네가 견딜 수 있겠느냐?"
하시기로 눈물이 드리워 아뢰되,
　"떠나서 섭섭한 것은 작은 일이요, 위를 모시고 배우는 것은
큰일이로소이다."
하고, 세손을 올려 보내기로 정하니 모자의 정리상 서로 떠나는
정상이 어찌 견딜 바 있으리요. 세손이 나를 차마 떠나지 못하
고 울고 가니, 내 마음은 칼로 에는 듯 아팠다.
　그러나 성은이 지중하셔서 세손을 지극히 사랑하시고, 선희
궁께서도 아드님에 대한 정을 모두 세손께 옮기시니 좌와기거
(坐臥起居)[8]와 음식 범백에 마음을 다하여 지성으로 보호하셨
다.
　4, 5세부터 글을 좋아하시던 세손이신지라, 각각 다른 대궐로
옮겨 가시더라도 학문에 전념하지 않으실까 하는 염려는 없었
다. 그러나 잊지 못하여 하는 정은 날로 심하고 세손이 자모(慈
母) 그리시는 정이 간절하여 새벽에 깨어 나에게 편지하고 공부
하기 전 내 회답을 보고야 안심하시니 3년을 한결같이 그러셨
다. 내가 경력한 병이 자주 일어나 3년 동안 내 몸에서 병이 떠

---

8) 산 사람이 움직여 활동하는 것.

나지 않으니 멀리서 의관(醫官)과 상의하여 약을 지어 보내시기를 어른과 같이 하시니, 이것이 모두 천성지효(天性至孝)이시겠지만 10여 세의 나이로 어찌 그리 하시는가 싶었다.

그해〔영조 38〕천추절(千秋節)을 맞으니, 내 자취를 움직이고 싶지 않으나 분부로 말미암아 부득이 올라가니, 대조께서 나를 보시고 가엾게 여기심이 전보다 더하셔서, 내가 있던 집이 경춘전(景春殿) 남쪽의 낮은 집이었는데 그 집 이름을 가효당(嘉孝堂)이라 하시고 친히 쓰신 현판을 달게 하셨다.

"네 효심을 오늘에 갚아서 이것을 써 준다."

내가 눈물을 드리워 받잡고 감히 당치 못하여 불안해하였다. 부친이 들으시고, 감축하여 하시는 말씀이,

"오늘날 이 가효(嘉孝) 두 자를 현판으로 달게 하시니 자손의 보배가 될 것이매 효성을 흠탄(欽歎)한다."

하시고 성은을 받잡는 도리로 집안 편지에 그 당호(堂號)[1]를 써 달게 하시니 감격이 뼈에 사무쳤다. 또한 영묘께서 자경전(慈慶殿)을 지어서 나를 있게 하시니 그때 처지가 높고 빛나는 집에 있을 내가 아니건만 성은에 감동하여 그 집에서 여년을 마치려고, 가효당 현판을 자경전 상방(上房) 남쪽 문 위에 걸어서 대조의 자은(慈恩)을 잊잡지 말고자 하였다.

그해 섣달에 조칙(詔勅)이 나오니 자상께서 세손을 데리고 혼궁(魂宮)[2]에 오셔서 칙소(勅詔)를 받으라 하셨다. 환궁할 때 세손을 도로 데리고 가시려다가 세손이 어미 떠나기가 슬퍼서 우는 모양을 보시고,

---

1) 당우(堂宇)의 호.
2) 상후(喪後) 3년간 신위를 모신 궁전.

"세손이 너를 차마 떠나지 못하여 저리 슬퍼하니 두고 가자."
하고 말씀하셨다. 혹 당신은 사랑하시는데, 세손이 그 사랑은
생각하지 않고 어미만 잊지 못하는가 서운히 여기실 듯하여,
　"내려오면 위가 그립고, 올라가면 어미가 그립다 하오니, 환
궁 후에는 위가 그리워서 또 슬퍼할 것이오니 데려가옵소서."
하고 아뢰었더니 즉시 안색이 변하여 기뻐하시면서,
　"그리 하라."
하고 데리고 환궁하셨다. 세손이 대조를 모시고 가면서 어미가
인정없이 떼어 보내는 것이 섭섭하여 무수히 울고 가시니, 내
마음이 어떠하리요마는, 이는 사정(私情)이요, 모시고 가서 아
버님 못 다하신 자도(子道)를 이으며 시봉(侍奉)하는 것이 옳기
에 떠날 제 잊지 못하는 정을 베어 보냈다.
　이것이 모두 이전 일을 경계하고 세손으로 하여금 일심으로
위에 효성을 다하여 자애하시는 성의를 조금이라도 어김이 있
을까 하고 염려함이니, 이 어찌 세손을 위한 사정뿐이리요.
　종국(宗國) 안위가 세손 한 몸에 있으니 나의 안타까운 마음
은 하늘이 알 것이요, 이것은 홀로 내 마음뿐 아니라 모두 부친
이 나를 인도하여 부녀의 사소한 사정을 돌아보지 않고 대의로
훈계하신 힘이었다. 우리 부친의 고심혈충(苦心血忠)이 모두 세
손을 위하고 종국을 위하시던 일을 누가 다 자세히 알리요.
　세손이 혼궁을 떠났다가 내려오시며 애통해하던 울음소리야
누가 감동하지 않으리요. 혼궁의 목주(木主)[3]는 의지할 곳이 없
으신 듯이 계시다가, 그 아들이 와서 애통해하면 신위(神位)가

---

3) 위패.

반기시는 듯 외로운 혼궁에 빛이 있는 듯, 슬프게 울던 중 도리어 위로하니, 내가 세손을 낳지 않았더면 이 종국(宗國)을 어찌할 뻔하였는고. 엎어진 나라를 보전하려고 경오생(庚午生) 산후에 임신〔壬申, 영조 28〕년 경사가 있었던가 보다.

임오화변(壬午禍變)이 만고(萬古)에 없는 일이니 당신께서는 천만 불행하여 이 지경이 되셨으나, 아들을 두셔서 당신 뒤를 잇고 상하가 자애롭고 무간(無間)하니 다시야 무슨 일이 있으랴고 꿈에나 생각하고 있으리요.

갑신〔甲申, 영조 40〕년 2월 처분은 너무도 천만 뜻밖이니 위에서 하신 일을 감히 아랫사람이 이렇다 하리요마는, 그때 내 심경(心境) 망극하기는 견주어 비할 곳이 없으니, 내가 화변(禍變)[1] 때 모진 목숨을 끊지 못하고 살았다가 이 일을 당할 줄은 천만 죄한(罪恨)이다. 곧 죽고 싶되 목숨을 뜻대로 하지 못하고 그 처분을 원하는 듯하여 스스로 굳이 참으나 그 망극비원(罔極悲冤)[2]하기는 모년〔某年, 영조 38〕에 뒤지지 않고, 선희궁께서 음식을 끊고 경통하시던 일이야 어찌 다 기록하리요.

세손이 어린 나이에 고금에 없는 지통을 품고 또 제왕가(帝王家)의 당치 못할 변례(變例)를 당하셔서 과하게 애통해하셨다. 상복을 벗을 제 우는 소리가 철천극지(徹天極地)하였고 초상으로 천지 어둡게 막히던 때 설움에서 더하시니, 연세도 두 해가 더하시고〔13세〕, 당신께서 당하신 일이 갈수록 지원(至冤)[3]하니, 이를 대하여 내 간장 쇠가 녹듯이 터질 듯 곧 목숨을 끊고

---

1) 매우 심한 재변(災變).
2) 한없는 슬픔과 원통함.
3) 지극히 원통함.

자 하되, 세손의 서러워하심은 차마 견디지 못할 것이다. 내가 없으면 세손의 몸이 더욱 외롭고 위태로우니 이 지경에 이르러서는 갈수록 세손을 보호하는 것이 으뜸인 것이다.

애통해하던 마음을 새롭게 하여 굳게 잡아서 세손을 위로하되 서러울수록 천금의 몸을 보호하여 비록 유한이 많으나 스스로 착하여 아버님께 보답하라고 여러 가지로 타일러서 진정하시게 하였다.

세손이 종일 음식을 끊고 울면서 과상(過傷)하시는지라, 위로하며 옆에 품고 누워 달래서 잠이 들게 하려 하였지만 늦도록 잠을 이루지 못하니 그 정경이 고금에 어찌 있으리요.

그날이 바로 2월 21일이니 어찌하여 그런 처분을 내리신 것인지 이상하며, 불시에 거둥 오셔서 선원전에 오래 머무르시고 나를 찾아와 보시니, 내 무엇이라 감히 아뢰리요.

"모자가 지금까지 살아 있는 것이 성은이오니, 처분이 이러하온들 무슨 말씀 아뢰리요."

"네 그리 하는 것이 옳다."

하시니, 가뜩한 정리에 이 서러운 말이나 없으면 아니 하랴. 갈수록 내 명도(命途)에 기막히게 죄스러운 일이니 스스로 몸을 치고 싶은들 어찌하랴. 만고에 없는 일이다.

7월〔영조 40〕 담사(禫祀)4)에 선희궁께서 내려오셔서 지내시고,

"가을 후에 모이어 고식(姑媳)5)이 상의하자."

---

4) 대상(大祥)을 지낸 그 다음 다음 달에 지내는 제사.
5) 시어머니와 며느리. 고부.

고 정녕이 약속하시더니, 홀연히 등창이 나서 7월 26일 하세(下世)[1]하시니 망극하기가 어찌 예사 시어머니와 며느리 사이리요. 당신이 나라를 위하여 자모로서 하지 못할 일을 하시고, 비록 선군(先君)[2]을 위하신 일이나 그 지통이야 오죽하시리요. 상시의 말씀이,

"내가 하지 못할 일을 차마 하였으니 내 자취에는 풀도 나지 않으리라. 내 본심인즉 나라를 위하고, 임금의 몸을 위한 일이나, 생각하면 모질고 흉하다. 빈궁은 내 마음을 알 것이나 세손 남매는 나를 알겠느냐."

하시고 밤에는 늘 잠을 이루지 못하시고 동편 툇마루에 나와 앉으셔서 동녘을 바라보며 상심하시고, 혹 그런 처분을 하지 않았어도 나라가 보전되지 않았을까, 내가 잘못하였는가 하시다가도 또 그렇지 않다, 여편네의 약한 소견이지 내 어찌 잘못하였으리요 생각하시곤 하였다. 혼궁(魂宮)에 오시면 부르짖어 울고 서러워하셔서 심중에 병이 되어 생을 마치시니 더욱 슬프다.

대저 모년(某年) 일을 지금 사람이 누가 나같이 알며, 설움이 나와 부왕 같은 이 있으며, 경모궁〔사도세자〕께 끝없는 정성을 다한 나 같은 사람이 있으리요. 그러기에 내가 매번 부왕께 아뢰었다.

"동궁이 비록 아드님이시나 그때는 어려서 저만큼 자세히 모르실 것이니, 모년에 속한 일은 저에게 물으시고, 외인의 시끄러운 말은 곧이듣지 마소서. 그것들이 일시 총애를 얻으려고 상감께 별 소문을 들어다가 드려도 모두 괴이한 말입니다."

---

1) 세상을 버림.
2) 영조.

"누가 모르겠습니까. 그놈들이 부모 위한 정성이 없다고 무한히 욕을 하니, 욕도 피하고, 경모궁을 위하여 인자도리(人子道理)에 그렇지 않다는 말을 차마 하지 못할 뿐입니다. 누구를 추증(追贈)³⁾하며 누구를 시호(諡號)하겠습니까. 저희 하자는 대로 하여 가니 그런 일에는 분명히 알면서도 끌리어 흐린 사람이 되기를 면하지 못합니다."
하시니, 내 부왕(父王)의 지통을 차마 생각하지 못할 지경이었다.

대저 그 대처분에 대해 세상에 두 가지 의논이 있었는데, 모두 옳지 않았다. 한 의논은 대처분이 광명정대하여 천지간에 떳떳하니 영묘(英廟)의 성덕대공(盛德大功)을 칭송하여 조금도 애통 망극해하는 의사가 없으니, 이것은 경모궁의 불효한 죄로 돌리고, 영묘의 처분이 무슨 적국을 소탕하거나 역변(逆變)을 평정한 모양이 되니, 이렇게 말하면 경모궁께서 또 어떠한 처지가 되시리요. 이는 경모궁과 부왕께 망극한 일이로다.

또 한 가지 의논은 경모궁께서 본디 병환이 아니신데 영묘께서 참언을 들으시고 그런 지나친 처분으로 복수를 하시고 설치(雪恥)⁴⁾를 하셨다는 것이므로 경모궁을 위하여 원통한 치욕을 씻자는 말인 듯하나 그것은 영묘께서 무죄한 동궁을 누구의 감언을 듣고 처분하신 허물로 돌리게 함이니, 그렇다면 영묘의 실덕(失德)이 되지 않으리요. 두 가지 말이 모두 삼조(三朝)⁵⁾에 망

---

3) 종2품 이상의 벼슬아치의 죽은 부·조부·증조부에게 관위를 내리던 일과, 나라에 공로가 있는 벼슬아치가 죽은 뒤에 그 관위를 높여 주는 것.
4) 부끄러움을 씻음. 욕됨을 씻음. 설욕.
5) 영조·사도세자·정조를 가리킴.

극하고 실상에 어긋나는 소론이었다.

그리하여 우리 부친은 수차 말씀하신 것처럼, 병환이 망극하여 옥체와 종사가 매우 위태로웠으므로 상감〔영조〕께서 애통 망극하시나, 만만 부득이하여 그 처분을 하시고, 경모궁께서도 본심이 도실 때는 짐짓 누덕(累德)이 되실까 근심 걱정하셨으나, 병환으로 천성을 잃어서 당신도 하시는 일을 모두 모르셨던 것이다.

병환이 드신 것도 망극한데, 병환은 성인(聖人)도 면하지 못한다 하니, 경모궁의 일호의 누덕이 어찌 되리요. 실상이 이러하고 그때 사정이 이러하니, 바른대로 말하여서 영묘의 처분도 만만 부득이하신 일이요, 경모궁께서도 불행히 망극한 병환으로 만만 부득이한 터를 당하셨던 것이다.

부왕도 또한 각각 애통과 의리로 말을 하여야 실상도 어기지 않고, 의리에도 합당하거늘, 위의 두 가지 논의 같으면 하나는 영묘께 실덕이 되고, 하나는 경모궁께 누덕이 된다. 부왕께는 망극하니, 이 두 의논이 모두 삼조에 대한 죄된 말이다. 한편으로 그 처분이 거룩하시다 하여, 우리 부친에게만 죄를 물으려 하여 뒤주를 들였다 한다. 뒤주 아니 들이신 곡절은 다른 기록에 올렸으니 여기는 또 쓰지 않겠다.

이런 말하는 놈이 영묘께 충성인가, 경모궁께 충절인가. 부왕이 대처분을 위하노라 하면 동서남북지언(東西南北之言)을 꾸며서 했다. 모년 모일에 시비 있다 하면 유죄무죄(有罪無罪)를, 부왕 입으로 그렇지 않다 하지 못하실 줄 알고 그 일을 가지고 그 화를 삼아 저희 뜻대로 농간질을 하여 사람을 해치고, 저리하여 충신을 자처하니, 만고에 이런 일이 어디 있으리요.

40년 이래 그 일로 충역(忠逆)[1]이 혼잡되고, 시비가 뒤바뀌어 지금까지 정하지 못하니, 경모궁 병환이 부득이하셨고, 영묘 처분 또한 부득이하셨던 것이다. 뒤주는 영묘께서 스스로 생각하신 것이다. 나든지 부왕이든지 지통은 스스로 지통이요, 의리는 스스로 의리이다. 망극 중에 보전하여 종사(宗社)를 길게 지탱한 성은(聖恩)을 감축하고, 그때 여러 신하들이 할 수 없어서 말한 것을 후인(後人)이 상상하여, 그런 때 만남을 불행히 여기길 바랄 뿐이다. 그 처분에야 군신 상하에 이렇다 말을 어찌 용납할 수 있으리요. 그 당시에 되어 가던 일을 내 차마 기록할 마음이 없으나, 다시 생각하니 주상(主上)[2]이 자손으로 그때 일을 망연히 모르는 것이 망극하고, 또한 시비를 분별하지 못하실까 민망하여 마지못해서 이렇게 기록한다.

그러나 그중 차마 일컫지 못할 일 가운데 더욱 일컫지 못할 일은 빠진 경우가 많으며 내 머리가 다 센 만년(晩年)[3]에 이것을 능히 써 내니, 사람의 모질고 독함이 어찌 이에 이르는고. 하늘을 부르고 통곡하매 나의 팔자를 한탄할 뿐이다.

---

1) 충의와 반역.
2) 순조.
3) 나이가 들어서 늙은 때.

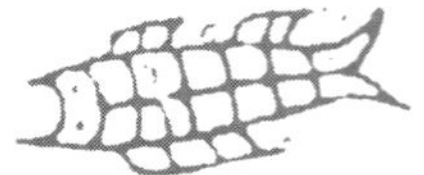

4

갑신(甲申, 영조 40)년 2월 처분은 나라의 지중한 처분이시니 감히 이렇다 어찌하며, 처분 후에야 더욱 감히 말하리요마는 내 그때 사정은 이를 것이 없으되 부득이 약간 쓰기로 한다.

내 그 당시에 모진 목숨을 끊지 못하고 살아 있다가 당한 한이 천만이며, 선희궁께서 너무 슬퍼하시오니 내가 도리어 위로하고, 세손이 어린 나이에 지통을 품고, 당치 못할 일을 당하여 지나치게 애통해하시니 상하실 일이 근심되어서, 내가 또 도리어 위로하였으니, 슬프다, 누군들 모자(母子)가 없으리요마는 주상〔정조〕과 나와 같은 모자의 슬픔이 어디 있으리요.

그해 7월에 선희궁께서 내려오셔서 입묘(入廟)[1]하시는 양을 보시고 오래지 않아 승하하시니, 당신 슬픔이 병이 되어서 몸을 마치신 것에 내 지통이 또한 어떠하리요. 선희궁께서 계시지 않

---

1) 대상을 치른 뒤에 신주(神主)를 사당에 모시는 일.

은 후로 궁중 모양과 인심이 점점 달라져 가고, 정처(鄭妻)가 편애(偏愛)함을 믿어서, 여자의 천성으로 지기 싫어하고 시기함이 심하여, 내외의 권세가 모두 그 몸에 돌아가서, 나에게 더욱 그 학대가 많으니, 내 스스로 그런 처지가 됨을 탄식하나, 그때 사정과 사기(辭氣)[2]가 탈날 바는 아니요, 다른 시동생이 없고 두 그림자뿐이니, 옥체를 받들고 세손을 보호하는 것이 큰일이며, 나는 조금도 화기를 변하지 않았다. 부친이 또 내 마음 같으셔서 매양 세손께도 그 고모〔화완옹주〕를 잘 대접하라고 말씀하시고, 나에게도 우애 있게 하라고 전하셨다. 근본은 이러나 저러나 우국(憂國)하신 간절한 고심이셨다.

부친은 옹주의 양자 후겸(厚謙)이를 또한 대접하고 그 시삼촌 정휘량과는 당파가 다르나 좋게 친교하시니, 그 사람도 우리를 감격히 여기더니, 그가 돌아가신 후에 후겸이 혼자 있어 급제 후로 사람의 꾐에 빠져서 마음이 변하였다. 이 대목이 우리 집의 제일 큰 화근이 되었다. 무자(戊子)년에 수원 부사(水原府使)를 하고자 새 영상(領相) 김치인(金致仁)에게 청하여 달라 하매 부친이 하신 말씀이,

"말 한번 하기를 아끼는 것이 아니라 스물 겨우 된 아이에게 오천병마(五千兵馬)를 맡기는 벼슬을 시키는 것은 실로 나라를 저버리는 일이요, 저를 사랑하는 도리가 아니다."

라고 하시고 시종 추천하지 않으셨다.

"어찌 집을 돌아보지 않으십니까?"

하고 나와 자제들이 여러 번 말씀드렸으나, 부친은 종시 권세에

---

2) 말과 얼굴빛, 언사와 안색.

아부하여 대의를 굽히지 않으셨다. 대저 후겸이와 틀어지게 된 곡절은 이 때문이다.

또는 오흥(鰲興)[1]이 국구(國舅)[2]가 되매, 선비들이 갑자기 존대(尊大)하여 범백이 생소하였다. 그래서 부친이 휴척(休戚)을 함께 하실 마음으로 지도하여 가르치심이 극진하여 범사에 탈이 나지 않도록 하여 주었으므로 처음은 그도 감격히 여겼다. 나도 대비전을 우러러 감히 내가 궁에 먼저 들어왔고, 내 나이가 많은 것을 생각함이 없이 일심으로 공경하고 대비전께서는 나를 극진히 생각하시므로 일호의 사이가 없어 백년을 양가(兩家)[3]가 서로 사랑할까 하였다.

그러나 형세가 커지고 앎이 익은 후는 먼저 된 사람을 꺼리고 지도하는 뜻을 저버리었다.

영묘께서는 기묘〔己卯, 영조 35〕년 이전에는 부친을 척리(戚里)나 폐부지친(肺腑之親)[4]이 아니라 합리〔가문리〕로 총애하셔서 장상(將相)을 맡겨 의정(議政)하시며 예대하시기로 천고에 드무셨다. 부친이 병술(丙戌)년에 대고(大故)를 만나 들어앉으시니, 그 사이에 귀주(龜柱)와 후겸이 서로 부합하니, 후겸은 전의 혐의를 끼고, 귀주는 제 집이 우리 집만 못한가 시기하고, 당치 않은 일에 노하여 형상 못할 지경으로 모해하였다.

이것은 이(利)를 즐기고 세(勢)를 따르는 무리들이 스스로 겉으로는 사류(士類)[5]인 체하면서, 좌로 꼬이며 우로 해치는 중에

---

1) 오흥부원군 김한구.
2) 임금의 장인.
3) 김한구 집과 지은이인 혜경궁 홍씨의 본가 홍봉한의 집.
4) 왕실의 가까운 친족.

기회를 보아 가며, 지극한 벗과 가까운 친척이 모두 함께 기울어지니 내 집의 위태함이 급박하였다. 그러나 영조대왕의 은혜가 갈수록 두터우셔서 부친이 모친상을 벗은 후에 영상을 거듭 받잡고 총애가 여전하셨다. 이럴수록 반세(反勢)의 꾐이 무궁하여 내외로 도와 줌은 없고 해하려는 이는 벌떼같이 일어났다. 속담에 '열 번 찍어 넘어가지 않는 나무 없다.' 는 말 같아서, 오늘 해하고 내일도 해하여 불언중 은총이 저절로 감하셨던지, 김귀주와 김관주(金觀柱)가 괴수가 되어, 경인〔庚寅, 영조 46〕년 3월에 한유(韓鍮)의 흉무(凶誣)[6]를 지어 내었다.

부친 몸 위에 무욕(誣辱)이 극하였으므로 그 통분하고 억울함이 어디 비하리요. 영조께서 특명으로 휴치(休致)하라 하시니, 그때의 황황히 놀라움이 측량 없었다. 그러나 부친은 태연한 태도로 선마(宣麻)[7] 후에 영미정(永美亭)[8]으로 나가셨으니 내가 잊을 수 없는 설움이로다. 임금을 우러르고 부친을 의지하여 군신제우(君臣際遇)가 시종여일하시기를 바라다가 소인(小人) 무리에게 미움으로 흉무를 만나서 일조에 물러나시니, 내가 벼슬을 버림을 아껴서가 아니라, 부친의 단호한 충성의 혈심(血心)을 모르시는가 하여 놀라고, 원통한 심사 또한 한 붓으로 어찌 모두 쓰리요.

부친이 과거하시기 전부터 대우가 자별하시고, 갑자가례(甲子嘉禮) 후 등과까지 하시니, 조정의 폐부(肺腑)에 신하가 없어

---

5) 학덕이 높은 선비의 무리.
6) 홍봉한을 역적이라고 상소한 사건.
7) 왕이 노(老) 공신에게 궤장(几杖)을 내릴 때 붙이는 글.
8) 동대문 밖의 지명.

서, 벼슬이 높지 못한 때로부터 나라의 대소사(大小事)를 의장(依仗)하심이 특별하셨다. 입조(入朝) 30년에 외임(外任)[1]과 초려 이외에는 인견 않으신 날이 없으시고 오영장임(五營將任)과 탁지(度支)[2]·혜당(惠堂)[3]을 떠나지 않으시고, 십년장상(十年將相)에 백성의 이해와 팔로(八路)[4] 고락을 당신 몸의 일과 같이 알고, 군신간의 사이는 옛 역사에도 거의 드물게 볼 만하였다.

또 그 당시 과거가 잦고 문운(門運)이 형통하여 문내(門內)의 자제들이 연하여 등제(登第)[5]하니 처지(處地)가 남다르고, 정치가 밝은 시기가 계속되어 운수인지 요행인지 집안이 매우 번창하여 지극히 과분하니, 지금 와서 생각하면 영도(榮途)의 자취를 거두지 못하고 과환(科宦)이 몸을 적시니 사람의 시기함과 귀신의 꺼림이야 어찌 면하리요. 부친이 물러나고 싶은 마음은 밤낮으로 간절하시나 주은(主恩)이 정중하시고 처지가 자별하여 임의로 물러나지 못하시고 때 만나심이 어렵고 험하셔서 옛 사람의 직절(直節)[6]을 다하지 못하시니 이것이 모두 임금님 몸을 위해서 그 뜻을 정성껏 받드신 일이었다.

만일 조야(朝野)에 강직한 사람이 봉승(奉承)[7] 잘못한다 시비하면 당신도 웃고 마땅히 조언을 받으실 것이요, 낸들 어찌 마음에 두리요마는, 내 집을 치는 이는 귀주의 당(黨)이며, 곧 후

---

1) 외직.
2) 재무부.
3) 선혜청.
4) 팔도.
5) 과거에 급제하는 것.
6) 곧은 절개.
7) 웃어른의 뜻을 이어받음.

겸의 당이니, 겉으로는 두 당이나 실인즉 속으로 상통하여 넘나드는 도당으로 흉한 말과 고약한 계교로 내 집을 멸망시키고자 하니, 하늘이 굽어보시사 응당 살피심을 바라나 일문이 놀랍고 쓰라림은 던져두고라도 내 지극한 슬픔을 어찌 참으리요.

그때 화색(禍色)이 점점 심하여 가매, 내 생각에 귀주는 풀릴 길이 없고 정처에게나 내 집의 화를 면하도록 양해를 구하였다. 그러나 그 사람이 아들[후겸]의 말을 듣고 전일의 은근하던 정이 달라진 지 오래였기 때문에 내 한 말로 움직이기 어려웠다. 그리고 사실인즉 그 아들을 사귀어야 좋을 도리가 되지만, 오라버니[홍낙인]는 무슨 일로 미움받게 되고 중제(仲弟)[8] 또한 그러하였다. 숙제(叔弟)[9]가 있었으나 성품이 어려서부터 의지와 기개가 고상하고 빙청옥결(氷淸玉潔)[10] 같으니 구차 비루한 일을 할 사람이 아닌 줄 알되, 형제 중 나이가 적고 사람이 담략이 많았다. 내가 저에게 편지하여,

'옛사람은 부모를 위하여 죽는 효자도 있으니, 지금 형편이 부친을 위하여 후겸과 사귀어 집안을 구함이 옳다.'
라고 권하였다. 숙제가 내 말대로 힘써서 몸을 돌보지 않고 옛사람의 권모술책으로 후겸과 친하였으니, 숙제가 세상의 미움을 자못 받고 몸을 더럽힘은 이 누이 탓이었으리라.

숙제는 오라버니께 글을 배워서 문재(文才)가 숙성하여 당장 소과(小科)하고 전시(殿試)에 장원을 하여 조부의 업적을 이어서 앞길이 만리 같았다. 그런데 가진 것을 펴지 못하고 가문의

---

8) 홍낙신.
9) 홍낙임.
10) 빙옥같이 맑고 깨끗한 심성.

화를 염려하여 천생의 본심을 지키지 못하고 후겸과 사귄 것을 스스로 부끄러워하며 맹세하길,

"집이 평안하면 세상에 나가지 않겠다."

하였다. 그래서 번리(礬里) 집을 궁의 동서로 옮겨서 장만하고, 나에게 그 뜻을 편지로 알리었다. 멀리 가지 못할 몸이니 장래 근교에서 배회하며 경궐(京闕)을 의지하고 벼슬을 떠나서 자연과 더불어 종신하겠다던 사연이 눈시울 뜨겁게 생각되었다.

신묘〔辛卯, 영조 47〕년 2월에 부친이 당하신 환난은 또한 천만 뜻밖의 일이다. 귀주의 숙질이 비밀히 도모하여 우리 집안을 멸망시키려고 하였는데, 영조대왕께서 지극히 영명하시나 춘추가 높으시니 어찌 미처 살피리요. 화기(禍機)가 박두하여 청주에 귀양을 당하여 어느 지경에 이를지 몰랐다. 이때 세손이 외가를 보호하려고 중궁전에 말씀을 많이 하셨다. 그 날 한기(漢耆)가 후겸과 함께 우리 집을 멸망시키려고 정하고 아뢰지 않았는데, 후겸의 생각이 전일 같았으면 어찌 되었을는지 몰랐는데 숙제 와 사귐으로 인하여 그랬던지, 즉석에서 함께 해할 의논을 그치 고 그의 어미〔정처〕도 들어와서 풀어 아뢰었던지, 화색(禍色)이 좀 잠잠해졌다. 눈앞의 고마움을 은인으로 생각하였으나 당초 에 그런 일 없었던 것만 하리요.

이때 귀주 숙질이 무함(誣陷)[1]한 것이 다름아니라, 인(裀)[2]의 형제가 이어서 생기매, 영조대왕께서 화근이 될까 근심하시었 다. 이에 대하여 부친의 마음이 어찌 우려되지 않으시리요마는 드러난 죄가 없으면 은원(恩怨)을 먼저 말할 것이 아니기로,

---

1) 없는 사실을 거짓으로 꾸며 남을 구렁에 빠지게 하는 것.
2) 정조의 서제(庶弟) 은언군.

"신의 처지에는 세손께서 지극한 몸이오니 신이 좋은 빛으로 저희를 대접하여 원(怨)을 사지 않게 하는 것이 좋사오이다." 하고 아뢰었다. 부친은 저희들이 잡것에 반하는 일이나 없게 하자는 뜻이나, 그것들이 위인이 잘못 나서 가르침도 받지 않고 좋지 못한 일이 많았다. 부친이 불행히 여기시고 염려함이 측량없으시나, 그 후에 가르쳐서 감동할 인물이 아니기 때문에 신(信)을 둔 일이 없었다. 당신 고심으로 나라가 무사하심을 빌고자 하던 일이 뜻같지 못함을 한탄하시더니 경인년 후 귀주네가 이 일로 모함하다가 뜻대로 되지 않으매 또 저 일로나 모함할까 하여 이때에 화기(禍機)가 급하였다. 다행히 세손의 덕으로 매우 진정되었으나, 인정 천리로 당신 외손을 위한 정성이 어떠하실 것이 아닌데, 도리 밖의 일로 해치려 하니, 인정의 흉험담이 무섭고도 무섭도다.

청주에 귀양 가 계시다가 즉시 귀양이 풀렸으나 논란의 상소가 그치지 않으므로 과천(果川) 촌집에서 죄를 기다리고 계셨다. 그러나 4월에 서용(敍用)[3]하시고 부친이 6월에 입시하시니, 부녀가 서로 만나서 반기고 원한을 풀었다. 그러나 8월에 한유(韓鍮)의 흉악한 상소가 다시 났는데, 이것은 또 귀주의 흉한 음모였다. 구름이 해를 가리듯 엄한 분부가 내려서 죄명이 중하시매, 문봉 묘하(廟下)로 칩거(蟄居)[4]하시고, 오라버니 내외를 데려다 지내셨으니, 그때의 정이 어떠하리요.

경인(庚寅)년 영미정(永美亭)에 계실 때 큰집은 서울서 사당을 모시고 숙제(叔弟) 내외가 부모님을 모시고 지냈다. 숙제의

---

3) 다시 등용.
4) 나가서 활동하지 않고 집에 있는 것.

부인이 집에 들어온 지 오래지 않아 모친이 별세하시니 매양 추모하고 시아버지를 지극히 공경하고 백사〔맏동서〕를 우러름이나 시누이 사랑함이 지성스러웠다.

영미정에 모시고 있을 때 지자부(支子婦)[1]로 하지 못할 일을 지성을 다하여 받들었다. 신묘(辛卯)년 2월에 화색(禍色)이 급하니 그때 임신한 지 수삭이었으나, 찬물에 목욕하고 동망봉(東望峯)[2]에 올라가서 시아버지를 위하여 하늘에 자주 빌었다.

그해 9월에 아이 밴 몸으로 세상을 떠났으니 임신 중 몸을 돌아보지 않고 찬물에 목욕한 탓 같아서 내가 각별히 서러워하였다.

임진〔壬辰, 영조 48〕년 정월에 부친이 은사(恩赦)를 입어 임금께서 부르시는 조서가 간곡하시매 마지못하여 삼호로 다시 와서 머무르시고 입시하시니, 천안(天顔)[3]이 기뻐하시고 이전과 다르심이 없었다.

그러나 7월 21일 관주와 귀주가 또다시 흉소(兇疏)를 올렸는데 어느 일이 무함이 아니며 어느 말이 흉모가 아니리요. 세변(世變)의 망측함과 인심의 흉악함이니, 제 처지 남과 다른데 무슨 원한으로 이 지경까지 이르렀는지 이상하지 않을 수 없었다.

영묘께서 현명하심이 해와 달 같으시며 부친 무함을 벗겨 주시고 두 척리(戚里) 집[4]이 이러한 줄 알고 크게 진노하셔서 귀

---

1) 맏며느리가 아닌 며느리.
2) 숭인동 뒷산.
3) 임금의 얼굴.
4) 지은이의 친정인 홍씨 집안과 영조의 계비 정순왕후의 친정인 김씨 집안.

주를 육단부형(肉袒負刑)5)하여 사죄하게 하시고, 귀주에게 처분을 내리셨다.

내가 그때 작은집에 내려와서 대죄(待罪)6)하였는데 부르셔서 위로하시고,

"내가 내전에게도 너 보기를 이전과 달리 말라 하였으니 네 조금도 내전을 의심하지 말라."

하시매 천은이 망극하였다. 누가 나라 은혜를 입지 않으리요마는 나 같은 이 다시 어디 있으리요. 이날을 내가 만난 일이 절절이 괴이하여 처변(處變)할 도리가 망극하나 상교의 간측(懇惻)7)하심에 감동하고 귀주의 불공대천지수(不共戴天之讐)8)는 잊지 못하려니와 자전(慈殿) 섬김에 이르러는 일호도 감히 마음에 지체함을 품지 못하와 지성으로 섬김을 궁중이 다 보는 바요, 자전께서 또한 나를 생각하심이 항상 같으시니 내가 자덕(慈德)을 우러러 잘 통함이야 이를 것이 없었다.

자전께서는 자연 염려도 하시니, 귀주가 나라에 모역일 뿐 아니라, 자전께도 죄인인 줄 안다.

계사[癸巳, 영조 49]년에 부친이 회갑이 되시니, 할머니께서 갑년(甲年)에 미처 생신을 지내지 못하고 별세하신 일이 지한(至恨)이 되고 추모가 새로우셔서 잔을 드시지 않을 뿐 아니라, 조반도 잡숫지 않으시고 상심하여 울음으로 지내시니, 내 감히 음식은 하여 드리지 못하니 진지를 차려 권하나 수저를 드시되

---

5) 옷을 벗긴 다음 매질을 하는 형벌.
6) 죄인의 처벌을 기다리는 것.
7) 간절하고 측은함. 간절하고 지성스러운 것.
8) 이 세상에서는 함께 살 수 없는 원수.

잡숫지 않으셨다. 모친도 그 달이 회갑 달인데 일찍 별세하셔서 두 분 함께 즐기시는 것을 뵈옵지 못하니, 우리 남매의 정성과 추모지통(追慕之痛)이 비할 데 있으리요.

그해 10월 영조께서 갑일(甲日)을 무미하게 지냈다며 경저(京邸)[1]에 사연사악(賜宴賜樂)[2]하시니 아버지께서 풍류 한마디를 하여 은영(恩榮)을 표하고 온 집안이 감축하였다. 숙제〔홍낙임〕의 집이 그릇된 가운데 좋은 아내를 잃고, 어린아이들의 형용과 신세 쓸쓸함이 이를 데 없었다. 숙제는 너무 슬퍼하고, 두 아들을 두었기 때문에 재취조차 않더니, 두 며느리를 해를 연이어 맞아 가계(家計) 모양이 되었으니, 그 어머니의 숙덕에 보답할까 하였다. 그러나 갑오〔甲午, 영조 50〕년 겨울에 둘째 아들을 잃으니 이런 변상(變喪)[3]은 우리 집에서 처음 있는 일이었다. 집안이 쇠하려는 징조를 비롯함인가 싶고, 숙제가 한 아들을 두고 재취하지 않음은 도리어 그른지라 부친이 권하시고 나도 여러 번 편지를 하여 그 고집을 돌렸다. 을미〔乙未, 영조 51〕년 가을에 재취하였더니 3자(三子)와 1녀(一女)를 얻어 백수모경(白首暮境)[4]에 자녀가 많으니 내 모양이 자식을 내준 바라고 말할 수 있다.

이 해 12월에 중부(仲父)[5]가 영상 벼슬을 받았으니, 부친이 미처 물러나오지 못하여 흉당(兇黨)의 참무(讒誣)를 만나신 일

---

1) 서울 집. 즉 홍봉한의 집.
2) 나라에서 잔치와 놀이를 베풀어 주는 것.
3) 변사(變死)한 상사.
4) 머리가 하얗게 된 노경(老境).
5) 홍인한.

이 한이 되니, 우리 집 사람이 벼슬을 버리고 국은을 축수하고 한가로이 있음은 당연한 일이요, 국사의 위태로움이 백척간두(百尺竿頭)[6]에 오름 같은 때에 이 대배(大拜)를 하시니 놀랍고 근심스러워 스스로 몸이 동인 듯이 움직이지 못하고 두려워하였다.

집안이 최성(最盛)하니 하늘이 집안에 복이 가득함을 슬퍼하시고, 관위(官位)가 극진하니 재앙이 저절로 생겨서 그런지, 을미년 가을에 큰 죄를 지으시니 겁낸 탓이시나 망발은 극진하였고, 중부의 본심을 헤아리지 못하고 죄명이 지중하였다. 집안이 망할 기틀이니, 내 가슴이 막혀서 긴 말은 쓰지 못하고 통곡할 뿐이다.

병신〔丙申, 영조 52〕년 3월 5일에 천붕지통(天崩之痛)[7]을 당하여 망극함을 어찌 다 형언하리요. 내가 열 살에 선왕을 모셔 30여 년의 지극하신 자애를 입사와 갖은 어려운 때라도 나를 사랑하심은 일호도 변치 않으시고, 심지어 '지기구식(知己舊識)이라' 하시는 은교(恩敎)까지 얻잡고, 세도(世道)의 어려움을 생각하면 내 한몸 보전한 일은 선왕의 하늘 같은 성은(聖恩)이시며, 내 집을 구제한 것도 종시(終始)로 무휼(撫恤)[8]하신 은택이시니 자식이 되어 이 은혜를 또 어찌 잊으리요. 주상〔정조〕을 간신히 길러서 구오(九五)[9]에 오르시는 양을 보니, 자모지정(慈母之情)에 어찌 귀하고 기쁘지 않으리요마는 지통이 마음속에

---

6) 높은 장대 끝에 섰다는 말로 막다른 위험을 뜻함.

7) 하늘이 무너지는 것 같은 괴로움.

8) 불쌍히 여겨 위로하며 물질로 은혜를 입힘.

9) 왕위.

있고 집안 재앙이 천만 가지로 박두하여 중부(仲父)의 죄만이 망극할 뿐 아니라, 흉악한 상소가 어이 일어나서 부친의 처지가 더욱 망극하시니, 내 어리석으나 주상 어미로 앉았는데, 부친을 꼭 해하려 하니 이것은 나를 업신여긴 뜻이매, 내 몸이 없어서 이런 꼴을 보지 않고자 하였다. 그러나 주상을 버리지 못함은 인정의 당연함이 아니랴. 슬픔을 품고 하늘만 바라보았다. 7월에 중부의 당하심을 보았을 때 집안이 망한 듯하였다. 내 처지에 이것이 어쩐 일이랴. 통곡하며 통곡하나 또한 사정(私情)에 지나지 못한다.

나라를 위한 지성은 갈수록 더욱 힘을 써서 임금의 명찰만 바랐는데, 부친이 삼호에서 근신하며 처분만 기다리시다가 치욕이 더욱 심하매 급히 문봉묘를 하러 가시고, 집안이 다 따라 가니, 나의 하늘에 사무친 슬픔이야 또 어디에 비하리요. 내 몸으로 부친의 지원(至冤)을 깨끗이 씻어 드리고 죽음직하건마는 주상의 일을 생각하여 모진 목숨을 구구히 끌고 있으니, 하나는 인액(人厄)이요, 둘은 무지(無知)이나, 지심(至心)을 깊이 알아보면 가이 헤아림이 없다 하랴.

선왕의 은혜를 지극히 입었으니 어찌 제전에 참여치 아니하며, 곡읍(哭泣)을 폐하리요. 집안 당한 처지가 말할 수 없으나 감히 아니 하지 못하였다. 중부 일 나시고 부친의 처지가 더욱 망극하시었다. 나는 죄인의 자식이 예사로이 몸을 가짐이 염치와 인사가 다 망함이라고 생각하였다. 문을 닫고 칩복(蟄伏)[1]하여 사생화복(死生禍福)을 같이하려고 문 밖을 나간 일이 없고

---

1) 자기 처소에 들어 가만히 엎드려 있음.

다만 대전[정조]이 오신 때면 머리를 들었으니 주상이 어찌 내가 슬퍼하는 것을 보고자 하리요. 매양 나를 대하시면 불안하고 슬퍼해하셔서, 도리어 내가 근심을 위로하여 화기를 보였다. 부친의 처지가 망극할 뿐 아니라, 숙제의 죄명이 대안(大案)에 올라서 도리어 어이없더니 집안 운수가 첩첩에 궁험(窮險)하여 정유[丁酉, 정조 원년]에 오라버니가 별세하시니 원통하기 이를 데 없었다.

오라버니는 집안의 큰 몸으로서 덕행과 학문이 뛰어나서 여러 아우와 사촌까지라도 배우고 들었으며, 집안이 번영한 중이라도 글을 좋아하고 비루한 일들을 하지 아니하여 남들이 괴이한 국척(國戚)으로 보지 않았다.

오라버니가 비록 몸이 경렬(卿列)[2]에 오르시나 문을 닫고 글을 읽었고, 위로 나이 어린 삼촌이 있으나 아래로 수하 사람들이 보고 감화하여 일어남은 모두 오라버니의 힘이며 공이었다. 내 비록 깊은 곳에 있어 집안일을 자세히 모르나 깊은 골에 난초가 피면 바람으로 인하여 향내가 멀리 풍김과 같아서 내가 자세히 들은 바다. 매양 흠탄하기 때문에 집이 비록 그릇되었으나 오라버니 믿기를 태산교악(泰山喬岳)[3]같이 바라다가, 연세 쉰이 되지 못하여 집안 처지를 주야로 염려하시고 당신이 불행히 과거하여 아들까지 이어 조정에 오른 일을 뉘우치고 뉘우치셨다. 하늘을 깨치실 웅장하신 지기(志氣)를 일조에 품고 조석으로 정성(定省)[4]하신 외에는 한 방안에 들어서 문을 닫고 글만 읽으시

---

2) 3품 이상의 벼슬.
3) 크고 높은 산.
4) 혼정(昏定)과 신성(晨省). 즉 조석으로 부모의 안부를 물어서 살핌.

고 조그만 언덕과 시원한 숲 사이도 일찍 올라서 소요하지 않으시고, 당신 형제가 입조하여 영화를 돕다 부친께 걱정시켜 드린 것만 슬퍼하시다가 일찍 돌아가시니, 이 어찌 천리(天理)리요.

선친이 병으로 위독하신 중에 역리지척(逆理之慽)을 만나서 애통해하시고, 집이 그릇된 중에도 또 그릇되어 진실로 눈 위에 서리가 내린 듯했다. 창천을 우러러 눈물만 흘리실 뿐이며 삼가심이 극진하여, 나를 매양 보시면 검박함을 훈계하시고, 가끔 제왕의 사적과 착한 후비(后妃)의 일을 간곡히 하셨으니, 어느 말씀을 탄복하지 않으리요. 집안이 번영함을 우려하셔서,

"국척의 집을 보전하는 것보다 음관(蔭官)[1]이나 주부(主簿)[2], 봉사 같은 말단 벼슬이 길이 누리는 법이니, 누이께서는 본집 잘 되는 것을 기뻐하지 마소서."

하시기에 내 집이 국척 되기 전에도 대대로 그런 말직은 듣지 못하였다가, 그 말씀이 옳은 줄은 알고 웃었더니, 지금 생각하매 밝은 말씀이런가 싶다. 풍의(風儀)가 엄정하시고 얼굴이 수려하여 모친을 많이 닮으셨으므로 내가 뵈오면 매양 반갑기 측량 없고, 선왕께서도 매양,

"아무개도 크게 쓸 만하다."

하셨다. 또 주상께서는 큰외삼촌 대접이 스승 같으셔서 특별하신 은혜가 당신 지체뿐만 아니니, 집이 무사하더면 당신 공명일 뿐더러 일신의 빛남이 어디에도 비길 수 없으로되 집안의 액운으로 중년에 홀연히 별세하시니, 내 슬픔이 한갓 집안 위한 마음뿐 아니라 통석함이 골수에 박혀 있어 수십 년이 되었으되 가

---

1) 과거에 의하지 않고 다만 부조(父祖)의 공으로 얻어 하는 벼슬.
2) 조선시대 때 돈녕부 · 봉상사 · 종부사 · 내의원 등에 속해 있던 종6품의 벼슬.

숨이 막히고 눈물이 흐른다.

상사 때 주상이 제문을 친히 지으셔서 덕행과 문장을 칭찬하여 치제(致祭)하시니, 그때 집안에 이러한 특별한 은혜가 있음을 감축하고, 그 후에 친히 서문(序文)을 지으셔서 문집을 내어 주셔서 애영(哀榮)이 극진하시니, 구원(九原)3)의 앎이 계시면 함루결초(含淚結草)하심이 어떠하시리요.

정유[丁酉, 정조 원년]년 8월에 숙제의 화색이 더욱 망극하였다. 하늘을 우러러 처분을 기다리니, 성명(聖明)이 살펴셔서 생명을 살려 주시고, 무술[戊戌, 정조 2]년 2월에 일월이 비치셔서 지원을 깨끗이 씻으니, 숙제에 대한 성은은 천지와 하해(河海) 같으셔서 만고에 드무시고, 내 동기를 살려내니, 그때 감격함을 어찌 형용하리요.

선친이 그때 올라오셔서 궐 밖에 대죄하시고 일이 무사한 후에 입시하시고 안에 들어오셔서 나를 보시니, 3년 동안 망극한 상면과 무궁한 경력을 지내시고 노쇠하심이 극도에 이르셨다. 내가 놀라운 기쁨으로 오래 떨었고, 선친이 숙제가 살아남을 감읍하시며 생전에 만남을 반가워하고 곧 궐을 나가셨다. 내가 손을 잡아 만수무강과 집안이 나아져서 다시 뵈옵기를 암축하고 눈물로 하직하였다. 그러나 내 죄역이 갈수록 중하고 깊어서 하늘이 앙화를 내렸다. 그해 섣달 초4일에 대고(大故)를 만나서 다시는 만날 수 없게 되니, 궁천지통(窮天之痛)과 철지지한이 망극하고 망극하다.

누가 부모를 잃지 않으리요마는, 나 같은 슬픔이야 고금에 다

---

3) 구중(九重)의 땅 밑이란 뜻으로, 죽은 뒤에 넋이 돌아간다는 곳.

시 있으리요. 기품을 헤아리면 칠순을 어이 누리지 못하시오겠마는 나라를 위하여 수십 년 초심하시고, 흉당의 무욕(誣辱)을 수없이 보시고, 마침내 집이 전복되었다. 몸이 오혁하셨으나 간절한 혈심(血心)을 씻지 못하시고, 지극한 원한을 품고 촉수(促壽)[1]하시기에 이르셨으니 이 일이 누구의 탓이리요. 그것은 모두 불초불효(不肖不孝)한 나를 두신 때문이니, 나는 뼈를 갈아도 이 불효를 속죄하지 못할 것이다. 모진 목숨을 또 건지어서 땅 위에 보전함은 주상의 성효(聖孝)에 이끌림을 면치 못해서이며, 선친과 화복을 함께 하지 못하니 부끄럽고 슬픔이 천지에 사무친다.

어느 누가 부모의 자애를 입지 않으리요마는 나 같은 이 없으니, 일찍이 부모를 떠나 있다가 중도에 모친을 여의고 자모의 정을 겸하여 아버지의 사랑을 받았다. 아버지는 한때도 나를 잊지 못하셔서 추호만한 일이라도 내 뜻을 어길까 염려하셨다. 아버지는 내 명도[2]를 슬퍼하는 것이 심중의 고통이 되어서 힘에 미치는 것은 내 뜻을 받기로 힘쓰셨다. 궐내에서 정한 진상물 외에 요구에 맞춰 보내신 것이 허다하게 많았다. 동궁 처소는 용도가 넓지 못하여 다 옮기지 못하였다. 당장 급한 일이 무수한데 내가 마음을 쓰지 않도록 보내신 재물이 얼마인지 모른다. 30년 장상의 내외 요임(要任)을 일시도 떠나지 않았으나, 곳곳의 부고(府庫)[3]가 충만하였으며 나라에 전심하여 재물을 보용(保用)하게 하여 일호도 낭비하신 일이 없었다. 그러나 재주와

---

1) 죽기를 재촉하다시피 하여 수명이 짧아짐.
2) 운명과 재수.
3) 재물 등을 넣어두는 집. 곳집이라고도 함.

국량(局量)이 비상하여 만부득이 쓰고자 하는 것에는 미치지 못할 듯이 거행하시며 이것이 작은 일이나 지극한 정리를 믿어서 급한 때를 무사히 지내고 나면 내가 다행할 뿐 아니라, 일에 임하는 궁중 사람들이 손을 모아 감축하였다.

임오(壬午)년 가례 때에 모든 일을 준비하여 나를 도우시고 망극지변의 초종의대를 모두 애써 감당하시고, 3년 제향을 돕는 물종(物種)과 대소상 때의 제물도 용동궁(龍洞宮)이 해포로 밀린 부채가 있으니 쓰지 말라 하시고 모두 도우셨으니 어느 것이 정성 미치지 않으신 것이 있으리요.

청연(清衍) 형제의 출가 때도 부친이 도와 주셨다. 이렇게 전후에 나에게 들이신 재물이 몇 만금인지 모르니 이것이 모두 나라 일을 위하신 일이나, 나의 불안은 자연 심하여 매양 조용히 여쭈기를,

"내게만 애쓰시고 동생들을 어찌 돌아보지 않으십니까?"
하면 부친은 웃으시며 말씀하시기를,

"나라가 태평하면 저희들도 잘살 것이니, 집안이며 논떼기 장만하여 준 것도 옛사람에 비하면 매우 부끄럽습니다."
하시니 당신 처지에 이 말씀을 듣고 내 어찌 감복치 않으리요.

당신이 임금 섬기매 충성을 다하심과 집에 있어서 효우(孝友)하심과 직무에 청렴결백하고, 사무 처리에 있어서 모든 관리와 전국의 백성이 은혜와 덕을 입지 않은 이가 별로 없으니, 이것은 사언(私言)이 아니라는 온 세상의 공언(公言)이매 내가 길게 말할 필요가 없다. 부친은 어머님을 일찍 여의심으로 외가에 정성이 극진하시고, 외조부모의 제사에 반드시 제수를 맡으시고, 종질들을 무휼(撫恤)하심도 각별하시고, 빈궁한 친구와 일가를

두텁게 구제하여 끼니를 잇는 집이 얼마인지 모른다. 천성이 소박하셔서 당신 처지가 어떠하시며, 관위가 어떠하리요마는, 계시는 방에 종이로 벽을 바르시지 않고, 그림 한 장 붙이는 일이 없으시며, 고운 보료를 깔지도, 고운 병풍을 치지도 않고, 집기 한 가지 놓으신 일이 없다. 일생을 무명 바지와 무명 창의(氅衣)[1]를 입으셨다. 반찬은 잘 해 잡수신 일이 없고, 만년에 죄인으로 자처하고 초가집에서 거처하시며 두 가지 반찬을 놓지 못하게 하셨으니, 천성이 착하지 않으면 어찌 이렇게 하시리요.

일찍이 두 군주의 족두리에 구슬 얽은 것을 보시고,

"몸이 가려워서 차마 보지 못하겠습니다."

하고 나를 경계하셨다. 이 한 가지 일로 미루어 백 가지 일을 알 수 있으니 슬프다. 당신의 덕행이 이러하시고, 사업이 이러하시고, 몸을 닦으며 일에 처하심이 이러하시나, 나중에 운수가 기험(奇險)하셔서 주은(主恩)을 종시 보존치 못하시고 지하에 원한을 품으시니, 이 일을 생각하면 종천지통이 가슴에 박혀서 일시도 살고 싶은 마음이 없었다. 그러던 중에 수영(守榮)이가 오라버니 삼년상 중에 또 화변을 만나 승중(承重)[2]하니, 네 몸의 상복(喪服)이 겹치었다. 내가 너를 생후로부터 종질[3]로 각별히 생각하였는데, 양대(兩代) 계시지 않은 뒤로 집안의 중대한 책임이 나이 적은 너에게 지워졌던 것이다.

중제(仲弟)[4]의 성품이 효우(孝友)하고 자상하였다. 세리(勢

---

1) 벼슬아치가 평시에 입는 웃옷. 소매가 넓고 뒷솔기가 갈라졌음.
2) 장손으로 아버지와 할아버지를 대신하여 조상의 제사를 받드는 일.
3) 사촌 형이나 아우의 아들.
4) 홍낙신.

利)에 담담하여 경인[庚寅, 영조 46]년 후에 서울 집을 떠나서 삼호에 살면서 세상에 나오고자 하지 않고, 모든 일을 공평히 처리하였으므로 선친이 매우 기대하셨다. 삼호에 계실 때는 중제가 선친을 모셨고, 신묘[辛卯, 영조 47]년 귀양 때도 따라가서 모셨고, 병신[丙申, 영조 52]년 9월에는 고양으로 따라 옮겨 갔다. 그리고 화고(禍故)를 만난 후 형제가 서로 의지하여 울음으로 지내는 중에도 아우를 거느리고 조카를 가르치는 일에 한몸같이 극진하였다.

선친이 계시지 않은 후로는, 중제에게 모든 집안 일을 맡기니, 중제는 선친 계실 때같이 내 마음을 알아서 매사를 근심하지 않게 잘 처리하였으므로 나의 기대가 화고 후에 백 배나 더 하였다.

계매(季妹)[5]가 기묘(己卯)년에 출가하여 매우 곤궁하였으나 자녀를 계속 낳고, 남편이 급제까지 하니 나라의 은혜를 입고 안락하기를 바랐으나, 천만뜻밖에 우리 집이 그릇되고, 제 시집의 화고는 망측하여 옥 같은 자질이 진흙 속에 떨어지매, 제 집안을 위한 망연한 근심 가운데, 이 아우를 잊지 못하는 마음이 어디에 비하리요.

제가 하향하여 상거가 멀지 않으나 선친이 국법을 무섭게 여기셔서 불러 보시지 않고, 내가 또한 한 자의 편지를 통하지 못하였다. 제 설움이야 더할 것이 없다가 선친이 화변을 만나니, 의지하여 바랄 바가 끊어져서 슬퍼하고 생애가 더욱 망연하였다.

---

5) 이복일의 아내를 말함.

중제는 선친 하시던 바와 조금도 변함이 없이, 한 푼의 돈과 한 되의 쌀, 심지어 간장까지 모두 염려하며 의논하여 궁도(窮途)에 도움을 주니, 동생에 대한 상정이나 이것이 말세에 잊지 못할 우애요, 그 부인[1] 또한 우애가 극진하여 남편의 뜻을 받아서 환난 중에 주선함이 친동생보다 더하였다. 이 내외가 아니더면 제가 어찌 지탱하였으리요.

계제〔홍낙윤〕가 다섯 살 때에, 선친께서 김성응의 둘째 아들 지묵의 맏딸에게 정혼하였는데, 그 후 그 처녀가 담종(痰腫)[2]으로 성혼할 가망이 없었다. 김성응이 그로 인하여 선친께 퇴혼(退婚)[3]하자 하였다. 그러나 선친께서는,

"우리 두 집안이 이미 약혼하였는데, 지금 와서 처녀가 병들었다고 언약을 저버리면 사대부의 도리가 아니요, 병 때문에 비록 부부의 도를 이루지 못해도 이것이 모두 저희의 팔자니 하늘에 맡길 뿐이요."

하고 퇴혼을 하지 않으시고 혼인을 이루었다. 그러나 본디 인륜의 도(道)는 되지 못하였고 병술〔丙戌, 영조 42〕년에 그 댁이 갑자기 죽으니 아우가 무슨 정이 있었으리요마는 지나치게 슬퍼하고 오래 재취하지 않았다. 선친께서 신의를 중히 여기셔서 퇴혼하지 않으신 것은 예에 드문 일이요, 아우 또한 오래도록 불쌍히 여기고 재취하지 않은 일도 쉽지 않은 착한 마음이었다. 그해에 할머니를 잃으니 아우는 두 번 어머니를 잃은 것처럼 슬퍼하였다.

---

1) 홍낙신의 처 이씨.
2) 담이 한 군데로 모여서 종기가 되는 병.
3) 언약한 혼인을 어느 한쪽에서 퇴함.

내가 모든 일을 잊지 못함이, 이름이 동기지만 자식과 어찌 다르리요. 제 기상과 박식으로 집안의 번영함을 보나, 제 몸에는 좋음이 없었다. 계매가 스물이 갓 넘으며 집안이 그릇되니 동서로 표박하고, 집안 걱정 외에도 숨은 근심이 있어서 반생을 즐거움을 모르고, 내 심중에 불쌍함이 동기 중에서 각별하다가, 마침내 아버님 잃은 고통을 또 만나니 가엾은 생각이 백 배나 더하여 잊지 못하였다. 삼년상을 마치매 삼형제가 별같이 흩어지니 서로 돌아보고 동으로 돌아보아 각각 그리워하는 마음이 한량없었다.

선친께서 나를 낳으신 하늘 같은 큰 은혜와 천륜을 넘어선 뛰어나신 자애에도 불구하고, 나로 말미암아 마침내 집안이 이러하니 내 생각할수록 이 몸이 없어져서 불효를 사죄하고자 하나 모년〔某年, 영조 38〕부터 결단치 못함이 주상을 위하여 하지 못함이요, 무술(戊戌)년⁴⁾에 따르지 못한 것도 주상의 고위(孤危)⁵⁾하심을 잊지 못한 까닭이었다. 동궁 모신 정렬(貞烈)에도 죄를 짓고, 선친 섬기는 효성도 저버린 사람이 되니, 스스로 내 그림자를 보아 낮이 덥고 등이 뜨거워서 밤이면 벽을 두드리며 잠을 이루지 못하기를 몇 해이던고.

국운이 불행하여 흉변이 자주 생기매 나라를 위하여 근심하고 두려워함이 간절하였다. 기해〔己亥, 정조 3〕년에 국영이가 수원관(水原官)에 추천해 주지 않았다며 선친에 대한 역심이 더욱 흉악망측하였다. 어느 때인들 난신적자(亂臣賊子)⁶⁾가 없으리요

---

4) 정조 2년 지은이의 부친상 때.
5) 외롭고 위태함.
6) 나라를 어지럽게 만드는 반역자.

마는 이런 역적이 또 어디 있으리요. 사사로운 집안의 지통뿐
아니라 국세가 외롭고 위태로우므로, 간장이 마디마디 녹다가
임인경사(壬寅慶事)[1]를 얻었다. 그 경사롭고 즐거움이 측량 없
어서 슬프던 마음에 태평만세를 기약하였다.

갑진〔甲辰, 정조 8〕년에 아버지의 죄를 풀어 용서하시는 은교
(恩敎)가 계시고 또 시호를 내리시니, 내 생각으로는 선친의 혈
충단심(血忠丹心)에 대한 인정이 늦은 것을 슬퍼하나, 당신은
구원(九原)에서 감축하실 것이다. 나는 감격의 눈물을 흘릴 뿐
이요, 수영을 종손으로 벼슬을 시키시니 성은이 갈수록 축수하
나, 수영의 자취가 불안스러워 별로 기쁘지는 않았다.

국운이 불행하여 병오년에 왕세자가 변상을 당하니, 주상께
서는 위태롭고 나라의 정세가 몹시 두려운 것이 새로이 더하였
다. 나는 주상을 위로할 말이 없어서, 황천에 기원하여 성자를
주시어 국가 만년의 기초가 되기를 빌고 빌었더니, 조종의 신령
이 도우셔서 경술〔庚戌, 정조 14〕년 6월에는 큰 경사를 다시 얻
으니, 그 경사로움이 천지에 끝이 없고 상천의 고마우심을 무엇
으로 갚으리요. 손을 모아서 사례할 뿐이다. 이 몸이 살아서 나
라의 경사를 다시 볼 줄을 어찌 기약하였으리요.

아이가 태어나던 날에 나를 낳아서 기르신 부모님의 은혜를
추모할 뿐 아니라, 세상에 나온 것을 슬퍼하여 대전의 성효에
힘을 얻어 지냈다. 이날이 있을지 모르다가 천만뜻밖에 내가 살
아 있는 세상에서 이런 경사를 보니, 저 하늘이 나를 불쌍히 여
기셔서 이날의 대경을 만나게 하시매, 스스로 몸을 어루만져서

---

1) 정조 6년에 궁인 성씨가 문효세자를 낳은 일.

상천의 어여삐 여기심을 축수하며 이 복을 받자와 평생에 돌아가고자 하는 마음을 돌이키니 나라의 경사를 즐겨하는 줄을 알 것이다.

주상의 효성이 탁월하시니 자전(慈殿)을 극진히 받드시고, 부모로 인한 숨은 고통이 있어서 유명지간(幽明之間)에 슬퍼하시니, 운수로 참지 못할 일이었다. 내가 당한 일은 신명께서 다 아시매 내 어찌 일호라도 어김이 있으리요. 주상의 슬픈 설움을 내 도리어 슬퍼하고 추모하는 일은 일국(一國)이 감동할 것이요, 살아 있는 어미에게 천승지양(千乘之養)으로 하시는 것이 극진하니 내 또한 무슨 여감이 있으리요.

곤전(坤殿)²⁾과 중원하여 양전(兩殿)이 화락하시며 제빈(諸嬪)을 고루고루 거느리시며, 두 누이를 사랑하심은 더 말할 것 없으시니, 어미의 구구한 정으로도 더 바랄 것이 없었다. 나는 두 딸에게는 천륜의 정뿐이었지만 저희들을 잊지 못하여서 부족함이 없게 하였고, 심지어 서제(庶弟)³⁾의 죄악이 부자지간에도 용납지 못할 것이로되, 주상께서 성덕으로 극진하신 은혜가 천고에 드무시니 누가 감동하지 않으리요마는 내 근심이 밤낮으로 놓이지 않았다.

내전이 후덕하고 인후(仁厚)하셔서 중궤(中饋)⁴⁾가 진선진미하시고, 자전 받드옴과 나를 섬기심이 지성하시고, 또한 가순궁(嘉順宮)⁵⁾이 성효롭고, 또 공손하고 검소하여 성궁(聖躬)⁶⁾ 섬기

---

2) 정조의 비.
3) 은언군 인과 은신군 진.
4) 안살림.
5) 정조의 후궁, 즉 순조의 생모.
6) 임금의 몸.

옴과 원자(元子)[1]를 보호하고 교훈함이 지극하니 아름답고 유공하매 나라의 보배가 아니랴. 종사가 면면하니 이 한몸이 축하를 받은 듯하고 궁중에 화기가 넘침이 근래에 보지 못한 일이니, 나는 위로 자전을 받드와 궁중의 범절 있음을 우러러 치하하고 자랑하는 마음이었다.

내가 미망한 슬픔을 품고 경력이 많으나, 주상을 성취시켜서 성덕이 저렇게 거룩하시고, 원자는 여섯 살의 어린 나이지만 총명 우효(友孝)하여 주상을 닮았사오니, 우리 나라가 성자신손(聖子神孫)이 대대로 이어 억만년 태평하기를 빌고 두 군주가 귀주(貴主)[2]의 교만이 없어서, 나라 우러러 모시는 정성이 극진하면서 한마음으로 근심하였다. 이것은 왕희(王姬)로서 드문 일이니 저희들 평생 조심하고 부지런함에 힘쓰니 길이 복을 누릴 듯이 아름답게 여겼다. 또 외손 아이들이 잘못 나지 않아서, 준수하며 청려(淸麗)했다. 저희들 묘년에 며느리를 보며 사위를 얻으니 그윽히 기뻐하되, 다만 청선이 숙녀의 현덕이 있되 신세가 그릇되어 어미 운수와 비슷하게 된 것을 슬퍼할 뿐이다.

집안이 그릇된 후에 동생들이 궁향(窮鄕)에 칩거하매 생전에 보기를 기약치 못하더니, 경술(庚戌)년 대경 후 은교를 정중히 하셔서 나에게 알아 두라 하시니, 세상에 거두지 못할 자취로되 성은이 황감하여 염절(廉節) 없음을 무릅쓰고 황망히 들어왔다. 성의(聖意)가 나의 이전의 무슨 근심을 씻게 하셔서, 동생들을 생전에 다시 보게 하시니 갈수록 천은이다.

화고(禍故) 후에 만나 보니 말이 없고 눈물뿐이며, 성은(聖

---

1) 임금의 장남. 여기서는 순조를 가리킴.
2) 귀한 딸.

恩)을 노래하듯이 깊이 칭송하여 산중에서 병 없이 오래 살며 여생을 마치시기를 바랐다. 주상께서 지난해에 내 나이 육십이 었다 하고, 세 동생과 두 삼촌에게 모두 가자(加資)[3]를 내리시니 폐칩(廢蟄)[4]한 몸에 이 얼마나 고마운 천은이랴. 분수에 넘쳐서 감축 황송하기가 측량이 없었다. 6월의 내 생일 때 두 삼촌을 뵈오니 기쁨이 세 동생 보던 때와 같았다.

내 나이가 숙계부(叔季父)[5]와 서로 같아서 한 집에서 자라날 제 친애함이 남의 숙질과 달랐다. 숙부는 나에게 매양 유희할 것을 하여 주시고, 계부는 나이 1년 적어서 사랑함이 각별하였으며 내가 늘 글을 읽으시는데, 옆에서 서수(書數)[6]를 펴 드리었다.

조모께서는 덕행이 지극하셔서 아들과 손자 손녀를 가리시는 일이 없으시고, 모친은 수숙(嫂叔)[7]을 길러 내는 정이 자모 같으셨으므로 우리 숙질간의 정이 동기와 다름이 없었다.

숙부는 지취(志趣)가 담백하셔서 일찍 과거 보지 않으시매 내가 존경하고, 계부는 풍채와 예절이 맑고 높고 학문이 겸전(兼全)하셔서, 주상이 입학하실 때 맡아서 보시고 즉시 입조하였는데 성망이 높았다. 조정의 큰 그릇이라, 나의 기대가 범상치 않더니, 무수한 고생을 겪고 뜻밖에 보오니 기쁨이 또한 동생들을 본 듯하였다. 숙모[8]는 내가 입궐한 후에 들어오셔서 자주 뵈온

---

3) 정3품 이상의 품계를 올리는 것.
4) 외출을 전폐하고 집안에 박혀 있음.
5) 숙부 홍준한과 계부 홍용한.
6) 독서 횟수를 기록하는 물건.
7) 형제의 아내와 남편의 아내.
8) 홍준한의 처 서씨.

바 없으나 성품과 식견이 보통 여편네와 달라서 우리 모친과 중모(仲母)께 동서가 됨이 부끄럽지 않으셔서 일가(一家)가 칭찬하였다. 그러나 중년에 돌아가셔서 집안 부녀의 변상(變喪)이 이어서 나매 이것이 또한 불행이다.

계모(季母)[1]는 내 이종(姨從)[2]이신데 성질이 은공하고 겸손하여 진실로 부덕이 되어 있으시며, 어려서부터 같이 놀아서 정이 각별하였다. 내 집에 들어오시매 모친이 딸같이 사랑하셨다. 나와는 친하기 더욱 간절하여 만나면 옛 정과 옛 말을 다 펴더니, 집이 그르게 된 후 음성과 안색이 침울하여 산중에서 세상 소식을 끊고 지내셨다. 계부는 경서 읽기에 힘쓰고 계모는 길쌈에 힘써서 산중의 낙을 삼았다.

두 아들과 네 손자가 쌍쌍이 벌여 있었으며, 집안의 슬픔은 지한(至恨)이었으나, 부부가 해로하여 회갑을 지내시니, 숲에서의 낙은 실로 산중의 분양왕(汾陽王)[3]과 같았다. 나는 당신네를 위하여 기뻐하였다.

그러나 내 집이 필 때에 형제 숙질이 차례로 종적을 감추어 높은 벼슬을 사양하고 임천(林泉)을 따랐더면 집안의 화가 어찌 생겼으리요. 이 일을 생각하면 부귀가 비천만 못한 것을 깨달았다.

이해가 되어 내 지통이 무궁하니 이를 어찌 다 말하리요.

주상이 추모하여 너무 슬퍼하시니 내 비통은 둘째요, 옥체가

---

1) 홍용한의 처 송씨.
2) 이모부 송참판의 딸.
3) 당나라의 곽자의.
4) 정월 27일은 죽은 사도세자의 생일.

상하실까 염려하여 슬픔을 마음대로 다 못하였다. 정월(正月)[4] 에 즐기지 않은 행동을 민망스럽게 당하고, 경모궁[사도세자] 의 환갑 되시는 날, 자전을 모시고 가서 절하고 뵈오니, 곤전도 나오시고, 가순궁도 가고, 두 군주도 따랐다.

나의 무궁한 비통이 함께 일어서 신위를 우러러 내 가슴에 가 득한 슬픔으로 울 때, 경모궁의 음용(音容)[5]이 아득히 멀어서 한 마디 앎이 없으시니, 유한은 무궁하고, 심장이 막히나, 대전 이 너무 상심할까 염려하고 말리시니 설움을 다 펴지 못하고 돌 아왔다. 만사가 모두 꿈만 같아서 마음을 진정치 못하나, 다만 주상이 착하셔서 추모의 애통도 지극하시고 궁원제향(宮園祭 享) 범절이 일국의 기구로 받드옴이 거룩하시고, 원자[순조]도 비상하여 당신 자손이 이 나라를 만만대로 누리실 것이니, 이것 이 모두 당신의 본질이 지극히 착하시기 때문에 자손이 대신하 여 복을 누리는 줄 알고, 또한 심중에 위로받고 기뻐하였다.

기유[己酉, 정조 12]년에 원소(園所)[6]를 수원으로 옮겨 모셨으 나, 그때 재궁(梓宮)도 뵈옵지 못하고 슬픔이 심하더니, 주상이 당신의 추모가 심하므로 어미의 뜻을 받아서 원행(園行)을 함께 하자 하시고 데리고 가셨다. 나는 여편네 행색이 예문(禮文)[7]을 어길까 염려하였으나, 주상의 효성을 막지 못할 뿐 아니라 이 해에 원소를 뵈오면 길고 긴 세월에 한 번 기회요, 만년 유택 (幽宅)[8]에 지극한 원통을 조금이라도 풀고자 좇아서 원상(園上)

---

5) 음성과 용모.
6) 왕세자나 왕손의 사친(私親) 등의 산소.
7) 예법의 명문.
8) 묘소.

을 올라갔다. 모자가 서로 손을 잡고 분상(墳上)을 찾아서 천만
지통을 울음으로 고하니 천지가 망망하고 유명이 막막하여 새
로운 슬픔을 측량치 못하였다. 작년에 거둥하여 애통을 너무 하
셨으므로 그때 제신(諸臣)이 창황망조(蒼黃罔措)[1]하게 지냈다
하므로 놀랐더니, 이번에도 하도 슬퍼서 용루(龍淚)[2]로 풀이 다
젖었으매, 내가 놀라서 스스로 억제하고 주상을 붙잡고 모자가
위로하며 북받치는 서러움을 서로 억제하였으니, 이때의 심정
은 무심한 석인(石人)[3]도 반드시 감동하였을 것이다. 두 군주가
따라 울었으니 그 슬픔을 더욱 어찌 형용하리요.

　주상이 원소 이봉(移奉)을 하시기로 하고, 수십 년 경영하여
큰일을 이루시니, 그때의 애쓰신 효성으로 아드님 잘 두신 것을
내가 감동하였더니, 이번에 가서 뵈오니 내 무슨 지식이 있어서
원소의 좋음을 알까마는 산세가 기이하게 숙명하여 봉우리마다
정신이 맺혔으니 옮기신 것을 마음으로 다행하다고 기뻐하였다.

　석물(石物)을 배치하신 것이 모두 기이하여 마음 쓰시지 않은
것이 없으니 감탄하였다. 그러나 내 모진 목숨은 갈수록 염치
없이 산 것이 부끄럽고, 슬픈 가운데 그것을 생각하니 돌아가실
때 주상이 열 살 갓 넘으신 어린 나이셨다. 천간만난(天艱萬難)[4]
중에 무사히 성장하셔서 보위(寶位)에 오르시고 청연 형제가 열
살 안의 유아였는데, 당신의 골육을 간신히 보전하여 거느리고
와서, 내가 당신 자녀의 성취를 속으로 간절히 고하니, 이 한마

---

1) 너무 급해 어찌 할 길이 없음.
2) 임금의 눈물.
3) 무덤 앞에 세우는 돌로 만든 사람의 형상.
4) 온갖 어려움. 또는 그 어려움을 겪는 것.

디만은 내가 살아 있었음이 보람 있었다고 할 수 있을 것이다.

내려갈 제, 주상이 내 가마 뒤에 바짝 서시고, 나라 거둥의 위엄을 모두 내 앞에 세우셔서 찬란한 정기(旌旗)[5]는 풍운을 희롱하고, 진열한 풍악은 산악을 움직이고, 노량진 배다리는 평지를 밟음과 같고 망해의 높은 산은 반공에 솟은 듯, 태평연월(太平烟月)에 강호를 유람하니 마음이 편해지고, 안계(眼界)는 멀고 높아서 심궁(深宮)에 있던 몸이 일시에 장관을 보니 실로 쉽게 얻을 일이 아니다. 주상이 나의 안부를 행차 중 자주 물으시니 행로에 빛이 나며 이 몸이 영화로워서 효성에 감탄하였으나 도리어 불안하였다.

원소 다녀온 이튿날에 화성행궁(華城行宮)에 큰 잔치를 베풀어 관현(管絃)[6]을 잡히고 가무가 흥겨운 가운데 내외 귀인을 모두 부르시고, 환갑 잔치에 쓰는 기구의 채화(彩花) 금수가 영롱하고 궁중 진미는 수륙을 두루 겸비하였는데, 우리 주상이 옥수로 금배를 친히 잡아서 이 노모에게 헌수(獻壽)[7]하셨다. 전에 드물고 이제 없는 일을 친히 당하니 귀하고 외람됨이 측량 없고, 옛날을 추모하는 뜻과 달라서 진실로 즐길 수는 없으나, 주상이 지효로 하시는 뜻을 어기지 못하여 받으니 나의 마음은 측량 없이 불안하였다.

미망인으로 세상의 갖은 풍상을 겪고 비환애락(悲歡哀樂)을 맛본 내 신세가 이상하였다. 역사에 나타난 후비(后妃) 중에서

---

5) 정(旌)을 단 기(旗). 정(旌)은 새의 깃으로 장목을 꾸미어 깃대 끝에 늘어뜨린 것을 가리킴.
6) 관악기와 현악기.
7) 장수를 비는 뜻으로 술잔을 올림.

나 같은 팔자가 없으니, 주상이 나를 위하여 이번 일을 하도 굉장히 하시니, 그 성심을 생각하면 내 마음이 백 배나 슬펐다. 이 잔치 베푸신데 보는 곳마다 화려하며 풍성하여 지성이 미치지 않으신 데 없으매, 재물을 허비함이 무수히 보였다.

그리하여 내 마음이 더욱 불안하나 일호도 국재(國財)의 경비를 소모함이 없이, 전부를 내부에서 손수 마련한 것이니, 효성도 지극하시고 재략(才略)[1]도 비상하심을 만만 흠모하였다. 또 문물의 위엄과 숙련함과 모든 일 집행하는 질서가 주상의 교화로 되지 않은 것이 없으니, 걱정 불안과 추모의 비통 가운데서도 믿음직한 회포를 잊지 못하였다.

원소를 뵈옴과 내외빈(內外嬪)을 모으심은 한명제(漢明帝)가 음황후(陰皇后)를 모시고 광무릉에 전배(展拜)하고 모후 본가에서 일가를 모아서 즐기던 사적과 같아서 미담으로 후세에 전할까 한다.

외빈은 팔촌친(八寸親)까지 청하니, 육촌 대부(大父) 감보(鑑輔) 씨 아들 선호(善浩) 씨가 여러 아들을 데리고 들어오고, 외가는 오촌(五寸)을 넘기셔서 외사촌 산중(山重) 씨가 아들 감사 태영(泰永)의 사촌 아우 도영(道永)과 그 아들 셋이 참례하였으니 옛일이 생각났다.

내빈은 조판서 댁 고모와 계모 송씨, 선형(先兄) 부인 민씨, 종제(從弟) 심능필(沈能弼)의 처와 오라버니의 딸인 사복첨정(司僕僉正)[2] 조진규의 처, 중제 부인 이씨, 숙제 부인 정씨, 숙

---

1) 재주와 꾀.
2) 조선시대 때 궁중의 여마(輿馬)·구목(廐牧)에 관한 일을 맡아보던 관아의 종4품 벼슬의 관원.

제의 딸인 유기주의 처, 중제의 딸인 이종익의 처, 대동 재종질 참판 의영의 처 심씨, 의영(義榮)의 종제인 세영(世榮)의 처 김씨가 모였다. 선친 측실(側室)은 선친 시중을 들었더라도 천한 사람이므로 대궐 출입은 하지 못하였지만, 행궁(行宮)은 좀 다르기 때문에 나를 보도록 불러 들이시니, 그의 몸에는 이런 은영이 없으며, 그 아들 낙파(樂波)[3]가 감관(監官)으로 위인이 영리한고로 비록 서얼이지만 주상께서 가까이 불러서 어여삐 여기시고, 그 밑의 세 아들이 또 성장하여 다 똑똑한 인물이니, 그 어미의 팔자가 천인이지만 이러하기가 드문 일이다.

불쌍하다. 나의 계매여, 제 남편과 10년 동안 떨어졌다가, 대사(大赦)[4]를 얻어 특별히 석방하시니 그 처지에 이런 은혜가 또 어디 있으리요. 그 부부가 다시 만나서 천지 같은 은덕을 축수하고 지내더니, 작년 명릉(明陵) 거둥에 제 집이 가까웠기 때문에, 여자의 마음에도 임금을 그리워하는 마음이 간절하여 시골집에서 구경하고 있었다. 주상께서 어떻게 아셨는지 사람을 보내어 존문(存問)하시고 낙파를 통해 돈과 필목을 많이 주셨다. 하사물은 전부터도 계셨지만 이번에는 가난한 집에 빛이 나고, 동리 사람들이 놀라서, 향민(鄕民)들이 역적 집으로 업신여기다가 이번 은수(恩數) 후 편하게 살게 되니, 이런 은혜가 또 어디 있으리요.

내가 저를 수십 년 이별하고 매양 불쌍하여 하룻밤도 마음이 놓이지 않으므로 주상께서 자세히 살피시고 특별히 국법을 굽히셔서 나를 만나게 하오시니 제 황공함은 말할 것도 없거니와,

---

3) 지은이의 배다른 아우.
4) 죄인의 죄를 사하여 줌.

내 사심에 매우 불안하되, 내가 다시 생전에 저를 보게 하시는 성은에 감격하여 형제가 부득이 상교(上敎)를 받들어서 서로 만나 보니 꿈결 같아서 심신이 놀라웠다.

계매의 젊었던 얼굴과 아름다운 자질이 변하였으니, 반갑고 아까워서 손을 만져도 눈물이요, 뺨을 대도 눈물이매 슬픈 말 기쁜 말이 헝클어진 실 풀 듯, 다소 경력을 이루 다 펴지 못하고 5, 6일이 얼른 지나서 또 손을 나누었다. 생전에 보지 못하리라고 생각하였을 적도 있건마는 새로 놀라서 다소 보기 어려우니, 이후 사생화복은 상천에 믿어 두니, 내 마음과 제 축원을 길게 말하여 무엇하랴. 제 어진 심덕으로 4남 5녀에 또 손자가 셋이니 제 시집이 그렇지 아니하면 복은 비할 데가 없었을 것이다.

계고모(季姑母)[1]가 두 살에 어머니를 여의자 선친이 각별히 우애하셨다. 매서(妹婿)[2]도 어려운 사람으로 중망이 있어서 대접하심이 한갓 남매의 정뿐 아니요, 입조 후에 서로 사랑함이 범연하지 않았더니, 세교(世交)가 속출하고 인사 끝이 많았던 중간 말이야 다하여 무엇하리요.

필경은 두 집이 다 그릇되매 고모의 슬픔이 첩첩이 쌓여서 불행함이 그지없었다.

작년에 조공(趙公)[3]의 일이 해명되어서 완전한 사람이 되고, 고모께 성은이 두터워서 입궐하시고, 또 내빈으로 으뜸이 되어 오셨다. 비록 여든의 노령이시나 강건함이 소년과 같으시고 청

---

1) 조엄에게 시집간 이.
2) 계고모의 남편.
3) 계고모의 남편인 조엄.

명한 미목(眉目)⁴⁾과 자상하신 마음씨와 민첩하고 슬기로운 재기(才氣)가 조금도 감치 않으시니 실로 봉래(蓬萊) 바다의 액운을 여러 번 겪은 마고(麻姑) 같으셨다. 돌이켜 선친이 칠순도 하지 못하신 일을 생각하여 눈물을 금치 못하였다. 그 계고모를 뜻밖에 만나 뵈오니 곤궁하고 액운이 심한 가운데서도 모든 범절이 쇠하지 않으시고 주상께서 양반다운 부녀시라 칭찬하시니 당신께 얼마나 영광스러우리요.

우리 형님 민부인(閔夫人)⁵⁾은 대갓집 큰머느리로서 옛날 우리 집이 대궐과 수응하여 봉친(奉親)하는 범절이 날로 변화하여 예사 부녀는 하루도 받들기 어려웠으나 그 다병(多病)하신 중에도 좌우를 잘 다스려서 의식 절차에 하나도 궁색함이 없고, 사람과 집 다스림에 법이 있었다. 규중의 엄숙함이 조정 같아서 30년을 그렇게 하시니 예사 부녀로서는 할 수 없는 일이었다. 집안의 공론으로도 장부로 났으면 정승할 그릇이라고 칭송하였다.

5남매를 성인시켰는데 제각기 뛰어나서 부력이 비할 데 없더니, 중년에 미망(未亡)이 되었다. 수영의 전처가 충헌 김공(忠獻金公)의 현손녀(玄孫女)였는데, 여편네로되 큰집 규범이 있어서 형님의 뒤를 이을 듯하더니 불행히 잃으시고, 박(朴)·송(宋) 두 딸⁶⁾을 잃으셨다. 또 취영〔홍취영〕의 변상(變喪)⁷⁾이 나매, 당신을 뵈올 적마다 노경에 그러하심을 슬퍼하여 눈물이 나고 큰집이 고위(孤危)함을 민망히 여겼다.

---

4) 눈썹과 눈. 아름답고 추한 것이 눈썹과 눈에 달렸다고 해서 얼굴 모양을 가리키는 말임.

5) 홍낙인의 처.

6) 박씨와 송씨에게 출가한 홍낙인의 두 딸.

7) 변사.

그러다가 수영이가 신해〔辛亥, 정조 15〕년에 아들을 낳아 이름을 세주(世周)라 하였으며, 그놈이 슬기롭고 깨끗하여 큰 그릇답게 생기고, 궁중에 들어와서 어린 것이 원자를 잘 모시고 놀 줄 알아서 매우 기특하였다. 주상이 원자를 데리고 앉으시고, 수영이는 제 아들을 데리고 모시면 주상이 기뻐 웃으셨다.

내가 매양 국가를 위하여 염려가 많다가, 군신상하가 다르나 이 경사를 보고, 국가를 위하고 기쁘고 다행함이 이를 데 없어서, 민부인을 이번도 만나서 서로 치하하고 위로하였다. 또 조태인(趙泰仁) 댁이 어려서부터 제 고모[1]를 데리고 궁중 출입을 하여 지금까지 계속하고 있다. 제가 왕래할 적마다 나는 아우 생각이 심하게 났다.

저 얼굴 모양이 온화하고 덕 있어 보이기가 돌아가신 모친을 많이 닮았고, 위의가 수려하기는 모부인[2]을 닮았고, 또한 척리의 여러 부녀 중에서 뛰어났으므로 궁중이 칭찬하여 외간부녀로 보지 않고, 주상으로부터 각별하신 은권(恩眷)[3]을 받으셨다.

내가 저를 위하여 기쁠 뿐 아니라 선형〔홍낙인〕의 자녀가 각각 하나씩 있는데 주상께서 자애하셔서서 이렇듯 극진히 하시니, 내가 선형을 생각하여 더욱 기뻐하였다.

이번 잔치에 두 삼촌과 세 동생이 다 특별 대접을 입어서 달려와서 참예하였으나, 선형의 그림자 없어서 감회가 더욱 심하였다.

내 지친(至親)의 부녀들을 보니 위로되는 회포가 적지 않으나

---

1) 지은이의 계매. 이복일의 처.
2) 홍낙인의 처 민씨.
3) 군주의 정이 어린 대우.

옛일을 생각하니 마음이 슬펐다.

우리 집이 경신년[4] 후에 지냄이 어려웠는데, 중고모[5]께서 효우가 지극하셔서 계모 부인께 지성하고 모친의 사랑이 친동기 같으셔서, 매양 빈궁하신 때 도우심이 많았다. 내가 어려서 본 일을 생각하니 임술계해(壬戌癸亥)[6]에 정헌공 삼년상을 마치고 쓸 것이 없을 때, 여러 차례 고모가 보내시는 것을 기다려서 향화를 올릴 적이 많았고, 동생님들 사랑하심과 여러 조카를 사랑하심이 자기 아들과 같으셨다. 성질이 너그러워서 마음에 두는 일이 없으시니 복록이 세상에 비할 데 없고, 주상이 동궁 시절에 예우(禮遇)[7]도 많이 받자와 계시더니 일조에 하늘의 재앙이 내려서 흥화가 비할 데 없어서, 그 장하던 복록이 연기같이 사라졌으니, 매양 생각하면 가슴이 막혔다.

그러던 중에 계고모를 뵈오니 중고모의 생각이 간절하여 슬픔을 금치 못하고, 여러 사촌들을 작금년(昨今年)에 보니 모두 아름답고 글을 잘하여 사자(士子)[8]의 풍도가 있어서 집으로 가는 길에 들러 내가 기특히 여기고 숙계부(叔季父)를 위하여 기뻐하였다. 그러나 귀양 간 두 사촌을 생각하니 남만 못한 인물도 아니건만 어찌 운명이 그리 기구하여 집안 골육이 모두 성연에 참예하되, 저희들만 그러하니, 저희들 슬픔은 말할 것도 없고 내 마음의 아픔을 또한 어찌 참으리요.

지금 생각하니 이 사촌형이 그 장한 포부와 깨끗한 인물로 일

---

4) 영조 15년 지은이의 조부 영의정 정헌공이 죽은 해.
5) 이언형의 처.
6) 영조 18년과 19년.
7) 예로써 대우함.
8) 벼슬을 하지 않은 선비. 사인(士人)과 같은 뜻.

찍 돌아갔으니, 그때 불쌍하고 참혹하기 비할 데 없더니 도리어 팔자가 좋아서 화고(禍故)를 보지 않고 돌아간 듯싶었다.

숙제[홍낙임]는 번리(礬里) 집을 일찍 유의(有意)하였기 때문에 화란유리(禍亂流離)[1]할 때, 몸 담을 곳이 있었으나, 중제[홍낙신]는 남의 집을 빌어 있는고로 항상 민망하더니, 번리로 옮겨서 형제가 함께 지내니 궁도 중에 다행이었다.

계제는 회계 정사(精舍)[2]에 들어가서 슬픈 현자처럼 수석(水石)을 즐기어 한가로운 심정을 나누며 4자 3녀를 두고 손자까지 얻으니 비록 궁한 몸이나 눈앞의 유복은 남부럽지 않았다.

그러나 형제 각각 떠나 있어서 내가 항상 민망히 여겼더니, 우연한 변고로 두루 집을 옮겨 살았는데, 문안에 집을 정하여 삼형제 집이 한 언덕을 격하여 솥발처럼 있어서 지팡이 짚고 소요하며 형제가 우애롭게 지내니, 집도 비록 각각이나 뜻은 옛날 장공예(張公藝)[3] 같아서, 내 동생의 소식을 함께 들어서 떠난 정회를 위로하였다. 남들은 심상히 여기나 내 마음은 매우 기뻤다.

수영(守榮)·취영(就榮)·후영(後榮)의 삼질(三姪) 외에 중제의 둘째 아들 철영(徹榮)과 계제(季弟)의 세 아들 서영(緖榮)·위영(緯榮)·귀영(貴榮)이는 작금년에 연하여 보니, 모두 아름다워서 여러 종형제와 다름이 없고, 어린아이들까지 못난 인물이 없으니, 이것이 모두 선친의 적덕여음(積德餘蔭)[4]이시니 하늘의 보응하심이 어찌 우연하리요.

---

1) 난리 속에서 헤어짐.
2) 학문을 가르치려고 베푼 집. 또는 정신을 수양하는 곳.
3) 당나라 때 구대가 한 집에서 살았다는 우애의 인물.
4) 선조가 쌓은 덕으로 자손이 받는 복.

수영이 처음으로 벼슬의 자리를 받을 때에, 내 진심으로 벼슬 두 자가 놀랍더니, 병오〔丙午, 정조 10〕년 나랏일로 수영 외에 취영·후영 등 사종형제를 부르셔서 그 후 음관(蔭官)을 이어 벼슬을 다 하였다. 사종형제가 미말서관(微末庶官)[5]이라도 모두 한 것이 과분하다고 생각하던 중 최영이를 홀연히 잃으니, 제 준매한 자질로 묘년(妙年)에 저리된 것은 가문의 여앙(餘殃)[6]이 아직도 그치지 않은 모양이었다.

수영은 대갓집 여풍(餘風)으로 근신하고 매사에 주밀하여 종자(宗子)로서의 중한 책임을 잘 감당하였고, 취영은 재학(才學)과 위인이 일문의 중한 보배였다. 그리하여 수영과 취영에 대한 추앙이 거의 같았고, 후영은 유아(柔雅) 담소(淡素)하여 짐짓 선비였으므로 내가 또한 어여삐 여겼다. 비록 음관이라도 몸들을 결코 무례히 갖지 않고, 혹 외임(外任)을 하거나 말직에 처하여도 내 마음이 놓이지 않았다. 혹 맡은 일에 소홀함이 있어서 나라에 허물을 뵈올까, 남의 나무람이 있을까 근심이 끊임없으니, 이것 또한 집을 위한 고심이다.

우리 집이 여러 대 동안 재상의 집안으로, 선인께 이르러서는 높은 정승에 오르시고, 뒤를 이어 중계부와 선형이 차례로 입조하여 번창하였다. 중제 또한 입조하니 두렵기 측량 없었고, 기축년에 숙제가 또 뒤를 이으니 인정에 기쁘지 않으리오마는 번성한 문호를 근심하였다. 머지않아 문호가 뒤집어져 사람을 헤어 보면 흔한 급제에 참여하는 것이 괴이하지 않으나, 숙부처럼 폐과를 하였으면 집안의 화가 이처럼 망극하지는 않았을 것이

---

5) 지위가 아주 낮은 벼슬. 미관말직과 같은 뜻.
6) 나쁜 일을 몹시 하여 그 값으로 받는 재앙.

다. 근본은 부귀에 묻은 화이니 벼슬이 어찌 두렵지 않겠는가. 너희들 각자 소과(小科)도 하지 못하고 거적 사모(紗帽)[1] 아래의 몸이 되니, 인정상 아낌이 없으랴마는, 내 집이 인제는 조금도 벼슬하기를 바라지 않았다. 수영이 너부터 앞서서 임금 섬기기에 정성을 다하고 벼슬살이에 있어서 청렴결백하고 처사를 삼가는 가운데 충후(忠厚)히 하고, 집안을 다스려서 화목한 가운데 강직 명철하게 하고, 제사 받들기를 정결히 하고, 홀로된 어버이를 극진히 효양하고, 맏누이〔조진규의 처〕를 형같이 알고, 익주〔홍취영의 아들〕를 불쌍히 여기고, 숙계부를 할아버지 우러러 받들 듯하고, 제부(諸父)를 선형같이 섬기고, 나 어린 고모를 누이 보듯 하고, 여러 종제들을 가르치며 사랑하여 동기같이 하고, 먼 일가에 이르러도 환대하며, 문하의 궁한 사람을 버리지 말며, 비복에까지도 믿음을 받아서 선인과 선형 하시던 덕행을 이어서 집안 명성을 떨어뜨리지 말라. 그리하여 나라에 착한 척리가 되고, 집에 착한 자손이 되어서 전복된 집안을 다시 일으킴이 네 한 몸에 있으니 믿고 믿는다. 우리 주상이 성수무강(聖壽無彊)하시고 성자신손이 계계승승하여 종국(宗國)이 억만 년을 반석 같고, 우리 모자손(母子孫)이 대대로 번성하여 나라와 함께 태평하기를 길이 축수한다. 내가 겪은 일과 축원하는 말을 동생에게 써 줄 것이로되, 네 청하는 바를 따라 너에게 써 주니, 제부께 뵈고 간직해 두어서, 내 필적을 네 자손들에게 멀리 전하기를 바란다.

— 신축년 신춘 13일 호동대방에서 씀

---

1) 관복을 입을 때 쓰던 사(紗)로 만든 벼슬아치의 모자. 지금은 구식 혼례 때 씀.

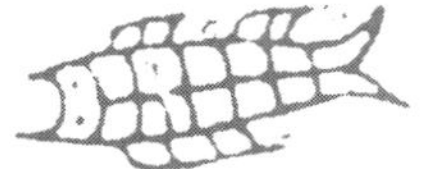

5

화평옹주는 선희궁의 처음 따님으로 영묘께서 자애가 각별하시고, 그 옹주의 성품이 온화 유순하여 조금도 오만한 기색이 없었다. 당신만 자애를 받고 동궁[사도세자]께서는 그렇지 못한 것을 스스로 불안히 여기고 민망히 여겨서 항상 부왕께,

"그리 마옵소서."

하고 간하였다. 동궁이 당하신 일은 곧 도와 드리고, 부왕께서 대노하실 때는 이 옹주의 힘으로 진정하고 풀린 때가 많았다.

동궁께서는 고마워하시고 매사를 믿고 지내셨다. 무진(戊辰)[1] 전에 동궁을 보호함이 온전히 이 옹주의 공이었다. 이 옹주가 장수하여 부자분 사이에 조화를 주선하였다면, 유익한 일이 많았을 터인데 일찍 세상을 떠나셨다. 부왕께서 슬픔이 지나치신 중, 본디 정처[화완옹주]를 화평옹주 다음으로 사랑하시더

---

1) 영조 24년. 이 해에 화평옹주가 죽음.

니 화평옹주 없는 후로는 성회(聖懷)를 붙이실 데 없으시니 자연 정처에게로 정이 옮겨져서 각별한 총애를 하셨으니 이를 어찌 다 기록하리요.

그때 정처의 나이 겨우 11세이니, 궁중의 아이로 어린 유희나 알 뿐이지 무엇을 알리요마는, 위로 선희궁이 계시고 그 부마 정치달 집안의 부숙(父叔)도 인사를 아는 재상들이요, 부마도 상스럽지 않아서 동궁께 정성을 나타내고자 하여, 자기의 아내만 사랑하시고 동궁께 자애가 덜하신 것을 불안 송구하여 아내를 가르치는 듯도 하였다.

그리하여 정처가 나중에는 기괴하였다. 그 전에는 경모궁께 유익하고 해로움이 없었다. 동궁께서 능행수행을 하시게 하고, 온양 거둥도 힘껏 주선하였다. 그 밖에 위급한 때를 구해 준 일이 한두 가지가 아니었다. 지금은 정처가 밉고 저리하되 바른말이야 아니 하리요.

만일 일성위〔정치달〕가 일찍 죽지 않고 유자생녀하여 가정에 재미를 붙였더라면, 정처가 궐내에 있어서 그 무궁한 작변(作變)을 하지 않았어도 될 뻔하였다. 정처가 과부가 된 후로 부왕께서 내어보내지 않으시고 항상 옆에 두셔서 일시도 떠나지 못하게 하시고, 만사가 모두 그 사람의 권세인 듯하던 차에, 임오화변 후는 궐내에 일이 없고, 선희궁이 또 상사 나셔서 엄한 훈계를 받지 못하고, 시집에 아무도 없고 오직 어린 양자〔정후겸〕뿐이라, 꺼릴 것과 조심할 것은 없고, 부왕의 총애는 날로 두터우시니, 마음이 자라고 뜻이 방자하게 되었다.

대저 그 사람의 성품이 여편네 중에도, 남을 꺾으려는 마음과 시기와 질투와 권세를 좋아함이 유별나서 온갖 일이 일어났다.

대강 이르면

"부왕께 나밖에 또 누가 총애를 받으랴."

하여 나인이라도 신임하시면 싫어하고, 세손을 장중(掌中)에 넣고 일시도 세손이 하고자 하는 대로 하지 못하게 하고 내가 세손의 어미인 것을 미워하고 제가 마치 어미 노릇을 하려고 하였다.

내가 장차 대비가 되고 제가 못 되는 것을 시기하여 갑신처분(甲申處分)[1]도 그가 지어 낸 일이다. 또 세손의 내외 사이가 좋을까 시기하여 백 가지 이간, 천 가지 이간과 험담으로 양궁 사이를 빙탄같이 만들었다. 세손이 혹 궁녀를 가까이 하실까 질색하여, 눈을 떠 보지 못하시게 하여 사속(嗣續)[2]이 나지 못하도록 하고, 세손의 외가를 꺼려서 흉한 계교로 이간을 붙여서 세손이 외가에 정이 떨어지도록 하였으니 이것이 곧 기축(己丑)년의 별감 사건[3]이다.

세손이 장인을 좋아하시면 청원(淸原)[4]을 질투하였다. 심지어 세손이 송사(宋史)를 산삭하려고 밖에 나가시면 그 책까지 세웠을 정도로, 모든 일에 저만 권세를 쓰고, 제게만 따르게 하고, 다른 이는 세상에 없다는 투니 이 어찌된 사람이뇨. 이것이 모두 국운이매 하늘이 무슨 뜻으로 모년(某年)[5]이 있게 하셔서

---

1) 영조 41년 사도세자의 삼년상이 끝나자 세손을 사도세자의 형 효장세자의 양자로 삼은 일.
2) 대(代)를 이음.
3) 영조 45년에 세손이 외입을 한다는 정처의 간계로 외조부 홍봉한이 훈계하다가 세손의 원한을 사게 한 사건.
4) 정조의 장인인 청원부원군 김시묵.
5) 영조 38년 사도세자의 대처분 사건.

종국(宗國)이 거의 전복할 뻔하게 하시고 또 이런 괴이한 부녀를 내어 세도(世道)를 괴란하고, 조신(朝臣)[1]이 어육(魚肉)이 되게 하시니 알 수가 없을 뿐이다.

모년화변의 기틀인즉, 전혀 부자분 사이가 예사롭지 않으시기로 그리된 일이니, 내 평생의 뼈에 사그러진 지한지원(至恨至冤)이요, 부왕께서는 아드님께도 그러하셨으니, 한 마디 먼 자손에게 또 이러하실지 알리요.

김귀주가 내 곁을 해코자 하는 기미가 있으니, 만일 세손이 또 성심에 드시지 못하면 저것을 어찌하잔 말인고. 세손의 안위와 성심을 돌려놓기는 정처에게 있으므로 내가 다른 대궐에 있을 제 매사를 그 사람에게 부탁하여 아무렇던지 성의에 어기지만 말게 하여 달라 하고 세손께도 경계하여,

"그 고모를 후대하여 나같이 여기라."

하고 일렀다. 그러나 내 마음이 아프고 그 정이 척연(慽然)[2]하매, 그때는 나를 옳다 하여 과연 일마다 돕고 말씀도 극진하니, 영묘께서는 그 사람의 말대로 만사를 좇으셔서서 흉이 있어도 옳다 하면 그리 들으시고, 착하여도 그 사람이 나무라면 할 수 없었다.

세손은 본디 사랑하시나 모년 후에도 변하지 않으신 것은 정처의 힘이었다. 그러나 세손을 맡아서 차지하기로 하자 위의 말씀처럼 천괴백괴(千怪百怪)가 나타났다. 그러나 실인즉 내가 세손을 위한 고심으로 그 사람을 지성으로 잘 대접하지 않았으면 세손의 안위도 또 어떠하였을지 알리요.

---

1) 조정에서 섬기는 신하.
2) 근심하고 두려움.

정축[丁丑, 영조 33]년 연간에 터무니없는 소문이 나서, 동궁께서 정가[정치달]를 죽인다는 말이 낭자한 일이 있었다. 그때는 동궁께서 일호도 그런 의사가 없었으므로 나의 부친이 입대하셔서 이 사연을 아뢰고,

"진정하실 도리를 찾으소서."

하니 동궁께서,

"그런 일이 없소."

하시고, 정휘량[3]에게 수서(手書)하셔서 진정하게 하셨다. 그러자 정휘량이 감격하고 신사서행(辛巳西行)[4]도 잘 주선하여 화해가 되고 자연 서로 친하였다. 그 자가 그 질부[정처, 화완옹주]에게 부친의 고마운 말도 하고, 나를 우애로 받들라고 하였다. 그래서 그 사람이 부친께 정성스럽게 굴고, 칭찬도 하였다. 그러다가 정휘량이 죽은 후 그 집에 어른이 없게 되매,

"후겸을 가르쳐 성취하게 도와 주오. 대감만 믿네."

하고 선친께 부탁하고 나에게도 선친께 여쭈어 달라고 부탁하였다. 선친이 인자하신 마음으로 그때 그 사람을 좋게 대접하시고 후겸을 때때로 가르쳐서, 괴이한 데 들지 않도록 진정으로 교훈하였다. 그리고 그 사람더러도,

"이리이리 하니, 그리 말면 좋겠다."

하고 말씀하셨다. 후겸이 본디 어려서부터 괴망한 독물이라, 제 친부형도 아니요, 제 어미의 세도를 믿고 벌써 오만방종한 마음이 났으니, 어찌 선친의 가르치는 말씀을 좋아하랴. 또 제 어미에게 저를 흉본다고 원한을 품고 무어라 한 듯하였다. 또 그 사

---

3) 정치달의 삼촌. 벼슬은 영의정.
4) 영조 38년 사도세자의 관서미행.

람도 극성맞은 마음이라, 아들의 허물을 말하는 것이 듣기 싫어서, 그 후로는 그 사람의 기색이 아주 다르기에, 내 마음에 느낀 바가 있어서 부질없이 선친에게,

"말이 가르쳐 달라 하되, 좋은 뜻에 원한을 사기 쉬우니 이후는 아는 체 마소서."

하고 권하였다. 그리하여 서로 끊고 오래지 않아 후겸은 해를 이어 대소과(大小科)를 했다. 영묘께서 사랑하시는 딸의 아들로 귀엽게 사랑하심이 비할 데 없어서 총애는 날로 더하셨다. 그렇게 되매 그에게 아부하는 자도 많고 꾀는 이도 많아서 후겸과 야합해서 내 집과 각립(角立)[1]하였다.

임오(壬午) 후 갑신(甲申) 전은 선희궁께서 내 마음 같으셔서, 세손이 착하시고 그만하셔서 매사 예법으로 인도하시고 엄중히 훈계하시니, 아기네 마음에 재미없이 아시고, 나 또한 자모의 지극한 마음으로 당신 행신이나 살피고, 귀에 거스르는 말을 하였다. 본디 내 성품이 아첨을 하지 못하는데, 하물며 자식에게 무슨 좋은 말을 하리요.

이러한 터에 그 고모는 생사화복(生死禍福)[2]이 다 그 수중에 있어서 그 입에 따라서 잘되고 못 되기가 경각에 결단이 나게 되매, 세손이 어찌 무섭지 않으시리요. 그렇듯 하여 권세에 따르고, 그 무섭기 때문에 정처에게 자연 정이 들매, 정처는 그 정을 잡아서 세손을 저만이 차지하고, 어미 노릇을 하려고 우리 모자의 정을 빼앗기 위해 을유〔乙酉, 영조 41〕년 연간부터 계교를 꾸몄던 것이다.

---

1) 굴복하지 않고 맞버티는 것.
2) 삶과 죽음 그리고 재화(災禍)와 복록(福祿).

갑신(甲申) 전년은 세손이 할머님께 의지하였으므로 그 고모가 권술(權術) 부릴 길이 없더니, 선희궁이 계시지 않은 후는 만사에 꺼릴 것이 없고 모든 것이 마음대로 하게 되자, 그제야 세손을 낚아서, 위에 말씀을 잘 드려서 귀애하시게 하였다. 그리하여 세손이 자기를 고맙게 여겨서 정성이 지극하게 만들어 놓았다. 그리고 궐내에서 입지 않는 누비 의복붙이·고운 운혜(雲鞋)[3]붙이와 칼 같은 것으로 아기네를 기쁘게 하여 드렸다. 음식으로도 궐내의 예사 음식 이외에, 별별 음식이 내게야 있을 수 있으랴.

선친은 더욱 그런 것을 모르셔서, 의복, 음식, 노리개는 드리시는 일이 없고 어미는 잘못을 타이르는 바른말이나 하고 꾸짖기나 하고, 외가에서도 각별히 정들게 해 드리는 것이 없으니 아기네 마음에 점점 어미와 외가는 무미하고, 그 고모는 정들고 귀한 것이 되었다. 그리하여 전에 외가만 아시던 것이 점점 감해 가셨다.

을유[乙酉, 영조 41]년 겨울 즈음부터는 밥 자실 때 고모와 겸상하고, 그 반찬 자시다가도 내가 앉았으면,

'겸상도 어찌 여길까?'

'음식도 어찌 여길까?'

하고 꺼리셨다. 숨기고자 할 것이 아니로되, 내가 무어라고 할까 하여 보이려고 하지 않았다. 그런 눈치가 차차 나타나매 세손은 13세 어린 나이라 책망할 것이 못 되고, 그 사람들이 좀 인심이 있을 양이면, 자기 오라버니 아들이요, 내가 남다른 정리

---

3) 구름 무늬가 있는 가죽신.

로 그 아들을 의지하고 자기에게 부탁하였으니, 우리 모자의 정리가 가련하고 불쌍하므로 함께 가르치고 도와서 착하게 되기만 바라는 것이 당연한 일이 아니겠는가. 그런데도 이 사람의 뜻이 홀연 이러하여 우리 모자의 사이를 이간하려고 계교를 낸 것이 어찌 흉악하지 않으리요. 그러나 나는 모른 체하고 말을 내지 않았다.

병술[丙戌, 영조 42]년 봄에 영조께서 병환으로 달포나 앓으셔서 중궁전 처소인 회상전으로 옮겨 오셔서 정처와 세손께서도 주야로 동처하여 계셨다. 나는 문안에만 와서 잠깐 잠깐 다녀갔으니 무엇을 알리요.

그때에 귀주와 후겸이 일심이 되고, 중궁전께서도 세손에게 좋도록 말하시고 정처는 나를 이간시키려는고로 중궁전에 가서 한통이 되었으니, 이것은 귀주가 후겸을 좋아하기 때문이다.

그리저리 하여 불언중에 영조께 선친을 해하려는 참언이 들어갔으나, 본디 믿으시는 정의가 장하셔서 쉽게 틈이 생기지 않았다. 그러던 중 선친이 상중으로 3년을 집에 들어앉으시니, 조정에서 날마다 뵈옵는 것과 다르시고, 그 사이에 많은 참소가 있었다. 또 무자[戊子, 영조 44]년에 후겸이 수원 부사를 하려고, 선친께 영상 김치인에게 청하여 달라는 것을 선친이 거절하고,

"말 한번 하기를 아끼는 것이 아니라, 스물 겨우 된 아이에게 오천병마(五千兵馬)를 맡기는 벼슬을 시키는 것은 실로 나라를 저버리는 일이요, 저를 사랑하는 도리가 아니다."

하고, 종시 말을 해주지 않으셨다.

후겸이 나이 차차 자라고, 남의 꾐도 듣고 권세를 쓰자, 이전의 혐의와 수원 부사 문제 등 여러 가지로 좋게 여기지 않았다.

정처는 중궁전께 정이 들어서 극진하였다. 귀주 부자며 후겸이가 모두 한 뭉치로 선친을 해하려고 벼르던 중, 선친이 탈상 후 또 영의정에게 임명되어 위에서 총애하심이 여전하시니, 성은은 감축하오나 이럴수록 저희들 꺼림은 더하였다. 정처가 그 아들과 귀주의 말을 듣고 선친을 전처럼 칭찬하기는커녕, 오늘 해하고 내일 해하였으매 속담에 '열 번 찍어 넘어 가지 않는 나무 없다.'는 말처럼 선친에 대한 총애가 점점 작아졌다.

또 흉악한 일로 세상 인심을 소란케 하고, 내 집을 이 지경이 되게 함은 곡절이 있다. 병술년에 흥은부위(興恩副尉)[1]가 부마가 되었는데, 용모와 처신이 아름다웠으므로 세손이 그 매부를 어여삐 여겼다. 기축〔己丑, 영조 45〕년에 그 아이가 변하여 별감을 데리고 외입이 무수하고, 동궁을 모시고도 체면 없는 일을 많이 하니, 세손이 소년의 마음이라 좋아하시고 물리치지 않으신 모양이다.

세손이 흥정당(興政堂)에 계시니, 나 있는 처소와 멀리 떨어져서 전연 몰랐더니 흥은부위가 총관(摠管)[2]으로 번을 든 때는 들어와 뵈옵고 놀았다. 그때 정처가 세손을 수중에 끼고 용납치 못하게 하여 한 가지 일도 자유롭지 못하게 하였다. 그리고 양궁 사이에 화락치 못하고, 세손이 처가에 친후(親厚)[3]하신 것을 시샘하여 이간하고자 하되 청원(淸原)의 육촌 김상묵(金尙默)이 후겸을 사귀어 모주(謀主)[4]가 된 때였다. 상묵의 안면으로 청원

---

1) 청선군주(淸璿郡主)의 남편 정재화.
2) 조선시대 때 오위도총부의 도총관과 부총관.
3) 서로 친해 정의가 두터움.
4) 일을 주장하여 꾀하는 사람.

의 집은 아직 그냥 두고, 외가를 먼저 이간하려는 뜻이 있는 가운데, 세손이 흥은부위를 사랑하시는 것을 시샘하여, 한 살로 둘을 쏘는 계교로 하루는 밤에 나를 찾아와 정담하여 말하되,

"세손이 흥은에게 혹하여 이번 진연(進宴)[1]에 외방 기생의 말도 하고, 진연날 저 가까이 한 계집도 가리켜 보시게 하고, 별감들이 사귄 유들을 아시게 하고, 그 밖에 상스러운 일이 많으니 그럴 데가 어디 있으리요. 옛적에 사도세자 님을 생각해 보시오. 별감에서 시작하여 차차로 물들어서 그러하셨는데, 세손이 아직 소년이신데 그런 말씀을 드리는 저 상스러운 흥은을 사랑하셔서서 외입을 하시니 그런 일이 어디 있으리이까. 이것을 처치하지 않으면 대조〔영조〕께서 아시고 모년화변이 또 나오리다. 소인에게 세손 보도를 부탁하셨는데, 이제 금하지 않을 수는 없으나, 소인이 여쭈었다 하면 말이 좋지 않고, 한낱 자식도 고독 일신에 해로우니 나라를 위하여 마지못하여 이 말씀을 하오니 스스로 안 양으로 하시고, 그 별감들을 귀양이나 보내면 좋겠사오니, 일이 커지기 전에 조치하면 좋겠고, 영의정께서는 외조부시니 간하려 하여도 할 수 있을 것이요. 별감들을 다스려도 법으로 할 일이오이다."

하고 상묵은 진정으로 나라를 위하고 세손을 걱정하는 모양으로 자세히 말하였다. 내 종신의 지한지통으로 당초부터 세손을 잘 돕지 못하고, 별감 같은 잡류(雜類)에게 물들어서 차차 그리 되셨는가 하여, 세손이 착하게 되기만 바라고 바라는데, 그 사람의 말이 그러하므로 나는 솔직한 마음으로 믿었다. 그 사람이

---

1) 나라에 경사가 있을 때 궁중에서 베푸는 잔치.

세손께 정이 있으므로 세손을 위하여 탄식하는 줄만 알았지, 어찌 이 일로 어미를 이간하고 외조부를 푸대접하게 하려는 흉계를 꾸미는 줄 알았으리요.

나는 '모년화변이 또 나겠다'는 말이 차마 무섭고, 그 사람이 그리 하는 것을 내가 만일 금하지 않으면 그 사람이 자기 말을 세우려고 대조께 여쭈어서 큰일을 일으키면 어찌하리요.

나는 그 말에 놀랍고 홍은의 일이 분하여, 내가 세손에게 말하여 하지 못하게 하겠다고 말하였다. 그러자 그 사람이 또,

"그러나 이 일을 어찌 급하게 하시리이까. 차차 하시되 소란치 않도록 하십시오. 영상(領相)²께 그 별감들을 다스려 달라고 편지를 보내되, 자제들도 모르게 봉서를 세손빈궁에게 주어서 김판서[김시묵]더러 갖다가 영상께 드리고 비밀로 하여 이놈들을 없애십시오."

그 사람의 이런 말은 청원까지 걸리게 하려는 계교인가 싶었으나, 나는 아득히 그 흉악한 마음을 모르고, 세손이 외입하실까 하는 염려가 급하여 김판서 주라는 말을 따르지 않고, 선친께 편지하여 이 사연을 다 말씀드리고,

"이 별감들을 귀양 보내 주소서."

하고 청하였다. 그러나 선친은,

"소란스러울 테니 못하겠다."

하시고 자제들도 간하여 못하게 하는 것을 내가 놀라 간장만 태웠다.

'모년화변이 또 나겠다'란 두려운 생각과 세손 위한 고심으

---

2) 지은이의 부친.

로 여러 번 기별하였으나, 선친은 종래 듣지 않으셨다. 그러나 정처가 나를 격려하였다.

"영상께서 나라를 위하신다면 왜 옳은 일을 하지 않으시는지 모르겠습니다. 영상이 그러하면 설사 세손이 외입을 하신들 누가 막겠습니까."

하고 기가 막힌 듯이 한탄하는 모양으로 재촉하였다. 내가 더욱 갑갑하여 3, 4일 동안 밥을 굶고 선친께 기별하였다.

"만일 이놈들을 다스려 주지 않으시다가 세손이 필경 외입을 하면 내가 살아서 무엇하겠습니까. 절식하고 죽겠습니다."

하고 울면서 보챘다. 선친께서 여러 번 망설이시다가 마지못하여,

"세손 위하는 마음으로 사생화복을 몸 밖에 두겠다."

하고 청원과도 상의하셨다. 그때 형조참판 조영순(趙榮順)이 처음에는 반대하다가 나중에 선친 말씀을 듣고,

"제왕가는 다르니 장래의 일이 크려니와, 대감의 나라 위한 고심혈성(苦心血誠)[1]으로 사생화복을 내어놓고 하시니 마음이 고맙습니다."

하고 별감을 잡아서 한 말도 묻지 않고 귀양만 보내었다. 그 뒤에 선친이 세손께 상서하여,

'홍은 같은 상스러운 아이를 가까이 하십니까. 홍은이 외입하기로 별감들을 치죄하였습니다.'

하였으며 뵈온 때에도 많이 간하셨다. 세손은 철없는 마음에 무안하여, 어미와 외조부의 당신 위한 혈성(血誠)은 알지 못하시

---

1) 진심에서 나오는 정성.

고 노여워하셨다. 이때에 정처는 제가 그 말을 처음 꺼냈으므로, 진심으로 세손의 행신에 허물없게 하고자 하였으면 자기도 응당,

"자모의 마음으로 그리 하시기 당연하고, 외조부가 나라 위한 마음으로 세손의 덕망에 흠이 갈까 염려하고 그리 하신 것이 옳은 일이니, 조금도 섭섭히 여기지 말고 그 말씀을 들으소서."

하는 것이 아니라, 흉악무쌍하게도 나에게는 그리 탄식하고 도리어 충동하여,

"그 일을 그렇게까지 할 것이요. 저렇게 소란케 하여 세상에 모를 이 없게 만들었으니, 세손께서 무슨 사람이 되리요. 외조부라고 묻어 덮어 주지는 않고, 허물을 드러내시니 그런 인정이 어디 있겠소."

하고 이간질을 무수히 하였다. 그때 세손이 정처에게 쥐여 있어 무슨 말이든지 다 들으시는 터인데, 날마다 그 같은 말로 선친의 흉을 보고, 후겸도 들어와서 세손의 덕을 해로울 대로 하여 안팎으로 돋구었다. 세손은 소년 마음에 외조부를 대하던 정이 와락 변하였다. 어미에게야 어련하실 생각이 아니로되, 어찌 전과 같이 무간하리요. 그때 세손의 노여움과 민망함이 측량 없으시매, 내 도리어 기가 막혔다. 나나 선친이 모두 당신의 흉허물이 되실까 하여 간절히 한 일이매 후일을 염려할 여유가 있을 수 없었고, 세손께서도 그렇게 노여워하시나, 내게나 외조부에게 하시는 일이 여전하였으므로, 우리 부녀는 잘한 줄만 알았지 후환은 일호도 근심하지 못하였다.

그 후 을미〔乙未, 영조 51〕년 연간(年間)에 홍국영이가 와서

"기축사(己丑事)로 미안하게 되었다."

하고 선왕의 말씀을 전하기에 비로소 깨닫고, 선왕이 등극하신 후에 그 말씀의 시종 곡절을 다하였다.

"정처의 모년화변이 다시 날 것이란 말도 무섭고, 예사 사람도 어미는 아들이 착하게 되기를 원하는 마음이 다 있는 법이니 생각해 보시오. 내가 모년화변을 지내고 한 아들을 의지하여, 국가의 중탁(重託) 이외에 어미 사정(私情)을 겸하여 상감이 진선진미하시도록 하는 마음이 어떠하겠삽나이까. 그 사람의 말을 갑자기 듣고 놀란 가슴에 두렵고 근심되어서, 만일 금치 않으면 대조께서 아시고 또 모년화변이 나리라 하니, 그 사람의 변덕이 무상하니 필경 대조께 여쭈면 큰 야단이 나서 어느 지경이 되었겠삽나이까. 그것이 더욱 답답하여 선친이나 동생들이 다 그리하지 못하겠다는 것을 내가 폐식자결(廢食自決)[1]하려고까지 하여 그렇게 처치하시게 하였던 것입니다. 내야 순진한 어미 마음으로 한 일이지만, 정처의 흉계로 나에게는 다스리라고 권하고 당신께는 흉을 드러낸다고 충동해서 어미와 외가를 이간하려는 것을 어찌 생각하였으리까. 이로 인연하여 귀주와 후겸의 무리가 밖에 소문 퍼뜨리기를, 홍씨가 세손께 득죄하였으니, 홍씨를 아무리 쳐도 세손께서 외가를 위하여 붙드실 정은 없으시다, 세손 뵈온 홍가인데 세손께서 떨어진 후에야 홍가 치기가 아주 쉽다고 하였습니다. 그제서야 소위 십학사(十學士)란지 무엇무엇하는 것들이 귀주와 후겸의 새 세력을 따르고, 밖으로 '척리를 치면 사류(士類)[2] 된다' 하여 내 집을 치기 시작하여 점점 화가 미쳐서 이 지경이 되었으니, 실은 내 손으로 선친께 화를 끼쳤

---

1) 식사를 끊어 스스로 죽으려 하는 것.
2) 학덕이 높은 선비의 무리.

으니, 지금 생각하여도, 나나 선친이나 당신 위한 혈심이었으매 부끄럽지는 아니하오마는, 일인즉 내 탓이니 실로 불효한 죄를 만 번 죽어도 씻지 못할 것이니이다."

"그때 일이야 내 소년 적 일이니 지금 말하여 무엇하리요. 과연 나도 뉘우치도다."

하고 웃으셨다. 그리고 그 후라도 이 말이 나면 부끄러워하시는 안색으로,

"이미 잊은 지 오래다."

하고 피해 버리셨다. 그리고 경신〔庚申, 정조 14〕년 책봉사(冊封使)에 조영순(趙榮順)을 복관작(復官爵)[3]하시고 희색이 만면하여 나에게 말씀하셨다.

"조영순의 일이 매양 목에 가시 걸린 것같이 마음에 안되었는데, 오늘 푸니 시원하여이다."

"다행입니다. 우리 집에서 시킨 일로 죄명이 지중하기로 그 집에서 나를 오죽 원망할까 하여 항상 마음이 불안하기 측량 없더니, 복관직하여 주신다 하니 실로 다행입니다."

"조영순은 본디 죄가 없삽나이다. 그때 정처가 모년화변이 다시 날 것이라는 위협의 풍설을 퍼뜨린 말로 억울하게 조영순의 죄가 되었으니, 실로 지원하오이다. 그때 봉조하(奉朝賀)[4]께서 사용원(司饔院)[5]의 여러 대신들 듣는 데서, 모년화변이 다시 나겠다 하더라고 누가 나에게 전하기에 듣고, 여러 곳으로 알아

---

3) 박탈했던 관직과 작위를 다시 회복시킴.
4) 종2품 이상의 관원이 벼슬을 그만둔 후에 받는 직명. 여기서는 정조의 외조부 홍봉한을 가리킴.
5) 조선시대 때 어선(御膳) 및 대궐 안의 공궤(供饋)에 관한 일을 맡아보던 관아.

본즉, 들었다는 이가 없고 또 말이 변하여 사옹원에서 하신 말씀이 아니라 정광한(鄭光漢)이 전문으로 듣고 퍼진 말이 여러 곳으로 났으니, 분명히 정처의 그 말로 인하여 중간에 뜬소문이요, 봉조하가 하지 않으신 것을 잘 알았으니, 봉조하도 애매하거늘 하물며 조영순이 가당하오니이까. 이제 그 문제는 결말이 난 것이니 조영순을 위한 것이 아니라, 봉조하를 위하여 변명하여 드리는 일이오니이다."

하시기에, 내 선친을 위한 말을 많이 하였다. 이것으로 보면 기축사를 추회(追悔)[1]하시고 모년화변이 다시 난단 말이 선친에 대한 모함임을 아신 것을 알 수 있다. 다만 정처가 당초에 계획하고 모자 사이와 외가의 정을 이간시키려던 일이 어찌 흉악하지 않으리요. 따라서 그 후로 인심과 세도가 변하여 후겸은 안으로 응하고 귀주는 밖으로 모략하여 경인(庚寅, 영조 46)년에 비로소 한유가 흉소를 내어, 이어서 신묘사와 임진사(壬辰事)[2]까지, 내 집이 그릇된 근본은 기축사에 있었던 것이다.

임진(壬辰)년 7월에 귀주의 상소가 있은 후, 선왕도 그때는 혈성(血誠)으로 외가를 구하려 하시고, 정처의 마음과 후겸의 의논도 내 집을 죽이진 못하리라 하여 선친을 구하고 귀주에게 엄교가 여러 번 내리시게 하였다.

병술(丙戌, 영조 42)년 이후에는 중궁전과 무관한 사이가 되시고, 후겸이가 귀주와 함께 선친을 해하려던 것이 변하여 내 집을 붙들고 귀주는 치는 셈이 되니, 정처는 전에 있던 처소가 중

---

1) 지나간 일을 뉘우침.
2) 홍봉한이 사도세자 서자(庶子)를 동정한 것이 세손에게 이심(二心)이 있다 하여 사직당한 사건.

궁전과 가까움을 협의하여 떠나려고 영선당(迎善堂)이라는 집으로 옮겼다. 그때는 세손께서 나이도 점점 많아지시고 강학도 지극히 부지런히 하셨다. 따라서 정처에게서 잠시도 떠나지 못하시던 것이 조금 덜한 듯하니, 이 일로 보아도 정처가 남편과 자식이 있어서 가정의 재미를 알았다면 이토록 탁란(濁亂)[3]한 짓을 하지 못하였을 듯하니 애닯도다.

정처는 후겸이는 글자도 하고 행실이 예중(禮重)하여 기특하다고 말하고, 세손께서는 제 아들만 못한 모양으로 말하니 전들 어찌 감히 그리 무엄하리요. 세손이 차차 따로 계신 후, 행여 궁녀들에게 눈독을 들이실까, 내관이라도 사랑하시고 마땅히 부리실까 하고 살펴보는 정처의 눈이 번개 같았다.

세손께서 잠깐 쉬실 때라도 마음을 놓고 지내시지 못하고 양궁(兩宮) 사이 금하기는 경인년부터 심하여 털끝만한 대수롭지 않은 일에서 흉을 잡고, 그 사이에 빈궁을 해하던 일과 협박하던 소행은 천백 가지니 어찌 다 기록하리요. 세손이 본디 성품이 담담하여 금실이 친밀치 못하시거니와 그 사람이 손에 화복을 잡고 앉아서 한사코 내외 사이를 말리니 설사 화락하려는 뜻이 계신들 어찌 감히 하실 수 있으리요. 이리하여 아들 낳을 가망이 없으니, 선친이 양궁의 금실이 화락하여 쉬 생산하시기를 주야로 축원하여 입대하신 때면 그리 마시라고 간절히 말씀하시고 자제들도 따라서 근심이 측량 없었다.

그러나 정처는 두 분 사이를 그토록 금하여 행여나 아들을 낳으실까 겁을 내고 귀주네가 외간에 말 지어서 퍼뜨리기를,

---

3) 정치나 사회가 흐리고 어지러움.

"세손께서 아들 낳지 못하시는 병환이 계시다."
하여 더욱 민심을 소동시켰던 것이다. 그 심술은 지금 생각하여
도 흉악하다. 그 사람의 버릇이 무슨 일이 없고는 견디지 못하
기 때문에, 내 집을 저주하기를 싫도록 하였다. 세손께서 그 장
인에게 정들어 귀하게 대하시고 김기대[1]는 글자도 하고 춘방
(春坊)[2] 출입을 하여 참소가 무수하였다.

　빈궁도 흥정당(興政堂)에 계시지 못하게 세손을 꾀던 차, 의
외에 임진[영조 48]년 7월에 청원의 상사가 나니, 세손이 주무시
다가 부고를 들으시고 인후하신 마음에 깜짝 놀라서 그 사람 있
는 곳에 오셨는데, 사색이 참연하여 거의 눈물이 떨어질 듯 슬
퍼하셨다. 내가 보고 위로하며 염려하니, 정처 마음에 죽은 장
인을 동정하여 빈궁에게 후하게 구실까 염려하여 시샘해서 하
는 말이,

　"그 일이 무슨 대수라고 저토록 애상(哀傷)해하시니 마치 그
사람의 탈을 쓰고 오신 것이 아닙니까?"
하는 말투를 내가 듣고 하도 끔찍해서, 내가 그때 그 사람을 미
워하지 않으려는 마음이로되, 그 말이 흉하고 불길하여 소름이
끼쳤다.

　"그게 무슨 말이요. 오늘 취하였소? 말을 살펴서 해야지, 지
금 죽은 사람을 갖다가 이 귀한 몸에 비겨서 말을 하시는가."

　그러자 자기도 흉한 말을 한 줄 알고 무안해하고 세손의 안색
도 어이없어 하는 듯하셨다. 그러자 금시로 속죄하듯이,

　"잘못하였소."

---

1) 청원부원군 김시묵의 아들.

2) 동궁.

하고 말하고, 그 죄로 그 아들도 자지 못하고, 며느리와 손녀도 모두 종을 삼고, 자기는 절도(絶島)[3]에 귀양 보내어도 이 죄는 속하지 못하겠다고 사죄하였다. 그러나 그런 불공한 말을 하고 아닌 밤중에 앉아서 그 무서운 소리를 하더니, 나중에 그 언참(言讖)과 같이 되었으니, 실로 귀신이 시킨 듯이 이상스러웠다. 정처가 비록 인물이 괴이하여 천태만상(千態萬象)이나 실은 한 여편네라 궁중에서 상스럽지 못한 일이나 하지, 후겸이가 아니면 조정에 간섭하여 친세를 쓸 의사야 어찌 내었으리요.

내가 후겸을 독물인 줄 아는 일이 있으니 경진〔庚辰, 영조 36〕년에 경모궁께서,

"온양 온천행을 만일 이루지 못하면 네 아들을 죽이겠다."
하시고, 후겸을 잡아다 가두고 위협하시니, 그때 후겸의 나이 12세였다.

어린것이 오죽 겁이 나겠으랴마는 조금도 두려워하는 의사가 없고 당돌하게 굴던 일을 생각하니 유별한 독물이 아니고야 어찌 그러하리요. 요놈이 일되고〔숙성하고〕 바보가 아니매, 착한 일을 않고, 교만하고 방자하기만 하여, 일찍 선친을 물리치고 제가 권세를 잡으려고, 제 어미를 이용하여 권세를 좋아하고, 호승(好勝)[4]과 시기가 많고, 사람 해치기를 좋아하였다. 또 어미가 아들의 말이라 하면 모두 그대로 하여 변란이 무수하였다. 그 어미와 아들이 때를 얻고 모여서 국가를 그릇되게 만든 일은 하늘의 뜻을 한탄할 뿐이다. 후겸이가 밖에서 권세를 쓸 제, 조정의 백관을 노예같이 보고, 일세가 그 밑에 풍미하던 일이야

---

3) 육지로부터 멀리 떨어져 있는 외로운 섬.
4) 승벽이 몹시 강함. 경쟁심이 매우 왕성함.

내가 궁중에 깊이 있어서 어찌 다 알리요마는, 드러난 큰일만 하여도 적지 않다.

경인(庚寅)·신묘(辛卯)년에 귀주와 부동하여 선친을 해하려 하던 죽일 놈이요, 또 임진(壬辰)년에 통청(通淸)[1] 일로 김치인 (金致仁)[2]을 몰던 일이 망측하였다. 영묘탕평(英廟蕩平)[3] 후에 는 무슨 통청하는 벼슬 망(望)이면 노론·소론을 섞어 넣지 순 으로는 하지 못하는 규모였다. 그런데 어찌하여 이조판서 정존 겸(鄭存謙)이 대사성(大司成)을 청하는데 김종수(金鍾秀)를 수 망(首望)[4]에 넣고, 아래로 두 망도 모두 소론(小論)[5]이라.

영묘께서 미처 살피지 못하셨더니, 후겸이 그때 김치인, 김종 수가 선친 치는 데 동심(同心)하였을지언정 제게 매사를 청령하 지 않았든지 그 통청하던 것을 제가 몰랐든지 그도 불쾌해했다. 저도 소론이요, 제 처가도 소론이니, 여러 소론이 후겸을 꾀어 서 순색통청(純色通淸)함이 극히 놀라웠다. 후겸은 김치인이 권 세 쓰는 것이니 이것을 그냥 두지 못하리라고 하고 제 어미에게 일러서 영묘께 참소하였다.

영묘께서는 편론(偏論)한다면 깜짝 놀라시는 성심(聖心)이신 데 김치인이가 탕평(蕩平)하던 김재로(金在魯)의 아들로 조카 종수를 데리고 편론하는 줄 아시고 대노하셔서 김치인과 종수

---

1) 벼슬아치가 될 자격을 얻는 것.
2) 김재로의 아들. 벼슬은 영의정.
3) 조선 제21대 왕인 영조가 당쟁의 뿌리를 뽑아 일당(一黨) 전제의 폐단을 없애고 양반의 세력 균형을 취하여 왕권의 신장과 탕탕평평(蕩蕩平平)을 꾀한 정책.
4) 조선시대 때 관원을 임명할 때 이조·병조가 올리는 삼망(三望) 중 첫째.
5) 조선시대 당파의 하나. 숙종 때 서인 가운데 그 영수인 송시열과의 반목으로 윤증·조지 겸·한태동 등 소장파가 갈려 나와 세운 당파.

를 모두 절도로 귀양 보내셨으니 그런 일이 어디 있으리요.

종수는 본디 내 집과 좋지 않은 사이니, 내 집을 돌려놓고 선친과 두 삼촌, 숙제(叔弟)까지 후겸을 꾀어 해낸 일이라 하고, 숙제는 더욱 의심을 받아서 혈원(血怨)[6]으로 아니, 세상에 이런 맹랑한 일이 어디 있으리요. 내 집 사람이 상스럽지 않으매, 김치인네를 미워하면 다른 일로 죄가 되도록 무함할 법하건마는, 내 집도 노론인데 노론 통청한다고 죄를 잡을 리가 어디 있으리요.

그때 성교(聖敎)가 청류(淸流)[7] 명류(名流)[8]로 죄를 주시려 하니, 세상에 청류 명류도 죄 주는 법이 있으리요. 이 일로 내 집에서 후겸을 가르친다는 말이 삼척동자라도 옳게 듣지 않을 것이니 가소롭다.

내 집이 처음은 후겸 때문에 죽을 뻔하였으나 나중은 또한 후겸 모자의 힘으로 보전하였다. 영조께서 임금으로 계시는 동안에는 급히 떼어 버릴 길이 없었더니, 좌우간 서로 의지하여 가다가 필경은 후겸과 함께 죄를 입었다. 지금 생각하면 신묘(辛卯, 영조 47)년에 선친이 화를 입으셔도 후겸을 사귀지 말았더면 싶으나 사람의 자제가 되어서 목전의 부모의 참화를 보고 어찌 차마 구하지 않으리요. 그저 정처의 모자가 전생의 업보려니 한탄할 뿐이다.

내 중부(홍인한)가 선친의 아우로서 공명을 한 것같이 세상에서 말하되 실은 그렇지 않다. 등과(登科) 초에 영조께서,

---

6) 사무치는 깊은 원수.

7) 명분과 절개를 지키는 깨끗한 사람들.

8) 어떤 일에 아주 뛰어나서 이름이 난 사람들.

"크게 쓸 인물이다. 형보다 낫다."

하시기까지 하였으므로, 나라의 제우(際遇)[1]가 본디 융중하였다.

경인년 후에 선친은 소조(所遭)[2]가 망측하시나 중부께서는 성권(聖眷)이 감하지 않으시고 선왕도 무간히 좋아하셨다. 집안 처지가 망측한 가운데서도 평안 감사도 하시고 정승도 다니셨다.

비록 영묘의 성권으로 말미암아 그러하였으나 벼슬에 인연을 끊지 못하신 것이 과연 잘못이었다.

그래서 말하기 좋아하는 사람들은 말하였다.

"형님 처지는 망측한데 벼슬을 어찌 다니며 후겸이가 권세를 부릴 때에 어찌 부귀를 탐하랴."

죄를 삼으면 당신도 감수할 것이다. 나라도 일생 분개하는 일이지만 심지어 을미〔乙未, 영조 51〕년 대리(代理)[3] 일로 역적의 이름을 받아서 참화를 입은 것이 지극히 원통하니, 세상에 이런 일이 어디 있으리요.

을미년에 정승 다니실 제, 영묘께서는 점점 연세가 늙으시고 후겸은 그때 권세도 없는 것이 가볍고 거칠어서 시끄러운 일이 많고, 또 국영이가 세손께 총우가 장하여 특별한 일이 많으며, 중부가 본디 낙순(樂純)[4]이와 좋은 사이가 아니었다. 또 국영의 모양이 경솔 천박하므로 그때에는 오히려 동궁께 숨은 총애가 있는 것을 자세히 알지 못하고, 다만 일가 어린아이로 보고

---

1) 임금과 신하 사이에 뜻이 잘 맞음.
2) 치욕과 고난을 당함.
3) 왕세손(王世孫)의 대리 섭정.
4) 홍국영의 백부. 벼슬은 좌의정.

한번은,

　"영안위(永安尉)[5] 자손에 저런 망측한 놈이 날 줄은 어찌 알았으랴, 저놈이 집을 망칠 것이다."

하고, 저를 보고 두어 번 꾸짖고 훈계하였다. 국영이는 제 털끝만 건드려도 죽이는 성품이었으므로 선친께 와서,

　"중부께 기별하거나 이조판서에게 통하거나 하여 제 아비 낙춘(樂春)에게 벼슬을 시켜 주십시오."

하고 청원하였다. 선친께서 처음에는 밀어 막아 가시다가 수삼 차 와서 보채기 때문에 마지못하여 편지하시매 국영이가 앉아서 회답을 기다리다가 오래 회답이 오지 않으니 후에 다시 오겠다고 나가다가 대문에서 회답 편지를 제가 먼저 받아 보았다. 그 중부의 회답에,

　'이 미친 아이를 어찌 벼슬시키라고 기별하십니까? 못하겠습니다.'

하였으매, 국영이 그것을 보고 낙망해서 죽을 듯이 갔다. 그런 원한이 독을 품고서 필경은 참화를 지어냈던 것이다.

　국영이는 제 털끝만 건드려도 상대를 죽이고 마는 성품이니 그가 품은 독기가 어떠하리요. 죽기로 결심하였다가 필경 참화를 지어냈던 것이다.

　중부의 죄명이 대리(代理)를 저해한 것이었는데 국영을 제거하려는 것을 저군(儲君)[6]의 우익(羽翼)[7]을 없애 버린다는 큰 죄명을 세웠다.

---

5) 홍주원. 지은이의 5대조.
6) 왕세손을 가리킴.
7) 보좌관.

이에 한 가지 명확한 증거가 있으니, 당신이 세로(世路)[1]에 익고 민첩하였으나, 처음에는 국영의 권세가 그토록 강한 줄도 모르고 꾸짖다가 나중에는 차차 알고, 그놈의 독을 만날까 조심하기 시작하였다. 그러던 중 을미년 10월에 영묘께서 국영이를 제주 감진어사(濟州監賑御使)로 보내려 하셨다. 이때 동궁께서 보내지 말아 달라고 중부께 부탁하였다.

"홍국영은 춘방구임(春坊久任)이니 다른 문관을 보내소서."

그래서 국영이 대신으로 유강(柳㷓)이를 보냈다. 그러나 만일 벼슬을 깎아 버릴 마음이 있었다면 그 좋은 기회에, 국영이를 우겨서라도 제주로 보내지 왜 가지 못하게 하였으리요.

그때 성수(聖壽)[2] 높으시고 해소가 자주 오르셔서 매사에 분간치 못하는 일이 많으시매, 체국대신(體國大臣)[3]이면 바로 대리를 청하옵는 것이 응당한 일이었다. 그때 사세가 하루가 바쁘기 때문에 모두 그런 마음이 있었다.

그러나 기사〔己巳, 영조 25〕년에 대리로 말미암아 만사가 다 탈이 났으므로, 내 마음은 대리를 원수같이 알아서 '대리' 두 글자를 들으면 심담이 떨렸다. 또 성후(聖候)[4]는 여지없으나, 동궁이 어른 왕세자로 계시니 국본(國本)이 튼튼하였다. 그래서 나라의 안위가 대리하고 하지 않고에 갈리지 않을 듯하고, 영묘께서 대리하실 분부를 하신 후, 안으로 정처는 '나라의 큰일이니 나는 모른다'고 말하였다. 중부는 그때 정처가 영묘께 조용

---

1) 세상에서 살아가는 길.
2) 임금의 연세.
3) 국가의 원로.
4) 임금의 병환.

히 말씀드리지 못한 지 오랜 줄 모르시고, 혹 정처가 또 무슨 권변(權變)⁵⁾을 부려서 영묘께 충동여서 대리로 함정을 파 놓고, 만일 중부가 갑자기 봉승(奉承)하면 야단을 내려고 벼르는 줄 꼭 알았다. 그래서 영묘께서 대리를 두자 하는 말씀을 모두 시험하는 말씀으로 알고, 의심하고 두려워서 그저 어물어물하고 인사상 사양하는 말로,

"그런 분부를 어이 하시옵니까. 신자(臣子)가 되어 어찌 감히 봉승하오리까."

하고 목전을 겨우 지냈다. 그러나 영묘께서 정신이 점점 혼돈하여 헛소리를 반 넘어 하시자, 그때 정시령(庭試令)⁶⁾도 내리시고, 일 없이 진하령(進賀令)⁷⁾도 내리시고 숙묘조〔숙종대왕 때〕 재상 김진구(金鎭龜)를 '약방제조(藥房提調)로 제수하라.'는 전교(傳敎)까지 하시다가, 정신이 깨치시면 뉘우치고 '어찌 그 영을 반포할까 보냐.' 하시는 적이 많았다.

대리를 짐짓 두고자 하시는 줄 알았으면, 중부가 학식은 비록 부족하시나, 그런 일붙이 눈치는 남보다 낫게 아시는 성품이라, 어찌 즉석으로 맡아서 당신의 공으로 삼고자 하지 않으실 리가 있으리요. 일찍이 중부는 성심이 아니시거나 헛소리하신 줄로 의혹하고, 그것을 또한 정처가 파 놓은 함정으로 두려워하며 피하시다가 필경 저희(沮戲)⁸⁾하는 죄가 되었다. 고대신(古大臣)의 풍절(風節)⁹⁾로 책망하여 위에 쓰인 말처럼 병환은 깊이 드시고,

---

5) 사변(事變)에 응하여 임기로 꾸며대는 권모.
6) 나라에 경사가 있을 때 대궐 안에서 보는 과거.
7) 나라에 경사가 있을 때 백관이 조하(朝賀)하는 일.
8) 남을 지근덕거려 방해함.
9) 거룩한 몸체와 절개. 풍채와 같은 말.

국세는 위급한데 대리를 청하지 않는다고 죄를 잡으면 정정당당한 의논이니 당신이 비록 참화까지 만나도 원통하지는 않을 것이다. 그러나 저들은 동궁이 영명하신 것을 꺼려서 권세 쓰려고 대리를 막았다 하여 역적이라 하니 이런 원통한 일이 어디 있으리요. 또한 저들은 중부에게 망언을 했다.

을미년 11월 20일에 입시하자 영묘께서 말씀하시길,

"세손이 국사를 아는가, 이병판(吏兵判)을 아는가 노소론(老小論)을 아는가, 아니 민망한가."

이 물으심에 대하여 중부가 대답하기를,

"노소론이야 세손이 알아 무엇하시리이까."

하고 아뢰었으니, 이것이 소위 삼불필지(三不必知)[1]였다. 그때 죄 되기는 이병판도 동궁이 불필지요, 노소론도 동궁이 불필지요, 국사는 더욱 동궁이 불필지라 하여 삼불필지라 하였다. 그러나 실은 영묘께서 한 가지씩 물으시고 거기에 대한 대답이 끝난 뒤에 또 한 가지 말씀을 하신 것이 아니라, 성심에 세손은 어린 모양으로 아시고 '국사든지 이병판이든지, 노소론이든지 아무것도 모르니 민망하다.' 하신 말씀이었다. 그리고 중부가 아뢴 뜻은 끝의 말씀이 노소론 말이기에 '노소론이야 알아 무엇하오리까.' 한 말이다. 대저 영묘께서 세손을 각별히 사랑하시나 제신(諸臣)이 다 일컫는 말씀 들으면 마음에 당신이 노쇠하시니 젊은 동궁에게 들러붙으려고 하는가 의심하실까 염려하여, 세손께서 매양,

"대조께서 들으시는 데 나를 과히 칭찬하지 말라."

---

1) 위의 세 가지 일은 알 필요가 없다는 뜻.

하고 당부하고 약속하신 일이요, 또 영묘께서 편론을 질색하셔서 노소론 자(字)를 말씀하신 일이 없었다. 그래서 연석(筵席)[2]에서 신하들은 아예 노소론 말을 거들지 못하는 법이다. 그래서 중부 소견에는,

"동궁이 노소론을 어찌 모르시리까."

하고 아뢰면, 영묘께서 시험하시다가,

"내가 그렇게 금하는 편론을 세손이 안다는 말이냐."

하실까 두려워서 적당히,

"알아 무엇하시리이까."

한 말씀이다. 그 사세를 상상컨대 영묘께서 물으시기를 동궁이 이병판을 아시는가 하시고 그쳐 계시다가 중부가,

"동궁이 이병판을 알아 무엇하시리이까."

한 후에 또,

"노소론을 아는가?"

하시고 그쳐 계시다가,

"알아 무엇하시리이까."

하는 대답을 기다리시고 또,

"국사를 아는가?"

하시고, 또 대답을 들으시기 전에도 그러할 리가 없고, 어훈(語訓)[3]도 그렇게 될 길이 없다. 그러니 본시 상하의 문답인즉, 이 일도 모르고 저 일도 모르니 민망하시다는 한 마디 말씀이시고, 중부의 대답은 끝의 말씀이 노소론 말씀이기에 '알아 무엇하시리이까' 하셨던 것이다.

---

2) 임금과 신하가 모여 자문주답(諮問奏答)하던 자리.
3) 말하는 법.

중부의 마음은 동궁이 매사에 모르실 것이 없이 다 아신다 하고 아뢰면, 성심에도 어찌 여기실지 모르고, 전에 너무 칭찬하지 말라신 동궁의 약속도 어기고, 더욱 꺼리시는 노소론 일을 피하려고, 당신으로는 묘리 있게 아뢴 말씀이 애매한 말법으로 물으신 세 마디에 대한 대답이 한 마디로 전부 한 것같이 되었으니, 이것이 망발(妄發)이라면 망발이지만, 그것으로 역적이 된다는 것은 천만 원통한 일이다. 당신이 비록 화를 입었으나 지하에 계신들 어찌 눈을 감으며 어찌 마음에 항복하리요.

그때 궁중의 사세와 세손의 뜻을 기별하여 알아두게 하였으면, 중부가 그러한 줄 알고, 그런 실언도 하지 않았을 것을 내 변통 없는 마음은 어찌 이리하랴. 집안에도 기별하기가 겸연쩍은 듯 번거한 듯하여 미리 기별하지 않고, 또 외가로서 대리를 봉승한다고 무슨 시비나, 정처의 참소 이간이 들거나, 성심이 격노하시거나 할까 하는 혐의를 피하려고 더욱 주저하고 집안에 의논도 하지 않았던 것이다. 지금 생각하면 모두 내 탓이요, 내 죄인 듯, 어느 것이 후회되고 한이 되지 않으리요.

우리 집 사람이 벼슬도 많이 하고, 부귀도 장한 것이 동궁의 외가로서 그러하였으므로, 동궁을 믿고 자세하여 조정을 탁란한다 하면 그는 죄가 될지 모르거니와 제 권세를 쓰려고 동궁이 대리하시거나 등극하시거나 하면 무식한 척리의 마음에 더욱 즐겨할 것이지, 동궁을 꺼려서 대리를 하지 못하게 하고 누구를 의지하여 부귀를 누린다는 말인가.

영묘의 병환은 구십독로(九十篤老) 지경에 조석을 모를 때인데, 목전에 불과하는 권세를 쓰려고 길게 바라볼 동궁께 득죄하려는 인정이 어디 있으리요. 동궁이 외가에 미안하게 여기신 안색을 나타낸 일은 없고, 나부터 몰랐으니 당신이야 분명히 동궁으로 계신 동안에는 척리대신(戚里大臣)으로 대권(大權)을 더 잡을 줄로 마음 졸이며 대리를 하시지 않기를 바란 것이매, 동궁께 불리한 말이 어찌 인정과 천리의 밖이 아니리요.

그때 영묘께서,

"눈이 어두워 낙점(落點)[1]을 손수 하지 못하고 좌우를 시켜서 표를 하게 하고 다른 공사는 모두 내관에게 맡겼다. 경묘(景廟)[2]께서 '세제(世弟)가 좋은가? 좌우가 좋은가?' 하신 말씀과 같아서 나는 세손에게 맡기고자 하노라."

하시니 그때의 영상 한익모(韓翼暮)도 황겁하여,

"좌우는 근심하실 것이 없나이다."

하여, 그때 망발로 여러 상소가 올라왔다. 한익모도 중대한 일이라 목전에 갑자기 봉승치 못하고 적당히 어물거려서 한 말이지 그 사람인들 타의가 어찌 있으리요마는 망발로 의논한다면 중부와 다른 것이 없었다. 대리봉승을 하지 않은 것을 논죄(論罪)한다면 영상과 좌상이 다 같되, 지금 와서 한상(韓相)은 흠 없는 완인(完人)이 되고, 중부는 홀로 극형의 안(案)에 올랐으니, 나라의 형정(刑政)이 어찌 이토록 고르지 못하리요. 이런고로 선왕[정조]이 미워하시고 벼르셨던 것이다.

중부가 여산(礪山)으로 귀양 가실 제 전교하여 여러 가지 죄목으로 여지없이 논란하여 다시는 세상 사람 노릇을 하지 못하게 속박하시나 끝에는,

"역적의 뜻과 다른 뜻이 있다는 말은 만만과(萬萬過)하니 결

---

1) 벼슬 후보자들 중에서 점찍어 결정함.
2) 경종. 영조의 형.

단코 정외(情外)의 말이다."

라고 하셨다. 선왕은 본디 외가에 불편한 마음이 계셨지마는 노모[1]를 두고 외가를 망하게 하실 뜻이야 어찌 계시리요. 또 국영이는 원수가 아니니 제 권세나 써서 일세(一世)를 호령하느라고 나라 외가에 붙어서 위엄을 뵐 뿐이지, 저 아들이 죽을 죄가 없으니 죽일 생각이야 어찌 미처 났으리요. 이 전교에서 처분하신 후에는 아주 끝난 줄로 알았더니 병신(丙申, 영조 52)년 5월에 김종수가 들어온 후에 국영을 꾀어서 홍가를 극역(極逆)을 만들어 놓으려고 청정(淸靖)하여 낸 공과 충성이 더욱 끔찍하였고 중부 귀양 간 수삼 삭에, 아무 죄도 다시 지은 일이 없이, 그 죄로 차차 가율(加律)하여 필경은 대화를 받았다. 처음 귀양 보내신 적의 전교와 어찌 어기지 않으며, 임자(壬子, 정조 16)년 5월 연교(筵敎)에,

'불필지(不必知)란 말은 막수유(莫須有)란 말과 같아서 죄 될 것이 없다.'

하셨으니, 이것은 《정원일기》에도 있을 것이요, 반포된 연설(筵說)이라 누가 보지 않았으리요. 막수유란 말은 악비(岳飛)[2]를 죽이던 천고원옥(千古冤獄)으로 언문책에까지 있어서, 무지한 여자들이라도 지금까지 원통하여 하는 바다. 그런데 선왕의 고명하신 성학(聖學)으로 문자의 출처를 모르실 것이 아니로되, 이 문자를 비하여 쓰실 적은, 그 일로 그리 되기는 원통하다는 말씀이다. 내 집 사람 아니라도 연설을 본 사람들이 성의의 소재를 누가 헤아리지 못하리요.

---

1) 지은이 자신.
2) 중국 남송의 충신.

그때 전교에 막수유 말씀을 하시고,

"병신년 삼불필지(三不必知)는 죄 될 것이 없고, 실은 모년 일[3]로 이리하였다."

해명까지 하셨다. 그리고 들어오셔서 나에게 말씀하셨다.

"삼불필지를 벗길 길이 없어서 민망하더니, 이제는 모년 일로 돌려보냈으니, 벗기 쉽게 해서 다행하오."

내가 놀라서,

"병신년 일도 천만 원통한데, 모년 일은 아예 당치도 않은데 그런 말이 웬일입니까?"

"모년의 죄를 일컬어서 이러이러하다 하였으면 어렵거니와, 모년의 죄라 하고 죄명이 이러하다고 밝히지 않았으니, 후에 가면 무슨 죄인 줄 알며, 모년의 죄는 갑자(甲子)년에 다 풀려 하니, 이번에 병신년 일은 풀린 셈이니 모년으로 옮겨 보냈다가 갑자년을 기다려서 다 풀어 버릴 것이오."

하고 나에게 말씀하셨다. 근래는 더욱 깨달으셔서 매양 말하시되, '화를 입은 대신'이라 하시고,

"무고하였더면 척리로 주석 원로대신이 될 뻔하였다."

하시고, 당신께 정성 있던 말씀과 당신이 좋아하여 매사를 논의하던 말씀도 하셨다.

"아무리 하여도 후는 있으리라. 세도(世道)와 조국(朝國)의 주인 될 사람이요, 영웅이니, 지금 대신이야 뉘 당하리요."

하시고, 당신이 대인접물(待人接物)[4]의 법과 온갖 일의 규모와 심지어 옷 입으시는 일까지도 다 배웠다고 하셨다. 성심이 만일

---

3) 사도세자의 화변.
4) 남과 교제하는 일.

진정 역적으로 아시면 어찌 귀하신 성체에 비겨서 그런 말씀을 하시리요. 병진년 초에 중부가 화를 만나서 나의 비통이 비할 데 없어서 그때 자결할 것이나 별다른 처치를 취하지 못함은, 구구한 자모의 마음에 만고에 없는 정지로 당신을 길러서 임금이 되시는 것을 보기 위함이다. 몸을 보전하여야 성효에 해로움과 성덕에 누를 면할 것이라고 생각하였기 때문이다.

"지금은 즉위한 지 초년이시고 국영에의 총명을 가짐으로써 지나친 거동을 하시나, 필경은 깨달으시기 머지 않으리라."
하고 참고 참아서 목숨을 버리지 못하고 예사로운 듯이 지냈다. 그러니 중외(中外)의 사람들이 나를 어리석고 나약하다고 꾸짖는 것을 어찌 달게 받지 않으리요. 그러나 과연 선왕[정조]의 깨달으심이 위의 말씀과 같았다. 또 갑자(甲子)년[1]에 내 집의 원한을 다 풀으실 제,

"중부 일도 같이 풀어 주려고 한다."
하고 여러 번 간절한 말씀을 하셨으므로 나는 금석같이 믿고 갑자년 오기가 더딘 것만 민망히 여기고 기다렸다.

그런데 하늘이 나를 미워하시고 가운(家運)이 갈수록 막혀서 선왕이 중도에 돌아가시고, 만사가 모두 흩어졌으니 이런 원통함이 어디 있으리요. 내 비록 여편네나 국조야사(國朝野史)를 번역한 것을 많이 보았는데, 우리 나라의 원통한 옥사 중에 필경은 억울한 누명을 씻지 못한 적이 없었다. 그런데 내 중부의 일은 만만 원통하니 주상[순조]이 장성하셔서 시비를 분간하실 때면 응당 이 늙은 할미의 지한(至恨)을 풀어 주실 때가 있을까

---

1) 정조가 갑자년에 세자 순조가 15세이니 홍씨 문중의 무벌(誣罰)을 다 풀어 주겠다고 말함.

기다렸다. 그러나 내가 살아서 미처 보지 못할 것 같으니 이 글을 내가 없는 후에라도 주상이 보시면 필연 감동하여 삼촌의 30년 쌓인 원한을 풀어 주실까 하늘에 빌고 빈다.

　명종조(明宗朝)에 윤임(尹任)[2]이가 그 사위 봉성군(鳳城君)을 추대하려 한다고 죄의 증거가 되는 것과 심문할 죄명을 명백히 만들어서 《무정보감(武定寶鑑)》[3]에 올렸다. 이 책에 보면 만고에 없는 극악한 역적인 듯싶으나 누가 감히 말하리요. 그러나 본디 옥사가 무옥이니 공의(公議)가 일제히 일어나서 누구의 말도 지극히 억울하다고 하여도 선묘〔선조〕께서는 오히려 무섭게 추궁하셨다. 그러다가 공의대비(恭懿大妃)가 지원하시는 뜻을 받자오셔서 윤임을 복관작하여 주셨다.

　윤임이 공의대비께는 시외삼촌이요, 선묘께는 공의대비가 백모시니, 공의대비께서 시외삼촌의 원죄를 씻으려 하시고, 선묘께서 백모의 마음을 받으면서 이 일을 하셨으니, 지금까지 공의대비의 정사를 위하여 슬퍼하셨다. 선묘의 처분이 효성스러운 생각에서 나오신 것으로 흠앙치 않을 리 없는데, 하물며 내 중부의 경우는 윤임의 죄명과 경중이 판이하고 나도 주상의 조모이다. 백모로서 시외삼촌의 원통함을 호소하는 것도 좋으셨거든 이제 조모가 그 중부의 누명을 씻으려고 호소하는 것이 내 정리로나 나라 체면으로나 아무도 탓하지 못할 것이다.

　또 이를 선왕〔정조〕이 크게 깨닫고 갑자에 누명을 씻겠노라 하신 말씀이 여러 번이시고, 병신·임자년 두 번 분부가 더욱 분명한 증거가 되니 이 일을 신설(伸雪)[1]하는 것이 선왕의 유의

---

2) 인종의 외숙.
3) 역적을 다스리는 명찬기감.

236

(遺意)[2]다. 금상〔순조〕께서 불안해하시거나 주저하실 일이 아니다. 공의대비가 윤임의 일에 간섭하시다가 무망(誣罔)[3]을 받아서 더욱 윤임을 신설하려 한다 하더니, 병신년 7월에 내 중부 처분 때 전교에는 내가 그리하라 하였다 하니 그렇다면 이는 내가 죽인 셈이 되지 않는가. 세상은 진정을 모르고 내가 삼촌이 화 입는 데 구하기는커녕 그런 양으로 알고, 나를 절륜[5]의 죄인이라고 알아도 사양치 못할 것이니, 만고에 제 삼촌이 화를 입는 데 그리 하라고 할 사람이 어디 있으리요.

내 이제 오래지 않아 수명이 다할 것이니 만일 중부의 누명을 씻지 못하고 돌아가면 만고에 삼촌 죽인 사람이 되어서 귀신도 용납할 곳이 없을 것이니 공의대비의 한때 무언(誣言)을 들으신 일이 어쩌하리요. 공의대비는 조카님을 감화하셨는데, 내 비록 정성이 천박하나 설마 주상을 감동시키지 못하랴. 매양 마음에 있으나 아직은 주상이 임의로 하지 못하실 때요, 나는 점점 노쇠하여 가니 그저 아득할 뿐이다.

국영이가 임진〔壬辰, 영조 48〕년에 등과하니 본디 아이 적부터 됨됨이를 알 수 없고 제 아버지 낙춘이는 광병이 있어서, 가르칠 것도 없으니 제 스스로 광망(狂妄)[4] · 허랑(虛郞)[5]하였다. 주색에 빠져 행실이 말이 아니어서 제 집에서도 용납치 못하고 세상에 버린 바가 되었다. 그러나 약간 재주가 있어 못하는 글로 억지로 하노라 하고 예민도 하고 민첩 대담하고 호기도 있어서

---

1) 원통함을 풀고 부끄러운 일을 씻어 버리는 일.
2) 고인의 남긴 뜻.
3) 그럴듯하게 남을 속여 넘김. 기망과 같은 뜻.
4) 망녕되어 이치에 맞지 않음.
5) 언행이 허황하고 착실하지 못함.

하늘도 무서워하지 않고 땅도 두려워하지 않았다.

이 미친 것이 항상 천하만사를 모두 제가 하겠다고 날뛰어서 제 동료들이 놀라서 웃지 않는 자가 없었다. 그러나 수년 후에 과거에 급제하여 한림(翰林)[6]을 수년 다니며 오래 궁중에 있게 되매, 영묘께서 사랑하시고 매양,

"내 손자다."

하고 칭찬하셨다. 또 동궁과 나이도 비슷하고 얼굴도 어여쁘고 민첩하니 벌써 세상에 난리가 난 때였다. 동궁이 한 번 보시고 두 번 보시는 동안에 대접이 두터워서 지극히 무간한 사이가 되었다. 처음에는 요놈이 간계를 내어 동궁께 직간(直諫)[7]하는 체하나 실은 간하는 말이 모두 듣기 좋은 말이었다. 그리하여 동궁께서 요놈이 강직한 사람인 줄 알게 된 후에는 하지 못하는 바가 없었다.

세손이 동궁으로 계실 때 하인과 사부(師傅) 외에 만나는 이가 빈객과 궁관(宮官)뿐이니 그자들은 강학이나 의논을 하지 무슨 말을 하며, 하물며 외간설화야 어찌 한 마디라도 감히 수작하리요.

그래서 동궁이 답답하여 하시다가 국영을 만나서 아니 여쭙는 말이 없고 아니 아뢰는 말이 없으매 신통하고 귀히 여겨서 이전에 사랑하시던 궁관은 점점 멀리하시고 국영이만 제일로 알게 되셔서 비유하면 사나이가 첩에 혹한 모양이었다. 국영이는 제게 밉거나 원한이 있거나, 저를 혹 나무라는 이가 있으면

"동궁을 비방한다."

---

6) 조선시대 때 예문관 검열의 별칭.
7) 직접 대하여 잘못을 간함.

고 아뢰었다. 동궁께서 저를 과하게 사랑하시니 제 인물이 의젓하여도 꺼림을 받을 터인데 하물며 세상에 유명한 무뢰 경박자를 너무 사랑하시니 어찌 말이 없으리요. 혹,

"동궁이 괴이한 것을 가까이 하신다."

하고 근심하며 탄식하는 이도 있고 혹은,

"동궁이 한때 저를 사랑하시더라도 어찌 감히 상스럽게 굴랴."

하였다. 갑오〔甲午, 영조 50〕년과 을미〔乙未, 영조 51〕년 연간에 집집마다 국영의 말이요, 사람마다 국영의 근심을 하니 젠들 어찌 듣지 못하리요. 이런 말을 들으면 곧 동궁을 비방한다 아뢰니, 소위 부언(浮言)[1]이란 것이 이런 일이라. 세손께서 깊은 궁중에 계셔서 다른 사람은 보지 못하시고 국영의 말만 들으시니, 사랑하시는 터에 그놈의 간사스런 심정을 살피지 못하시고 곧 이들으시니 세손이야 어찌 놈의 간계를 알았으리요.

이럭저럭 천고에 없는 총애를 받다가 대리 일로 큰 공을 세우고 등극 후 7, 8삭 안에 특별히 발탁 승진하여 도승지와 수어사(守禦使)[2]를 하고, 숙위대장으로 대궐에 있게 되자, 저 있는 곳을 숙위소(宿衛所)라 하고, 오군문(五軍門)[3] 대장을 다하고 벼슬 이름이 오영도총숙위(五營都總宿衛) 겸 훈련대장이란 것이니, 고금에 그런 은총과 그런 공명이 또 어디 있으리요. 제 마음대로 사람을 무수히 죽이는 중 내 집이 특별히 화를 입었다. 그 이유는 내 중부가 저를 꾸짖은 원한뿐 아니라 국영의 백부

---

1) 근거 없이 떠돌아다니는 말.

2) 조선시대 인조 때부터 있던 남한산성을 수호하기 위해 둔 수어청의 으뜸 벼슬.

3) 임진왜란 이후 오위(五衛)를 고쳐서 둔 다섯 군영. 오군영과 같은 뜻.

낙순이가 내 중부와 원수 같아서 항상 죽일 마음이 있다 하더니, 국영의 초년 정사(政事)는 제 백부의 말을 들었기 때문에 내 중부의 화가 더욱 심한 것 같았다.

4년 동안에 신절(信節) 없는 일과 발호(跋扈)4)한 일이 수백 가지였다. 내가 궁중에 있어서 어찌 자세히 알리요마는 낭자하게 전하는 소문을 들어도 궁중에서 내의녀(內醫女)를 데리고 제 집 사람같이 지내고 약방제조(藥房提調)하여 수라를 차리는데, 제 밥을 수라상과 똑같이 차려 먹었다. 그리고 상전(上前)에서 버릇 없이 구는 것과 대신 이하를 능욕하기가 측량 없으니, 우리 선조의 적덕 밑에서 어찌 이런 요망스러운 역적이 나리라고 뜻하였으리요.

국영이 처음은 작은 그릇이라 대수롭게 여기지 않았고, 그런 큰일을 저지르리라고는 미처 뜻이 가지 못하였다. 그런데 김종수란 것이 병신〔丙申, 영조 52〕년 5월에 비로소 들어와서 국영의 아들이 되어서 천만 가지 흉악한 괴변을 다 꾸며 내었으니 국영의 죄만도 아니었다.

종수는 다른 사람이 아니라 내 오촌 고모의 아들이다. 그 고모가 어렸을 때에 조부께서 사랑하여 그 질녀를 매양 칭찬하였더니, 그 고모의 아들이 나매 맏은 종후(鍾厚)요, 둘째가 종수였다. 집도 같은 동네에 있고 정이 각별하여 친소생과 다름이 없을 듯하였다. 그러다가 국혼(國婚) 후에 내 집은 위세가 번창하여지고, 저희는 비록 재상집이지만 선비로 명론(名論)하노라 자처하고, 전일에 친후(親厚)하던 정이 변하였다.

---

4) 세차고 사나워 제어할 수 없게 날뜀.

선친은 그 형제를 집안 아이로 생각하셔서 꾸짖기도 하셨으나 그 형제가 점점 틀어져서 꺼리는 빛이 현저하였다. 선친이 또한 그 형제의 명을 구하고 인정 없는 일이 많은 것을 근심하여 한탄도 하시고, 시비도 하시니 저희들은 원한을 품은 듯싶었다. 그러나 선친으로서는 자질(子姪) 가르치는 일로 하신 것이지, 말씀하신 후에야 마음에 두기나 하셨으리요.

그 고모는 선친의 종형제 항렬에서 나이가 남매간에 으뜸이라, 선친께서 조부 하시던 일도 생각하시고 동기 누님같이 보셔서, 장임(將任) 적이나 외방(外方) 적이나 물품을 계속해 보내시고, 정의가 각별하셨으니, 저희들이 어미의 사촌을 죽이려고 간계 꾸미는 것을 어찌 알았으리요. 정해〔丁亥, 영조 43〕년에 종후를 가자(加資)[1]로 추천을 하는데, 대신께 의논도 하지 않고 유림의 공론도 없이 이판〔이조판서〕이 혼자 하였다. 이때 선친께서 비록 근심 중이나 공론으로 말씀하셔서,

"정격(政格)[2]이 아니다."

하고 반대하셨다. 그 일로 원한이 뼈에 사무쳐서 보복하려고, 임진〔壬辰, 영조 48〕년에 종수가 귀양 갔던 일을 억지로 숙제[3]의 탓을 삼아서 항상 하는 말이,

"저희들 망하는 것을 보고야 말겠다."

하고 별렀다. 천만뜻밖에 지친(至親)간에 의심받는 일을 불행히 여겼더니, 이때에 때를 얻어서 국영이와 한마음이 되어, 국영을 충동하니 제 본디 세상을 속이고 허명을 도적질하였던 것이라,

---

1) 정3품 통정대부 이상의 품계.
2) 등용 법칙.
3) 홍낙임.

국영의 마음에 종수가 제게 와서 자제처럼 친근히 하고 노예처럼 복종하고 비첩(婢妾)[4]처럼 아첨하는 것을 기뻐하며, 그가 하자는 대로 해주니, 내 집의 화변이 종수가 아니더면 국영이만으로는 이토록 하지 않았을 것이다.

그 망측한 국영이가 아무런 상식도 없고 아무런 이유도 없이 하찮은 원한으로 사람을 무수히 죽일 제, 종수가 또한 함부로 제 원수를 삼아서, 두 놈이 원수 갚기로 유죄 무죄를 막론하고 무수한 사람이 죽었다.

후생들은 국영이는 패한고로 그 죄악을 더러 알거니와, 종수는 태도를 천변만화하여 제 몸은 관계하지 않은고로 그의 죄만은 자세히 모르게 되었다. 그러나 실은 십분(十分)으로 의논하면 국영의 죄악은 삼, 사분이요, 종수의 죄악은 육, 칠분이다. 그래서 내가 매양 선왕〔정조〕께,

"국영의 일이 제 죄뿐 아니라, 실은 종수의 죄이옵니다."
하고 말씀드리면, 선왕은 그렇다고 하셨던 것이다.

국영이 그 은총을 가지고 제 마음대로 하지 못한 것이 없으나 그래도 부족하여 제 누이[5]를 드리고, 제가 척리가 되어 내외로 무한히 즐기려 하였다. 제가 소위 충신이라면 그때 곤전[6]께서 정처의 이간으로 금실이 화합치 못하시니, 저를 골육지친같이 아시는 신하로서는 마땅히 곤전과 화합하시기를 권하는 것이지 어찌 그런 일을 하였으랴.

중궁전이 그때 26세이시고 본디 복통이 없으셨는데, 병환이

---

4) 첩이 된 여종.
5) 홍국영이 제 누이를 정조의 후궁으로 바쳐서 삼은 원빈.
6) 중전.

계시다는 자교(慈敎)를 내시게 하여 양전(兩殿) 사이를 화합치 못하게 하였다.

만일 제 힘이 미칠 양이면 선왕이 춘추 근 삼십에 사속(嗣續)이 없으니 공평히 장성(壯盛)한 처자를 가려 생남의 경사를 보시도록 축원하여야 옳을 것이다. 그런데 홀연히 요악한 계교를 내어서, 겨우 13세 된 어린 제 누이를 드리니 그것을 언제 길러서 사속을 보리요.

호를 원빈(元嬪)이라 하고 궁호를 숙창(淑昌)이라 하니, 원(元) 자 뜻부터 흉하다. 곤전이 계신데 어디서 비빈(妃嬪)을 원자로 일컬을 도리가 있으리요.

천도가 신명하고 제 죄악이 찰 대로 차서 기해〔己亥, 정조 3〕년에 제 누이가 홀연히 죽었다. 이때 국영이 독살스러운 분을 이기지 못하여 제 누이가 죽은 것을 감히 곤전께 의심하여, 선왕을 충동하고 내전나인[1] 여럿을 잡아다가 무수히 치며 혹독한 고문을 하였다.

그리하여 억지로 곤전께 허물을 씌우려 하였고 참소가 미칠 뻔하였다. 그리고 외간에 소란한 풍설이 이르지 않을 곳이 없어서, 포목전·갓전 등 시정의 상인들이 문을 닫고 도망치기까지 하였으니, 이런 만고의 극악한 역적이 어디 있으리요.

제가 부귀를 길이 누리려던 계교를 이루지 못하였으면 천심이 두려워서 조금 위세를 거두고, 명문가에 간선하기를 권하여 반분(半分)의 일이라도 속죄를 하여야 할 터인데, 국영의 사음에는 다른 비빈을 고르시면 그 집 사람에게 정이 옮기실까 염려

---

1) 궁궐 안에서 왕비를 가까이 모시는 내명부.

하여 다시 간선을 하지 못하게 하려는 야심으로 덕상(德相)[2]을 시켜서 흉악한 상소를 올렸다.

그리고 인〔은언군〕의 아들 담(湛)을 수원관(守園官)을 시켜서 군호(君號)를 완풍(完豊)이라 하였고, 제 누이의 양자로 만들어서 담이를 선왕의 아들같이 되게 하였다. 이러함으로써 외가가 되어서 길이 영화를 누리려 하니, 선왕이 춘추 삼십이 되지 못하시고 병환이 계시지 않으신데 사속 보실 길을 아주 막아 버렸다.

선왕이 비록 일시 총명을 가로막혀서 제 하자는 대로 매사를 따라 하셨으나, 실은 당신을 위한다는 국영의 농간에 속으셨던 것이다.

일이 이렇게 되었으니 선왕의 지혜로 어찌 그 요악한 속셈을 깨닫지 못하시리요. 아직 어린 담을 갑자기 데려다가 임금 아들같이 삼고 제 생질로 하였고, 친신(親信)[3] 내관이 붙들고 출입하여 거의 동궁과 같이 처우하였다.

제 아비 인이는 허황광패(虛荒狂悖)[4]한 인물이라 제 아들이 그렇게 된 것이, 제 몸의 큰 화근인 줄 모르고 그로 인한 세도를 부리고 소위 궁묘충의(宮墓忠義) 수위관(守衛官)을 저와 친분 있는 것을 시키니 그런 무지한 것이 어디 있으리요. 그때 내 집의 동생들이 나에게 편지로,

'이런 국사와 이런 거조(擧措)[5]가 어찌 있겠습니까.'

---

2) 이조판서 송덕상.
3) 가까이 여겨 신용함.
4) 사람됨이 허황하고 미친 사람처럼 도의에 벗어나는 언행을 함.
5) 행동거지.

하고 분개 한탄함을 이기지 못하였다. 내 이 모양에 대하여 절통한 분개가 철천극지(徹天極地)하여 선왕께 아뢰었다.

"이 무슨 일이며, 이 어찌된 뜻이오니까. 생각을 해 보십시오. 당신이 아주 늙으셨습니까, 병환이 계십니까. 아들 얻고 싶으신 마음은 노소와 귀천이 없고 당신께 종사의 부탁이 어떠하건대, 삼십이 되도록 아들 없는 것도 초조 민망한데, 지금은 남의 손에 휘둘려 스스로 아들 낳지 못하기로 자판(自判)[1]하시니 이 무슨 일이오."

하고 슬퍼하였다.

그때 국영의 세도가 태산 같아서 아무도 말할 이가 없었다. 원빈의 빈소는 정성왕후(貞聖王后) 빈전(殯殿)[2]을 하였는 데 하고, 무덤은 인명원(仁明園)이라 하고, 혼궁은 효휘궁(孝徽宮)이라 하고, 의정부 이하가 진향하고 복제를 행하였으니 그때 제신이 어찌 꾸지람을 면하리요. 내 분통하고 철천하여 이를 갈아 차마 보지 못하고, 만나면 울고 보면 슬퍼하니, 선왕이 차차 그놈에게 모든 일을 속으신 줄 깨달은 듯하셨다.

국영이가 담이를 조카라 하고, 궁중에서 동궁처럼 추켜들며, 침식을 함께 하여 정상은 날로 흉교(兇敎)하고, 행동은 날로 위험하니 선왕이 어찌 뉘우치지 않으시며 분하게 여기지 않으시리요. 국사가 망연하여 어찌할 바를 모르시는데, 나는 분하고 서러워서,

"사속을 헤아리시오."

하고 뵈올 적마다 권하였다. 본디 인효하신지라, 내 정상과 당

---

1) 스스로 판정함.
2) 발인 때까지 왕이나 왕비의 관을 모시는 전각.

신 신세를 돌아 보아서, 감동하고 옳게 여기셨다. 그리고 나를 대하시는 기색은 점점 더 지극하시고 국영의 죄악은 더욱 쾌히 깨달으셔서 기해년 9월에 국영이를 치사(致仕)[3]시키셨다. 전에 사랑하시던 일로 시종 보전케 해주시려고 하였으나 제가 치사한 후에는 하는 행동이 더욱 해괴망측하므로 강릉으로 쫓아 보내셔서 거기서 제 스스로 죽었다. 자고로 흉역과 권간(權奸)[4]이 많았지만은 국영이 같은 것은 다시없었다. 제가 처음에 사원(私怨)으로 사람을 함정에 빠뜨려서 걸핏하면 역적으로 몰아서 죽였다.

그리하여 선왕의 성덕에 누를 끼쳤으니 그 죄가 하나요, 양전(兩殿)이 화합치 못하게 하고 어린 제 누이를 들여서 부귀를 제 마음대로 하고자 하니 그 죄가 둘이요, 제 누이가 죽은 후에 사속 보실 길을 막고 담을 제 죽은 누이의 양자로 하여 동궁을 만들고 제가 나라의 외가 노릇을 하여 다시 길게 음모를 꾸몄으니 그 죄가 셋이요, 곤전의 나인을 혹평하여 곤전께 죄를 씌우고 흉악한 계교를 행하려 하였으니, 그 죄가 넷이다.

더구나 밖에서 위를 향하여 무례 불충의 말을 무수히 하였으나 내가 직접 보지 못한 일이니 어찌 다 기록하리요. 인신(人臣)으로서 이 죄 중의 한 가지만 있어도 극형을 면치 못할 것인데, 국영의 몸에는 전후 고금에 듣지 못한 천죄(千罪) 만악(萬惡)이 실려 있으되 종시 와석종신(臥席終身)[5]을 하였으니 천도의 무심함을 어찌 한탄치 않으리요.

---

3) 나이가 많아 벼슬을 그만두고 물러남.
4) 권세를 가진 간신.
5) 자기 명에 죽음.

종수가 제 스스로 명론(名論)[1]하노라 하지만, 처음에 후겸에게 붙어서 벼슬을 도모하였다. 제가 태천 현감(泰川縣監)을 하직하던 날, 영묘께서 초록 명주 한 필을 친히 내려 주시며,

"관대(冠帶)하여 입으라."

하셨다. 저를 편론한다고 괘씸히 여기다가, 홀연히 이 은권(恩眷)[2]이 있으니 후겸에게 성의가 없으시면 어찌 이런 일이 있으리요. 제 본디 이(利)를 보면 달려드는 버릇이라, 후겸에게 붙으려 하다가 후겸이 받아 주지 않으니 이를 갈았다. 그러다가 국영에게 붙어서 국영의 천교만악(千敎萬惡)을 도와 주지 않은 것이 없었다. 국영이가 치사할 때에 종수는 후겸을 시켜서 물리라는 상소를 내어서,

"나라의 충신이요, 범이 산중에 있는 형세이니, 이 사람이 하루라도 조정에 없지 못할 것이옵니다."

하고 앙청(仰請)하였다. 저희들 형제가 처음에는 설사 국영이에게 속았다 하여도 국영이가 담을 들이고, 덕상이 상소를 내고 다시 간택하지 못하게 하는 행동이 있은 후로, 온 나라 사람이 역적이라고 규탄하였다. 이때 덕상이 산림으로서 부득이하게 한 일이 아니라 평안도에서 급급히 상소하여 행여 남에게 뒤질까 초조히 굴었으니 세상에 당역(黨逆)하는 명론이 어이 있으리요. 그 후에 종수가 차자(箚子)[3]를 올려서 국영을 쳤다. 이것은 선왕이 친히 시키신 일이었다. 내 매양 선왕께,

"종수가 국영의 아들인데 제 아비를 논박하니 저럴 데가 어

---

1) 사리에 맞고 뛰어난 의론.
2) 군주의 정이 어린 대우.
3) 간단한 상소문.

디 있겠습니까."

하면 선왕이 나에게,

"제 마음이 아니요, 저도 살아나려 하니 그럴 수밖에 없었지요."

하셨던 것이다.

"천변만화(千變萬化)[4]하는 구미호 같습니다."

하고 내가 또 말하면 선왕이 웃으시면서,

"좋은 표현이오."

하셨던 것이다. 그러니 선왕이 어찌 제 정태(情態)를 모르셨으리요. 국영이 없어진 후로는 국영 이전의 일을 모두 바로잡았다. 내 삼촌같이 원통한 사람은 진실로 누명을 씻어 주어야 천리에 합당하고 인심을 위로할 때였다. 그러나 국영의 죄악도 분명히 드러나지 못하고 원통한 사람은 지금 아직 누명을 씻지 못하니, 이것은 국영이 없으나 종수가 국영의 심법(心法)을 전하기 때문이다. 종수가 국영을 데리고 병신년 초부터 일을 같이하여 왔고, 이 일이 무죄한 사람을 제 사험으로 국영을 꾀여서 죽인 것이니 죄가 국영이보다 더하였다.

내전께 없는 병을 있다고 모함하고, 국영이의 어린 누이를 드리고 원빈이라 이름하여 곤전을 앗으려 하고, 담을 양자하여 선왕의 아들 보실 길을 막아서 종국(宗國)을 옮기려던 계교가, 비록 국영의 흉심이나, 그 계교는 종수가 가르친 것이 분명하였다. 만일 그렇지가 않으면 제가 등한한 조신(朝臣)과 달라서 천고에 없는 총애로 올리지 못한 말이 없고 따르지 않으신 일이

---

4) 한없이 변화함. 변화가 무궁함.

없는데, 국영의 전후 일을 한 번도 말한 적이 없고, 심지어 제 형에게 권하여 국영을 위해 원류소(願留疏)[1]까지 올렸으니 국영과 동심한 것이 어찌 분명치 않으리요.

제 일생에 한 것이 나라에 직언 한 번 한 일이 없고, 그른 일 바르게 한 일이 없고, 한다 하는 것이 '홍가(洪家) 치기'와 옥사 내는 데만 기를 쓰고 달려들었으니, 만고에 이런 배암 같은 독물이 다시 있으리요. 선왕이 그놈의 정상을 다 아시되, 그의 살림이 검박하고, 벼슬이 높지 않아서 인심을 덜 잃었기 때문에 덮어 두고 이전의 정을 보전하시려고 시종여일(始終如一) 하였다.

제 소위 검박 청렴도 겉치레요, 세상에서 모두 제가 어미에게 효도한다고 일컬었으나, 어미 마음을 따를 양이면 어미 사촌도 종수의 지친(至親)이니, 비록 죄가 있더라도 저만이 사람이 아니거든, 어미를 앉히고 제 홀로 나서서 어미의 종제를 죽였으니, 어찌 진정한 효성이리요.

세상이 국영의 일을 다 알되 종수의 일은 오히려 모른다. 국영이 겉껍질이요, 종수는 실로 골자이기 때문에 이렇게 써서 자세히 알게 하노라.

내 나이 7세 되던 신유[辛酉, 영조 17]년에 숙제[홍낙임]가 나매 자질이 얼음같이 맑고 옥같이 깨끗하여 범류(凡類)[2]에 뛰어나매, 부모가 기애(奇愛)하심과 나의 편애함은 말할 것 없고, 영묘께서 숙제가 궁중에 들어온 때면 어여삐 여기셔서 내 중제[홍낙신]와 형제를 앞에 세우고 다니셨고, 경모궁께서는 더욱

---

1) 관리의 유임을 상부에 원하는 소장.
2) 뛰어나지 못한 평범한 사람의 종류.

사랑하셨다. 문장이 숙성하여 대소과와 삼장 장원[3]을 하고, 문장재망(文章才望)[4]으로 명성이 굉장하였다. 내 동기간의 지기로 기대가 깊었는데, 입신한 지 얼마 되지 않아서 처지가 망극하여 처참하게 한탄하였다.

경인(庚寅)·신묘(辛卯)년에 선친 몸에 화색이 날로 급하여 갔다. 내 생각에는 귀주는 풀 길이 없고 정처에게나 의지하여 화기를 완협(緩頰)코자 하나, 그 사람이 아들의 말을 듣고 전일과 달라진 지 오래라 서먹서먹한 말로 움직이기 어려웠다. 사세가 그 아들을 사귀어야 혹 풀 도리가 되나 선형[홍낙인]과 중제는 무슨 일로 후겸에게 미운 바 되고, 숙제가 있으되 지조가 고상하고 규모가 조출하여 부귀에 물들지 않고 세로(世路)[5]에 추종하기를 싫어하였다. 그래서 심상히 친구가 없고 집의 문객도 얼굴 아는 이가 적었다. 그런 위인으로 구차하고 비루한 일을 하고자 할 리가 있으랴. 그러나 형제 중에서 나이가 적고 후겸에게 미움을 받고 있지 않아서 내가 숙제에게 편지로 권하였다.

'옛사람은 어버이를 위하여 죽는 효자도 있었으니, 지금 형편이 어버이를 위하여 후겸을 사귀어 집안의 화를 구하는 것이 옳다. 옹주[정처]의 아들로 임금의 총애만을 믿고 권세를 좋아할 뿐이지, 환시(宦侍) 아니요, 흉역(兇逆)이 아니니, 일시 후겸에게 가까이 하기를 꺼려서 아비의 위태함을 구하지 않으면 어찌 인자의 도리리요.'

---

3) 초시·복시·전시에서 모두 장원.
4) 문장의 재주와 명망.
5) 세상에서 살아가는 길.

하고 간절히 권하였다. 그러나 숙제가 처음에는 죽어도 싫다 하다가, 화기가 점점 박두하여 집안 멸망이 조석지간(朝夕之間)에 있고, 나의 권함이 긴급하자 마침내 제 몸을 돌아보지 않고 후겸과 친하여 선친의 참화를 면하였다. 그러므로 숙제가 자못 미움받음은 오직 이 누이 탓이다. 숙제가 그 문장 재식(才識)으로 부형을 이어서 입조(入朝)[1]하여 앞길이 만리 같다가 포부를 펴지 못하고 어렵고 험한 때를 만나서 노친의 화를 염려하여 평생의 본심을 지키지 못하고, 후겸과 사귄 것을 매우 부끄러워하여 마음에 맹세하였다.

'집이 평안하면 내 몸이 세상에 나가지 않으리라.'
후에 동교에 집을 장만하고 나에게 편지를 보내서 심정을 알렸다.

'멀리 가지 못할 몸이니, 장래 근교에 머물러서 경궐(京闕)을 의지하고 자연 속에서 몸을 마칠까 합니다.'

그때의 편지 사연이 내 눈에 선하다. 숙제의 마음이 이러하나 후겸을 사귄 것은 부형을 구하기 위한 것이었다. 그리하여 부형의 화는 면하였지마는 후겸으로 인연하여 벼슬 한 가지라도 하면 진실로 탐비탁란(貪鄙濁亂)하는 무리와 한패가 되고 만다고 생각하였다. 그래서 기축(己丑)년의 장원급제로 을미(乙未)년까지 7년 내에 본디 지낸 옥당(玉堂), 춘방(春坊)을 수삼차 지낸 것밖에는, 응교(應敎)[2]를 통청한 일이 없었다.

그리고 크고 작은 고을의 원 한 자리 한 일도 없고, 호당(湖堂)을 시키려 하는 것을 마다하였다. 경인(庚寅)년 이전에 벼슬

---

1) 벼슬아치가 조회에 들어가는 일.
2) 홍문관의 정4품 관위를 바라는 것.

없는 몸으로 쭉 있었지 일자반급(一資半級)[3]을 더 한 일이 없었
다. 그러므로 후겸이와 사귄 것이 이(利)를 탐하지 않음이 분명
하였던 것이다.

정처의 변화와 후겸의 간교로 집안의 변화가 다시 날까 조심
조심 다녔을 뿐이지, 그 밖에 누구를 쓰고 누구를 막으며, 누구
를 죽이고 누구를 살리는 것을 일체 알려고 한 일이 없었다. 후
겸이도 또한 그런 일로 인하여 의논한 일이 없었으니 이것은 세
상이 다 아는 바이다.

사람이 권문세가와 얽히고 세상을 탁란하는 것이 제 몸에 이
가 있어야 할 것이어늘 부귀공명 밖에 있는 숙제는 그 처지와
문학으로 장원급제한 7년 만에 가만히 앉아 있어도 오는 벼슬
을 하였을 터에 하물며 후겸을 사귀어서 제 몸에 이롭게 하고자
하였으면 어찌 한 가지 요직과 한 품(品)의 가자를 하지 못하였
으리요. 숙제는 부형을 위하여 부득이 후겸과 친하였던 것이다.
그러나 제 몸은 벼슬을 하지 않음으로써 본심을 증명하려던 뜻
을 알 수 있을 것이다.

상운(翔雲)[4]이 본디 간사한 놈으로 폐족(廢族)[5]으로 기회를
노려서 후겸이와 친밀히 지내었다. 때마침 숙제가 후겸의 좌중
에서 그를 알게 되어서 왕래하매, 숙제의 마음이 괴로웠다. 그
러나 후겸을 두려워하여 상운도 잘 대접하였다. 그러다가 을미
대리(乙未代理) 후에 경과방(慶科榜)이 있었는데, 신임사화의 역
적 최석항(崔錫恒)·조태억(趙泰億)의 자손 셋이 급제하여 공의

---

3) 대수롭지 않은 벼슬.
4) 부사직(副司直) 심상운.
5) 자손이 벼슬을 할 수 없는 형을 받고 죽은 사람의 족속.

(公議)가 모두 분개하였다. 하루는 상운이 와서 숙제에게,

　"내가 상소하여 최와 조의 삭과(削科)[1]를 청하고자 하니 어떻소?"

하고 물었다. 숙제가,

　"자네 처지로 마지못해서 벼슬을 다니지만, 어찌 상소하여 조정의 일을 간섭하리요. 최와 조의 과거 일이 과연 해괴하니 세상에 자연 공의가 있어서 의논할 사람이 있을 것이니 자네가 아는 체할 바가 아닐세."

하고 충고하였다. 그러자 상운이 노한 안색으로 불쾌하게 돌아가더니, 그날로 곧 서유녕(徐有寧)의 상소가 나서, 상운은 그 상소를 하지 못하였다. 그러나 수삼 일 후에 편지로,

　"내가 오늘 아침에 상소를 하였으니 소본(疏本)[2]이 많기로 보내지 못하고 상소한 조건만 대략을 베껴 보내오."

하고 다른 종이에 제가 상소한 조목을 한 자씩만 베껴서 썼는데, 당(黨) 자·관(官) 자들 모두 여덟 조목이었고, 끝의 조목은 척(戚) 자니 쓰지 말라는 말이었다. 다른 조목은 단 한 자씩만 썼는데, 척 자 조목에는 그 의논한 글을 베껴 보냈는데, 그것은 우리 집이 척리(戚里)인고로 보라 한 뜻이다. 숙제가 보고 그 상소가 무슨 사연인지 모르나, 제 폐루(廢累)를 논사(論事)하는 것에 놀라서 답장에,

　'자네는 스스로 잘하였다고 생각하겠으나, 보는 이는 반드시 나무랄 것이니, 잘한 상소인지 모르겠네.'

하고 걱정해 보내었다. 그날 저녁에 그 상소 원본을 보고 깜짝

---

1) 과거의 규칙에 위반된 행위를 한 급제자를 취소하는 것.
2) 상소문의 원본.

놀라서 곧 그때의 대사헌 윤양후(尹養厚)에게 편지하여서 상운을 잡아서 엄중한 고문을 청하려 하고, 그의 형 윤상후(尹象厚)에게도 편지로 역권하였으나 양후가 하지 않았다.

이 시종은 무술[戊戌, 정조 2]년 숙제 공초(供草)[3]할 제 다 자세히 아뢰고, 그때 상운의 편지와 그 상소 조목 글자를 열서(列書)한 종이까지 상전(上前)에 바쳤다. 양후에게 권하여 상운을 고문하라고 한 일은 상후가 알 것이다. 상후가 살아 있으니 참증(參證)[4]을 삼아 상후와 면질(面質)[5]하기까지 청하였다. 상운의 상소에 숙제가 깜짝 놀라고 상운을 알았던 것이 불행하여 상운의 상소 일에 간섭하였다는 것이 천만 애매한 것은 사리가 매우 명백하였다. 또 정유역변(丁酉逆變)[6]이 났는데 상길(相吉)이

"저희가 추대를 도모하는데 의논하되, 홍모(洪某)는 척리니 지금은 쓰지 못하나 오랜 후에는 병권(兵權)을 잡을 것이니, 만일 그러하거든 습진(習陳)[7]할 때 거사(擧事)할 수도 있으리라 하였습니다."

하였으니, 이것이 어찌 사람의 말이랴. 어불성설하다 하여도 곡절이 있지 삼척동자라도 누가 곧이들을 말이냐. 홍계를 무함(誣陷)하여 말하기를,

"홍가가 지위를 잃고 나라를 원망하여 추대모의(推戴謀議)를 한다 하면 무함이 되거니와, 이 말은 장래 대장이 되어서 병권

---

3) 죄인이 공술한 초기(草記).
4) 참고가 될 만한 증거.
5) 두 사람 말이 서로 다를 때 쌍방을 맞대어 진술을 시키는 것. 대질.
6) 정조 원년 정후겸 등의 치죄(治罪) 사건을 말함.
7) 병사 훈련.

을 잡을 것이니, 그리 하거든 일을 하자 하였다."

하는 말이니, 장래에 대장을 하여 병권을 잡을 때면 임금의 마음이 풀리고 총애를 받을 때가 될 것인데, 제 집 잘되고 제 몸이 대장까지 이르게 될 양이면, 이미 부귀가 극진하고 제 의망(意望)[1]이 족할 텐데, 또 무슨 의사로 그 임금을 마다하고 다른 임금을 추대하리요.

또 설사 그놈들이 그런 이(理)에 당치 않은 말을 하더라도 아무것도 모르고 앉았던 숙제에게 무슨 죄가 있으리요. 숙제는 본디 국영에게 미움을 받고 국영이 해치려는 화색(禍色)이 급박하였으나, 선왕[정조]의 성덕(聖德)으로 겨우 일루의 명맥을 붙였다가 무술년에 두 가지 일을 씻어서 다시 사람이 되었다. 그때에 전교[2]를 거룩히 하셔서 공초(供招)가 절절이 조리 있고 단연코 타의(他意)가 없어서 극진함이 명백하였다.

"천리 인정에 구하여도 실로 이러할 리가 없고, 비록 편심된 자취가 있어도 그 마음을 용서하여야 옳은데, 하물며 본디 이 일이 없으니 오늘날 사실을 밝혀서 억울함을 풀어 주니, 내 자궁(慈宮)에게 뵈올 낯이 있노라."

하시며 기뻐하셨던 것이다. 숙제는 내 오라비와 외구(外舅)[3]로서 그 모양으로 문죄(問罪)를 당하니, 옛 사기(史記)로부터 아조(我朝)까지 전연 없는 일이다. 내 그때 원통하고 처참히 놀라서 몸소 당한 것이나 다름이 없으나 선왕의 성효에 감동하고 숙제의 지원을 풀어서 완인(完人)이 된 것을 감축하였던 것이다.

---

1) 바라는 마음. 소망.
2) 임금이 내린 명령.
3) 외삼촌.

그 후에 국영이 없고, 선왕이 전의 일을 점점 후회하셔서 외숙[4]들에게 환대하심이 해를 거듭할수록 더하시고, 심지어 숙제는 그만한 문장필한(文章筆翰)으로 세상에 쓰이지 못함을 더욱 아깝게 탄식하셨다.

항상 종이를 보내셔서 글씨를 써다가 병풍 여럿을 만들어서 당신도 치시고 나도 주셨다. 부벽서(付壁書)[5]와 입춘(立春)도 써서 붙이시고 만천명월주인옹(萬川明月主人翁) 서(書)를 써서 현판까지 하셨다.

신해〔辛亥, 정조 15〕년부터 주고(奏藁)[6]를 시작하여 왕복이 잦으시고, 중제 돌아간 후에 더욱 가의(加意)[7]하셔서 오로지 숙제에게 물으셨다. 정사〔丁巳, 정조 21〕년부터 수권(首圈)[8] 만드시는 일로 글을 빼고 고치는 것을 모두 숙제와 의논하셔서 짧은 편지가 하루에도 여러 번 왕복하였다. 그리고 보신 후면 기뻐하고 칭찬하셨다.

"얼굴과 기상이 요사이 재상으로는 당할 이 없으니, 지금 비록 침체하나 필경은 윤시동(尹蓍東)만은 하리라. 갑자(甲子)년에는 64세이니 넉넉히 하리라."

그리고 또 '문장이 정결하여 당세의 제일이다', '지기(知己)다', '회심지문붕(會心之文朋)'이라 하셨다. 근년에는 무슨 글을 지으시든지 보내서 '평론하라' 하시고 시는 갱운(賡韻)[9]을

---

4) 지은이인 혜경궁의 형제들.
5) 벽에 붙이는 글.
6) 홍봉한의 상소문집.
7) 특별히 마음에 새김.
8) 문집의 첫 번째 권.
9) 남의 시에 그 운으로 시를 지어 화답하는 것.

시켜서 칭찬이 융중(隆重)하시고 사여(賜與)[1]가 잦아서 무엇이든지 나누어 보내서 맛보게 해주셨다.

"문장이 길게 전함직하니 문집을 내어 주겠다."

하고, 남다른 대접이 인가(人家) 부자(父子) 사이 같았다. 그리하여 내 집 사람이 노소 없이 성은을 입었거니와 숙제는 더욱 재생지은을 받잡고, 또 이 같은 특별하신 그 대접을 받자와 천은에 감격하여 울고,

"몸이 부서지고 뼈가 가루가 되어도 만의 하나를 갚사올 길이 없다."

하였으니, 숙제에게 이러하시던 것은 사람들이 다 아는 바다. 주상이 비록 어린 나이시나 어찌 자세히 모르시랴. 내 본디 지통한 일 이외에, 내 집의 설움으로 반생을 간장을 썩이다가 갑자년에 분명한 기약을 얻고 어찌 다행케 믿지 않으리요.

이제는 집이 평안할 기한이 있으니, 동생들이 산중에서 오유(遨遊)[2]하여 성군의 은혜를 입고 여년을 무사히 보내기를 초조하게 기다렸더니, 어찌 오늘날 우리 선왕을 잃고 숙제로 하여금 참화를 받게 할 줄 꿈에나 생각하였으리요.

경신대상(庚申大喪)[3] 때 내 집 사람 여럿을 열명(列名)하여 종척집사(宗戚執事)를 시켰으니, 이미 좋은 뜻이 아니려니와 그 중에 숙제가 들었다 하여 심환지(沈煥之)[4] 원상(院相)[5]을 위시

---

1) 나라나 관청에서 물품을 백성에게 나누어 줌.
2) 재미있게 놂.
3) 정조 24년에 정조 승하.
4) 영조 신묘에 영의정을 지낸 사람.
5) 왕의 승하 후 26일 동안 정사를 보던 승정원의 임시 관직.

하여 흉한 말로 하지 못하리라고 논죄하였다.

선왕 계실 때는 벼슬을 시키고 사은(謝恩)하고, 궐내 출입하여도 이렇다 말이 없다가, 엊그제의 선왕이 계시지 않으시다고 이런 짓을 하였다. 그 사람을 집사를 시켜도 다닐 리도 없거니와, 설사 다니기로서니, 무슨 나라에 시급한 변이라도 있는 듯이 참지 못하고 별안간에 입재궁(入梓宮)도 미처 하지 못하게 하였다. 일흔 노인이 그 참경을 당하여 호천통곡(昊天痛哭)하고 사생을 모를 줄 알며, 그 동생의 말을 그때 하니, 만고에 그런 흉악한 역적놈이 어디 있으랴.

또 내 집 사람들은 다 들어오지 못하리라 하면 모르거니와 숙제더러 그러하니…… 숙제 비록 대접이 망극하였으나 선왕이 친문(親問)하시고 분명히 원무(冤誣)를 씻어 증명하시고, 선왕의 하교가 명백하여 소위 《속명의록(續明義錄)》에까지 올려서 세상이 다 알고 예사 사람이 되었던 것이다.

그런데 근 30년 후에 홀로 고민하니, 그러면 자고로 현인 군자가 불행히 한번 화액이 걸리면 비록 억울한 죄를 씻어도 종신의 누가 될 것이니 세상에 이런 의논이 어디 있으리요. 선왕이 선친의 주고[6]를 다 만들어 놓으시고 미처 간행치 못하고 홀연히 승하하시니, 당신을 따라 즉시 죽지 못한 일이 흉측하고, 일루가 붙어 있으나 그 몸이 죽은 것과 같았다. 내 마음엔들 이때를 당하여 주고가 세상에 쉬 날 줄 어찌 생각하였으리요. 선왕을 생각하여 내 서러워하는 심사를 위로하려 하던 뜻이든지 일을 끝내어 내 집을 더 그릇되게 만들려 하던 일이든지, 8월 10

---

6) 상소문집.

일 후에 밖에서 일을 보는 자가,

"자상께서 분부 내리시고, 내각(內閣)에서 밖에 반포를 하려고 합니다."

하고 말하였다. 오히려 세도(世道)가 이토록 흉악하고 무서운 줄을 깨닫지 못하고, 선왕이 10년을 애쓰시고 지은 60여 편의 어제가 계시니, 반포는 하나 못 하나 박아 내어 줄까 하였는데 본초(本草)를 내어 주었다. 이 일은 내 위친지심(爲親之心)과 선왕이 꼭 하고자 하시던 일을 겸하여 내가 조석을 보전치 못하여, 생전에 개간(開刊)을 보려던 일이다. 그런데 한 권을 채 박지 못하고, 심환지 등의 상소가 매우 망측하여 인역(印役)[1]을 정지시켜 버렸다. 내가 연설(筵說) 반포한 것을 보니, 심골(心骨)이 놀라서 서늘하고 간장이 찢어질 듯, 말 없는 중에 선친을 무욕함은 말할 것도 없고, 자자 귀구가 나를 무고 협박하고 능욕하는 말이니 내 아무리 돌아갈 데 없는 신세로서 한 노궁인(老宮人) 같으나, 선왕의 모친인데, 제 비록 기염과 권세가 일세에 진동한들 저도 선왕을 섬기던 신자가 아니냐. 선왕의 어미라 하고 욕함이 이러하니 고금 천지간에 이런 변괴가 어디 있으리요.

주상이 나이 어리시고 국사의 위태로움이 한 터럭 같은데 인심과 세태가 갈수록 이러하여 필경 어미 모르는 세상이 되기를 면치 못하게 하였다. 그러니 종국(宗國)의 근심과 인륜의 멸망함을 생각하여 통곡하고 싶다.

선왕이 계실 적은 효양을 받을지 영화를 누릴지 하는 대로 두었거니와, 지금 와서는 내가 상하에 당하지 않고 궁중의 등한한

---

1) 출판에 관련된 업무.

과부니, 내 몸에 조정 문안, 약방 승후(承候)[2]가 당치 않았다. 같지 않은 내 숨이 지려고 하는 중이라도 매양 민망스럽더니, 이제 나를 협박하고 모욕하여 어서 죽기를 재촉하여 외면으로는 문안이라고 할 적에도 저들은 심중에 더욱 미워할 것이니 이것은 점점 내가 욕을 받는 것이다.

선왕이 내 몸에 욕이 이렇게 미치는 것을 아신다면 그 문안을 받지 말라 할 것이니 내가 결단을 내려서 조정 문안과 약방 문안을 받지 말아서 저희 마음을 쾌하게 하고 내 본분을 편히 하려고 생각하였다. 그러나 인산 전이기 때문에 주저하였더니, 인산 후에 낙파(樂波)[3]와 서영(緖榮)[4]의 벼슬과 가자 일로 상소가 연하여 '역적의 자손이니 하지 못한다' 고 떠들었다.

일찍이 한용귀(韓用龜)[5]가 수영을 역적의 씨라고 할 제 선왕께서 대단히 노하시고,

"손자는 일반이니, 진손(眞孫)이 역종(逆種)이면 외손(外孫)도 역종이겠다."

라고까지 말씀하셨던 것이다. 서자나 손자가 역종이면 친딸은 역종이 아니고 무엇이리요. 자고로 사책(史冊)[6]에도 이런 흉악한 변괴의 말이 있었는지 알 길이 없었다. 또 이어서 이안묵(李安默)[7]의 상소에 무욕(誣辱)이 더욱 해괴망측하여 여지가 없었다. 내 형세가 잔악하여 조정이 다 나를 업신여길 것을 하지 못

---

2) 웃어른에게 문안을 드림.
3) 홍낙파. 홍봉한의 서자.
4) 홍서영. 홍낙윤의 아들.
5) 1812년에 좌의정, 1821년에 영의정을 지냄.
6) 역사를 기록한 책, 사기(史記).
7) 당시의 벼슬은 장령.

하게 할 길이 없으니 심중에 만사를 끊어 버리고 알지 않고자,
졸곡 후에 폐인을 자처하고 선왕 계시던 영춘헌에 가 누웠으니
무엇을 아껴서 이 원분을 달갑게 여기고 견디리요.

동짓달 내가 하고자 하던 일[1]을 하려고, 약방에는 내가 문안
받지 않은 사연을 언문 편지를 써서 주었다. 그리고 영춘헌으로
와서 선왕의 자취를 어루만지고 내 신세를 서러워하여 호천통
곡하고 혼절하여 누웠으니 만고에 이런 광경, 이런 정리가 어디
있으리요. 가순궁〔순조 생모〕도 처음은 말리더니 나중은 내 일
을 참연(慘然)히 여기고 굳이 막지 않았다. 윗전〔왕대비〕께서 오
셔서 대노하시고 여러 가지로 꾸지람이 많으시고 그 언문 편지
도 내어주지 못하게 하셨다. 안으로서 나 하는 일을 말리시는
것은 괴이치 않거니와, 천만뜻밖에 윗전께서, '충동하는 놈이
있으니 그놈을 다스리려 한다'고 벼르시더니, 그달 27일에 엄교
가 내려서, 숙제가 나를 꾀어서 이런 행동을 한다고 하시고, 삼
수(三水)[2]로 멀리 귀양 보내라 하셨다. 이것은 마치 나인들에게
죄가 있으면 제 오라비 잡아다가 옥에 가두거나 내사(內司)로
치죄하는 모양이니 나를 선왕의 어미라 하면서 이런 변이 어디
있으리요. 주상〔순조〕이 비록 어린 나이시나 놀라시기 측량이
없고 박판서(朴判書)[3]도 공정한 뜻에서 놀라 주상께 자전(慈殿)
에 여쭈어 그 언교(諺敎)[4]를 내어주지 못하게 하시고, 거적을

---

1) 자결.
2) 함경남도 삼수군의 군청 소재지. 압록강 지류에 임하여 있는 곳으로, 옛날 유배지로 유
　　명한 곳.
3) 박준원. 가순궁의 친정아버지.
4) 언문으로 쓰인 왕비의 교서.

희정당 뜰에 거적을 깔고 아뢰었다.

"대전에 아뢰는 자교를 보오니 차마 놀랍사오니 어찌된 과거(過擧)이십니까? 차마 내어주지 못하고 대죄하옵나이다."

그 사람이 나를 위하여 귀한 몸을 추운 뜰에 거적을 깔고 아뢰오니, 선왕의 성효(誠孝)를 생각하고 자기 정성을 다함이니, 감격함을 어찌 측량하리요.

그 전에 내가 영춘헌에 가서 자결하려고 할 제, 주상이 영춘헌에는 차마 오지 못하시고, 쓸쓸하고 냉기 도는 거려청(居廬廳)에서 나오기를 기다리신다 하고 가순궁이 와서 들어가자 하기에, 내 유약한 마음에 어리신 주상의 마음을 차마 상하게 하지 못하여 마지못하여 끌려갔다. 그날 밤에 한 집 속에서 모르는 체하기 어려워서 윗전에 들어가,

"어찌하여 엄교가 이 같사옵니까?"

하고 묻자온즉, 윗전에서 하시는 말씀이,

"이런 행동이 제 뜻이 아니라 충동하는 이 있으니, 이 처분을 어찌 않으랴."

하시는 것이었다. 내 명도(命道)에[5] 겪지 않고, 당하지 않은 일이 없으니, 선왕이 계시면 감히 이런 일이 없을 것이매, 하늘을 우러러 길이 탄식하고 피눈물이 흘러 가슴이 막힐 듯하였다. 억지로 참고서,

"너무 그리 마옵소서."

하고 강개하여 말씀드렸다. 주상과 가순궁의 힘도 있고, 또한 나를 보시니, 당신이 과하던 양하여 말씀도 나직하시고, 언교를

---

5) 살아오는 동안에.

거두셨다.

원래 이 일이 이번뿐 아니라, 선왕 계실 때도 통분한 일을 보면 매양 자결할 생각이 있었으되, 만사를 다 선왕을 믿고 참고 지냈다. 지금 와서는 선왕이 계시지 않으니 내 비통이 하늘에 치받쳐서 죽을 곳을 얻고자 하되 또 이런 변고를 당하여 선친께 대한 무욕(誣辱) 외에 내 신상을 핍박함이 급하니 내 일시나 살고 싶은 마음이 있으리요. 내가 스스로 결심하고 한 일이니, 내 집 사람이 누가 알기나 하며, 내 아무리 변변치 못하더라도 위친지심(爲親之心)은 남만 못지않거늘 일흔 잔년(殘年)에 누구의 꾐을 듣고 그런 일을 할 리가 있으리요.

설사 누구의 말을 듣고 하였다 하더라도 내가 한 일이 내 동생에게 죄를 주니, 나를 어느 지경에 가게 하는 일이며, 내 집의 형제 숙질이 여럿인데 홀로 숙제의 죄로만 삼으려 하니 이런 일이 어디 있으리요. 그 후는 할 일 없이 분함과 억울함을 참고 하는 수 없이 겨우 날을 보내었다. 내 언서(諺書)와 윗전에 상서하온 말씀이 다 저희들에게 용납지 못할 죄니, 나를 죽여서 분풀이를 하지 못하고, 숙제를 대신 죽이려 하였던 것이다.

그리하여 문안 일로 비롯해서 충동하고 모해하여 필경 12월 18일에 엄교가 내렸다. 숙제의 화색이 날로 위급하여 피할 여지가 없었다. 대신 이하가 들어와서 '죽이십시오' 하고 또 차자(箚子)하여 '역적의 소굴을 없이 하십시오' 하는 등 이렇다는 죄명을 일컬을 것 없이 그저 억지 청으로 죽이자 하니 만고 천지간에 이런 허무맹랑한 일이 어디 있으리요.

자고로 원통히 화를 입는 일이 많더라도 벼슬을 하였거나, 권세를 썼거나, 사람을 생살을 하였거나, 세상의 의논을 하였거나 무슨 얽힌 일이 있을 제 비로소 죄라고 잡는 것이지, 숙제는 모두 누명을 벗어서 제 진술과 선왕의 하교가 명백하여 다시 말할 것이 없고 새로 잡는다 하는 죄목은 생판 까닭이 없는데, 이끝 저끝 천불사(千不似) 만부당(萬不當)한 것을 지향 없이 죄목이라고 얽어 매었던 것이다.

첫째로 '은언[1]을 위한다' 는 것과 신묘(辛卯) 일로 일죄안(一罪案)을 삼았으니, 이는 선친의 연좌로 이른 말이다. 무함한 허언을 30년 후에 아들에게 연좌시키는 것이 세상에 어디 있으랴. 선왕이 내 선친에게 누구시며, 또 내 동생에게 누구신데, 선친이나 동생이나 선왕을 버리고 인이를 위한다는 말이 사람 말인가. 길을 막고 묻더라도 조선(朝鮮)에야 인을 위하는 사람이 어디 있으리요. 인이와 함께 병기(並記)하여 화를 입으니 고금에 다시없는 지원이다.

또한 전례(典禮)[2]를 하련다 하니, 숙제가 평일에 전례사(典禮事)는 구두(口頭)에 올린 적이 없었고, 집안 자제 데리고라도 수작한 일이 없었다. 누가 와서 전례 말을 수작하였거나 누가 들었거나 한 사실이 있으면 모르거니와 듣도 보도 하지 못한 일을 억지로 응당 그리 하였으리라 하니 이런 일이 또 어디 있으리요. 비류(匪類)[3]를 모아서 스스로 소굴이 된다 하나, 숙제가 집안 그릇된 지 30년 두문불출하여 사람과 서로 상통하지 않은 것은 세상이 다 아는 사실이다. 심지어 사학(邪學)[4]에까지 몰아

---

1) 사도세자의 서자이자 정조의 아우.
2) 왕실 또는 나라의 길흉에 관한 의식을 말함.
3) 비적(匪賊)의 무리.
4) 요사스런 학문. 못된 학설.

넣으려 하니 천지간에 이런 무망한 일이 어디 있으리요. 숙제는 본디 경술(經術)[1]과 문장을 하는고로 박람(博覽)을 일삼지 않아서 평일에 잡서(雜書)를 보지 않고, 《삼국지(三國志)》·《수호전(水滸傳)》 같은 것도 본 일이 없었는데 사서(邪書)인들 보기는커녕 이름인들 어찌 들었으리요. 그 전에 사학이 세상에 있는 줄도 모르고 있다가 신해〔辛亥, 정조 15〕년 섣달에 형제가 사적(私覿)[2]할 제 선왕께 비로소 대략을 듣고 그때 놀라서 근심하고,

"그런 사학은 금하옵소서."
하고 아뢰던 말을 지금도 생각하게 된다. 소위 사학이란 것이 괴귀(怪鬼) 불령지도(不逞之徒)[3]의 할 일이지, 권세가나 척리(戚里)붙이 사람이야 할 리가 어디 있으며 하물며 내 집 사람이 그런 책을 보기라도 할 리가 있으리요. 그 사학에 남인(南人)이 많이 들었으니 내 집에서 30년 동안 바깥 사람을 모르던 중 남인은 더욱 아는 이가 없었다.

채제공(蔡濟恭)은 소식도 없고 이가환(李家煥)이는 숙제가 평생에 면목도 모르던 사람이다. 오석충(吳錫忠)이가 숙제를 찾아와 조상 오시수(吳始壽)의 복관작은 '숙제의 힘을 얻었다'고 초사하였다고 전 영의정 심환지가 연주(筵奏)[4]하였으니, 이 한 말로 허다한 말이 났으나 모두 무고한 것의 명증(明證)이었다. 오시수가 죄를 입을 때에 내 고조(高祖)가 대사헌으로 복합(伏

---

1) 유가(儒家)의 경서에 관한 학문.
2) 사사로이 임금을 뵈옴.
3) 나라에 대해 불만을 품고 제멋대로 행동하는 무리.
4) 임금의 면전에서 아룀.

閣)⁵⁾하여 사흘을 다툰 끝에, 필경은 처분이 내 고조로 하여 된 셈이라, 오가(吳家)들이 우리 집을 대대혐가(代代嫌家)⁶⁾로 알더라 한다. 제 혐가인 우리 집에 아무리 왕래코자 한들 올 길이 어찌 있으며, 오시수의 복관작을 선왕이 숙제의 말을 듣고 해주셨으면 숙제의 권세가 장한 셈인데, 그렇다면 제 중부는 왜 복관을 하지 못하여 내었으리요. 모두 터무니없는 무근이었다.

사람을 죽이는 일은 나라의 큰일이다. 하물며 숙제는 내 동기요, 선왕의 외삼촌이니, 설사 그럴듯한 죄상이 있다손치더라도 가볍게 해하지 못할 터인데, 소위 꾸며논 죄명으로 덮어 놓고 죽이자고만 하여 '정청(庭請)하네', '계사(啓辭)⁷⁾하네' 하여 필경 천리 해외(海外)에서 참화를 받게 하니 천지간에 이런 지원 극통(極痛)한 일이 어디 있으리요.

내 일흔 노경에 선왕을 잃고 주야로 통곡하여 빨리 죽기만 원하였는데, 동생이 아무런 죄도 없이 참화를 입되, 내가 살아 앉아서 구하지 못하니 나같이 독버섯 같은 사람이 어디 있으리요. 주상이 그때 내 정경을 보시고, 눈물을 머금고 가시더니 사람 없는 곳에서 많이 울으시더라 하니, 당신이 어려서 구하지 못하시나, 그 사람에게 죄 없는 것을 아시고, 선왕이 평일에 잘 대접하시던 일을 생각하시고, 또 내 정리를 슬퍼하신 것이니 어찌 통탄하지 않으리요.

내 비록 망극 애통 중이나 주상의 인효(仁孝)하신 마음에 장래를 바랄 것이다. 만일에 슬픔을 이기지 못하여 자결하면, 흉

---

5) 큰일이 있을 때에 조신(朝臣) 또는 유생이 대궐문에 이르러 엎드려 상소하는 것.
6) 대대로 서로 원망을 품은 집안.
7) 논죄(論罪)에 관하여 임금에게 올리는 상주(上奏) 문서.

도들이 나 죽이려는 뜻을 이루었다고 좋아할까 해서 참고서 살았으나, 원통하게 죽은 동생은 다시 살 길이 없고, 내 기식(氣息)이 날로 쇠약하여 조석을 보전치 못할 듯하매, 이승에서 죽은 동생의 원통함을 풀어 주지 못하고 죽으면, 지하에 가서도 동생을 볼 낯이 없고, 천고(千古)에 유한이 맺힐 것이다.

하늘아, 하늘아. 나를 살게 하여 두었다가 동생의 억울한 누명 씻는 것을 보고 죽게 하시도록 주야로 피눈물 흘리며 축수할 뿐이다.

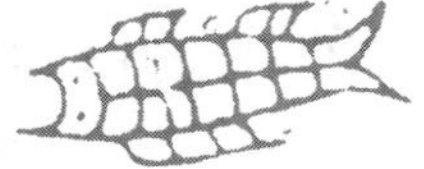

6

내 어렸을 때에 입궐하여 거의 60년이 되었다. 운명이 기구하고 경력이 무궁하여 만고에 다시없는 고통을 겪었을 뿐 아니라, 억만 가지 상전벽해(桑田碧海)[1]의 변란을 겪고 삶직하지 않으나 선왕의 지성스런 효도로 차마 목숨을 끊지 못하고 오늘까지 이르렀다.

그러나 하늘이 갈수록 나를 밉게 여겨서 차마 당치 못할 참혹한 화를 당하니 곧 죽고 마는 것이 당연하나, 모진 목숨이 토목(土木) 같아서 자결을 하지 못하고, 어린 임금을 보고 실낱같은 목숨을 지탱하니 어찌 사람이 견딜 바 있으리요.

여염집의 여편네라 해도 일흔 노인이 외아들을 잃었으면 동네 사람도 서로 조문하고 위로하여 불쌍히 여길 것이다. 선왕을 여읜 뒤 수개월 안으로 내 선친께서 해괴망측한 참욕(慘辱)을

---

1) 뽕나무밭이 변해 푸른 바다가 됨. 즉 세상의 모든 일이 덧없이 변천함이 심한 것을 비유하는 말.

당하고 내가 처의(處義)[1]하려는 일로 숙제의 충동이라 하여 죄로 잡아서 7, 8년에 걸쳐서 허무맹랑한 허언으로 얽어서 절도(絶島)로 귀양 보내고, 이어서 참화를 받게 하였다. 이는 내가 자결하려는 일로 죄를 숙제에게 옮긴 것이니, 숙제를 죽임이 아니라 실은 나를 죽인 것이다.

흉도가 득세하여 선왕을 저버리고 어린 임금을 업신여겨서 선왕의 어미를 이렇게 핍욕(逼辱)하니 인륜이 끊어지고 신분이 없음이 이때 같은 적이 어찌 있으리요. 내 주야로 가슴을 치고 피를 토하고 울면서 선왕과 동생의 뒤를 따르고자 하나 그러지 못하고, 외롭게 의지할 곳 없고, 마음놓고 살 곳이 없어서 살려고 하여도 살 길이 없고, 죽으려 하여도 죽을 수가 없다. 이것이 모두 나의 죄악이 무겁고 운수가 흉한 때문이니 하늘에 호소하고 귀신을 원망할 뿐이다.

내 지낸 바 일이 자고로 후비(后妃)에 없는 일이요, 내 집 처지가 또한 자고로 인가(人家)에 없는 일이다. 천도가 신명하고 주상이 인효(仁孝)하시니 내 미처 보지 못하고 죽을지라도, 주상이 시비를 분간하여 내 지원을 풀어 주실 날이 있을 줄 안다. 그러나 허다한 사적을 내가 만일 기록하지 않으면 또한 자세히 아실 길이 없을 것이기에, 소모한 정신을 거두고 점점 쇠진하는 근력을 억지로 차려서, 선왕이 나를 섬기시던 성효(誠孝)와 나와 수작하시던 말씀을 옮겨 쓰고, 나머지는 조건마다 따져서 명백히 알렸으니, 내가 아니면 이런 일을 누가 자세히 알며 이런 말을 능히 하리요.

---

1) 자결.

내 명이 조석을 모르니 이 쓴 것을 가순궁에게 맡겨서 나 없는 후라도 주상께 드려서 내 경력의 험함과 내 집 소조(所遭)[2]의 원통함을 알아서 30년 적원(積怨)을 풀어 주시는 날이 있으면 내 돌아간 혼이라도 지하에서 선왕을 뵙고 성자신손(聖子神孫)을 두어 뜻을 잇고 일을 알려서 모자의 평생 한을 푼 것을 서로 위로할 것이니, 이것만 하늘에 빌 뿐이다. 내가 일호라도 꾸민 것이 있거나 과장한 것이 있으면 이는 위로 선왕을 모함하고 내 마음을 스스로 속여서 신왕(新王)[3]을 속이고 아래로 내 사친(私親)을 아호(阿好)함이니, 내 어찌 천앙(天殃)[4]이 무섭지 않으리요. 내 평생에 경력이 무수하고 선왕과의 수작이 몇천 마디인지 모르되, 나의 쇠모(衰暮)[5]한 정신이 만에 하나를 생각하지 못하고, 또 국가 대사에 관계치 않은 것은 자세히 번거롭게 다 말하여 올리지 않았다. 큰 조건만 기록하여 자세치 못하다.

세상에 누가 모자지정이 없으리요마는 나와 선왕 같은 정리는 다시없을 것이다. 선왕이 아니면 내 어찌 오늘 같은 날이 있을 것이며, 내가 없으면 선왕이 어찌 보전하여 계셨으리요. 모자 두 사람이 조마조마하며 서로 의지하여 숱한 변란을 지내고 만년의 복록을 받아서 국가의 끝없는 복을 보기를 바랐으나, 하늘이 무슨 뜻으로 중도에 선왕을 잃으셨으니 고금 천하에 이런 참혹한 화가 어디 있으리요.

내 임오화변[1] 때 죽지 않은 것은 선왕을 보전하기 위함이었

---

2) 치욕이나 고난을 당함.
3) 순조.
4) 하늘에서 벌로 내리는 재앙.
5) 심히 쇠퇴함.

다. 무술(戊戌)년에 선친이 흉무(兇誣)[2]를 만나서 지원을 풀지
못하고 한을 품고 촉수(促壽)[3]하시니 내가 결단하고 따라 죽으
려 하였으나 선왕의 효성에 감동하여 차마 마음을 이루지 못하
였다. 이에 선왕을 잃고 이제 천만 무죄한 동생을 참화입게 하
니 내 불열(不烈) 부자(不慈) 불효(不孝) 불우(不友)한 사람이
되고 말았다. 천지간에 무슨 면목으로 하루라도 세상에 머무를
마음이 있으리요마는 어린 임금을 그리워하여 모진 목숨이 쉽
게 끊어지지 않아서 지금 구차하게 목숨을 붙이고 욕되게 살고
있으니 나같이 어리석고 나약한 사람이 어디 있으리요.

선왕은 천성이 지극히 효성스럽고 근년에는 효도가 더욱 지
극하시게 나를 섬기셨다. 평일에 노모를 잊지 못하는 마음을 받
들어 성중동가(城中動駕)라도 하여서 궐내를 떠나시면 문안하
는 편지는 계속되고, 원행(園行)은 으레 날이 오래 걸리기 때문
에 내가 그리는 마음을 생각하면 도로(道路)에서 역마를 세우고
두어 시(時)가 되지 못해 소식을 듣게 하셨다. 이제 어디 가서
그리운 선왕의 한 자의 서신이라도 얻어 보리요.

원통하다. 선왕이 천질이 비범하셔서서 융준용안(隆準龍顏)[4]이
시고 기상이 높고 맑으시고, 체도(體度)가 특이하셨으며 말을
배우며 글자를 알아 어려서부터 부지런하여 침식 시간 외에는
책을 놓으신 일이 없었다. 필경 성취하심이 선철왕(先哲王)보다
뛰어나셔서 천만사에 모르실 것이 없었다. 삼대(三代) 이후로

---

1) 영조 38년 사도세자가 뒤주에 갇혀 7일 만에 굶어 죽은 사건.
2) 영조 47년 홍봉한이 서인(庶人)이 됨.
3) 빨리 죽음.
4) 우뚝한 코와 용의 눈.

여러 왕 가운데 학문 문장과 성덕 경륜이 우리 선왕 같은 분 누가 있으리요.

　춘추 오십이 거의 되시고 만기(萬機)에 다사(多事) 하시며 매년 겨울이 되면 한 질의 책을 꼭 읽으시니 기미〔己未, 정조 23〕년 겨울에 《좌전(左傳)》을 필독(畢讀)하셨다. 내가 기쁜 뜻으로 어리셨을 때에 책씻이[5]하여 드리는 모양으로 탕병(湯餠)[6]을 약간 하여 드렸더니 선왕이 노모의 뜻이라 기뻐하시고 여러 신하들과 더불어 많이 잡숫고 글을 지어서 기록하신 것이 어제 일같이 생각되나, 인사의 변함이 어찌 이렇게 될 줄을 알았으리요.

　선왕이 지인(至仁) 순효(純孝)하셔서, 영묘께 뜻을 받들어 순종하심과 부모께 효성하심이 이루 다 기록할 수 없고, 대략은 행록(行錄)[7]에 올려져 있다. 임오(壬午) 이전에 난처한 때가 많았으나 선왕이 소년 시절이시되 근심할 줄을 알아서 더욱 몸을 닦으시니, 영묘께서 한 번도 걱정하신 일이 없었다. 보시면 매양 총명하고 덕성이 숙성함을 칭찬하셨으니, 선왕의 지극한 효성과 덕행이 천심을 감동시켰기 때문이다.

　어려서부터 나에게 모자간의 천륜 이상으로 지성이 각별하여, 내가 먹으면 잡수시고 내가 자면 주무셨다. 초조하게 근심할 때가 많으시나 어른처럼 마음을 잘 써서 사기(事機)에 힘입어 주선함이 많으니, 이 어찌 소년이 능히 할 수 있는 일이리요. 임오화변을 만나자 그때에 애원 망극하심이 어른 같으시고 슬퍼하는 거동과 우는 소리가 모든 사람을 감동시켰으니 보고

---

5) 책 한 권을 배워서 떼면 축하하는 잔치.
6) 국수나 만두 따위.
7) 사람의 언행을 적은 글.

듣는 자로서 누가 눈물을 흘리지 않았으리요.

외롭게 되신 후에 지통(至痛)을 품고서 어미 섬김이 극진하셔서 한때도 마음을 놓지 못하였다. 나를 떠나면 잠을 이루지 못하여 각각 대궐에 있을 때는 일찍 내 기별을 들으신 후에야 비로소 조반상을 받으시고, 내 몸이 조금만 불편하여도 꼭 무슨 약을 지어 보내셨으니, 그 효성은 하늘이 내신 것임을 알 수 있을 것이다.

슬프고 슬프도다. 차마 갑신(甲申)[1]의 일을 어찌 말하리요. 그때 애통 망극하여 모자가 서로 잡고 죽을 바를 모르던 정경이야 어찌 다 기록하리요. 만나신 지통이 자고로 제왕가에 없는 일이매, 비록 나라를 위하여 대위(大位)에 임하시나, 종신의 지통을 품으시고 경모궁을 추모하심이 해마다 깊어지셨다. 경모궁에 일첨문(日瞻門)과 월근문(月覲門)을 세워서, 매삭 참배하심이 한두 번이 아니시고 황황하신 추모로 조석에 문안드리듯 하였다.

나를 봉양하심이 천승지부(千乘之富)로 하시되 오히려 부족히 여기시고, 온화한 빛과 기쁜 소리로 하루에 네다섯 번을 들어와 보셨고 내 뜻을 어길까 마음을 놓지 못하셨다. 내 연래로 병이 잦아서 기미(己未)년, 경신(庚申)년의 두 번 대병으로 선왕의 용려초심(用慮焦心)[2]이 비할 데 없어서 침수(寢睡)[3]를 폐하시고 옷을 끄르지 않고 약을 달이고 고약을 붙이는 것을 모두 손수 하시며 남에게 맡기지 않으셨다. 내 비록 모자 사이라도 감격한

---

1) 영조 40년 세손을 효장세자의 양자로 봉한 일을 가리킴.
2) 마음을 졸임.
3) 수면의 경칭.

마음 어찌 측량하리요.

선왕이 천품이 검소하시고 만년에는 더욱 검약하셔서, 상시 계신 집은 짧은 처마와 좁은 방에 단청(丹靑)의 장식을 하지 않고, 수리를 허락하지 않으셔서 숙연함이 한사(寒士)⁴⁾의 거처와 다름이 없었다. 의복은 곤룡포(袞龍袍)⁵⁾ 이외에는 비단 옷을 입지 않으시고 굵은 무명 옷을 취하셨다. 이불도 비단을 덮지 않으시고 조석 수라에는 반찬 서너 그릇 외에 더하지 않으시되, 그것도 작은 접시에 많이 담지 못하게 하셨다. 내가 혹 너무 지나치게 검소하다고 말씀하면, 사치의 폐를 극력 주장하여,

"검박을 숭상함은 재물을 아낌이 아니라 복을 기르는 도리(道理)오이다."

라고 나를 도리어 면대하고 훈계할 때가 많아서 감복하였다.

선왕이 자경(子慶)이 늦어져서 종국(宗國)을 위한 근심이 크다가 임인[壬寅, 정조 6]년에 문효(文孝)⁶⁾를 얻어서 처음으로 경사롭더니 병오(丙午)년 5월과 9월에 두 번 변을 당하셔서 애척(哀慽)과 우려로 성체(聖體)가 손상하셨으므로 내가 매우 송구스러웠다.

정미[丁未, 정조 11]년 봄에 가순궁을 간선하였더니 덕행이 인후하고 체모가 수려하여 고가(古家) 숙녀의 풍도(風度)가 있었다. 입궐 후에 나를 받드는 것이 지성지효(至誠至孝)하매, 내가 또한 친딸같이 정이 들고, 선왕 받드는 것이 진선진미하여 한

---

4) 가난한 선비. 세력이 없는 선비.
5) 임금이 입던 정복(正服). 황색이나 적색의 비단으로 지으며 가슴과 두 어깨에 발톱이 다섯 개 달린 용의 무늬를 금실로 둥글게 수놓았음. 용포라고도 함.
6) 정조의 장남으로, 5세에 죽음.

가지도 성심을 어긴 일이 없었다. 선왕이 귀중히 여기고 기대하심이 각별하셔서, 항상 곧 무슨 중한 부탁을 하실 듯하였으니 선왕이 앎이 계시던 모양이다.

아들 낳는 경사를 바라던 마음이 간절하더니, 하늘이 도우시고 조종(祖宗)이 돌보셔서 경술〔庚戌, 정조 14〕년 6월 18일 신시(申時)에 내가 머무는 건넛집에서 대경(大慶)을 얻어서 주상이 나시니 비로소 종사(宗社)의 억만년 반태지경(盤泰之慶)이었다. 모자가 서로 하례하며 기쁨과 즐거움으로 세월을 보내는 중 이상하게도 내 생일과 같은 날이므로 선왕이 항상,

"저 아이 생일이 마마 탄일과 같은 날인 것이 자고로 사첩(史牒)에도 없는 기이한 일이니 아마 지성으로 애쓰신 덕분이니 천심(天心)이 우연치 않으신 일이지요."

하셨으나, 내가 무슨 지성이 있으리요마는 스스로 종사와 성궁(聖躬)[1]을 위한 고심은 나보다 더할 이 없을 듯하다. 하늘이 나를 어여삐 여겨서 같은 날이 되었는지 신기하기도 하다.

경신〔庚申, 정조 24〕년 봄에 관책(冠冊)[2] 두 가지 경례(慶禮)를 내어 덕문명가(德門名家)[3]의 숙녀를 간선하여 그 해 겨울에 며느리 보시기를 손꼽아 기다리시더니 선왕은 어디 가시고 나 혼자 머물러 볼 일이 더욱 슬프다.

선왕은 영우원(永祐園)[4]이 좋은 곳이 아닌 줄 아셨다. 병신〔丙申, 영조 52〕년 초에 내 선친이 천봉(遷奉)하시도록 역설하셨

---

1) 임금의 몸. 성체와 같은 뜻.
2) 관례와 책례.
3) 덕망이 높은 이름난 집안.
4) 사도세자의 묘소.

다. 일이 중대하여 근심하시다가 기유〔己酉, 정조 13〕년에 수원 화산(花山) 신용농주지혈(神龍弄珠之穴)을 점을 쳐 잡아서 이봉하시고 원호(園號)를 고쳐서 현륭(顯隆)이라 하셨다. 그리고 선왕이 나에게,

"이 땅이 옛사람의 말에 따르면 천리에 한 번 만나는 땅으로, 효묘(孝廟) 모시려 하던 곳을 얻어 썼으니, 무슨 한이 있으리요. 현륭 두 자로 세상에서 내 깊은 뜻을 알 것입니다."

하고 그때 주야로 애쓰시며 애모 망극하시던 일을 어찌 다 기록하리요. 원소(園所)를 옮겨 모신 후에 성효가 더욱 간절하셔서 어진을 재전(齋殿)⁵⁾에 모시고 전성(展省)하시는 뜻을 붙이시고 5일에 한 번씩 봉심하게 하시고, 매년 정월에는 원행(園行)하여 참배하였다. 그리고 춘추로 식목하여 장식하심이 친히 심으신 것이나 다름없이 하셨다.

또한 구읍(舊邑)의 백성을 화성(華城)으로 옮기시고 원소를 정성껏 보호하기 위하여 크게 성을 쌓고 행궁(行宮)을 장려하게 지으셨다. 을묘〔乙卯, 정조 19〕년 중춘(仲春)에 나를 데리고 원소에 참배하시고 돌아와서 봉수당(奉壽堂)⁶⁾에서 잔치를 베푸셨다. 이때 내외빈척(內外殯戚)과 문무신료를 모아 밤을 이어 잘 대접하였다. 노인에게는 낙남헌(洛南軒)에서 술을 권하시고, 궁민(窮民)에게는 신망루(新望樓)에서 쌀을 주어 환성과 기쁨이 화성으로부터 경도(京都)에까지 미쳤다. 이것이 모두 다 노모를 위하신 효사(孝思)로 하신 일이라 하여 신민이 뉘 아니 흠송(欽頌) 찬양하였으리요.

---

5) 재실.
6) 수원에 소재.

선왕이 비록 종사를 위하여 위에서 부지런히 힘쓰셨으나 지통이 마음에 계셨으니 남면(南面)[1]에 계심을 즐겨하지 않으시고, 존호의 청을 굳이 막아서 받지 않으시고, 항상 천승(千乘)을 떠나실 뜻이 있으셨다. 그러다가 성자(聖子)를 얻어서 종국(宗國)을 부탁할 사람이 있자, 화성을 크게 쌓아서 경성(京城)의 버금가게 하고, 집을 지어 노래당(老來堂)과 미로한정(未老閒亭)이라 하셨다. 그리고 나에게,

"위를 탐함이 아니라, 마지못하여 나라를 위하여 있었으나, 갑자〔甲子, 순조 4〕년이면 원자의 나이 15세니, 족히 위를 전할 것입니다. 처음의 뜻을 이루어 마마를 모시고 화성으로 가서 평생 경모궁 일에 손으로 행하지 못한 지한(至恨)을 풀 것입니다. 이 일이 영묘의 하교(下敎)를 받자와 행하지 못하는 것이 비록 지극히 원통하나 또한 나의 도리입니다. 또 원자는 내 부탁을 받아서 내 뜻을 이루어서, 내가 행하지 못한 일을 대신하여 행하는 것이 또한 도리입니다. 오늘날 제신은 나를 따르지 않는 것이 의리요, 다른 날 제신은 신왕을 좇아 받드는 것이 의리입니다. 의리가 일정한 것이 아니라 때에 따라서 의리가 되는 것이니 우리 모자가 더 살아 자손의 효도로 영화와 효양을 받으면 어떠하겠습니까."

하고 말씀하셨다. 내 비록 왕의 뜻이 불쌍하신 줄 아나 또한 그때 국사가 아득하였다. 내가 매양 눈물을 흘리니 선왕도 함께 우셨다.

"이리하여 내가 하지 못한 일을 아들의 효도로 이루고, 돌아

---

1) 왕위.

가서 지하에서 뵈오면 무슨 한이 있으리까."
하고 또 아드님[순조]을 가리키며 박준원에게 말씀하셨다.

"저 아이가 경모궁 일을 알려고 하는 것이 숙성하나, 나는 차마 말할 수 없으니 지난 일을 말해 주십시오."
하셨으므로, 그가 대략 가르쳤다고 아뢰었다. 그러니 선왕은 또,

"이 아이는 경모궁을 위하여 그 일을 하려고 발원하여 난 아이니 또한 천의(天意)입니다."
라고 말씀하셨다. 그리고 을묘년에 경모궁의 존호를 하실 때 팔자존호(八字尊號)를 하시고 나에게 말씀하시길,

"그렇게 반대하던 김종수가 옥책금인(玉冊金印)과 팔자존호를 하옵소서 하니, 인제는 다 되고 한 글자만 남았으니 이는 다른 날 신왕에게 기다리지요."
하고 이어 존호 글자를 외시며,

"장륜융범기명창휴(章倫隆範基命昌休)."
라고 하셨다. 내 무식한 여편네라 자세히 알아 듣지 못하고,

"기명창효(基命昌孝)입니까?"
하였더니, 선왕이 웃으시며,

"효(孝) 자는 장래 무슨 효대왕(孝大王)이라 할 제 쓰겠기로 아직도 효도 효 자는 쓰지 않습니다."
하셨다. 그리고 나에게 금빛 줄을 두른 다홍빛 천이 있는 것을 보시고 부탁하셨다.

"존호 때 중궁전의 예복이 무거운고로 그것으로 하려 하니 없애지 말고 잘 두십시오. 장래에 자식의 효도로 쓸 데가 있을 것입니다."

갑자〔甲子, 순조 4〕년에는 경영에 더욱 힘쓰셔서 모든 일과 언어 수작이 아니 미칠 것이 없으매 내 비록 놀라우나 이는 실로 천고(千古) 임금의 성절(盛節)이었다. 내 세상에 머물렀다가 희귀한 일을 친히 볼 수 있을까 하는 기다림이 없지 않았었다.

내 집안이 경인〔庚寅, 영조 46〕년 후로 세상의 질투와 핍박을 받았고, 병신〔丙申, 영조 52〕년에 이르러서 흉무와 참화가 망극하여 가문이 전복되었으니, 나의 지원지통을 어찌 다 형용하리요. 내 그때 하당에 내려가 주야로 통곡하고 목숨을 끊기로 기약하매, 선왕이 나를 지극히 위로하셨다.

내 생각하니, 선왕의 천품이 인효하셔서 신명에 통하시니, 한때 간신이 총명을 막음이 비록 하늘에 뜬 구름 같으나, 일월의 광명한 빛은 변함이 없은즉, 내 선친의 충성과 중부의 원통을 필경 굽어 살피실 것이다. 내 편협한 마음으로 실낱같은 목숨을 붙여 두지 못하면 선왕의 효성을 상할까 하여 억지로 욕되게 살고 있으니 내 마음은 비록 귀신에게 물을 것이나 마음 깊이 생각하면 어찌 부끄럽지 않으리요. 과연 요적(妖賊)[1]을 물리치시고 천심이 회오하셔서 선친의 일에 대하여는 '내가 과하게 하였습니다'고 많이 뉘우치시고 매양 말씀하셨다.

"외조부께서 뒤주를 들이지 않으신 것은 내가 목도하였다 해도 그놈들이 종시 우겨서 죄라 하니 우습습니다."

"그놈들이 소주방(燒廚房)의 뒤주는 먼저 들여오고, 어영청(御營廳) 뒤주는 선친이 아뢰었다고 죄로 잡으니, 그런 원통한 말이 어디 있습니까?"

---

1) 요사스러운 역적.

하니 선왕이 내게 이르시되,

"저희 놈들이 무엇을 알겠습니까. 어영청 뒤주도 외조부께서 대궐에 들어오시기 전에 들여왔습니다. 소주방 뒤주는 쓰지 못했습니다. 문정전이 선인문(宣人門) 안이요, 선인문 밖이 어영청 동영(東營)인데, 가까운 어영청 것을 들여왔습니다. 그 망극한 일은 신시(申時) 초 즈음에 나고, 아주 망극하여지기는 유시(酉時) 초 즈음입니다. 봉조하[2]는 인정(人定)[3] 후에야 비로소 대궐에 들어오시는 것을 내가 목도하여, 자세히 아는 일인데, 뒤주를 두 번 들여온 것이 봉조하와 무슨 관계가 있습니까. 그러하기에 정이환(鄭履煥)의 상소에 대한 비답(批答)[4]에 마지못하여 차마 하지 못할 말을 하여 발명하여 드렸으니, 세상이 다 아옵니다."

내가 거듭 물으매 선왕께서,

"비유하면 최명길(崔鳴吉)[5] 같아서, 극렬한 의론으로 나라 큰일에 그때 대신으로 죽지 못하였다고 의논하면 모르거니와, 봉조하께서는 나를 보전하여 종사(宗社)를 붙들었으니 후세 사람의 의논은 오히려 사직에 공이 있다고 하여야 마땅할 것입니다. 내가 앉아서 그때 일을 옳다 그르다 하고, 나를 보호하여 낸 일이 잘한 일이란 말을 인사상 하지 못할 것입니다. 지금은 저희들 하는 대로 두십시오. 비록 억울하신 처지가 저러하신 것을 밝혀 드리지 못하나 후왕 때에는 제 아비 보호하고 종사 붙든

---

2) 정조의 외조부 홍봉한.
3) 이경(二更). 통행 금지를 알리는 종.
4) 상소에 대한 임금의 하답.
5) 인조반정 때의 정사제일공신.

충성을 어찌 찬양하지 않겠습니까."

하시고 원자(元子)를 가리키며 분명히 다짐하셨다.

"저 아이 때에 외조부 누명이 풀리시고, 마마께서 저 아이 효양을 제 때보다 더 낫게 받으실 것입니다."

신해〔辛亥, 정조 19〕년 겨울부터 선친의 경륜 사업과 연주(筵奏) 상소를 선왕이 친히 모아서 주고라는 이름으로 편찬하시고, 기미〔己未, 정조 23〕년 섣달에 완성하여 60여 편의 서문(序文)을 어제(御製)하셔서 금상〔순조〕에게 들게 하여 들어오셨다. 읽고 번역하여 전편을 보이시고 이르시되,

"이제야 외조부의 공을 갚았으니 오늘에야 외손자 노릇을 하였습니다. 외조부의 충성과 공업(功業)을 유감없이 포장(褒獎)하여 주공(周公)에게 쓰는 문자(文字)도 쓰고, 한위공(韓魏公)[1]과 부필(富弼)[2]이 되고, 성인도 되고 현인도 되어 계시니, 이 글이 간행되면 후세에 길이 전할 것이매 지난 큰 액운이야 다시 거들어 무엇하오리까."

하고 나를 위로하셨던 것이다. 그리고 경신〔庚申, 정조 24〕년 4월에는 주고총서(奏藁叢書)와 문집서(文集書)를 지으시고, 숙제에게 친서로 '외조부의 충성이 이것으로 더욱 나타난다' 하신 문적(文蹟)이 지금 집에 있다. 또 나에게,

"그중 일단 발휘할 일은 간행할 때 다시 넣으려 합니다."

하고 말씀하셨다. 그것은 모년(某年)[3]에 당신을 보호하신 충성을 당신이 갑자기 칭찬하지 못하여, 후일에 크게 드러날 때를

---

1) 송나라 때 반란을 평정한 한기.
2) 송나라 때 현상(賢相).
3) 임오년 사도세자의 화변.

기다리려고 하신 성의(聖意)였을 것이다. 내가 전후의 서문(序文)을 보니 천포(天褒)가 융중 거룩하여 자손으로 하여금 지은들 어찌 이에 미치리오. 내가 손을 모아 감사히 여기며,

"오늘날에야 임금 아드님을 둔 보람이 있고 구차하게 산 낯이 있습니다."

하고 칭송하였다. 그러나 내 흉험하여 선왕을 잃은 설움 가운데 주고 일로 또다시 화란이 비롯하였다. 심지어 장장편편(張張篇篇)마다에 든 어제를 없애자고까지 하였으니, 위로 선친께 모욕이 여지없고, 아래로 내 몸에 핍박함이 말이 못 되고, 선왕이 또한 업신여김을 받고 계시니, 비록 선왕이 계시지 않으나, 선왕 아드님을 임금이라 하면서 이런 일을 행하니 만고에 이런 시절과 이런 세변이 또 어디 있으리요.

중부〔홍인한〕 말씀에도 처음 귀양 보내실 적 전교에,

'역심(逆心)과 이지(異志)는 없다. 임오(壬午)년 불필지(不必知)는 막수유(莫須有)와 같아서 족히 죄 될 것이 없으니, 장래에는 벗을 것이다.'

하시고 근래는 더욱 자주 말씀하셔서서 무죄한 사람과 다름이 없으셨다. 그리고 매양 외가의 일을 성의껏 관심하여 주셨다.

"갑자(甲子)년에 큰일을 이룬 후에는, 그와 함께 깨끗이 밝혀서 모자의 지극한 원한이 풀릴 것이요."

경신〔庚申, 정조 24〕년에 또 전교하셔서서,

'오늘 한 사람을 용서하고 내일 한 사람을 용서하여 막힌 사람이 없고, 폐한 집이 없게 하여 태화원기(太和元氣) 가운데 있게 하라.'

고 하셨다. 모두 갑자년까지 크게 풀자 하시기에 내가,

"그때에 내 나이 일흔이니, 내가 일흔까지 살기가 어렵고, 혹 살아 있더라도 오늘날 말을 어기면 어찌하오."

하고 불만스럽게 말하자 선왕이 화를 내셨다.

"설마 일흔 노인을 속이겠소."

그래서 나는 갑자년을 금석같이 기다렸으나, 내 흉한 독으로 말미암아 천백사(千百事) 경영을 다 이루지 못하고, 내 신세와 내 집의 혹화(酷禍)[1]가 이 지경에까지 이르렀으니, 이는 옛날 역사에도 없는 일이다. 내 일시인들 살아서 무엇하리요마는, 신왕이 나이 비록 어리시나, 인효하심이 선왕을 닮으셨으니 장성하시면 응당 부왕의 이루지 못한 뜻을 이루실 듯하여 주야로 축수하고 있다.

갑자국혼(甲子國婚) 후에, 선친의 지체가 다르시므로 과거를 보지 않고자 하시더니, 그때 유림의 학자들이 말하기를,

"국구(國舅)의 경우는 그럴 필요가 없으니 폐과(廢科)해서는 안 됩니다."

하였으므로, 부친이 갑자년 10월에 등과하셨다.

대조〔영조〕께서 기다리시다가 다행히 여기시고 소조〔사도세자〕께서도 어린 나이이시나 '장인이 과거하셨다'고 기뻐하셨다. 그때 경은(慶恩)[2], 달성(達成)[3] 두 댁 사람이 문과한 사람이 없다가, 처음으로 척리가 과거한 것이다. 인원·정성 두 성모께서도 '사돈이 급제하였다' 하시고, 나를 불러서 특별히 치하하셨다. 정성왕후께서는 본댁〔친정〕이 신임화변(辛壬禍

---

1) 혹심한 화.
2) 숙종의 국구인 경은부원군 김주신.
3) 영조의 국구인 달성부원군 서종제.

變)⁴⁾을 당한고로, 노론(老論)을 두둔하시기가 각별하여 선친의 과거를 기뻐하심이 당신 사친(私親)에 못지않으셨으니, 그때 황송하게 감탄하던 일이 바로 어제 같다.

세상이 모르고서, 선친이 제우하심이 척련(戚聯)으로 말미암아 그런가 하지만 실은 그렇지 않다. 계해〔癸亥, 영조 19〕년 봄에 선친이 관장의(館掌議)로 숭문당(崇文堂)에 입시하셔서, 주대진퇴(奏對進退)⁵⁾하시는 것을 보시고 크게 기이하게 여기셔서, 들어와 선희궁께 말씀하시기를,

"오늘 세자를 위하여 정승 하나를 얻었소. 장의(掌議) 홍(洪) 아무개요. 이 사람을 위하여 뒤에 알성〔謁聖, 알성문과〕을 보일 테니 혹 그 사람이 과거할까 기다린다오."
하시더라고 선희궁께서 나에게 전한 일이 있다. 이것으로 보면 선친에 대한 대우가 선비 적부터이며 이미 정승으로 허하시고, 간택하실 때에도 바라시던 처녀가 있었던가 싶다.

내 비록 재상의 손녀나, 조부께서 계시지 않고 한 선비의 딸이니 간택에 뽑힌 것이 의외로되 성의가 나를 사랑하실 뿐 아니라 우리 선친을 대용(大用)할 신하로 아셔서, 내가 선친의 딸인고로 더욱 완정시키신 일이다. 그러므로 선친이 비록 척리가 아니더라도 당신의 지체와 물망과 재국(才局)을 겸하였기 때문에 대우가 이러하셨으니 어찌 높은 벼슬을 하지 못하셨으리요.

그러나 특별히 나 때문에 일신을 자유롭게 하지 못하시고 고금에 없는 지경을 다 겪으시고 필경은 참언이 망극하고 처지가 망극하셔서 원한을 품으시고 촉수하셨다. 때문에 척리가 되신

효험은 적고, 척리가 되신 해는 많으셨다. 이것이 모두 나를 두신 연고이니 내 일생에 죄스럽고 지원하는 바이다.

선친이 등과 후에 대우는 점점 융중하시고 관위는 차차 뽑혀 올라가서 전곡갑병(錢穀甲兵)과 묘모국사(廟謨國事)를 모두 맡기셨다. 선친이 지극히 공명한 혈성(血誠)과 재주와 지식의 통달로 일마다 성심에 맞고, 모든 규구(規矩)[1]에 어김이 없어서 20여 년 장상(將相)에 있으면서, 백성의 이해와 팔도의 고락을 당신 몸의 일처럼 알아서, 내외의 병폐를 고치지 않으신 것이 없었다. 지금까지 준행하시니, 군신의 계합(契合)[2]이 천고에 드물기 때문이되, 당신의 충성과 재국이 다른 사람보다 지나치지 않으시면 이러하시리요. 당신 운수가 망극하여 참소가 무소부지(無所不至)[3] 하였으나 허망한 말 두어 가지를 실수하셨을 뿐이지, 30년 나라 일을 하시되 일을 잘못하여 나라가 병들었다거나, 일을 잘못하여 백성에게 해롭게 해왔다는 말은 지금까지 일호도 없다. 유식한 사대부 외에 도하(都下) 군민이나 외방의 백성들까지 선친의 덕을 생각하고 은혜에 감격하여 지금까지,

"홍승지가 아니면 나라가 어찌 지탱하였으며 우리가 어찌 살아났으리요."

하는 칭송이 자자하다. 이것은 한 사람의 사사 말이 아니라 삼척 동자를 잡고 물어도 반드시 '근세의 현상(賢相)'이라 할 것이니, 이 어찌 일시 권세 잡던 사람이 얻을 바이리요. 당신이 입조하신 후의 사적은 세상이 다 알 것이요, 또 선왕이 주고 서문에 자주

---

1) 사물의 준칙.
2) 부합. 두 가지가 꼭 들어맞음.
3) 이르지 않는 곳이 없음.

올려서 칭찬하셨으니 더 기록하지 않으며, 다만 당신 처지의 지원하신 대략만 거들고 선친의 흉무 받으신 시종 곡절은 아래의 여러 조건에 각각 올랐으니 또다시 거들지 않는다.

대체로 만일 경모궁 병환이 말할 수 없는 형편이 아니시고, 영묘께서도 모르시는데 선친이 괴이하여 영묘께 아뢰어서 뒤주를 들이고 이리이리 처분하시라고 권하셨다면, 내 비록 부녀지간이나 지아비는 아비보다 중하니, 내 아무리 무식한 여편네라도 그만 의리는 알 것이다. 그때 내가 따라서 죽기를 어찌 결단하지 않았겠으며, 설사 결단치 못한다 하더라도 내 어찌 부녀의 정의를 보전하였으리요.

선왕이 또 신묘[辛卯, 영조 47]년에 언찰(諺札)을 하시며 상소 비답(上疏批答)에, 영묘의 하교를 알리고 그렇지 않은 것도 밝혀 주셨다. 또 천도(天道)가 앎이 있으면 선친인들 어찌 자손이 남았으며, 낸들 40년 세상에 머물러서 자손의 효양을 받았으리요. 그때에 국세가 호흡지간(呼吸之間)에 위태로웠는데, 만일에 선친이 주선을 잘못하였으면 내 집안이 멸망하는 것은 둘째요, 선왕이 어찌 보전하여 계시리요. 억울한 때를 만나서 통곡 혈읍하시며, 선왕을 구호하여서 나라에 오늘이 있게 하였으니, 영묘께서 선친 믿으시고 의지하셨기 때문에 선왕을 보전하였지, 그렇지 않으면 영묘가 대노하신 그때에 아드님에게도 그런 끔찍한 처분을 하시는데, 손자의 운명을 어찌 헤아리셨으리요. 만일 그러하면 당일의 준론(峻論)[4]과 후세의 공의가 어떠하였으리요. 그때 선친의 처지로 머리를 천폐(天陛)에 부딪쳐 보시고, 그와

---

4) 엄숙하면서도 날카롭고 바른 언론.

동시에 세손도 보전치 못함이 옳았던가. 할 수 없는 지경이시니 세손이나 보전하여서 이 종사를 잇게 하는 것이 옳았던가는 식자를 기다리지 않고도 알 것이다. 선왕이 매양 말씀하시기를,

"외조부의 충성이 옛사람에게도 쉽지 않은 것인데, 세상놈의 욕이 무서워서 나는 차마 충(忠)이라 공(功)이라 하지 못하고, 댈 데 없고 탓할 데 없어서 목전이 이렇게 흐린 사람처럼 지내어 가지만, 한유[1] 같은 괴이한 놈의 죄명을 없이 하였으니 이것이 부득이한 일이요, 천백세(千百歲)에 진정한 의리가 아닙니다. 내 후대부터는 외조부의 공로가 드러나게 시호(諡號)를 고쳐 충(忠) 자로 하겠습니다."
고 천백 번 하셨다. 가순궁도 보고 들으신 말이니, 내 이제 선왕이 계시지 않다고 추호라도 과한 말을 차마 어찌하리요.

성의가 그러하신고로 10년 동안이나 주고를 만드셨다. 그 수고를 잊으시고 주야로 친히 편찬하시고 그 많은 서(書)를 지어 간행하여 세인에게 보이려 하시니 이것은 선친의 사업 경륜을 포양(褒揚)[2]하실 뿐 아니라 당신 외조부에게 향하신 성심과 외조부가 당신을 보호하여 종사를 평안케 한 충성과 공을 세상이 다 알게 하려 하신 일이니 가까이서 모시던 신하들이야 뉘 모르리요. 모년사(某年事)에 원통함이 더할까 매양 근심하시고 거기 손붙여 말하기가 어렵다 하시더니 연보(年譜)를 손수 편찬하실 제 임오(壬午)년 5월 13일 조건에 뒤주를 들인 시각(時刻)을 박으시고, 삼도감제조(三都監提調)[3]로 초종상례(初終喪禮)까지 진

---

1) 김귀주와 결탁하여 홍봉한을 없애려고 한 자.
2) 칭찬하고 권하고 더욱 힘쓰게 함.
3) 상례를 위한 세 도감.

충갈성(盡忠竭誠)하여 만들어 놓으셨다.

"문집(文集)에 임오 수차(袖箚)[4]가 왜 들지 않았느냐?"
하고 물으시기에, 동생들이 아뢰었다.

"임오의 일은 지금 공사문자(公事文字)에 거들지 못하는 때이오니 올리지 못합니다."

"그러할 묘리가 없고, 본심과 사실이 수차에 있으니 올리라."
고 여러 번 재촉하시다가, 화변을 당하여 결단치 못하였다. 신묘 수찰(手札)[5]을 얻으신 후에 선왕이 동색(動色)하고 기뻐하셔서 '춘저록(春邸錄)[6]에 올리라' 하여 연보에 올리시고 나에게도,

"내가 목도한 일로서 문자가 있어 한 장이 연보에 오르니 천고에 증신(證信)이 되어 한이 없습니다."
하고 말씀하셨던 것이다. 만일에 임오년의 일에 선친이 일호라도 관계하셨다면, 선왕이 차마 한들 평일의 말씀이 그러하시며, 이 주고와 연보를 만들었을 리가 어찌 있으리요. 당신 손으로 하지 못할 일은 의리를 지켜서 위친(爲親)한 일에도 오히려 미진한 것이 있는데, 진정으로 의리에 어기면 어찌 외조부라고 용서하시며, 근심은 이를 것도 없이 이렇게 포양하셨으리요. 주상은 이 한마디에 더욱 결단을 내려야 할 것이다.

선친의 일이 갑진[정조 8]년에 세 가지가 모두 누명을 씻었으니, 예사 사람으로 이르면 무고였다고 하련마는 무슨 터무니없이 도리어 세상의 모욕을 받으니 웬일이냐. 이것이 다른 죄가

---

4) 임금께 직접 상소하는 것.
5) 영조 47년의 수서(手書).
6) 동궁일기.

아니라 갑진년에 이미 씻어진 누명에 관한 것이니, 이런 일이 어디 있으리요.

대저 모년의 일을 가지고 두 가지로 의논이 있다. 한 의논은 모년 대처분을 하신 것이 공명정대하여 영묘의 거룩하신 성덕 대업을 칭송함이 천지에 부끄럽지 않으리라 하는 것이고, 또 하나의 의논은 경모궁이 병환이 아닌데 원통하게 그리되셨다는 것이다.

위의 의논 같으면 경모궁께서 진실로 본심이 어떠하기에 죄가 있어서, 영묘의 처분이 마치 적국이나 평정한 것처럼 공업으로 일컫는 말이 된다. 이러하면 경모궁께서 어떠한 몸이 되시며 선왕께서 또한 어떠하신 처지가 되시리요. 이것은 경모궁과 선왕께 망극한 말씀이다.

또 다음 의논 같으면 영묘께서 참언을 들으시고 동궁을 그 지경에 가도록 하셨다면, 경모궁을 위하여 변명하노라 한 것이 영묘에게 어떠한 실덕이 되시리요. 이리 말하나 저리 말하나 삼조(三朝)께 망극하기는 같아서 두 가지가 모두 실상이 아닌 것은 일반이다.

선친의 수차 말씀같이 경모궁께서 분명히 병환이셨으며, 비록 병이시나 성궁(聖躬)의 위태로우심과 종국(宗國)의 운명이 경각에 있으므로, 영묘께서 애통 망극하시나 만부득이 그 처분을 하셨던 것이다. 경모궁께서도 본심(本心)이오시면 허물이 되시지만 천성을 잃으신 병환이시니 당신의 말하신 것조차 모르셨던 것이다. 오직 병환 드신 것이 망극하지 경모궁께야 무슨 일호의 누덕(陋德)이 되시리요.

실상이 이러하니 이렇게 실상대로 말을 하여야 영묘의 처분도 만부득이한 일이 되시고, 경모궁 당하신 일도 할 수 없는 터이시고, 선왕도 또한 각각 애통과 의리에 합당하게 된다. 그런데 위의 두 가지 말이 영묘의 처분을 거룩하시다 하고 경모궁은 죄 있는 곳으로 돌아가시게 하는 것과, 또 경모궁을 위한다고 영묘께 부자(不慈)하신 잘못이 계시다 한 것, 이 두 가지가 모두 삼조에 죄인이다.

한편 의논이 영묘의 처분은 옳으시다 하면서 선친만 죄를 잡으려 하여 저희들이 알지도 못하며 뒤주를 들였다 하니 이것이 영묘께 정성이 있단 말이냐, 경모궁께 정성이 있단 말이냐. 이 일을 가지고 사람을 잡는 함정으로 만들려 하는 것이다. 30년 동안 지통망극(至痛罔極)한 일을 저희들 사람 해치는 기계(奇計)와 저희들 발명하는 계제로 만들었으니 통곡할 뿐이다. 지금에 이르러서 선왕이 계시지 않은 후에 흉도들이 비로소 저희들의 뜻을 얻었으나 나를 없애지 못함을 분하게 여겨서 내 동생에게 참화를 끼치고, 선친을 반교문(頒敎文)[1] 머리에 올려서 역적의 괴수로 만들었다.

내 비록 역대 사기(史記)를 모르나 선왕의 어미를 앉혀 놓고 선왕의 외조를 역적이라고 반교문에 올려서 팔방에 전하는 흉적은 아무리 망한 세상에도 없을 것이다. 또 신유년 6월에 계사(啓辭)[2]를 하는 데 있어서 숙제의 동기가 역적의 종자 아닌 것이 없다 하였으매, 숙제의 동기가 누구리요. 이것은 더욱 분명히 나를 역적의 종자라고 지목하는 말이니 세변(世變)이 이

---

1) 나라에 경사가 있을 때에 백성에게 널리 반포하던 교서.
2) 임금에게 논죄하는 상소.
3) 신하가 지켜야 할 절개.

토록 극도에 달하고 신절(臣節)[3]이 아주 망해 버린 것이다. 옛 사람이 통곡하여도 부족하다는 말이 무색할 정도이다.

대저 선친이 불행히 험난한 때를 만나서 오래 조정에 계시니, 비록 은우(恩遇)가 정중하시고 지체가 자별(自別)하여 물러날 마음이 주야로 간절하시나, 종국의 근심과 세손의 어리심을 염려하여 몸을 자유롭게 하지 못하시고, 구차롭게 미봉하여 옛 사람의 직절(直節)을 다하지 못하셨던 것이다.

만일 조야(朝野)의 강직한 사람이 본심은 헤아리지 않고 대신의 단호한 충절이 없다고 시비하면, 당신도 마땅히 웃고 받으실 것이다. 그리고 낸들 어찌 마음에 품으랴. 내 집이 대대로 벼슬하는 집으로 문운(門運)이 형통한 때를 당하여 자제가 계속 등제(登第)하여 문벌이 성만(盛滿)하고 권세가 과중하니, 사람이 시기하고 귀신이 꺼리는 것이 괴이치 않다. 그러나 이미 집안이 그릇된 후에 생각하면 영화의 자취를 거두지 못하고 벼슬에 몸을 적신 것은 천만 번 뉘우치고 한이 된다. 그러나 천만뜻밖에 무함으로 이 지경이 되니 실로 원통하고, 성쇠화복(盛衰禍福)이 고리 돌 듯하는구나. 이미 성하려다가 쇠하였으니 이 억울함을 풀어서 화를 복으로 삼을 때가 있을까 하고 피눈물로 울면서 하늘에 축원한다.

기묘대혼(己卯大婚)[1] 후에 귀주(龜柱)의 집이 빈한한 선비로서 일조에 존귀하게 되니 서먹서먹하고 위태로운 데가 많았다. 우리 선친이 딱하게 여기시고,

"두 척리 집에서 서로 의가 좋아야 고락을 함께할 것입니다."

---

1) 영조 35년의 재혼.

하시고, 모든 일을 지도하고 주선하여 추졸(醜拙)2)이 나지 않도록 극진히 돌보아 주셨다. 처음은 고맙게 감격하더니, 저희의 세도가 짙어지고 점점 흉심(兇心)이 자라서 필경은 원수가 되었으니 이런 일이 어디 있으리요.

대저 귀주의 아비는 성품이 비루하고 음흉하고, 귀주는 더욱 독기의 덩어리로서 흉악한 인물이다. 비로소 척리가 된 후 경은 〔인원왕후의 아버지〕 집처럼 몸을 가졌으면 누가 나무라리요마는, 저희 본디 충청도 사람으로 호중(湖中)3)의 오괴한 논자들과 친하였다. 귀주의 당숙 한록이는 관주의 아비로 남당(南塘)4)인지 누군가의 제자로 학자질하노라 하니 귀주네가 받들고 믿기를 신명같이 하여, 그것들의 소론에 따라서 처음에는 척리의 본색을 지켰으나 나중에는 배반하여 주제넘고 어중되었다. 못된 것이 잘난 체하는 꼴이 아니꼬운 적이 많으니 세상의 누가 비웃지 않으리요.

우리 집이 대대로 재상가요 먼저 된 척리이매, 행여 저희를 비웃는가 모욕하는가 하는 자격지심으로 의심하고 노하였다. 그러던 중 경진·신사년에 동궁의 병환은 점점 여지없게 되시고, 영묘께서 저희를 새사람으로 지나치게 친근히 하시니 귀주들의 흉심이 반동하였다.

"동궁의 실덕이 저러하시니, 할 수 없이 큰일이 날 것이다. 그러할 제는 동궁의 아드님이 보전치 못하심은 당연하니, 그리되면 나라에 다른 왕자가 계시지 않으니 필경 우리가 양자를 드

---

2) 지저분하고도 졸망함.
3) 충청도.
4) 한원진의 호. 호파(湖派)의 대표자임.

려서 우리가 외가로 장래까지 부귀를 누릴 것이다."

하고 저희들의 흥겨운 의논이 무르익었던 것이다. 특히 선친에 대한 대우가 거룩하시니 혹 세손을 보전하면 저희 욕심대로 되지 않을까 염려하였던 것이다. 신사년에 귀주가 스물이 겨우 넘은 어린놈으로서 제 감히 영묘께 봉서(封書)를 아뢰어 선친을 해하고 정휘량까지 넣어 들이니, 영조께서 놀라셔서, 그때 중궁전께,

"이리 못하리라."

하고 심하게 꾸중하셨다. 이것은 서행(西行)하신 일로 선친은 간하지 못하고 정휘량은 대조께 아뢰지 않는다고 얽은 말이니, 이 어찌 선친만 해할 의사라 하리요. 소조의 실덕을 대조께서 아시게 하는 일이니 제 처지에 이런 흉심이 어디 있으리요.

영묘께 승은(承恩)[1]을 입은 나인 이계흥(李啓興)의 누이 이상궁이 그때 항상 영묘를 모시고 부자님 사이를 조정하는 일이 많았는데 그날 봉서를 보고 놀라고 분해서 중궁전께 아뢰었다.

"댁에서 감히 이런 일을 하실까 봅니까. 급히 그 봉서를 세초(洗草)[2]하소서."

그때부터 그놈의 흉악한 마음을 알아내셨던지 선친이 남모르게 고민하셨다. 그러나 보는 데가 있어서 동궁께도 이 말을 여쭌 일이 없었다. 내 집이 저희와 틀어지지 않고자 한 일을 여기서 능히 알 수 있을 것이다.

저희 마음에 저희는 국구(國舅)니까 동궁의 장인에게 어찌 미치지 못하랴고 시기하는 생각과 제거할 계략이 날로 심하던 차

---

1) 여자가 임금의 사랑을 받고 밤에 모시는 것.
2) 없애 버릴 문서(文書) 조각을 물에 풀어 씻어 버림.

에 마침 모년의 대처분이 났던 것이다. 저희 마음에 인제는 세손까지 보전하지 못하고 양자를 정하여 저희가 외가 노릇하고 홍씨는 멸망시킬 줄 알았다가, 필경은 세손은 동궁이 되시고 우리 집도 보전하여 선친이 재상 지위에 계시니 저희의 분함을 이기지 못하였다. 그제야 천고에 없는 부도(不道)의 흉언을 하여, 영묘의 성심을 어지럽게 하고 세손을 보전치 못하게 하려는 간계를 내었다. 이 흉계를 저희는 감히 하였지만 나야 붓으로 차마 어찌 다 쓰리요. 그러나 분명히 쓰지 않으면 후인이 무슨 흉언인지 몰라서 의혹할 듯싶어 마지못하여 쓴다.

임오변란 후에 김한록이가 홍주 김씨들이 모인 곳에서,

"세손이 죄인의 아들이매 승통(承統)[3]을 하지 못할 것이니 태조의 자손이면 누구라도 될 수 있다."

하는 말을 하였으니, 이것이 세상에 전하는 십육자 흉언이다. 그때 모든 김씨들이 다 듣고 풍설이 낭자하였다. 그러나 끔찍한 말이라 차마 입에 올리지 못하였다. 나도 듣고 세손도 들으시고 흉악히 여겼으나, 오히려 신의상반(信疑相半)[4]하더니, 근년에 선왕이 나에게 말씀하셨다.

"한록과 귀주 무리의 흉언은 시종 의아하더니, 이제야 정말인 것을 알았습니다."

"어떻게 정말인지 아십니까?"

하고 내가 물었다.

"소문에 홍주 갈미 김씨들 좌중에서 그 말을 하였다 하기로 마침 옥당(玉堂) 다니는 김이성(金履成)[1]이가 번(番) 들었을 때,

---

3) 왕위를 이어받음.
4) 믿음과 의심이 반반이라는 말.

그가 갈미 김씨이기에 알 듯하여 속이지 말고 바로 이르라고 달래고 을러서 물었더니, 처음에는 서먹서먹해하였으나 내가 저 하나를 휘지 못하겠습니까. 나중에는 실토하였는데, 한록이가 그 말하는 것을 제가 직접 듣고, 다른 김씨들도 많이 듣고 곧 저희 문장(門長) 김시찬(金時粲)[2]에게 이 말을 하니 시찬이 듣고 대경통분하여 귀주, 한록의 무리가 이제는 역절(逆節)이 분명하니, 자식들에게 경계하여 충역(忠逆)을 분간해 두라고 일렀다 합니다. 한록의 말뿐 아니라 실은 귀주에게서 나온 의논이라 하니 이제는 명백한 증거를 잡았습니다. 참말일 것입니다. 이런 일이 어찌 있으며, 이를 말하면 어느 지경에 갈지 모르니 참고 이 앞을 볼 것입니다. 지금은 그것들이 무서워서 아직 위안하고 달래서 급한 변과 깊은 원한을 부르지는 않을 것입니다. 임오변란 후에 누구로 양자를 정하려는 의망(擬望)[3]하던 것도 있다 하니, 그것이 모두 흉언에서 나온 계교이매, 저들이 한 나라에 군림하여 백료(百僚)[4]를 엄대(嚴對)하려 하니, 어찌 흉하지 않습니까. 생각할수록 그놈들의 역심과 흉언이 몸서리쳐집니다.”
하고 통분해 하셨다. 관주를 동래부사 시키실 때도,
　“말도 아니 되는 난처한 일을 합니다.”
고 나에게 말씀하셨으니, 이놈들이 흉적인 것을 선왕이 어찌 살피지 못하셨으리요. 선왕이 전부터 아시기 때문에 병신〔丙申, 정조 원년〕년에 귀주를 처분하실 제 하교(下敎)에 귀주의 죄를

---

1) 영건도감(營建都監) 승지.
2) 홍문관 부제학.
3) 삼망(三望)의 후보자에 천거함.
4) 백관. 모든 벼슬아치.

다만 사소한 일로 말씀하시고, 그 밖의 일은 불인설(不忍說)[5]이라 하셨으니, 불인설은 곧 이 흉언이다. 병신년 전인들 모르시는 것이 아니로되, 김이성의 말을 들으신 후에 더욱 증거를 얻으셨던 것이다.

자고로 추대(推戴)[6]하는 역적과 국본(國本)을 뒤집는 역적이 많을 것이로되, 아조(我朝)에 이르러서는 효묘〔효종〕 이후로 6대의 혈맥이 세손 하나뿐이신데 저희가 그릇하여 한때 부귀할 욕심으로 6대 혈육을 없애려 하고 '태조의 자손이다' 하고 팔면부지(八面不知)인 것을 가져다가 세우고 나라를 오로지 차지하려 하였으니, 만고천지간에 이런 극역 흉적이 또 다시 어찌 있으리요.

내 집과 전전(輾轉)하다가 선친을 꼭 해치려 한 것도 이 흉언으로 말미암아 났던 것이다. 저희들 흉언이 차차 전해져 온 세상이 다 알게 되니, 저희들 계교는 행하지 못하고, 이 흉언을 감출 길은 없었다. 그제야 선비 사귀어 사류(士類) 노릇을 하였으니, 사론(士論)을 한다 하여 고난을 겪고 죽게 된 것들, 서울 시골 없이 비문(非文) 비무(非武)하고 떠들기나 좋아하는 무리를 모았고, 재물을 뿌리며 의기(義氣)로 사귀는 체하여 몸을 기울여서 남을 끌여들였다. 그것들이 시골의 미천한 괴귀(怪鬼) 불령지배니, 제 일생에 부귀가(富貴家) 문정(門庭)이나 구경하였으리요.

좋은 음식과 두꺼운 의복을 후하게 대접하고, 돈 달라면 돈

---

5) 차마 할 수 없는 말.
6) 왕을 모셔 받듦.

주고 쌀 달라면 쌀 주고, 급한 일이 있다 하면 인삼 녹용을 주고, 혼상(婚喪)하면 치상행혼(治喪行婚)을 조금도 아끼지 않고 주니, 그것들이 사생(死生)에 잊지 못할 은혜로 알아서 도처에서 거룩한 사류척리(士類戚里)로 일컬었다. 그러면서 탕화(湯火)[1]를 피하지 않게 만드니 이것이 모두 왕망(王莽)[2]의 사람 거두는 흉계다. 필경 귀주는 내 집을 쳐내려는 의사다.

선왕이 이런 말을 항상 하셨다.

"봉조하〔홍봉한〕께서 어영청에 봉상(捧上)[3]된 동과 은을 수만 냥 모아두셨더니, 오흥(鰲興)[4]이 전부 내어서 귀주와 함께 흩어서 선친 죽이려 하는 모군(募軍) 값으로 탕진하였으니 세상에 그런 우습고 원통한 일이 없습니다. 그래서 친한 조신에게 이 말을 하니까 명담(名談)이라고 하더군요."

귀주 무리가 흉악한 마음으로 높은 벼슬을 하여 권세를 잡으려고 어떻게 하든지 내 집을 없애 버리려고 하니, 설사 선친이 잘못하신 일이 있다 하더라도 두 집 사이에 그리 하지 못할 터이고 제가 하지 못할 짓이다. 제게 불리하거나 서로 난처하거나 하면 상정에 혹 미워할는지 모르나, 처음부터 우리 집은 저희에게 은혜가 있지 원은 털끝만큼도 없으니 아무리 생각하여도 어찌된 심술인지 알 수가 없다. 저희들이 흉모 흉언으로 동궁을 동요시키려 하더라도, 영묘께서 세손에게 지극히 자애하시고, 선친을 의지하여 대우가 한결같으시고, 세손이 점점 장성하셔

---

1) 끓는 물과 뜨거운 불.
2) 권모술수로 한나라의 평제를 죽이고 황제가 됨.
3) 물건을 바치는 일.
4) 영조의 국구. 오흥부원군 김한구.

서 저위(儲位)[5]가 굳고 굳으셨기 때문에 망연 실망하였다.

그러다가 천만뜻밖에 기축[己丑, 영조 40]년 별감 사건이 났다. 이때 선왕이 소년의 마음으로 외조부와 이 노모가 당신께 애쓰는 정성은 미처 살피지 못하시고 일시의 노염으로 외가에 대한 정이 변하시고, 후겸이가 내 집과 사이가 좋지 않았다. 귀주가 이 두 마디를 잘 알고, 그제야 잘 되었다고 하고 적반하장으로 도로 잡아서 저희들이 동궁께 정성 있고, 선친은 인(䄄) · 진(䄊)[6] 무리를 귀여워하여 동궁께 불리하게 하려 한다고 동궁께도 거짓 고자질하고

"홍가가 동궁께 불리하게 하고, 동궁이 홍가를 박대하신다." 하고 세상에도 퍼뜨렸다. 그러자 세도가에 아첨하여 벼락 감투를 쓰려는 부류와 이(利)를 탐하고 때를 따르는 것들이 일시에 어울려서 10학사니 무엇이니 하여 한 뭉치가 되어서 선친을 해치려고 꾀하였다.

경인[庚寅, 영조 46]년 3월에 청주놈 한유란 것을 꾀어 그 흉모를 시키니 귀주가 한 짓이었다. 한유는 시골서 토반(土班)[7] 반명(班名)도 변변치 못하고 글 못하고 어리석고 흉악한 시골 우맹(愚氓)[8]이었다. 그때 영묘께서 송명흠(宋明欽)과 신경(申暻)에게 격노하시고 학자들이 당신 40년 고심으로 이루어 놓으신 탕평(蕩平)을 나무란다 하시고 송과 신에게 죄를 주셨다. 그

---

5) 왕세자의 지위.

6) 은언군과 은신군.

7) 여러 대에 걸쳐 그 지방에서 사는 양반.

8) 어리석은 백성.

9) 영조가 쓴 책으로 고금 당론이 망국(亡國)한다는 내용임.

리고 《유곤록(裕昆錄)》[9]이라는 책을 만드셔서 학자의 당론이 나라를 그릇되게 만드니 후세 왕들은 학자를 쓰지 말라 하신 말씀이매 누가 우탄(憂嘆)하지 않으리요.

여든이 되신 임금이 과거(過擧)로 그러시니 비유컨대 인가(人家) 노친이 무정한 일로 걱정하면 자손들이 미봉하느라고 비는 모양처럼, 그때 선친의 처지로 성심 경노케 하올 터가 아니었다. 본심을 누가 모를 것이 아니니, 청하여 반포케도 하고 목전을 무사하게 하려 하셨다. 이는 때를 어렵게 만나신 탓이다. 실은 당신의 힘으로 동궁만 보호하여 국본을 튼튼히 하심이요, 그밖의 일은 노인네 일시의 과거를 어찌할 수 없으니 필경 바르게 할 때 있을 줄 아셨음이라. 근본인즉 모두 허물을 알면서 어질게 보신 것이요, 동궁을 위하신 고심이었다. 그때 《유곤록》 문제로 상소하면 명론(名論)이라 하니 한유놈을 누군가가 꾀어

"네가 《유곤록》에 대하여 상소하면 명인(名人)이 되고 장래 벼슬하고 양반이 될 것이다."

하니 이 우매한 놈이 그 말을 솔깃하게 듣고 짐짓 충성을 표하노라 하고 팔 위에 글자를 새기고 서울로 와서 《유곤록》 문제로 상소하려는 차에 그놈이 심의지(沈儀之)[1]와 친하여졌다. 의지는 귀주가 사람을 얻지 못하여 애쓰는 때라 서로 의논하고 한유를 달래었다.

"지금 홍 아무개가 오래 정승으로 권세를 많이 써서 상심(上心)이 염증을 내시고, 동궁에게도 죄를 져서 탐탁히 여기지 않으시고, 세상이 다 치는 터이나, 아무도 앞장서서 상소코자 하

---

1) 청송인(靑松人)인 유생.

지 못하니, 네가 만일 상소하여 홍가를 논박하면 벼슬이라도 할 것이요, 장한 공(功)이 될 것이다."

이때 한유가 여관에 있는데 귀주들이 하인을 시켜서,

"여기 청주서 온 한생원 있느냐. 영의정 대감께서 상소하여 일낼 놈이니 잡아오라 하신다."

한 놈이 얼러대자, 다른 놈이 또 인심 쓰는 체하고,

"그 선비 어서 서울을 떠나서 화를 면하라."

이리하기를 여러 번 하여 우패(愚悖)한 놈의 분을 돋우어 불쾌하게 하고 의지가 그 중간에서 감언이설의 농간으로 꾀었다.

"이럴 때에 네가 물의의《유곤록》문제로 상소하면 직절지사(直節之士)가 되고 몸이 영화로울 것이다."

하고 달래서 상소문을 지어 주니, 이놈이 죽을 둥 살 둥 옳은지 그른지도 모를 그 흉소를 올렸다. 정처가 그때 후겸의 말을 듣고, 우리 집을 제거하여야 제 모자가 내외로 권세가 중해질 줄 알고서 귀주와 합세하여 선친을 여지없이 참소하여 성심이 7, 8분 변하셨다.

경신년 정월에 대수롭지 않은 일로 사직하여 계시다가 서용(敍用) 영부사(領府事)를 하시나, 임시(任時)인즉 김치인이 대신하여 3월까지 되었으니 성권(聖眷)이 감쇠(減衰)하신 것을 짐작할 수 있다. 이럴 때에 한유의 상소를 보시고 놀라시기는 하셨으나 좌우에서 해치는 말에 끌리셔서 한유는 가볍게 섬으로 귀양 보내시고 선친에게는 그로 인하여 또다시 휴직을 명하셨다. 비록 종시 보호하려 하시는 뜻이시나, 평일의 은총으로 일조에 이러하시기는 천만 의외였다.

이후에도 내 집이 그릇되고 선친 몸이 조정에 계시지 못하고,

귀주가 오로지 득세하여 안으로 후겸을 끼고 밖으로 여러 당류와 더불어 주야 모의하여 선친을 해치려 하였다.

경인년 겨울에 최익남(崔益男)이가,

"동궁이 지금 사도묘(思悼墓) 전배(展拜)[1] 않는 것이 미안하온대 이것이 김치인의 죄입니다."

하고 상소하였다. 동궁께 전배하십시오 하는 것은 옳은 말이나, 상소는 신하로서 청하지 못할 터이요, 하물며 지금 수상(首相)은 아랑곳없는데 그런 상소를 하였다. 익남은 본디 행실 없고 경천(輕賤)하여 세상이 지목하는 인물이지만, 정처의 시집 관계로 불행히 내 집에 출입하여 면분이 있었다. 귀주네가 구상(具庠)을 중간에 놓아서 후겸을 꾀고, 홍가의 시킴이라 하고는 참소케 하였다. 그러자 성심에 모년 일로 선친이 당신을 허물로 만들고, 김치인을 제거하려고 익남을 시켜서 상소하게 하였다는 참소를 곧이들으시고, 친히 엄한 문초를 하여 아무쪼록 홍가가 시켰다 하도록 여러 사람을 엄형하시나, 홍씨는 진실로 모르는 일이었다. 익남이가 곤장을 맞고 죽었으나 필경 홍씨에게는 직접 화가 닿지 않았다. 그러나 성심이 종시 풀리지 않고, 저놈들의 살심(殺心)은 불 같아서 음모를 쉬지 않았다.

겨우 수삭이 지난 신묘[辛卯, 영조 47]년 2월에 인(裀)·진(禛)의 일로 변란을 지어 내었다. 처음 갑술에 인이 나고 을해에 진이 나니 귀천 없이 내 여편네 인정에 어찌 좋으리요마는, 그때 경모궁은 병환이 점점 극도에 달하시고, 또 그 어미를 총애하시

---

[1] 궁궐·종묘·문묘·능침에 참배함.

는 것도 아니었다. 이때 뜻밖에 그것들이 났으니 비록 질투를 한들 베풀 터 아니요, 나의 인자 유약한 마음에 천한 그것들도 골육이매 거두지 않을 수가 없어서 거두어 주었다. 영묘께서 그것들이 화근이라는 엄교(嚴敎)가 대단하시니, 내가 또 따라서 질투를 부리면 소조께서 더욱 난처하실까 하여 참고 지냈다. 그러자 영묘께서 내가 그것들을 심상히 보고 질투하지 않는다고,

"인정이 아니라."

하는 꾸중도 들었다. 그러나 모년 후에는 그것들이 더욱 의지 없고 측은하여서 적모(嫡母)²⁾의 도리로 당신 끼치신 골육이라 내가 심상히 무휼하여 길렀다. 저희들이 성인한 후에 밖으로 나가니 영묘께서,

"저것들이 어찌할까."

하고 근심하셨다. 선친이 일편 공심(公心)으로 경모궁 골육만 생각하시고 영묘께 아뢰었다.

"저것들이 점점 자라서 밖에 나가니, 혈기미정(血氣未定)한 아이들이 만일 다른 데 반하거나 누구의 꾐을 듣고는 무슨 변고나 내지 않을지 모르오니 민망하옵니다. 신의 처지가 세손께 지근(至近)하와 혐의 없사오니 신이 살피고 가르쳐서 저희들도 사람이 되고 다른 데 반하지 않으면 저희들만 위하는 것이 아니라 나라의 복이로소이다."

"경의 마음이 고맙고 감탄스러우니 그리 하오. 그러나 그것들이 경의 말을 잘 들을지 걱정이요."

하고 영묘께서 기뻐하셨다. 그러나 내 집의 자제들이,

---

2) 서자(庶子)가 아버지의 정실을 일컫는 말.

"잘못하신 일입니다. 그것이 도리어 화근이 될 것입니다. 아는 체 마십시오."
하고 간하였다. 그리고 그것들이 들어오면, 내 집의 자제 소년들까지 피하고 보는 일이 없었다. 선친이,
"그것은 당치 않은 근심이다. 그것들을 공심으로 가르쳐서 몹쓸 곳에 빠지지 않게만 하겠다. 내 처지에 세손이 의심하시랴. 세상인들 누가 내 마음을 모르랴."
하고 그것들을 가엾게 여기셨다. 선친이 말세의 인심을 헤아리지 않고 부질없는 일을 하시기에 자제라도 간하던 말이지만, 이 일로 얽혀서 대화(大禍)를 빚어 내기는 천만 몽상 밖이니, 만고에 이런 일이 어디 있으리요. 선친뿐 아니라 청원(淸原)도 혐의가 없다. 그것들의 사정을 봐서 남여를 만들어 주었으니 청원도 무슨 의심을 하랴.

그것들이 궁궐에서 나간 후에 여러 번 꾸짖고 훈계하셔도, 저희들 자질이 못생겨서 어리석고 패덕스러우니 배우지 않고, 나라에 가깝다는 교만한 마음만 먼저 내고, 궁중 잡류와 몹쓸 행동만 하고 가르치는 것을 하나도 받지 않았다. 그리고 그것들이 점점 어긋나가므로 종시 가르치지 못할 것을 알고 도리어 원한을 살까 근심하시게 되었던 것이다.

선친께서 그것들의 훈계에 기축(己丑)년부터 점점 소홀히 하시다가, 경인(庚寅)년에 당신의 불우한 환경으로 교외에 불안하게 지내시매 자연 그것들이 절적(絶迹)하고, 따라서 당신도 다시는 아는 체하신 일이 없었다.

신묘년 정월 그믐께, 해마다 하는 예로 동산의 밤을 각 궁과 전에 드리고 군주(郡主)들까지 주었는데 인과 진이에게 가니,

이 일로 시작하여 성노(聖怒)가 진첩(震疊)[1]하셨다. 2월 초에 창의궁에 거둥하시고 급한 변이 날까 하여 궁성의 호위까지 하시고, 그것들을 제주도에 보내서 가두어 두셨다. 그리고 선친 이하에 화색(禍色)이 절박해 있었다. 그때 세손은 수가(隨駕)치 못하시고 한기(漢耆)[2]와 후겸이만 들어가서 함께 입시(入侍)하여 즉석에서 처분하시게 하려는 계교를 꾸미었는데 귀주는 상인(喪人)이라 제 아저씨를 시켜서 이 일을 하여 냈던 것이다.

영묘께서 처음부터 그것들을 심상히 보던 것도 꺼려 하시고 선친이 그것들을 아는 체하신 것도 좋지 않게 여기셨다. 또 최익남의 일도 내 집이 시켜서 모년 사건을 당신께 돌려보내려는 줄로 아시고 대노하여 계셨다. 그리고 귀주 편의 참언만 믿고 사랑하시는 정처의 충동으로 이 거조(擧措)[3]를 하셨다.

그때 선왕이 놀라시고 외가를 위하여 중궁전에게 가서 호소하셨다.

"봉조하〔홍봉한〕[4]가 왕손추대(王孫推戴)를 하신 자취가 없는데, 지금 추대한다 하여 죽이려 하니, 사람이 밉다고 모함으로 죽이려 함이 말이 되겠습니까?"

이리하여 세손의 말씀으로 한기와 후겸 무리의 힘이 줄어져 급한 화는 면하시고, 선친을 청주로 귀양 보내셨다가 수일 만에 풀으시고, 영묘께서도 환궁하셨다. 또 그 일이 사혐과 모함으로 난 것을 깨달으시고 세손에게,

---

1) 존귀한 사람이 몹시 성을 내어 그치지 않음.
2) 오흥부원군 김한구의 동생.
3) 행동거지.
4) 지은이의 부친.

"두 척리가 서로 치니 나라의 근심이 적지 않다. 내가 이놈들에게 속지 않을 도리를 생각하겠다."

하고 후회하셨다. 영묘의 성명(聖明)으로 한때 속으셨지만 곧 그놈들의 정상과 그 사건의 허망함을 어찌 깨닫지 못하시리요. 그러므로 세손께 이런 말씀을 하셨던 것이다. 그때는 세손의 힘으로 목전은 무마되었으나 그놈들의 흉심은 갈수록 더해져서 일을 저질러 놓았으니 이미 세력이 양립할 수 없고 말았다. 만일 상대를 죽이지 않으면 저희들에게 후환이 될까 염려하였다.

한유를 2월에 선견지명이 있다 하여 특사하셨다. 한유란 놈은 처음에 남의 꾐을 듣고 그 상소를 하고 벼슬이나 할까, 제 몸에 좋은 일이 있을까 믿었다가 형문(刑問)을 받고 절도로 유배되매, 그제야 제 본심이 아니라고 자회문(自悔文)이란 것을 지었던 것이다. 그때 김약행(金若行)이가 한유의 적소(謫所)에 먼저 있다가 한유와 만나서 상소한 곡절을 물으니,

"심의지·송환억(宋煥億)의 무리에게 속아서 그런 상소를 올렸는데, 심의지의 무리는 김귀주의 꾐으로 나를 농락한 모양이오. 나야 시골 선비로서 《유곤록》을 말하러 올라 갔으니, 그놈들의 곡절을 어찌 알았겠소. 이리로 귀양 온 후에 들으니 내가 모두 속아서 그런 것을 깨닫고 후회막급하기에 자회문이란 글을 지었소."

하고 김약행에게 그 글을 내어보였다. 그 글이 세상에 전하여서 내 집에까지 와서 나도 보았다. 김약행의 생사는 지금 모르거니와 이것으로 귀주가 시킨 증험(證驗)이 명백해졌다. 그런데 그놈이 귀양에서 풀려 올라오니 귀주 무리가 또 꾀었다.

"홍가는 몰리고 또 임금은 너의 선견지명으로 특사를 하셨으

니 또 한번 상소하면 아주 좋은 일이 있을 것이다."
하니 한유는 또 속아서 8월에 다시 상소하였는데 여기서 바로
일물[뒤주] 문제를 말하여 '드려 권하였다'고 흉악할 모함을 하
였다. 영묘께서 그 일물의 문제를 들춘 죄로 충청 감영에 내려
서 사형에 처하시고, 심의지도 그때 잡혀들어서,
　"일물이 무엇이냐."
하고 물으시니, 그놈이 당돌하게도,
　"전하가 진정 일물을 모르시오."
하고 반문하였다. 범상대역(犯上大逆)이라고 대노하시고 한유
보다 가율(加律)하여 사형에 처하시고 처자를 모두 흩어서 귀양
보내셨다. 이렇게 한유든지 심의지든지 일물의 일이거든 죄로
극형에 처하셨으니, 선친이 권하셔서 그리하셨을 리가 없다. 그
놈들은 사형에 처하셨으나 선친에게도 엄교가 겹쳐서,
　"봄부터 이번까지 양성임오(釀成壬午)함이 너이니 벼슬을 삭
감하고 서인(庶人)으로 만든다."
하고 명하셨다. 여기서 양성임오란 말씀은 다름아니라 최익남
의 상소로 인한 의심과 분노에서 기인한 것이다. 그때의 성교가
'임오를 양성하였다' 하시고, 또 '권성하였다' 하여 계시니, 한
유가 상소를 꾸며 내어 선친이 일물을 가져다가 드리시며 '처
분하옵소서' 한 것처럼 말을 하니, 상교(上敎)는 '권성하였다'
하시고, 한쪽 사람들의 말이 상교를 따라서 그러하니 이 의혹을
어찌 풀며 이 발명을 누가 하여 내리요. 내 말도 오히려 사사로
운 듯하나 한 가지 천고에 증신(證信)할 명증(明證)이 있다. 신
묘년 9월에 선친이 죄를 입고 시골에 계실 제 문봉(文峰)이 계
셨는데, 이는 선왕이 세손으로서 선친께 보낸 편지로,

'대저 외조부의 나라 위한 혈심(血心)은 신명이 아실 것이요, 옛사람에게 부끄럽지 않음이 조손간(祖孫間)의 사사로운 말이 아닙니다. 스스로 일세의 공의(公議)와 백대의 공언(公言)이 있을 것이로되, 불행히 성총(聖聰)이 현혹하셔서, 이번 처분이 계시니, 외조의 정리가 실로 박액(薄厄)하시거니와 나로서는 과연 외조의 말씀과 같아서 천기백괴(千奇百怪) 가경가악(可驚可愕)이 무한합니다. 궁극의 그 본심 따지면 나라의 공이매, 성교가 비록 의외의 일이시나, 외조부의 당일의 충성은 길이 만세에 말이 있을 것이니 무엇을 근심하겠습니까. 임오년 5월 13일 신시(申時)에 망극한 물건을 소주방에서 들이라 하신다 하기에 망극한 것도 있는 줄 알고 문정전(文政殿)에 들어가니 자상〔영조〕께서 나가라 하시기에 나와서 왕자 재실(齋室) 처마 밑에 앉았더니, 그때 신시 지난 지 오랜 후 그제야 봉조하께서 궐하(闕下)에 와서 기운이 막히시다 하기에 내가 먹으려던 청심환을 보내었으니 일물은 자상께서 생각하신 일이요, 봉조하께서 여쭙지 않은 것이 이 시각의 전후로 보아도 명백합니다. 또 그날 처분이 자상으로서는 종사를 위하노라 하시는 성심이 결단하여 계셨기 때문에 나는 자식 된 터에도 의리는 의리요, 애통은 애통인고로 지금 살아 지탱하였지, 만일 봄의 하교같이 신하가 일물을 드리고 자상으로서 신하의 말을 들으시고 처분하여 계시면 성상의 덕이 부족한 것이 되실 뿐 아니라, 큰 의리가 또한 가리워질 것이니, 대의리가 가리워지면, 내가 세상에 살아 있는 것이 또한 의(義)가 없어지니 이 아니 망극하리까!'
하시고, 이에 관하여는 '김한기(金漢耆)에게 일렀다'고 하셨다. 이처럼 선왕이 당신 목도한 일로 시각의 전후를 인정하여 계시니, 이 편지 한 장이 있은 후로는 선친이 일물을 드리지 아니한 것이 명백하다. 일물을 드리지 않았으면 무슨 일로 죄를 삼으리요. 시골의 어리석은 백성들은 항상 뜬소문만 듣고 의심하는 것이 괴이치 않다 하려니와, 귀주네는 가까운 처지(處地)요, 한기에게 하신 예교(睿敎)[1]가 이렇게 자세하오신데, 종시 진실을 알면서도 모함하니, 귀주의 화심(禍心)이 아니면 어찌 이토록 하리요.

귀주가 정처와 후겸을 끼지 않았으면 여러 가지 변괴를 꾸며 내지는 못하였을 것이다. 그러므로 밖으로는 귀주가 제 도당을 데리고 계교를 꾸며 놓고, 안으로는 후겸이가 내응하여 표리합력(表裏合力)하였다. 부형의 참화를 구하려고 내가 숙제에게 권하여 후겸을 사귀게 하였다.

후겸의 본심은 홍씨를 제거하면 곧 제게 대권(大權)이 모두 돌아갈 것 같아서 귀주네 무리의 충동을 듣고, 제 사혐도 약간 겸하여 공모하였지, 정말로 도륙(屠戮)[2]하려고까지는 않았던 듯하다. 그리고 숙제가 자꾸 가서 애걸하니까 차차 안면도 두터워졌으며, 혼인도 정하여 놓고 제 생각에도 우리 집이 동궁의 외가니까 장래에 대한 염려도 없지 않았던 모양이다.

정처 또한 조석으로 변심하는 성품이라 내가 극진히 굴어서 환심을 얻으니 본디 깊은 원한이 없어서 점점 풀리고 임진[壬辰, 영조 48]년 정월에는 선친의 죄명도 풀어 주었다. 또 후겸이가 귀주 편을 분명히 푸대접하니, 귀주가 내응을 잃고 분해서, 내킨 걸음으로 한번 씨름을 하려고 제 몸소 한록의 아들 관주를

---

1) 왕세자의 하교.
2) 사람을 무참하게 마구 죽이는 것.

데리고 7월에 함께 상소하였던 것이다. 만고 천지간에 제 지처로 중궁전을 뵙고 고식(姑息)[1]간에 이러한 흉악한 일을 하니, 이놈이 내 집의 불공대천지수(不共戴天之讐)뿐 아니라, 이 나라에 역적이요, 선왕에 역적이요, 자전(慈殿)에게 죄인이다.

그 상소에 세 가지 조건이 있는데, 하나는 병술〔丙戌, 영조 42〕년 영묘 병환 때의 나삼(羅蔘)에 대한 말이요, 하나는 송절다(松節茶) 말이요, 하나는 여시여시(如是如是)[2]하다는 말이다. 영묘 병환 때 하루에 인삼을 두석 냥(兩) 쓰는 적이 많았는데, 그때 내국(內局)의 도제조(都提調)는 김치인이요, 선친은 영상(領相)이었다. 어약(御藥)에 나삼과 공삼(貢蔘)을 반씩 넣어 썼는데, 귀주의 아비가 숙직 처소에서 의관을 불러다가,

"성후(聖候)가 이러하오신데, 왜 나삼으로만 쓰지 않느냐."
하고 나무라듯이 말하였다. 선친은 그때 내국에 도제조와 함께 계시다가,

"지금 나삼 남은 것이 적은데, 만일 나삼만 쓰다가 떨어지면, 결국 공삼만 써야 할 지경이니, 그렇게 되면 더 민망하지 않소. 내국(內局) 일은 국구(國舅)가 간여할 바 아니오."
하고 말씀하셨던 것이다. 사실은 이것뿐인데, 내국 일에 국구가 간여한다는 말에 그 부자가 성을 내고, 저희는 충성이 있고 선친은 나삼을 쓰지 못하게 한 죄로 몰려고 하니 그런 흉악한 마음이 어디 있으리요.

송절다 말은 더욱 상스럽고 맹랑한 말이매 형언할 필요조차 없다. 그리고 여시여시의 말은 곡절이 있다. 정해(丁亥) 무자

---

1) 고부(姑婦). 지은이와 정순왕후의 관계.
2) 이러이러함. 여차여차함.

(戊子) 연간에 선친이 상중(喪中)에 계실 적에 청원부원군이 와서 예의(睿意)[3]가 장래 추숭(追崇)[4]을 하실까 보더라도 말하였다. 김시묵은 선친과 지친(至親)한 세교(世交)로서 무간할 뿐 아니라, 고락을 같이할 관계에 있었으므로 이것이 나라의 큰 문제이기 때문에 그런 걱정을 하였던 것이다. 선친이 탈상 후에 입대(入對)[5]하시고, 세손과 함께 말씀을 하시다가

"이 일은 곧 결단을 내려서 굳게 지키옵소서. 지금 세도(世道)와 인심이 위험하오니, 일은 의법(依法) 그리하셔야 옳사오나, 기사(己巳)년 유얼(遺孽)[6]이나 무신(戊申)년 여당(餘黨)들이 지금도 나라를 원망하고 나라의 틈을 엿보고 있는 유가 많사오니, 만일 이로 인연하여 그 흉도들이 장난하면 어찌할지 민망하오이다."

하고 아뢰었다. 그러자 세손께서도,

"과연 그런 염려가 있으니 답답하오."

하시고, 나도 그 뒤에, 먼 근심으로 상하의 셋이 앉아서 그 이야기를 하였던 것이다. 선왕이 어려서 그 말을 중궁전에 하였으므로 귀주가 듣고 무함을 하여 상소를 하였던 것이니 이런 흉한 놈이 어디 있으리요.

설사 선친이 잘못하신 말씀이라 할지라도, 내간 수작을 중궁전에게 듣고서 영묘께 상소를 하였으니 영묘께서 만일 추숭 수작을 하신다고 세손께 노하시면 화색이 어느 지경에 미치리요.

---

3) 동궁의 뜻. 여기서는 왕손, 정조.
4) 죽은 후에 호를 올림.
5) 대궐 안에 들어가 임금에게 진알(進謁)하고 임금의 자문(諮問)에 응하는 일.
6) 죽은 다음에 남은 서자. 또는 뒤에 남은 나쁜 사물.

이것이 선친을 모함할 뿐 아니라, 그 검은 마음에 세손까지 해하려는 계교니, 이런 음흉한 역적이 고금에 어디 있으리요.

대저 선친 지처로 선왕을 사사로이 만나실 때, 무슨 말인들 하지 못하며, 설사 선친이 '추숭하소서' 권하고 '만일 않으시면 이러이러 하오리다' 하였더라도 무식한 사람이 되는 데 불과하실 텐데 하물며 '추숭은 마소서. 결단코 굳이 지키소서' 하시고, 말세의 인심에 세변이 무궁하니 깊고 멀리 근심하신 수작이 무슨 죄가 되리요. 그러면 옛사람이 임금에게 아뢰기를 위망(危亡)이 조석간에 박두하였다 하거나, 도적이 일어나리라 하거나 하는 말들이 모두 임금을 위협하는 죄가 된다 말하면 뉘 말할 이 있으며 세상에 그런 말이 어디 있으리요. 이 일은 조정 문적(文蹟)에 있고, 갑진년 선친 소석(昭晰)[1]하시던 하교에 다 있으므로 대략만 쓴다. 그 후 병신(丙申, 영조 52]년에 정이환(鄭履煥)·송환억(宋煥億) 무리의 흉소도 모두 귀주의 여론(餘論)을 주어서 한 말이니 다시 거들 것이 무엇이 있으리요.

신사(辛巳, 영조 37]년 이후로 귀주가 우리 집을 해하려고 하던 일을 세세히 추궁하면, 모두가 처음은 경모궁이 보전치 못하시면 세손까지 여지없이 될 것이니 양자를 들여 저희가 외가 되기를 바라는 야심에서 나왔던 것이요, 둘째는 모년 처분 후 저희 마음과 같지 않으니까, 한록이를 데리고 십육자 흉언을 하여 성심(聖心)을 의혹하고 대위(大位)를 요동케 하여, 양자와 외가를 경영하려는 계교였던 것이다.

그러나 영묘의 성심은 굳어지고, 세손은 장성하셔서 국본은

---

1) 누명을 씻음.

흔들기 쉽지 않고 저희 흉언은 세상에 전파되어 가리기가 어려워지자, 그제야 동궁이 외가에 미안히 여기시는 줄 알고 저는 동궁께 충성이 장하고 홍씨는 동궁께 불리하다고 모함하여 홍가를 제거하고 동궁께 영합하며 저희 흉언하던 것을 뒤집으려 하였던 것이다. 지금 세상 사람도 옛 일을 본 이가 있을 것이니 대략이야 어찌 모르리요. 그러나 이처럼 자세히 아는 사람 또 누가 있겠는가.

우리 선친이 풍증으로 정신을 잃지 않은 바에야 선왕께 불리하고 인, 진을 위하였다는 말은 삼척동자도 속이지 못할 것이다. 귀주는 선왕께 충신이요, 홍가는 선왕께 역적이라는 말도 삼척동자를 속이지 못하리니, 모든 일이 인정과 천리(天理) 밖에 벗어나는 일이 없으매 귀주의 모함은 천리 밖의 일이므로 식자(識者)를 기다리지 않고도 피차의 시비를 분간하며 충신과 역적을 정할 것이다.

그러나 귀주와 한록의 무리가 종국을 망치려던 흉언은 끝내 드러나지 않아서 귀주가 충신까지 되고 털끝만큼도 그와 비슷하지 않은 내 집은 혹화(酷禍)가 갈수록 심하여 몹쓸 역적이 되매, 이런 세도와 이런 천리가 어디 있으리요. 피를 토하고 죽어도 천리를 판득치 못하리니 한(恨)이로다.

— 신축년 2월 23일 미시(未時)에 호동대방에서 씀

작품 해설

《한중록》은 조선시대 때 혜경궁 홍씨가 지은 자서전적인 장편 회고록으로, 《한중만록(閑中漫錄)》·《한중록(恨中錄)》·《읍혈록(泣血錄)》이라고도 하며 여러 가지 이본이 많다. 사도세자의 빈궁이며 정조의 어머니인 혜경궁 홍씨가 그의 회갑 때부터 네 번에 걸쳐 육십 평생의 한 많은 이야기를 사소설체(私小說體)로 적은 것으로, 문장이 섬세하고 아담한 궁중체로 되어 있다.

지은이인 혜경궁 홍씨는 영풍부원군 홍봉한의 딸로, 10세 때에 세자빈이 되었다가 사도세자가 죽던 해에 혜빈, 아들이 즉위하자 혜경이라는 궁호(宮號)를 받았다.

이 작품은 지은이가 회갑을 맞던 해인 1795년에 친정 조카 홍수영의 소청으로 이 글을 쓴다 했고, 네 편으로 구성되어 있다. 이 네 편 중에서 회갑 때 쓴 첫 번째 것이 비교적 한가로운 심정에서 붓을 든 것으로, 혜경궁 홍씨의 어린 시절과 세자빈이 된 이후 50년 간 궁궐에서 지낸 이야기를 다루고 있다. 나머지 세 편은 모두 아들인 정조가 승하한 직후부터 붓을 일으켜 어린 왕 순조에게 보이기 위해 쓴 것으로, 다분히 정치적 색채가 농후하며, 하나같이 피와 눈물의 절절한 기록이다.

영조는 그가 사랑하던 화평옹주의 죽음으로 세자에 무관심해진 한편 세자는 공부에 태만하고 무예 놀이를 즐겼다. 1749년, 15세의 세자가 부왕을 대신하여 서정을 대리했는데, 이때 그를 싫어하던 노론들과 영조의 계비 정순왕후 김씨, 숙의 문씨 등이 그를 무고했다. 성격이 과격하고 급하던 영조는 수시로 그를 불러 꾸짖었고, 이로 인해 세자는 정신 질환 증세를 보이기 시작했는데, 궁녀를 죽이고, 여승을 입궁시키거나 몰래 왕궁을 빠져나가 관서 지역을 유람하기도 했다.

이 결과 영조 38년인 1762년 5월, 계비 김씨의 아버지 김한구와 그 일파인 홍계희, 윤급 등의 사주를 받은 나경언의 고변과 영빈의 종용으로 영조는 세자를 죽이기로 결심하고 그를 휘령전으로 불러 자결하라고 명했다. 하지만 그가 부왕의 명을 거부하자 영조는 사도세자를 뒤주에 가둬 8일 만에 굶겨 죽였다. 이

때 사도세자의 나이 28세였다. 그가 죽은 뒤 영조는 세자를 죽인 것을 후회하며 그의 죽음을 애도한다는 의미로 그에게 '사도(思悼)'(생각하고 슬퍼한다)라는 시호를 내렸다.

이 사건에 대하여 《한중록》의 2편과 3편은 지은이의 친정 쪽의 누명이 억울함을 말하고 있으며, 4편에서는 사도세자 참변의 진상을 기록하고 있다. 특히 사이가 좋지 못한 남편과 시아버지 사이에서 끝내 남편을 잃은 홍씨는, 4편에서 '섧고도 섧도다'를 되풀이하며 자신의 운명을 슬퍼하고 있다. 이처럼 이 작품은 숙명적인 여인의 애한을 보여 준다.

이 작품은 문체가 우아하고 등장 인물의 성격을 선명하게 그려, 한국 산문 문학의 정수라고 평가되기도 한다. 특히 전편(全篇)에 담긴 우아한 궁중 용어와 궁중 풍속, 사대부 집안의 풍속 등은 풍속사적인 위치에서도 가치가 커 《인현왕후전》과 함께 궁중 문학의 쌍벽을 이룬다. 또한 옛 귀인(貴人)의 기품과 정서는 현대 문명에 찌들은 현대인에게 복고적인 향수를 불러일으키기에 충분하다.

작가 연보

1735년(영조 11년)　　영풍부원군 홍봉한의 4남 3녀 중 둘째 딸
　　　　　　　　　　로 태어남. 본관은 풍산.

1744년(영조 20년)　　영조의 둘째 아들인 장헌세자(사도세자)의
　　　　　　　　　　빈으로 책봉됨.

1750년(영조 26년)　　첫아들 의소세손을 출산함. 그러나 얼마
　　　　　　　　　　뒤 세손이 사망함.

1752년(영조 28년)　　형운(정조)을 낳음.

1754년(영조 30년)　　청연을 낳음.

1756년(영조 32년)　　청선을 낳음.

1757년(영조 33년)　　정성왕후와 인원왕후가 승하함.

1762년(영조 38년)　　장헌세자가 죽임을 당하자 혜빈(惠嬪)에
　　　　　　　　　　추서됨.

1776년(영조 52년)　　영조가 승하하고 세손인 정조가 왕위에
　　　　　　　　　　오름. 정조는 왕위에 오르자 자신의 모친

	을 혜빈에서 '혜경(惠慶)'으로 승격시킴.
1795년(정조 19년)	친정 조카인 홍수영의 소청으로 《한중록》을 쓰기 시작함.
1815년(순조 15년)	80세를 일기로 창경궁에서 승하함. 사도세자의 묘인 현륭원(경기도 화성군 태안읍)에 묻힘.
1899년(고종 3년)	사도세자가 장조로 추존되면서 경의왕후에 추존됨.

▌구 인 환▐

서울대학교 사범대학 국어교육과 졸업
서울대학교 대학원 국어국문과 수료(문학 박사)
서울대학교 사범대학 교수
국어국문학회 대표이사 및
한국소설가협회 이사
문학과문학교육연구소 소장
서울대학교 명예교수

우리 고전 다시 읽기

한중록

초판 1쇄 발행 2002년 11월 20일
초판 10쇄 발행 2018년 2월 23일

엮 은 이 구 인 환
지 은 이 혜경궁 홍씨
펴 낸 이 신 원 영
펴 낸 곳 (주)신원문화사

주   소 서울시 구로구 가마산로 27길 14 (신원빌딩 10층)
전   화 3664-2131~4
팩   스 3664-2130

출판등록 1976년 9월 16일 제5-68호

＊ 잘못된 책은 바꾸어 드립니다.

ISBN 89-359-1054-6 03810